PHILIP ROTH
菲利普·罗斯全集

The Counterlife

反生活

［美］菲利普·罗斯 著
胡怡君 译

上海译文出版社

philip
Roth

献给我八十五岁的父亲

目　录

一　巴塞尔 / 1

二　犹地亚 / 47

三　在空中 / 139

四　格洛斯特郡 / 181

五　基督世界 / 255

一　巴塞尔

家庭医生在一次例行检查时发现亨利的心电图异常,亨利于是连夜去做了冠状动脉心导管检查,找出病灶大小。自那以后,亨利通过服药,病情得到明显缓解,工作和家庭生活都恢复如常。他甚至不再主诉胸疼气短这些医生常在动脉阻塞晚期患者身上发现的症状。在那次发现异常的例行检查之前,他没有任何病征,甚至在他下决心动手术的前一年里都是如此——毫无症状,除了服药带来的副作用,服药是为了稳定病情并大幅降低心肌梗塞的风险。

服药两周后出现了问题。亨利去电说明情况时,那位心脏病专家答复说:"这种事我听了不下千次。"专家和亨利一样精力充沛,不到四十岁却已事业有成。他对此深表同情,表示会尽量减少剂量,使这种药物——一种 β 受体阻滞剂——既能继续控制冠状动脉疾病、降低血压,又不至于影响亨利的性功能。他说,通过药物微调,有时可以"将就一下"。

他们尝试了半年,先是减剂量,后来不奏效了,就改换不同牌子的药物,但依然不见效。他不再晨勃,也没有足够的能力和妻子卡罗尔或助理温蒂性交。温蒂认定,造成这惊人变化的是她本人而非药物。下班后,外间诊所大门已锁上,窗帘也已拉下,她使出浑身解数来挑逗他。尽管双方都付出了艰辛的努力,但他只能告诉她,这一切于事无补,求她停手,最后不得不使劲分开她的下颌让她停下来。然而，她却更加确信是她的过错。一天晚上，她大哭一场后告诉他，她知道他出去另寻新欢只是时间问题，亨利甩了她一耳光。如果这是一头犀牛的行为，或是一个因高潮而亢奋的野人之举，按照温蒂的个性，她也许会迁就；可这并非出于亢奋，而是出于对她无视事实的耐心耗尽。这个傻丫头，她竟然不明白！不过当然了，他也不明白，他迄今依然无法理解，自己失去性能力这件事对这个碰巧爱慕他的人所造成的困扰。

紧接着他就懊恼不已。他把仍哭哭啼啼的温蒂揽入怀中，宽慰她说，他现在几乎每天都想着她——确实，要是温蒂能让他在另一家牙科诊所替她找份工作，那他也就用不着时刻提醒自己不再拥有什么了（不过他不能这么说）。上班时间，他偶尔还会偷偷爱抚她，或是在她穿着白色束腰外衣和配套长裤来回走动时怀着昔日的情欲注视她，但一想到那些治疗心脏病的粉色小药丸，他就立马坠入绝望。没过多久，亨利就开始对这个爱慕他、为恢复他性能力愿做任何事的年轻女人产生了最邪恶的幻想，幻想她在他眼前被其他三个、四个，哦不，是五个男人压在身下。

他无法抑制自己对温蒂和那五个无脸男人的幻想，但和卡罗尔在影院一起看电影时，他倒宁愿垂下眼皮，闭目养神，直到情爱场面结束。他无法忍受看到理发店里堆着的有裸体或半裸体女人照片的杂志。在一次宴会上，有个朋友开始开黄腔，他竭力忍住不起身离席。他开始感受到毫无魅力之人的情感，感受到他对那些醉心于情色游戏的猛男欲女极不耐烦、怨恨不满、清教徒式的蔑视。那位心脏病专家给他开完药后说："从现在起，忘掉你的心脏病，好好生活吧。"可他做不到。因为每周五天，从上午九点到下午五点，他总忘不了温蒂。

他回去找医生，认真地跟他聊起手术的事。那些话心脏病专家也听了不下千次。他耐着性子解释说，对没有症状和服药后病情明显趋于稳定的病人,他们不倾向于动手术。如果亨利最终选择动手术,他会和其他病人一样,发现比起不知持续几年的无性生活,手术更可取;尽管如此,医生还是强烈建议他等一等,看看随着时间推移,他的状况是否"有所改善"。虽然亨利谈不上是心脏搭桥手术的最差人选,但考虑到他需要搭桥的部位,他也算不上是理想人选。"你这话是什么意思?"亨利问。"意思是,即使在最好的情况下,手术也不是件容易的事,何况你的情况还不是最好的。我们还碰到过死人的情况。亨利,还是别动手术了吧。"

这番话把他吓坏了,于是在驱车回家的途中,他严厉地提醒自己,所有那些在没有女人的情况下生活的人——坐牢的囚犯,打仗的士兵等,他们的处境比他糟糕百倍。可没过多久,他又想起温蒂来,想象自己以不再拥有的勃起进入她体内的每一种姿势,像个白日做梦的罪犯那样饥渴地想象着她,只不过不能像囚室里的孤单汉那样,通过野蛮快速的自我释放来保持几分清醒。他提醒自己,没有女人的童年时代是何等无忧无虑——四十年代那些在夏日海滩度过的时光岂不最令人满足?想象自己重返十一岁……但这比假装在纽约新新监狱服刑好不了多少。他提醒自己,无法抑制的欲望会导致可怕的越轨行为——密谋、渴求、疯狂的冲动、对他人的朝思暮想,以及当其中最迷人的那个终于成了自己的情妇后随之而来的阴谋、焦虑和欺骗。现在他可以成为卡罗尔忠诚的丈夫了,他用不着再对卡罗尔撒谎——因为已经没有什么要撒谎的事了。他们又可以像从前那样,享受简单、忠诚、相互信任的婚姻生活。那还是在十年前玛丽亚到他的诊所补冠齿之前的事。

一开始迷住他的,是她那件绿色的丝质紧身衣衫、那双绿松石色的眼睛和那种欧洲人才有的世故老练,他神魂颠倒,结果把平时擅长闲聊的本事忘得一干二净,甚至在玛丽亚顺从地坐到手术椅上张大嘴巴时,他都没想到有所动作。从她四次就诊期间他们对彼此的谨慎态度来看，亨利永远不会想到，当她十个月后返回巴塞尔的那天晚上，她会跟他说"我从没想过自己会同时爱上两个男人"，以及他们的分别会如此让人难以忍受。这一切对他们来说是如此新鲜，以至于他们的私通只停留在绝对的精神层面。亨利从来没有想到，有一天玛丽亚会跑来告诉他，说像他这样的男人，多半可以和城里所有漂亮女人上床。当时他在对异性方面不贪图虚荣，非常害羞，大体上还是一个循规蹈矩的年轻人，从未认真质疑过自己已经接受并内化的那些礼节规矩。通常，越是碰上迷人的女人，亨利就越沉默寡言。要是碰到一个他特别中意的陌生女人，他通常会变得一筹莫展，态度生硬，甚至连自报家门时也面红耳赤。那时的他可是个忠诚的丈夫，也是他为什么会成为一个忠诚的丈夫的原因。而如今，命中注定他又得忠诚了。

最糟糕的是，调整用药最终变成了对药物的适应。没有性生活他竟然也能活下去，这让他大吃一惊。这是可以做到的，他也这么做了，但这毁了他——正如一度不能没有性生活那样毁了他。调整意味着屈从于这样的生活方式，可他拒绝这种方式，而屈从于"这种方式"的委婉表述，又进一步挫伤了他的士气。然而，调整用药进展得很顺利，离心脏病专家劝他不要急于手术、让时间来检验药效后过去了八九个月，亨利已经记不起勃起是怎么回事了。他极力去想象那些旧的色情连载漫画中的形象，那些渎神的漫画向他那一代孩子揭露了迪克西·杜根①职业的阴暗面。他脑中浮现出稀奇古怪的鸡巴，幻想温蒂和其他男人在一起，并深受其扰。他想象她给他们口交，又想象自己给他们口交。他开始偷偷视那些有性能力的男人为偶像，好像他自己已不再是男子汉大丈夫。尽管他皮肤黝黑，相貌堂堂，身材高大，体格健壮，但看起来仿佛一夜之间从三十多

---

① Dixie Dugan，美国连载漫画《金发女郎》(*Blondie*)的女主角。

岁变成了八十多岁。

一个周六的早上,他告诉卡罗尔要去保留地的山上散步——"一个人待一会儿",他沉着脸向她解释道——他要开车去纽约见内森。他没有提前打电话,因为他想,如果在最后关头发现这是个馊主意,他还可以调头回家。他和内森已不再是十几岁的孩子,像当年那样在卧室里热切地交换秘密——自从父母去世,他们甚至不像兄弟。但是他亟需有人听他诉苦。卡罗尔只会说,如果手术意味着三个孩子会失去父亲,哪怕只有一丁点儿的风险,他就连想都不要想。病情已得到控制,三十九岁的他在各方面都成绩卓越。多年来他们做爱时一直很少有那种真正的激情,怎么到现在这反倒变成问题了?她不是在抱怨,这种事谁都会遇上——她所知道的婚姻差不多都这样。"可我才三十九岁。"亨利回答。"我也一样,"她说,试图通过表现得理智而坚定来说服他,"可是已经过了十八年,我也不指望婚姻是那种狂热的爱恋。"

这是他所能想到的最残忍的事——一个妻子对丈夫说,我们干吗需要性生活?他因为她的话而鄙视她,憎恨她,以至于当时当地就下定决心要和内森谈谈。他恨卡罗尔,恨温蒂,如果玛丽亚在他身边,他也会恨她的。他还恨男人,恨那些只看《花花公子》杂志就能硬起来的男人。

他在东八十街找了个停车库停车,然后在附近街角的一个电话亭里给内森打电话。电话铃响的时候,他正在看那本拴在亭子里的曼哈顿电话簿。电话簿已经残破,上面被涂得乱七八糟:想射在我嘴里吗?梅丽莎879-0074。没等到对面内森回应,他就挂断了,接着又拨879-0074。有人接了电话。"找梅丽莎。"亨利说,接着又挂断。再一次拨通内森的电话后,他让铃响了二十声。

你不能让他们失去父亲。

他独自站在内森那栋褐砂石房屋楼下的走廊上,给他写了张便条，随即又撕了。在第五街拐角处的一家旅馆，他找了台投币电话，又拨了879-0074。尽管服用了β受体阻滞剂（他认为那是防止肾上腺素使心脏负担过重），但他的心脏还是怦怦地狂跳不止——医生就是不用听诊器也能听到。亨利紧紧地抓住自己的胸口，倒数着直到心跳平静下来，这时电话那头传来像是小孩的声音。"喂？"

"梅丽莎？"

"是的。"

"你多大了？"

"你是谁？"

他及时挂断电话。如果他的心脏再这么怦怦怦地跳上五下、十下或十五下，他的冠心病就会要了他的命。渐渐地，他的呼吸平稳了，心脏却感觉更像一个陷在泥里的轮子，正在徒劳地打转。

他知道该给卡罗尔打个电话，让她放心，但他却穿过街道去了中央公园。他决定再等内森一个小时。如果那时内森还没回来，他就忘掉手术的事，打道回府。他不能让他们失去父亲。

走进博物馆后面的地道时，他看到另一头有个大个子白人少年，十七岁左右，肩上扛着一台便携式大收音机，脚上穿着旱冰鞋，懒洋洋地滑进地道。收音机音量开到了最大——鲍勃·迪伦唱着："躺下，姑娘，躺下……横躺在我的黄铜大床上……"正是亨利需要听到的。少年咧嘴一笑，就像无意中遇到了亲密老友。他举起一只拳头溜到亨利身边，喊道："让我们回到六十年代，伙计！"喊声在阴暗的地道中沉闷地回响着，亨利友好地答道："说得对，朋友。"不过，当男孩从他身边溜过时，他再也无法抑制内心的一切，终于哭了起来。他心想，让一切都回来吧，六十年代，五十年代，四十年代——让在泽西海岸的那个夏天回来吧！洛林酒店地下杂货店里香气四溢的新鲜面包卷，还有从早班船上出售鲹鱼的那个海滩……他站在博物馆后面的地道里，回想起了那最天真的岁月里最天真的一切。那些毫无价值的小事唤起了他狂喜的记忆,黏着他不放,就像脂肪阻塞住通往心脏的动脉。离木板步道两个街区远的那栋平房旁,有水龙头可以冲去脚上的沙子;阿斯伯里帕克游乐中心有"猜体重"的摊位;开始下雨时他母亲俯在窗台上把晾衣绳上的衣服收进屋;周六下午看完电影后在暮色苍茫中等公交车回家。没错,遭遇了这一切的男人就是那个和哥哥一起等十四路公交车的男孩。他无法理解这一切,他还不如试着去理解一下粒子物理。他就是无法相信遭遇这种事的人是他自己,无法相信这个人经历的一切他也必须经历。带回过去,带回将来,还是带回给我现在吧——我才三十九岁啊!

那天下午他没有找内森,没有假装和他从小到大都毫无芥蒂。回家途中他一直在想,他一定要见内森,因为他是他唯一的家人了,可他自始至终也知道,这个家已不复存在,这个家已经完蛋,已经支离破碎——内森在那本书里对他们所有人极尽嘲讽,他该为此负责,亨利也出了一份力。他们的父亲在佛罗里达因冠心病去世后,他对内森大加责备:"是你害死了他,内森。没有人会告诉你——他们太怕你了,所以不敢说出来。是你写的那本书害死了他。"不行,把三年来和温蒂在诊所干的事告诉内森,只会让那个混蛋幸灾乐祸,只会证明他是对的——给他续写《卡诺夫斯基》提供素材!十年前,我把玛丽亚的事都告诉了他,包括我给她的钱、黑色内衣以及我把她的东西存放在保险柜里等,这真够蠢的。可当时我满腹心事,必须找人倾诉——那时我又怎么会知道,我哥哥赖以为生的正是利用和扭曲我们的家庭秘密?他不会同情我所经历的一切——他连听都不想听。"我没兴趣,"他会从猫眼后面这么跟我说,甚至懒得开门,"我只会把它写进书里,你不会喜欢的。"书里还会有个女人——要么是个人老珠黄、让人生厌的妻子,要么是个风头正劲的文学女青年。也许两种都有。我可受不了。

他没有直接回家,而是开车去新泽西找温蒂,让她扮成一个叫梅丽莎的十二岁黑人女孩。黑人也好,十二岁或十岁也罢,只要他提出要求,她都愿意假扮。不过尽管如此,这对他的治疗毫无作用。他让她脱光衣服,跪着从地板那边爬过来,她照做了。他还打了她,那也无济于事。他的蓄意暴行显得可笑,非但没有让自己兴奋起来,反倒让自己当天哭了第二次。温蒂显得手足无措,轻抚着他的手,亨利则在一边啜泣起来:"这不是我!我不是这种人!""哦,亲爱的,"她穿着吊袜带坐在他脚边,自己也哭了起来,"你必须动手术,必须去——否则你会发疯的。"

他早上九点刚过就走出家门,直到晚上快七点才回来。卡罗尔担心他一个人在什么地方奄奄一息——或者已经咽气——六点的时候报了警,让警察帮忙找他的车子;她告诉他们,早上他去保留地的山上散步,他们答应去山上的小路搜寻一下。亨利听说她报了警,大吃一惊——他一直指望卡罗尔不会像温蒂那样崩溃,可如今呢,他的所作所为把她也击垮了。

他感到既震惊又惭愧,弄不清这件事对有关各方造成了何种损失。

卡罗尔问他,为什么不打电话告知晚饭时才回家,他语带责备地回复说:"因为我阳痿!"就好像是她而不是药物把他弄成这个样子。

就是她。他对此深信不疑。就是因为必须和她在一起,必须对孩子们负责,他才变成这样。如果他们早十年离婚,如果他离开卡罗尔和三个孩子去瑞士开始新生活,他根本不会生病。医生告诉他,压力是造成心脏病的主要因素,他顶不住放弃玛丽亚的压力,这才患上心脏病,除此之外,没有别的原因可以解释,为什么像他这么年轻健壮的人会得这种病。他没法狠下心来为所欲为,而是屈从于他应该做的事,所以才落得如此下场。这个病就是做尽职的父亲、忠诚的丈夫和孝顺的儿子的报偿。年久日深,你发现自己困在原地无法逃脱,出现了一个像玛丽亚这样的女人,你没有变得坚强而自私,却偏偏是个好人。亨利再去体检时,那位心脏病专家和他严肃交谈了一番。专家说,自服药以来,他的心电图上显示的异常情况较最初患病时已明显减少,他的血压也在安全可控范围内。而且,他不像其他一些病人那样,刷牙用点力都会导致严重的心绞痛,他可以站着工作一整天,不会感觉不适或呼吸急促。专家再次向他保证,如果病情有任何恶化——几乎可以肯定这是逐渐发生的,而且首先会在心电图上显示出来或症状有所改变——如果发生这种情况,他们会重新评估手术方案。那位心脏病专家提醒他,目前的治疗方法可以让他平安维系十五到二十年,到那时,搭桥手术很可能已经过时。他预测,到一九九〇年代,他们几乎肯定会用手术以外的方法来治疗动脉阻塞。β受体阻滞剂可能很快会被某种药物取代,那种药不会影响中枢神经系统,也不会导致这种不幸后果——这样的医疗进步势不可挡。与此同时,他也只能重复之前的建议,那就是,亨利必须忘掉自己的心脏病,把它抛到脑后,好好活下去。"你必须全面看待服药这件事。"专家一边说,一边轻轻拍着桌子。

难道这就是专家最后的忠告?他现在得起身告辞了吗?亨利一脸惆怅,告诉专家:"可我无法承受性生活方面的打击。"专家的太太和卡罗尔相识,所以他肯定没法提玛丽亚或温蒂,或两个女人之间的事,也不能谈及她们对他的意义。亨利说:"这是我活到现在碰到的最棘手的问题。"

"你没有过过什么苦日子,对吗?"

这样残酷的回答令他不知所措——居然对像他这么脆弱的人说这种话!现在他连医生也憎恨起来。

那天晚上,他在书房又拨了内森的电话,这是他仅存的最后安慰。这回内森在家了。他告诉哥哥自己病得很重,问他能否来看看他,那时他勉强控制住,没让自己哭出来。他失去了最重要的东西,不可能再苟活于世。

尽管兄弟俩已渐行渐远，但葬礼前一晚，卡罗尔还是给祖克曼打了电话，问他是否会致悼词。不用说，她期待的可不是上面那六千来字。那位作家也不是不知道那样的场合下该说些什么才算符合惯例；可是，一旦他提起笔，就停不下来了。他几乎整晚都端坐在书桌前，根据他所知道的点点滴滴，拼凑出亨利的故事。

第二天一早，等到了新泽西，面对发生的事，他向卡罗尔或多或少说了真心话。"你要是还指望我致悼词，那我很抱歉，"他说，"我写的都是胡言乱语，不能拿来做悼词。"他想，她一定有这样的想法，一个职业作家如果在自家兄弟的葬礼上说不出话来，要么是因为复杂的绝望情绪，要么是老派的内疚感在作祟。不过，比起卡罗尔如何看待他，对着大批吊丧的人发表这篇极不恰当的文字，造成的伤害才会更大。

卡罗尔的回应与平时没什么两样：她都理解；她甚至吻了他，那个从来都对他不冷不热的卡罗尔。"没关系。请别担心。我们只是不想落下你一个人。那些争吵不用再计较了。一切都过去了。你们是兄弟，这才是今天最重要的。"

好吧，好吧。可那六千来字怎么办？麻烦在于，让他着迷的，正是那些一般在葬礼上不宜讲的话。离亨利去世还不到二十四小时，祖克曼口袋里的悼词就已经呼之欲出。如果他不赋予发生的一切以更多意义，不把它们看作是他的作品或未来作品的延续，而是生活的延续，那么这一天会很难熬。由于他没能很好地思考，而是把一些童年记忆和些许老套的感伤情绪小心翼翼地拼凑在一起，他已经不可能扮演其他人眼中那个哀悼自己早逝兄弟的体面成熟男人的角色——相反，他又成了家族的局外人。与卡罗尔还有孩子们一起进入犹太会堂时，他想："这个职业甚至毁了悲伤。"

会堂很大，但座无虚席。后面和侧边走道上挤着二三十个年轻人，都是打小就让亨利看过牙齿的那些本地青年。男孩们淡漠地看着地板，有不少女孩已经在哭了。在靠后几排的座位上，坐着一个年轻娇小的金发女郎，看起来还像个少女，她身着灰毛衣灰裙子，不太显眼，要不是祖克曼一直在找她——亨利第二次到他家时带来了一张她的照片——他是不会认出她来的。"她本人比照片漂亮。"亨利提醒他。尽管如此，祖克曼还是赞叹道："真漂亮。我真羡慕你。"亨利作为弟弟，不由得露出一抹自鸣得意的笑容，尽管他口里说着"不，不，她不上相，你从照片上看不出她的模样儿"。"可我看得出。"内森说。对于眼前这平凡的长相，他既惊讶又不惊讶。照片中的玛丽亚虽然不像亨利第一次描述的那样美得惊人，却长得十分匀称，有着条顿人①那种不苟言笑的魅力。然而，这个平淡无奇的小妞——呀，有着黑色鬈发和长长黑睫毛的卡罗尔，看起来岂不更性感迷人？当然，祖克曼手里还拿着温蒂的照片，他本该狠狠教训亨利一下——这也许就是亨利把照片带给他、跟他吐露真言，又听内森给自己训话的原因："白痴！混账！绝对不行！如果你不离开卡罗尔，和你的真爱玛丽亚私奔，那你就不要去医院动那个危险的手术，仅仅因为某个荡妇每晚在你回家吃饭前给你吹箫！我已经听说了你的手术情况，到目前为止，我还没说过一句话——可我的意见相当明确，那就是别动手术！"

但那是因为当时亨利还没死，还活得好好的——好好活着，而且满怀愤慨，像他这样有道德修养的男人，竟然在一次无伤大雅的小小出轨行为中遭到挫败；那是因为他接受了温蒂的妥协但他曾梦想过又自我否定的事却是娶个欧洲太太，在欧洲重新来过，侨居巴塞尔，成为一个无拘无束、身强体壮、老练世故的美国牙医。祖克

---

① Teuton，泛指日耳曼人及其后裔。

曼自己的想法大致是这样的："这是他对自己所作所为的反抗，是残存的兽性激情的发泄。他来找我，肯定不是让我告诉他，生活阻碍了他，生活否定了他，除了认命，别无他法。他之所以来这和我当面争执，是因为我生来就不擅长自我否定——在他们看来，我是个冲动的人，鲁莽行事、随心所欲，他们给我分配了家庭中本我的角色，而他是我的模范兄弟。不，一个骨子里就不负责任的人，现在可无法用父亲般的温柔口吻对他说：'你想要的并非你需要的，我的孩子——放弃温蒂，你就不会那么痛苦了。'不行，温蒂意味着他的自由精神和男子气概，即使在我看来，她有点像无聊的化身。她是个好孩子，能守口如瓶，一定不会给家里打电话，对此他有十足把握——那么为什么就不能同她相好呢？我越看这张照片就越明白他的意思。这个可怜虫，索求的不过如此？"

可是靠着你唯一的弟弟的棺材那么近，近到你几乎可以把脸颊贴在那闪闪发亮的桃花心木上时，你想的就不一样了。内森情不自禁地去努力想象亨利就躺在里面。在沉默中，他看到的不是那个失去男子气概、头脑过分发热的偷情者，那个拒绝接受自己性无能事实的偷情者——他看到的是那个十岁的男孩，穿着法兰绒睡衣躺在那里。小时候有一次过万圣节，参加完社区的"不给糖就捣蛋"活动后，内森带着亨利回家。几小时后，全家人早已睡下，亨利却轻轻走出自己的房间，下了楼梯，出了门，来到街上，在睡梦中连拖鞋都没穿，就朝总理大道的十字路口走去。说来也神奇，就在亨利准备不顾红灯走下人行道时，一位家住希尔赛德的朋友正好开车经过路口。他把车子停在路边，认出路灯下那个孩子正是维克多·祖克曼的小儿子。仅仅几分钟后，亨利就被安全送回家，送到床上去睡觉。第二天早上，当他得知自己在熟睡中干了什么事，又得知自己获救的离奇巧合时，他感到兴奋不已；到了青春期，他成了高中田径队的跨栏运动员，开始对个人英雄主义有了更惊人的理解。那个勇于冒险的梦游故事他一定跟许多人重复过，可他本人已经完全无动于衷了。

可是现在他却躺在棺材里，那个梦游的男孩。这一回，当他无法摆脱万圣节的兴奋劲儿，独自在黑暗中游荡时，再也没有人会送他回家，把他抱上床，替他掖好被子。那天下午，在与心脏外科医生会诊完之后，他突然造访内森的公寓，当时他也是那种赫拉克勒斯般的着魔状态，一副撸起袖子大干一场的西部拓荒者气势。祖克曼感到意外，他想象不出来，在听了医生对他动刀子的方案以后，他还能以那种状态走出诊室。

亨利在内森的桌子上摊开一张像大型苜蓿叶形公路的设计图。这是外科医生给他画的草图，向他展示搭桥的位置。按照亨利的描述，搭桥手术听起来不比牙根管手术复杂多少。换掉这根和这根，把它们在这里接上，把三根小的接到后面那根大的上，就这么回事。外科医生是曼哈顿的顶级专家，祖克曼仔细调查过他的资质。医生告诉亨利，他五根桥的搭桥手术都做了好几十次，这次肯定不在话下；现在是亨利需要打消所有顾虑，对手术抱有信心，相信手术百分之百会成功。手术完成后，他将拥有一个畅通无阻的崭新血管系统为心脏供血，他的心脏本身也会像运动员的心脏一样强健，完好无损。"之后不用吃药了吗？"亨利问他。"那得看你的心脏病医生怎么决定了，"医生告诉他，"可能是治疗轻度高血压的药，但绝不会是你现在服用的镇静剂。"祖克曼心想，亨利听了这鼓舞人心的预后诊断，是否会一时兴奋过度，给外科医生送上一张八点五英寸乘十一英寸大的温蒂穿吊带袜的亲笔签名照。他刚到诊所那会儿，人还是一副麻木不仁的样子，不过也许只有那样，他才能应付这可怕的考验。当亨利终于鼓起勇气，不再寻求医生的再三保证而起身离开时，信心满满的外科医生陪他走到了门口。"如果我们俩齐心协力，"他握着亨利的手对他说，"我看不会有任何问题。再过一周，或者十天，你就能出院和家人团聚，如获新生了。"

依祖克曼看，亨利似乎没有在手术台上尽自己的本分。他显然已经忘了应该如何协助外科医生。人在无意识状态下很可能会这样。我梦游的弟弟！死了！躺在棺材里的真的是你吗，一个像你这样温顺得体的小男孩？一切就是为了和温蒂温存二十分钟，然后匆匆赶回你爱的那个家？或者你这是在向我炫耀？难道拒绝过无性生活就是你认为的英雄主义吗？这不可能。因为倘若说你真成就了什么的话，那也是拜你的自我压抑所赐。我是说真的。与你所想的相反，我并非像你鄙视我的过度自由（在你的想象中）那样鄙视你所遵守和成就你的那些条条框框。你之所以向我倾诉，是因为你相信我能明白温蒂那张嘴的意义——你是对的。它的意义远不止那多汁的感官享受。它是你那一点戏剧性存在，是你的混乱，你的越轨，你的冒险，是你对你那压倒性美德的日常的小小叛乱——每日与温蒂放纵二十分钟，然后晚上回到家，回归普通家庭生活带来的片刻满足。极尽讨好的温蒂的嘴，让你尝到了无所顾忌的乐趣。尽管如山川一般历经沧桑，但整个世界就是这么运转……可一定不止于此，一定有更多的原因！像你这样名副其实的乖孩子，有着如此鲜明的是非观，怎么可能就因为那张嘴而进了棺材？我为什么没有阻止你？

祖克曼坐在第一排靠过道的座位上，紧挨着卡罗尔的父母，比尔·戈夫和贝亚·戈夫夫妇。卡罗尔坐在这一排当中，挨着她母亲；她把孩子们安排在另一边——十一岁的女儿艾伦，十四岁的儿子莱斯利，还有十三岁的露丝，挨着那一头的过道。露丝正抓着膝上的小提琴，目不转睛地盯着棺材。另两个孩子则更愿意盯着自己的大腿，卡罗尔和他们说话时，他们默默点头。露丝要用小提琴演奏一支父亲喜欢的曲子。葬礼结束的时候，卡罗尔嘱咐了孩子们几句。"我问过内森大伯，问他要不要说点什么，但他说他现在有点心神不宁。他说他太震惊了，这我能理解。"她向他们解释道，"我要说的也不是什么悼词,就是几句关于爸爸的话,我想让大家都听听。没什么华丽的词藻,但对我来说是很重要的话。然后我们一起把他送到墓地,就外公外婆,内森大伯,还有我们四个。我们一家人准备在墓地和他告别,然后回来和亲戚朋友待在一块儿。"

那个男孩穿的是带金色纽扣的运动夹克,脚上是一双崭新的棕黄色靴子。虽说已是九月底,一整个上午太阳都时隐时现,但女孩们仍穿着薄薄的浅色连衣裙。他们都像爸爸,个头高,皮肤黑,看起来像西班牙犹太人的后裔。对于娇生惯养的天真孩童来说,他们的眉毛显得过于妩媚了。他们都有一双漂亮的褐色眼睛,比亨利的眼睛颜色略浅,也略冷淡——六只眼睛一模一样,水灵灵的,闪烁着惊奇和恐惧。他们看起来就像受惊的小鹿,被捕获、驯化、穿上鞋子、套上衣服。祖克曼特别为老二露丝所吸引。尽管有丧父之痛,但她学着母亲,镇静、恪尽职守地坐在那里。莱斯利看上去最柔弱,最像女孩子,真正一副要垮掉的样子。就在他们出发去会堂的几分钟前,他把母亲拉到一旁,祖克曼无意中听到他问:"妈妈,我五点还有场比赛,我能参加吗?要是你觉得我不该……""让我们先等等吧,莱斯利,"卡罗尔说,一只手轻轻拂过他脑后的头发,"看之后你还想不想去。"

人们还在往会堂的后面挤,有人找来折叠椅给几个迟到的老人坐。在离棺材几英尺远的地方,除了决定是盯着棺材看还是把目光移向别处之外,大家也没什么别的事好做。比尔·戈夫开始有节奏地握紧拳头然后又松开。他的右手一张一合,仿佛一台水泵,用来激发勇气或排解忧虑。祖克曼第一次见到他时大约是在十八年前,如今他已不复当年那个身手敏捷、衣着讲究、富有活力的高尔夫球手模样,当时他在亨利的婚礼上和所有伴娘跳舞。那天上午早些时候,是戈夫给他开的门,内森一开始甚至没认出来跟他握手的人是谁。他身上唯一看起来不减当年的就是那一头浓密的鬓发。进屋后,戈夫无精打采地对他妻子说——听起来有点受到冒犯——"你觉得怎么样？他都认不出我了，可见我变化有多大。"

卡罗尔的母亲和女孩们一起去帮艾伦，再次决定她穿哪一件衣服最合适。莱斯利回到自己的房间，把他的新靴子擦了又擦。两个男人走到外面去呼吸一下新鲜空气。他们从露台向外望去，看到卡罗尔正在修剪最后一束菊花，准备给孩子们带去墓地。

戈夫开始告诉内森自己为什么不得不卖掉奥尔巴尼的鞋店。"有色人种开始光顾，我怎么能赶他们走呢？那不是我的本性。但那些照顾我二十年、二十五年生意的基督徒老主顾不乐意了。他们直截了当地对我说：'听着，戈夫，我可不会干坐着等你给黑鬼试十双鞋。我也不想要他挑剩的鞋。'于是，我那些了不起的基督徒朋友，他们一个个都不上门了。那是我第一次发病。我卖掉鞋店，一走了之，以为最糟的境况已经过去。医生劝我从压力中解脱出来，所以我才趁早收手。一年半以后，在博卡度假打高尔夫时，我第二次发病。我一直遵照医嘱，可第二次发病却比第一次更严重。现在又碰上这种事。卡罗尔像一座堡垒，一百磅的身体被悲伤浸透，却有着巨人般的力量去承受。她兄弟去世时她就是这样。卡罗尔的孪生兄弟是在法学院读二年级时走的。先是二十三岁的尤金，现在是三十九岁的亨利。"他突然说道，"我该怎么办？"接着从口袋里掏出一个小塑料药瓶。"治心绞痛的药，"他说，"硝酸甘油片。我该死的又挺过来一次。"

他一直长吁短叹店铺没了，自己体弱多病，儿子女婿又英年早逝，深深插进裤兜的两只手神经质地拨弄着硬币和钥匙，又把兜里的东西都掏出来，开始从硬币、钥匙和一盒抗胃酸咀嚼片中挑出那些白色小药片。可是当他试着把药片放回小药瓶里时，有一半掉到了石板地上。祖克曼把它们捡起来，但每次戈夫先生试着把它们放进药瓶时，总会掉落一些。最后他放弃了，把所有东西都捧在手里，让内森将药片一粒粒挑出来，替他放回瓶子里。

他们还在摆弄药片时，卡罗尔拿着花从花园里走出来，说该走了。她充满慈爱地望着父亲，微微一笑，想让他镇静下来。亨利在三十九岁上动手术死了，如果他的心绞痛继续恶化，也可能死在同样的手术中。"您没事吧？"她问他。"我很好，亲爱的。"他回答说。但趁她不注意，他把一颗硝酸甘油片偷偷塞到舌头底下。

露丝演奏的小提琴曲子是由拉比向大家介绍的。拉比是一个大个子，四方脸，红头发，戴一副粗玳瑁边眼镜，看上去谦逊友善，声音温和悦耳。他说："这是亨利和卡罗尔的女儿，十三岁的露丝，她将演奏亨德尔歌剧《薛西斯》中的广板。昨晚我在她家跟她聊天，露丝告诉我，她父亲每次听她练习时，都说这支曲子是'世上最抚慰人心的音乐'。她想要演奏这支曲子来纪念父亲。"

露丝站在祭坛中央，把小提琴放在下巴下，猛地挺直身子，用一种近乎反抗的神情注视着吊丧的人群。在举弓的前一刻，她低头看了眼棺材，在她大伯看来，此时的她就像一个年过三十的女人——突然间，他看到了那将伴随她终生的成年人的严肃面孔，让她那张无助的孩童面孔不会因愤怒的泪水而崩溃。

虽然不是每一个音符都演奏得完美无缺，但是整个演奏很合拍，沉静、迂缓和肃穆。当露丝结束演奏时，人们似乎看到了这个诚挚的小音乐家的父亲，自豪地含笑，逐渐远去。卡罗尔站起来，经过孩子们走上过道。她身上唯一应景的就是那条黑色棉布裙。然而，裙摆上绣着猩红色、绿色和橙色的美洲印第安人图案，十分亮丽。衬衫是浅黄绿色的，拼接领口很宽大，可以看到她纤细躯干上突起的锁骨。她脖子上挂着一条珊瑚项链，是亨利在巴黎偷偷给她买的，项链她原本在商店的橱窗里见过，心里喜欢，但觉得价格高得离谱。裙子也是他在阿尔伯克基露天市场买的，当时他正好在那儿开会。

虽然两鬓已初现灰白，但她身材还是那么苗条，活力十足，在登上通往祭坛的阶梯时她看上去就像家里最年长的正值青春期的女儿。他觉得自己看到了露丝未来的模样——在卡罗尔身上，祖克曼看到了曾经那个尚未成年、美貌果敢的大学生，那个雄心勃勃、意志坚定的奖学金获得者，她的同学都羡慕地用她名字的首字母缩写来称呼她，直到后来亨利不许大家这么叫，而是叫她的名字。亨利曾半开玩笑地对内森说："我可没法对一个叫C.J.的兴奋起来。"但彼时即便对方叫卡罗尔，他对她的欲望也从来比不上对一个玛丽亚或一个温蒂的。

卡罗尔刚好走到祭坛的讲台时，她父亲从口袋里掏出硝酸甘油片，不小心撒了一地。亨德尔的广板也许抚慰了亨利，却抚慰不了他。内森把手伸到座位下面四处摸索，捡起几粒能够得着的药片。他把其中一粒递给戈夫先生，其余的他决定放在自己的口袋里，留待到墓地时再给他。

卡罗尔讲话的时候，祖克曼脑中再次浮现出亨利穿着上面绘有小丑和小号图案的法兰绒睡衣的模样，仿佛看见他恶作剧般地从黑盒子里偷听，就像从前他从半开的卧室房门偷听楼下大人玩纸牌时的闲聊那样。祖克曼回首往事，那时男孩的卧室里根本不存在情欲诱惑或生死抉择，那时的生活是最单纯的消遣，家庭幸福似乎是永恒的。善良的亨利。如果他能听到卡罗尔的讲话，他是会笑，会哭，还是会如释重负，心里想着"现在谁也不会知道了"？

但祖克曼当然知道，因为祖克曼可没那么善良。他要拿这六千来字怎么办？背叛他弟弟最后的信任，给那个当初疏远他的家庭沉重一击？头天晚上，他感谢卡罗尔的盛情，告诉她他马上坐下来写篇悼词，随后就在文件柜顶上找出那本记录了亨利和那位瑞士病人婚外情的活页本。难道他真要搜刮这些笔记，这些他本该以怜悯之心忘掉的东西——它们这些年来一直等在那里，难道就是为了像这样的无法预见的灵感吗？手写的纸页上零零散散有几十条关于亨利、玛丽亚和卡罗尔的简短记录。有些不过一两行,有些则差不多写了一页。祖克曼还没想好在葬礼上该说些什么,他坐在桌旁,慢慢地把那些文字通读了一遍,一边认真划出有价值的句子,一边思考着:"在这里,故事的结局开始了,伴随着一场平凡而又毫无新意的冒险——伴随着肉体启示的古老经验。"

H(亨利),午夜时分。"我必须给人打个电话,我必须告诉别人我爱她。你介意吗——在这个时候给你打电话?""不介意。接着说。""我至少可以跟你说说。她无依无靠。我真想告诉所有人。我真想告诉卡罗尔。我想让她知道我是多么快活。""她可以不用知道。""我知道。但我总想说:'你知道玛丽亚今天说了什么吗?你知道昨晚玛丽亚给小克里斯蒂娜洗澡时,小家伙说了什么吗?'"

"她似乎在很遥远的地方,就像小时候我在房里看床柱子那么远。还记得枫木床柱上的顶球吗?我过去常想象它们在很遥远的地方,直到它们真的离我遥不可及了,我才能入睡。但我不得不停止想象,因为我那样是在吓唬自己。唉,她离我就有那么远,好像我伸出手都无法触碰到她。她在我上面,却离我很远很远,每次她高潮时,我都问:'再来吗,还要再来吗?'她点点头,晃着脑袋答应了,就像个玩蹦蹦马的孩子,然后又扭动起来,骑在我身上,脸涨得通红。我想要的一切就是她可以**再来再来再来**——其间我一直看着她离我那么遥远。"

"你应该看看她的样子,你应该亲眼见见这个漂亮的金发女孩,穿着黑绸吊带衫骑在我身上。"玛丽亚本以为去纽约才买得到黑绸内衣,但后来她在村子里找到了。H想,她是不是本来就不该去纽约买。

周六那天，H在街上看见了她丈夫。看起来是个不错的家伙，又高大又英俊，甚至比H块头还大。跟孩子们在一起时很开心。"你会给他看那件内衣吗？""不会。""你和他一起时会穿着它吗？""不穿。""只穿给我看？""只穿给你看。"H替他感到难过。看起来他很信任她的样子。

在汽车旅馆的房间里，他看着她穿上衣服回家。

H："你就是我的专属妓女，对不？"玛丽亚笑着答道："不，才不是。妓女是要钱的。"

H钱包里有现金——有一沓是用来付旅馆房钱的，他不用信用卡。他从中扯出两张崭新的百元大钞，递给她。

她起初不知道该说什么，后来显然是知道了。"你该把钱丢在地上，"她告诉他，"嫖客都是这么给钱的。"

H就把钱一扔，钞票飞到地上。她穿着黑绸吊带衫，弯腰捡起钱，塞到钱包里。"多谢。"

H对我说："当时我心想：'天哪，我损失了两百美元。这是一大笔钱。'但我什么也没说。我想：'就算见识一下是怎么回事，花两百块也值了。'"

"是怎么回事呢？"

"我还没弄明白。"

"钱还在她手里吗？"

"对——在她手里。她说：'你是个疯子。'"

"她好像也想见识一下。"

"估计我们俩都想。我还想给她更多钱。"

玛丽亚私下说，有个她婚前就和她丈夫有一腿的女人曾告诉她的一个朋友："我一辈子从来没这么无聊过。"但他和孩子们相处得很好。而且他能让她冷静下来。"我是个容易冲动的人。"她说。

玛丽亚说，每次她无法相信 H 还有他们的婚外情是真实的时候，她就上楼去看看藏在内衣抽屉里的那两百美元钞票。那些钱让她确信这一切都是真的。

H 惊奇地发现，背着卡罗尔寻花问柳所带来的极乐并没有让他感到丝毫的内疚或痛苦。他好奇的是，一个如此努力要做个好人，确实也是好人的人，怎么能这么轻易就做到这一点。

卡罗尔讲话时没有拿讲稿，但她一开口，祖克曼就明白，她说的每一个词事先都经过深思熟虑，没有任何即兴的成分。如果说卡罗尔在她的大伯子那里保有什么神秘感的话，那一定与隐藏在她极为随和的性格背后的某种东西有关。他从来无法分辨她的天真有多真，而她现在不得不说的那些话同样没有任何帮助。卡罗尔选择讲述的故事和他拼凑起来的那个故事（他现在决定不告诉别人）不同；亨利的不幸以一种完全不同的意义留在祖克曼的记忆中。卡罗尔意在塑造一个官方权威版本，而他怀疑，她在重述它的时候自己是否真的相信。

"关于亨利的死，"她开始了，"有一些事，我想告知今天在座的诸位。我想说给亨利的孩子们听，也说给他的兄长听。我想告诉所有爱过他、关心过他的人。我认为这可能有助于减轻这次沉重的打击，如果不是在今天早上，那也是在将来某个时候，当我们所有人都没有那么愕然的时候。

"如果亨利愿意，他本可以不动那个可怕的手术而继续活下去。如果他没动手术，这会儿他应该在诊所工作，几小时后就会回家，回到我和孩子们身边。说手术势在必行,不符实情。最初确诊为心脏病的时候,医生给他吃的药曾有效地控制住了他的病情。他不感觉疼痛,也没有即刻的危险。但药物彻底影响了他的男子气概,也结束了我们的性生活。这一点亨利无法接受。

"他开始认真考虑动手术的决定时,我求他不要仅仅为了维系我们婚姻生活的一个方面去冒生命危险,尽管我自己也很怀念它。当然,我怀念我们之间的柔情蜜意和亲密无间,但我正在努力适应。在其他方面,我们俩,还有跟孩子们在一起的生活是那么幸福,我无法相信他竟要动一个会毁掉一切的手术。但亨利很重视我们婚姻的完整性,因此任何事都阻止不了他。

"你们也都知道——在过去的二十四小时里,你们中有许多人一直这么跟我说——亨利是个完美主义者,不仅是在工作中——大家都知道他是最一丝不苟的手艺人——而且在他与人相处时也是如此。无论是对他的病人、他的孩子或是我,他都毫无保留。一个这么外向、这么活力十足的人,才三十多岁就遭此恶疾而丧失了能力,真是无法想象。我没有对他承认过,但我必须向你们所有人承认,尽管我因为风险太大而反对手术,但我有时也会怀疑,如果我们的关系持续冷淡下去,那我是否还能继续做他忠诚的贤内助。在我们相处的最后一年里,他变得异常孤僻,极度沮丧,因为身体的损害而深受折磨,这件令他无所适从的事,让他觉得自己的婚姻是一场苦难。我曾想'要是奇迹能出现就好了',可我不是那种能创造奇迹的人,我只能设法应付当前,甚至恐怕还要应付自己的不完美。但亨利无法接受自己的不完美,就像他无法接受工作中的不完美一样。我没有勇气去创造奇迹,亨利却有——现在我们知道了,他有勇气面对生活要求人的一切。

"我想告诉大家,没有亨利的生活对我们来说是多么不容易。孩子们害怕将来没有慈爱的父亲保护他们,我也害怕身边没有亨利。

你们知道的，我已经习惯了他的陪伴。然而，当我想起他的生命并非毫无意义地终结，我就坚强了起来。亲爱的朋友，亲爱的家人，我最最亲爱的孩子们，亨利的死是为了恢复夫妇之爱的完整性与丰饶。他是个坚强、勇敢、有爱心的人，迫切希望夫妻之间的爱之羁绊能延续并加强。最亲爱的亨利，我最亲爱、最甜蜜的另一半，只要我一息尚存，你我之间的爱之羁绊就永远存在。"

随灵车去墓地的只有几个近亲和盖勒拉比。卡罗尔不愿让孩子们乘坐送葬队伍的黑色轿车前往，便亲自驾驶自家的旅行车载着他们——孩子们、戈夫夫妇和内森。下葬过程没有持续多久。盖勒念了悼文，孩子们把花园里采来的菊花放在棺材盖上。卡罗尔问有没有人想说点什么。没有人回答。卡罗尔问儿子："莱斯利？"他思考了一会儿。"我只是想说……"但他怕自己失控痛哭，便没有继续。"艾伦？"卡罗尔说。艾伦泪眼婆娑，紧握着外祖母的手，摇头表示没有。"露丝？"卡罗问道。"他是最棒的父亲，"露丝的嗓音清亮，"最棒的。""好。"卡罗尔说。两个魁梧的抬棺匠放下棺材。"我马上就来。"卡罗尔告诉家人。她一个人留在墓旁，其他人则往停车场走去。

卡罗尔和孩子们去奥尔巴尼庆祝她父母的结婚纪念日了。实验室的活儿积压了许多，H没法一同前往。玛丽亚把车停在三个街区外，然后走到他家。按他的吩咐，她穿上了丝质紧身连衣裙和黑色内衣。还带了她最喜欢的唱片来放。卡罗尔临走时忘记给屋后走廊上的植物浇水，她浇了些——还摘下枯叶。然后上床，肛交。一开始的困难过后，两人都欣喜若狂。H说："我就是这样娶你的，就是这样把你变成我老婆的！""是的，而且没有人知道，亨利！我那里也破处了，谁也不知道！他们都以为我是尽职尽责的乖乖女。谁也不知道！"后来他们一起进了浴室，她用他的梳子梳头时，看到他的睡衣挂在门后,就伸手去摸。("直到那晚我才意识到她做了什么。然后我走进去,像她那样摸了摸自己的睡衣,感受她摸它时的感受。"还要把她的头发从梳子上扒拉下来,以免卡罗尔发现。)和她一起坐在娱乐室时——一盏灯也没打开——H已是饥肠辘辘,径直从纸盒里吃了一夸脱冰淇淋,她则给他播放唱片。玛丽亚说:"这是十八世纪最美妙的慢乐章。"H记不起那是谁的曲子了。海顿?莫扎特?"我不知道,"他告诉我,"我对那种音乐一无所知。但看着她倾听的模样,感觉很美。"玛丽亚说:"这让我想起上大学时,我像现在这样坐着,心里想的只有你,好像世上其他人都不存在。""你现在是我妻子了,"H说,"我的另一个妻子。"他把梅尔·托尔梅的唱片放给她听——有机会必须和她跳舞,就像高中时和琳达·曼德尔贴身热舞那样。那晚他一个人睡在沾满润肤油的床单上,枕头上的振动器没洗,就放在他的头旁边。第二天他把振动器带去了诊所,藏在办公室里,办公室还藏有之前买来读的福多尔的《瑞士旅行指南》,她的照片,从梳子上扒拉下来的几根头发,统统被放进了保险箱。他把床单塞进一个黑色塑料袋,扔进米尔本购物中心的垃圾桶,那里离他和玛丽亚"结婚"的地方五英里远。是福多尔的《陀思妥耶夫斯基》①。

　　那是九月末的一个下午。从微风中透出的凉意,阳光的微热,树木发出的那种并非夏天特有的干巴巴的刷刷声中,你可以轻而易举地猜出现在是几月,甚至猜出是星期几。一个男人,无论多么年轻,多么阳刚,有生之年如果每年都可以享受这样的秋日的话,那么即使过一种终身禁欲的生活又有何妨?这个问题留待胡须苍苍、擅长猜谜的老人家来回答吧。在祖克曼看来,和蔼可亲的马克·盖

---

① 作者在这里玩了一个文字游戏。福多尔(Fodor)与陀思妥耶夫斯基的名字费奥多尔(Fyodor)很相似。

勒拉比完全是另一种类型。因此他谢绝了盖勒开车送他回去的邀请，而是和孩子们以及他们的外祖父母一起在墓地大门边等着，卡罗尔的旅行车就停在那儿。

露丝看上去很疲惫，她走过来，拉起伯父的手。

"怎么啦？"他问她，"你还好吗？"

"我一直在想，其他孩子在学校谈起他们的父母时，我却只能讲'我妈妈'。"

"只要话题涉及过去，你都可以用复数人称的父母。过去的十三年他们都陪在你身边。你和亨利共同经历的那些事永远不会消失。他永远是你的父亲。"

"爸爸会带我们去纽约购物，一年两次，不带妈妈。他请客。只有他和我们几个孩子。我们先去购物，然后去广场饭店的棕榈餐厅享用午餐——那里有人拉小提琴，拉得不怎么样。秋天去一次，春天去一次，年年如此。如今爸爸做的事都得妈妈来承担了。她得干两个人的活。"

"你觉得她干不了吗？"

"干得了，当然干得了。也许有一天她会再婚。她真的很想结婚。我也希望她再婚。"她紧接着正色道，"但前提是她能找到对我们和对她都好的人。"

他们在那儿等了将近半个钟头，卡罗尔才踏着轻快的步子从墓地走出来，开车送大家回家。

吊丧的人还在会堂，但食物已经由当地餐厅摆在露台的遮阳篷下了。楼下各个房间里散放着从殡仪馆租来的折叠椅。露丝所在垒球队的女孩们下午都没去上课，都跑来祖克曼家帮忙，她们正在清理用过的纸盘，又把厨房预备的食物重新装满托盘。祖克曼去找温蒂了。

事实上，是温蒂——她害怕亨利会失去理智——首先提议他去找内森倾诉的。卡罗尔想当然地以为，内森已经不再对他弟弟拥有任何家长权威，于是劝亨利去找城里的心理医生谈谈。每周六上午，他都花上一小时——直到周六那次可怕的纽约之旅——接受谈话治疗，放弃抵抗，十分坦率地谈起对温蒂的激情，跟心理医生假称是对卡罗尔的激情，说她是任何男人都渴望拥有的最有趣、最富创造力的性伴侣。心理医生似乎对关于婚姻的长时间的思考讨论很感兴趣，可亨利却越发沮丧，因为这正是对他自己婚姻的残酷戏仿。卡罗尔以为，内森是在接到她的报丧电话之后才得知弟弟的病情。祖克曼严格遵照亨利的意愿，在电话里装聋作哑，可这一荒唐之举只是让他更加不快，让他明白，亨利在面对考验、需要做出理智决定时是多么无能。在墓地，当亨利的孩子们在墓前努力组织语言时，祖克曼终于想明白了，亨利让自己被阻止的原因是他想要被阻止。亨利绝对想不到的是，内森会坐在那里板着脸承认，为了一心渴求的疯狂欲望，有理由动一个如此危险的手术，而这样的欲望在他自己的《卡诺夫斯基》则完全被当成闹剧处理。亨利料想内森会嘲笑他。这还用说！他大老远从新泽西赶过来，只为向这位爱挖苦人的作家坦陈自己的两难境地有多荒谬，可这位满脸关切的兄长却纵容他，既没开怼，也没提出忠告。他来内森的公寓是想被告知，和一个成熟男人的生活秩序相比，温蒂的嘴巴毫无意义。相反，这位惯于讽刺性事的作家却只是坐在那儿认真聆听。祖克曼一直在想的是，性无能拉近了他与按部就班生活的距离。只要他有性能力，他就可以挑战和威胁稳固的家庭关系，哪怕只是为了好玩；只要他有性能力，他的生活就会在按部就班和打破禁忌间留有余地。一旦失去性能力，他感到自己注定要过一种墨守成规的生活，一切皆成定局。

没有什么比亨利对自己如何成为温蒂情夫的描述更能说明这一点了。显然，从她进办公室接受面试、他随手关上房门的那一刻起，他们交流的每一句话几乎都刺激着他。"嗨，"他握着她的手说，"我从韦克斯勒医生那里听说了很多关于你的事，他说你很了不起。现在见了真人，更是感觉好过了头。你这么漂亮，实在很让人分心啊。"

"哎呀，"她笑着说，"那我是不是该走了。"

亨利很高兴，因为他不仅能让她快速放轻松，也能让自己放轻松。类似的情况不常发生。尽管他和病人关系融洽是出了名的，但面对陌生人，无论男女，他依旧是正经得离谱，就比如在自己的办公室面试应聘者时却表现得像他才是参加面试的。可眼前这个年轻女人身上的破碎感——她娇小的乳房尤其诱人——给了他胆量，尽管此刻胆子大不是什么好事。无论家庭还是事业，他都顺风顺水，最不需要的就是冒险跟别的女人搞在一起。然而，正因一切顺利，他才克制不住那强劲的男子气概十足的自信，他看得出来她已为之神魂颠倒。那些天恰是他觉得自己像个电影明星的日子，举手投足间尽显浮夸。可为什么要克制呢？他感觉自己像个蠢货的日子已经够多了。

"请坐，"他说，"跟我说说你自己，说说你想做什么吧。""我想做什么？"一定有人跟她说过，如果需要时间思考问题的正确答案或想起事先准备好的答案，最好把问题复述一遍。"我想做的事很多。韦克斯勒医生带我第一次接触了牙科治疗，他棒极了——是个真正的绅士。"

"他人不错。"亨利说。与此同时，因为那满溢的自信和力量，他几乎是不由自主地在想，面试结束前他会让她见识见识什么才叫"棒极了"。

"有关牙医这个职业，我从他那里学到很多。"他温和地鼓励她。"告诉我你学到了什么。"

"我学到了什么？我学到一个牙医必须选择做什么样的业务。这是门生意,你必须选择一个市场,而你要打交道的是很私密的东西。是人们的口腔,他们对它的感觉,对笑容的感觉。"

当然了,口腔就是他的生意,她的也是。然而,这样的谈话——在快下班,门关着,前来求职的又是位娇小玲珑的金发女郎的情况下——最终正在演变成可怕的刺激。他记起玛丽亚的声音,她告诉他他的鸡巴有多棒。"我把手伸进你的裤子,吓了一跳,它那么大,那么圆,那么硬。""你的控制力,"她会对他说,"你的持久坚挺无人能及,亨利。"如果温蒂起身走到他桌子跟前,把手伸进他的裤子,她就会明白玛丽亚的意思了。

"口腔,"温蒂说,"确实是医生所能接触到的最隐私的部位了。"

"你是为数不多说这种话的人,"亨利告诉她,"你知道吗?"

当他注意到这句恭维话让她脸上泛起红晕时,他便把谈话往更加暧昧的方向引导,因为他清楚偷听他们谈话的人没有任何正当理由指控他,说他跟她谈论工作资历以外的事。况且也不会有人偷听。

"一年以前你是不是认为你的口腔没问题?"他问道。

"跟我现在的想法相比,是这样的。当然,我总是留心保护牙齿,留心自己的笑容——"

"你关心你自己。"亨利赞同地插了一句。

微笑着——一个美好的微笑,象征了恣意的纯真——她高兴地接过他的暗示。"没错,当然了,我是关心自己,但我没有意识到这个领域还涉及这么多心理学。"她这么说是叫他别心急吗,或者这是请他放过她的口腔的一种客气的表示?或许她没有看上去那么天真无邪——但这更令人兴奋。"给我展开讲讲吧。"亨利说。

"嗯,我之前说过——人看待笑容的态度反映了他们看待自己的态度,以及他们如何看待呈现给他人的那一面。我认为得到优化的不仅仅是牙齿,还有与之相关的一切,也许是整个人。在牙科诊所,你面对的是一个完整的人,尽管表面上看你要打交道的只是这个人的口腔。我怎样才能让他整个人而不只是他的口腔满意?谈到牙齿美容,那才是真正的心理学。我在韦克斯勒医生的诊所遇到过来做牙冠的人,他们想要超白的牙齿,但那与他们自己的牙齿、牙齿的颜色不相称,所以你得让他们明白看起来自然的牙齿是什么样儿的。你告诉他们:'你会拥有最适合自己的笑容,但不是通过费力挑选一个完美的笑容,然后把它放到自己嘴里。'"

"也会拥有一张嘴,"亨利帮她补充道,"一张看起来属于自己的嘴。"

"没错。"

"你来我诊所上班吧。"

"哦,太好了。"

"我们会干成的。"亨利说。没等她琢磨出这句话别有深意,他便迅速转移话题,向他的新助理陈述了自己的想法,仿佛只有通过对口腔医学的严肃表态,他才能阻断话中不雅的暗示。他错了。"你现在肯定知道了,大多数人甚至不认为口腔,或者说牙齿,是身体的一部分。他们没有这个意识,对他们而言,口腔是一个洞,一个乌有。大多数人不像你,他们不知道口腔对自己的重要性。他们之所以害怕看牙,有时是因为之前的一些可怕经历,但主要是因为他们认识不到口腔的重要性。触碰它的人要么是帮助者,要么是侵入者。让他们转变观念,把对他们口腔的触碰当成帮助而非侵入,这几乎就像体验了一场性事。对大多数人来说,口腔是秘密的,是他们的隐蔽之处。就像生殖器一样。你要记住,从胚胎学上讲,口腔和生殖器是相互关联的。"

"我学过这方面的知识。"

"是吗?很好。那么,你理解人们希望你在触碰他们的口腔时要极尽温柔。因而,不论面对哪一类人,下手轻柔就是你的首要考虑。不过,说也奇怪,男性在这方面更脆弱,尤其是在他们牙掉了的时候,因为掉牙对一个男人来说是一种强烈的体验。男人的一颗牙相当于他的一根小型阴茎。"

"我还不曾意识到这一点。"她说,但似乎没有受到任何冒犯。

"那么,你怎么看待一个没牙男人的性能力?你觉得他会怎么想?我之前认识一个有头有脸的家伙,他一颗牙也没有,但是有一个年轻女友。他不想让她知道自己戴的是假牙,因为那意味着他是个老头子,而她是个妙龄少女。她跟你岁数相仿。你二十一岁?"

"二十二。"

"她二十一。所以我给他种了牙,替代了原来的假牙,最后他很高兴,她也很高兴。"

"韦克斯勒医生总是说,最大程度的满足来自最高难度的挑战,而这样的挑战通常是灾难级别的病例。"

韦克斯勒上过她吗?到目前为止,亨利和助理们只是调调情而已,不曾逾矩——这不仅违反职业道德,而且也会让在他忙着给人看牙时完全分心,很可能就让他的病人成为灾难级别的病例。这时他才意识到自己根本不该雇用她;他实在太过冲动了,所有那些令他亢奋不已的小型阴茎讨论只会让事情变得更糟。可是,这些天发生的一切让他胆大起来,他没法就此收手。事情能变多糟?他胆子是大了,心里却也没底。"一定不要忘记,口腔是进行体验的主要器官……"他继续说着,肆无忌惮地盯着她的嘴巴,眼睛一眨不眨。

然而,过了整整六周,他才克服了自己的疑虑。他担心自己的逾矩行为比面试时更变本加厉,还担心是否能让她继续留在诊所,尽管她工作十分出色。他同卡罗尔说的有关她的那些话,碰巧都是真的,尽管在他听来是对雇用她再明显不过的合理化。"她聪明可爱,人们喜欢她,她了解他们的想法,对我很有帮助——有了她,我一进诊所就可以立马投入工作。这女孩,"他告诉卡罗尔,最初几周他常不厌其烦地这样说,"每天能给我节省两三个小时。"

有一晚,下班后,温蒂正在清洗器械托盘,而他照例在洗手洗脸。他转向她,开始笑起来,因为似乎再也没有别的法子了。"你瞧,"他说,"我们来假扮一下角色。你来当助理,我当牙医。""可我就是助理呀。"温蒂说。"我知道,"他回答说,"我是牙医——但还是要假扮。""于是,"亨利告诉内森,"我们就这么搞上了。""你扮演牙医。"祖克曼说。"是的,"亨利说,"她假装自己是'温蒂',我则假装自己是'医生'。我们假装在我的诊所里。然后我们假装做爱——然后我们就真做了。""真有意思。"祖克曼说。"是很有意思,还很疯狂,让我们变得疯狂——这是我干过的最奇怪的事。我们就那样搞了好几周,像那样假扮成助理和牙医,她不停地说:'为什么假扮自己让我们如此兴奋?'天哪,太棒了!她太性感了!"

好了,那玩闹的、性感的已经结束,不会再有把不是什么变成是什么,或者可能是什么变成是什么的恶作剧——只剩下是什么是这个的致命的严肃。一个成功、忙碌、精力充沛的男人最喜欢身边有个小温蒂,而一个温蒂最开心的莫过于称呼自己的情人为"祖医生"——她年轻,有活力,在他的诊所工作;他是老板,她看着他身穿白大褂被所有人崇拜,看着他妻子开车接送孩子,看着他妻子两鬓灰白,而她对自己二十英寸的小蛮腰不以为意……全是美好。确实,和温蒂相处的时光,无论是在牙科诊所,还是下班后,或者在工作室,对亨利来说都是一种艺术;在祖克曼看来,亨利丧失性能力就像艺术家的艺术生命永远枯竭了一样。重新分配给他的是责任之艺术——不幸的是,那将是他需要越来越长的假期才能从中幸存下来的庸常。他又被迫去发挥自己生而平凡的才能,正是这种才能禁锢了他的一生。祖克曼非常同情他,所以没有出手阻止,真真是愚蠢啊。

在楼下的客厅,他穿过亲友中间,接受他们的同情,倾听他们的回忆,回答他们关于他住哪儿、写些什么的问题,直到走到表姐埃西跟前。她是他最喜欢的亲戚,一度也是家族的顶梁柱。她正坐在壁炉旁一张安乐椅上,膝上横着一根拐杖。上次见到她还是六年前,在佛罗里达他父亲的葬礼上,那时她有了新丈夫——一个叫梅茨的上了年纪的桥牌选手——现在已经死了,他至少比埃西轻三十磅,而且不拄拐杖。在祖克曼的记忆里,她总是又胖又老,如今她显得更胖更老了,不过看起来仍然坚不可摧。

"这么说,你弟弟没了。"他俯身吻她时,她说,"有一次,我带你们俩去奥林匹克公园。带你们和我的孩子一起,把所有游乐项目玩了个遍。亨利那时才六岁,一头浓密的黑发,简直就是温德尔·威尔基[①]的翻版。那小子当时很崇拜你。"

他们得回巴塞尔了——于尔根调回国工作了。玛丽亚哭个不停。"我要回家做我的贤妻良母去!"六周后在瑞士,她刚好有这点儿钱实现自己的愿望。

"是吗?"
"天哪,他都不肯放开你的手。"
"好吧,现在不得不放开了。我们都在这儿,在他的房子里,他却留在了墓地。"
"别跟我谈死人,"埃西说,"今早我照镜子,看见一大家子人望着我。我看到我母亲的脸,看到了我妹妹、我弟弟和所有死去的人,他们的脸跟我这张丑脸叠在一起。来,我们好好聊聊。"他扶她从椅

---

① Wendell Willkie(1892—1944),美国政治活动家。

子上起身,她则领他出了客厅,就像一辆断了轴的大卡车一个劲儿地往前冲。

"您想说什么?"走到前走廊时他问。

"如果你弟弟宁死都要和他媳妇上床,那他现在已经跟天使在一起了,内森。"

"他总是最好的孩子,埃丝特,最好的儿子,最好的父亲——如今看来,也是最好的丈夫。"

"看来是最蠢的蠢货。"

"可孩子们怎么办,还有家人们——老爸会大发雷霆的。我怎么在巴塞尔行医呢?""你为什么偏要住在巴塞尔?""因为她喜欢巴塞尔,这就是原因——她说,她是因为我才勉强接受南奥兰治这地方的。瑞士是她的家乡。""好多地方还不如瑞士呢。""你说得倒容易。"所以我不再多说什么,只记得她穿着黑绸吊带衫骑在他身上的样子,就像他学生时代床上的床柱那样遥不可及。

"三十九岁时得了阳痿,"祖克曼说,"还坚信不举的日子可能永无止境,这算不上蠢。"

"在墓地的日子同样没个头。"

"他希望活下来,埃西。否则他不会去动手术的。"

"一切都是为了那个小媳妇?"

"事情就是这样。"

"我更喜欢你写的那些事儿。"

玛丽亚告诉他,留下来的人比离开的人更痛苦,因为那些熟悉的地方。

紧跟他们走下楼的是两个上了年纪的男人，都是很久没见过面的。一个叫赫伯特·格罗斯曼，是祖克曼家唯一的欧洲难民，另一个叫希米·基尔希，多年前被内森的父亲称作"尼安德特姐夫"，是家族里最蠢的亲戚，不过这点还存在争议。但他也是家族里最富有的。人们不得不怀疑，希米的愚蠢算不算某种财富；看着他，人们不禁会想，从本质上讲，对生活的热情和获胜的力量也许和愚蠢与否没多大关系。尽管他那魁梧的身材已被岁月侵蚀，他那布满皱纹的脸见证了他毕生努力，但他多少还是内森童年记忆里的那个人——是批量生产线上一个不容置疑却无足轻重的庞然大物，是古老的新移民家庭里贪得无厌的后代，即使被所有原始禁忌所奴役（对社会来说是桩幸事），他也不会退缩。祖克曼的父亲是位尽心尽责的足科医生，在他看来，生活就是从移民父亲贫穷的深渊中顽强地往上爬，这不仅是为了改善自己的命运，也是为了最终拯救所有人，成为家庭的救世主。希米从来没有后顾之忧。并非他一定要贬低自己，他生来以及长大成人后一直坚持做的，就是做希米·基尔希。不容置疑、无需借口、从不考虑"我是谁""我是什么""我在哪儿"之类的废话，没有一丝自我怀疑，也没有丝毫追求精神卓越的冲动；更准确地说，他是走出纽瓦克老犹太贫民窟的那一代人，呼吸着抗争的精神，又完全遵循世俗的生活方式。

内森第一次爱上字母表，在学校因出色的拼写而成为明日之星时，希米这类人就已经开始让他怀疑自己才是真正的怪胎，尤其是他听说他们竟用那些众所周知的蠢方法成功打败了竞争对手。他父亲从夜校毕业后当上医生，并获得尊严，这样的父亲令人钦佩。但希米这类人完全不同。这些枯燥乏味、墨守成规的庸才，他们离经叛道，心肠冷酷。他们用牙齿从生活的大腿上生生扯下一块肉，拖着它到处走，与他们嘴里淌血的肉块相比，其他一切都显得意义苍白。这类人没有半点智慧；他们极度自满，却毫不自觉，除了最基本的男子气概，他们一无所有，但仅凭这一点，他们就大有前途。他们也曾经历惨痛，蒙受损失，绝不会因为生性粗野而感知不到：他们擅长用棍棒将人打个半死，自己也难免挨棍棒。关键是，痛苦磨难并没有使他们的求生欲减少半分。他们缺乏细腻的感受或怀疑的精神，缺乏凡人的无力感或绝望感，容易让人觉得他们缺乏人性。然而，他们身上的人性却是再怎么强调都不为过的：他们是真正的人。在他自己的父亲不懈地追求成为最优秀的人类代表时，希米这类人已然是人类的脊梁了。

希米和格罗斯曼正在讨论以色列的外交政策。"炸了他们，"希米直截了当地说，"炸了那些阿拉伯混蛋，炸得他们哭爹喊娘。他们又想来招惹我们？那我们岂不是要完蛋！"

埃西精明狡猾，有自知之明，完全是另一类幸存者。她对他说："你知道我为什么捐钱给以色列人吗？"

希米一副愤愤不平的样子。"就你？你这辈子一个子儿都不舍得给。"

"你知道为什么吗？"她转身问格罗斯曼，他为人更正直。

"为什么？"格罗斯曼问。

"因为在以色列能听到最好的反犹笑话。在特拉维夫听到的反犹笑话，甚至比在柯林斯大道上听到的还精彩。"

晚饭后 H 回到诊所——实验室还有活没干完，他这么跟卡罗尔说——却整晚坐在那读福多尔的《瑞士旅行指南》，他想拿定主意。"巴塞尔这个城市独具风味，传统元素、中世纪风格与现代元素出乎意料地融合在一起……有壮观的古老建筑，也有精致的现代建筑，其背后和周围是一个雅致古巷和繁忙街道组成的迷宫……旧与新自然地融为一体……"他想："如果我能成功的话，那该是多么辉煌的胜利啊!"

"三年前我和梅茨到过那里,"埃西说,"当时我们正从机场坐车去酒店。出租车司机是以色列人,他转过身来用英语对我们说:'为什么犹太人都是大鼻子?''为什么?'我反问他。'因为空气是免费的。'他说。我当场签了一张一千美元的支票捐给犹太联合募捐协会。"

"得了吧,"希米对她说,"谁从你那儿撬出过一个子儿来?"

"我问她是否会离开于尔根。她要我先告诉她我会不会离开卡罗尔。"

赫伯特·格罗斯曼坚持一种伤感的人生观,这是他唯一态度坚决的地方。这时他开始跟祖克曼讲起最新的坏消息。格罗斯曼的忧郁症几乎一度逼疯祖克曼的父亲,就像希米的愚蠢一样;祖克曼医生最后不得不承认,他可能是世上唯一的"可怜虫,他身不由己"。酗酒者可以从心所欲,通奸者可以,失眠症患者、杀人犯甚至口吃者也可以——根据祖克曼医生的说法,任何人都可以努力磨炼意志,以此来改变自身的任何缺陷;可因为之前格罗斯曼不得不逃脱希特勒的围捕,他似乎没有任何意志可言。每每到了周日,祖克曼医生就想着要让这该死的家伙别再伤感下去。丰盛的早餐过后,他会乐观地从桌边起身,对家人宣布:"该给赫伯特打电话了!"但十分钟后,他又会垂头丧气地回到厨房,喃喃自语道:"这个可怜虫身不由己啊。"是希特勒的错——没有别的解释。不然祖克曼医生无法理解,怎么会有这样的人存在。

在内森看来,赫伯特·格罗斯曼现在就像他当时一样,是个脆弱的难民,一个犹太人。他心脏安着起搏器,鼻子上架着眼镜,看起来就像伊萨克·巴别尔①的现代翻版。"大家都为以色列担心，"格罗斯曼对他说，"可你知道我担心什么吗？我担心的是这儿，是美国。这儿正发生着可怕的事。那感觉就像在一九三五年的波兰。不，我指的不是反犹主义，那是迟早的事。我指的是犯罪，是目无法纪，是人心惶惶。是钱——一切皆可出售，金钱就是一切。年轻人绝望透顶。他们吸毒只是因为绝望。如果不是深陷绝望，没人会借吸毒体验美好。"

H打了半小时电话，除了夸卡罗尔劳苦功高外，其他啥也没说。只有像亨利一样和卡罗尔成为老夫老妻，你才能真正看清她的美好品质。"她有趣、有活力、有好奇心、有洞察力……"一长串令人印象深刻的优秀品质。长得惊人。

"我走在街上就能感受到，"格罗斯曼说，"连步行去商店都行不通了。你去超市，光天化日之下，黑人就会跑来，把你洗劫一空。"

玛丽亚走了。交换告别礼物时，眼泪汪汪。H和他有教养的哥哥商量后，送给她一套海顿的盒装《伦敦交响曲》。玛丽亚把黑绸吊带衫送给了他。

在赫伯特·格罗斯曼找了个借口，说要出去吃点东西时，埃西对祖克曼说："他上一任老婆得了糖尿病，把他的生活搞得一团糟。后来她双腿截肢，眼也瞎了，却还是对他指手画脚。"

祖克曼两兄弟中活下来的那个就这样过了一个漫长的下午——等待着，看温蒂是否现身，一边听家族长辈们讲他们的事迹，

---

① Isaac Babel（1894—1940），苏联籍犹太作家，以短篇小说集《骑兵军》《敖德萨故事》跻身世界文学巨匠之列。

一边记起那些笔记条目,他在写它们的时候,可没想到它们会变成《特里斯坦和伊索尔德》里预示灭亡的按语。

圣诞节前一天,玛丽亚给 H 打电话。他一听说有人打国际长途找他,心就开始怦怦直跳,直到她道别很久后才平静下来。她想祝他在美国圣诞快乐。她告诉他,这六个月她过得很艰难,但随着圣诞节的到来,情况有所好转。孩子们很兴奋,于尔根的家人都过来了,第二天晚宴要招待十六人。她发现连下雪也让人好受些。新泽西下雪了吗?他介意她这样打电话到诊所吗?他的孩子们还好吗?他的妻子呢?他还好吗?圣诞节有让他的生活好过点吗,还是说生活已经不再那么艰难了?"你怎么回答的?"我问。H 说:"我什么都没敢说。我怕诊所里有人听到。我想我搞砸了。我说我们不过圣诞节。"

那就是他放她走的原因吗,因为玛丽亚过圣诞节而我们不过?人们可能会想,在亨利这一代受过大学教育的世俗无神论者当中,与非犹太姑娘私奔在多少年前就已不算大罪,如果真有什么的话,也不过被当成恋爱中的虚构情节罢了。但当时亨利的处境可能是这样的:模范人物当了那么久,他已经可笑地陷进了那光鲜亮丽的伪装中,恰恰在这个时候,他要跳出去,那么他注定要变得比任何人想象的都更无措,更绝望。如果那个唤醒了他过另一种生活的渴望,对他来说是一场与过去决裂、反对旧有自洽的生活方式和信念(即生活是一系列应该完美履行的义务)革命的女人,到头来不过是他头一次(也是最后一次)寻欢作乐的耻辱记忆,只是因为她过圣诞节而我们不过,那么这是多么荒唐,多么可怕啊。如果亨利关于发病原因的说法没错,如果导致他发病的确实是那次惨痛失败带来的压力,以及在她回巴塞尔后一直困扰他、让他难以忍受的自我蔑视,那么，说来也奇怪，杀死他的正是他的犹太身份。

如果/那么。下午一点点地过去，他发觉自己正绞尽脑汁想把那些旧笔记从原始的事实中释放出来，把它们变成让自己发挥想象去解决的谜题。他在楼上的卫生间里小便时，心想："假设那天下午，在他们真的通过肛交结了婚之后，他就在这个房间，看她在进来跟他共浴之前扎起头发。看到他宠溺她——看到他眼里流露出的惊异，惊异于这个奇怪的欧洲女人同时体现了纯洁的家庭生活和庸俗的情欲主义——她自信地笑着说：'我扎起头发露出下颌，看起来真的很像雅利安人。''那有什么不好的？'他问道。'啊，雅利安人有种令人反感的品质——历史已经证明了这一点。''听着，'他告诉她，'不要让这个世纪的历史成为你的包袱……'"

不，那不是他们，祖克曼想。他下楼进了客厅，温蒂仍不见踪影。不过也不一定是"他们"，可以是"我"，他想。我们。如果两兄弟的气质中你中有我，我中有你——而我是祖克曼兄弟中痛苦的那个呢？这种困境的真正启示是什么？难道它对任何人来说都是容易应付的吗？如果果真是那些大部分男人赖以生存的药物同时让他们丧失了性能力，那么阳痿在这个国家便成了一种离奇的流行病，其对个体的影响无人理会，媒体不会报道，连多纳休①都不会探讨，更别提出现在小说中了……

客厅里有人对他说："你知道吗，我曾劝你弟弟试试人体冷冻——不过现在说这个也起不了什么安慰作用了。"

"是吗？"

"我甚至不知道他病了。我是巴里·休斯金，打算在新泽西这儿建一套人体冷冻设备。我跑去找亨利，他对此一笑置之。这家伙心

---

① Phil Donahue（1935— ），美国脱口秀主持人。

脏不好，没法再过性生活，他连瞧都没瞧我给的资料。像他这样的理性主义者，有这种反应太奇怪了。如果我是他，我一定不会这么笃定。才三十九岁，一切就到此为止了——真是奇怪。"

休斯金年约五十，看起来比较年轻——个头很高，秃顶，一脸的黑络腮胡子，讲话不太流利，是个精力充沛话又多的人。祖克曼一开始以为他是律师、讼棍，又或许是某种苛刻的经理之类。结果他是亨利的同事，也是牙科大夫，和亨利在同一个办公大楼，专长是植牙，将定制的牙齿固定在颌骨上，而不是装齿桥或假牙。当亨利忙于日常的牙科诊疗，应付不过来太复杂或耗时的植牙手术时，他就把业务转给休斯金。休斯金还擅长修复事故罹难者和癌症患者的口腔。"你听说过人体冷冻吗？"休斯金在表明自己是亨利的同事之后问道，"你应该听说过。应该在邮寄资料上见过。时事通讯、杂志、书籍——所有提供记录的东西。他们已经找到如何在不损伤细胞的情况下进行冷冻的办法。假死。你没死，只是被冷冻储存。但愿可以冻个几百年吧，直到科学能解决化冻后的问题。冷冻，暂停生命，然后复活。到时修复或更换损坏的部分，你就会完好如新，如果不比新的更好的话。你自知大限将至，得了癌症，癌细胞即将侵袭重要器官。但你还有别的选择。你去找到人体冷冻领域的相关人士，说想在二十二世纪醒来，给我注射超剂量的吗啡，给我排液、输液、让我的生命暂停。你没有死。只是从活着的状态到暂停的状态。没有过渡阶段。冷冻液取代了血液，可以防止结晶冰冻破坏细胞。他们把人体塑封在不锈钢容器里，然后在容器里注满液氮。零下二百七十三度。冷冻花费五万块，然后你用一个信托基金来支付维护费用。那是个小数目，一年一千、一千五的样子。问题是只有加利福尼亚和佛罗里达才有这种设备——速度决定一切。所以我才想认真考察一下，在新泽西这边设立一个非营利组织，为像我这样不想死的人建一套人体冷冻设备。这是不赚钱的生意，也就少数几个诚实可靠的设备操作者拿点工资而已。很多人会说：'该死的，巴里，我们试试吧，骗骗那些信以为真的人，捞它一笔。'我可不想因为这种胡言乱语而把事情搞砸。我的想法是成立一个会员组织，参加的人都愿意为未来保存身体，他们恪守这一原则，而不是为了捞钱。也许能找五十个。你的话，也许能组织起五千个。许多有权势的家伙，他们享受着生活，位高权重，又有专业知识，同时觉得死了火化或埋土里简直是狗屁——干吗不冷冻起来呢？"

就在这时，一个女人抓住了祖克曼的手。那是个上了年纪的小个头女人，有着一双特别漂亮的蓝眼睛，胸部丰满，一张脸饱满圆润，神情快活。"我是卡罗尔的姑妈，戈夫的妹妹，从奥尔巴尼过来。对你的遭遇深表同情。"

休斯金一边表示理解作为死者兄长那种感情上的义务，一边悄声对祖克曼说："把你的家庭住址告诉我吧——在你走之前。"

"回头再说吧。"祖克曼说。那个享受生活、位高权重、有专业知识、死后不想被火化或埋土里的休斯金——他会像块羊排一样躺在那儿，直到二十二世纪，然后醒来，解冻，再活上十亿年——离开了，留下祖克曼和卡罗尔的姑妈去互表同情，后者还紧紧握着前者的手。永生的休斯金。一旦冰柜取代了坟墓，难道这就是未来吗？

"这是个损失，"她对祖克曼说，"谁也理解不了。"

"是啊。"

"有些人听了她的讲话大为吃惊，你知道吗？"

"卡罗尔的讲话吗？"

"是呀，站起身来在丈夫的葬礼上讲那样的话？那种话我们这代人私下里都不会讲的。许多人都不会像她那样，觉得有必要把纯属个人隐私的事开诚布公。但卡罗尔一直都是这么让人吃惊，今天也没让我失望。对她来说，事实就是事实，没什么可隐瞒的。"

"我倒觉得她讲得挺好。"

"当然。你是个受过教育的人,你懂什么是生活。帮我个忙,"她低声说,"等你有空了,跟她父亲谈谈。"

"为什么?"

"因为他如果照现在这样下去,又会弄得心脏病发作的。"

他又等了一个小时,一直等到快五点,倒不是为了让戈夫先生平静下来,因为安抚心烦意乱的戈夫先生是卡罗尔的事。他只是抱着一线希望,希望温蒂会现身。一个不错的姑娘,他想,她不想强迫别人的太太孩子接受自己,即使她是这一切的关键人物,而他们对此一无所知。他原本以为,她会非常渴望与他聊聊,因为他是唯一知道事情来龙去脉,又了解她内心感受的人。但也许正因为亨利对内森把一切都和盘托出,她只能远远躲着了——因为她不知道他是否会斥责自己,或因为说谎话被反复盘问,或者甚至可能被他这个居心叵测、内心扭曲的哥哥勾引,就像理查三世那样。随着时间一分一秒地过去,他发现,比起弄清楚温蒂会如何对待卡罗尔,或者近距离看看她是否和照片上有出入,他更期盼的是她的出现,就像在街头闲逛时盼看见到哪位电影明星或者瞥一眼教皇。

休斯金逮住他时,他正要去寡妇卡罗尔的卧室取外套。他们一起上了楼,祖克曼心想:真奇怪,亨利从来没提过他这位梦想家同事,种植牙专家,在自己当时失控的状态下居然也没被对方说动。也许他根本没听进去。亨利妄想得到的,并非是在下一个千年化冻苏醒。对他来说,连和玛丽亚一起在巴塞尔生活都听起来像是科幻小说。相比之下,他要求得很少很少——余生和卡罗尔、温蒂、孩子们一起度过,能实现这小小的奇迹,他就心满意足了。要么这样安度余生,要么变回那个住在泽西海岸小屋的十一岁男孩,屋旁有个水龙头可以冲掉脚上的沙子。如果休斯金告诉他科学正致力于让他重返一九四八年的夏天,那他可能就招揽到一位主顾了。

"洛杉矶有一批人，"休斯金说，"我会把他们的业务通讯寄给你的。一些聪明绝顶的家伙，有哲学家、科学家、工程师，还有很多作家。他们正在西海岸做研究。因为他们觉得身体并不重要，定义你所是的都在上头，在这儿，所以他们主张把头和身体分开。他们相信自己能将头和身体再次连接，把动脉、脑干和其他一切重新连接到一具新的身体。他们会解决免疫问题，又或者，他们能克隆出新的身体。一切皆有可能。所以他们只是把头冷冻起来。这比冷冻保存整具身体更便宜、更快，存储成本也更低。他们发现知识分子圈对此很感兴趣。如果你和亨利处境相同，你可能也会感兴趣。我自己不感兴趣。我要冷冻全身。为什么？因为我个人认为，人的经验与身体里所有细胞的记忆都有很大关联。不能把头脑和身体分开，它们是一体的，身体即头脑。"

至少今天在这个点上，没什么好争论的，祖克曼心想，他把外套放在亨利曾躺过的那张特大号床上（亨利如今已经躺进了棺材），写下自己的地址。"如果我最终落得亨利的下场，"他说着，把地址递给休斯金，"我说的是'如果'吗？请原谅我的委婉，我的意思是'到那个时候'。"

虽然亨利比他哥哥稍重一些，肌肉更发达些，但他们的身形相差无几，这也许可以解释为什么他下楼离开时卡罗尔会抱着他久久不放。当时两人情绪都很激动，祖克曼甚至怀疑自己会听到她这么说："我知道她的事，内森。我一直都知道。但如果我告诉他，他会发疯的。几年前我得知他和一个病人有染。我简直不敢相信自己的耳朵——孩子们还小，我也还年轻，那时候我对这种事非常介怀。后来我告诉他我全知道了，他勃然大怒，歇斯底里发作了一番。他哭了好几天，每次从诊所回来都求我原谅他，跪着求我不要让他搬出去——用最难听的字眼骂自己，求我不要赶他走。他那种样子我不想再见到。他的每一个相好我都知道,但我随他去了,让他得到他想要的,只要他在家是孩子们的好父亲、我的好丈夫就行。"

可是在祖克曼怀里,她紧贴他胸口哽咽着说的却是:"你能来真是帮了我的大忙。"

因此,他没有理由回答:"所以你才编了那个故事。"他只是说了该说的话:"和你们大家在一起,也算帮了我的大忙。"

卡罗尔没有接着回答:"当然,所以我才说了那番话。瞧瞧那些婊子痛哭流涕的样子——坐在那儿为她们的男人哭泣,去她们的!"相反,她对他说:"能见到你,对孩子们来说意义重大。今天他们需要你在场。你对露丝也很好。"

内森没有问:"你明知他动手术是为了谁,你却不阻止他?"他说的是:"露丝很了不起。"

卡罗尔回答说:"她会没事的——我们都会没事。"然后勇敢地和他吻别。她没有说"如果我阻止了他,他永远不会原谅我,而那将是我们余生的一场噩梦",也没说"如果他想为那个愚蠢糊涂、卑躬屈膝、瘦得皮包骨的小荡妇冒生命危险,那是他的事,与我无关",或者"他让我吃尽苦头,他死有余辜。真是恶有恶报。每晚给人口交,就让他烂在地狱里吧"。

要么她在祭坛上告诉大家的是她的心里话,是个勇敢善良、忠心耿耿的伴侣,盲目轻信自己的丈夫,一直被亨利骗得团团转;要么她是比他所想象的更有趣的女人,是个心思缜密、令人信服的家庭小说作者,巧妙地把一个举止得体却又与人通奸的平平无奇的人文主义者重塑为一个忠于夫妻感情的英勇的殉道者。

那晚回到家,坐在书桌前重读了一遍前一晚写在笔记本上的那六千来字后,他才理清自己的思路,记下在葬礼上观察到的一切。他再次把日记翻到十年前,找到关于亨利激情受挫的最后一次记载,足足有几页长,完全夹杂在其他记载之中,所以他前一晚翻日记时才没找到这些。

这篇日记的写作时间是玛丽亚圣诞前一天从巴塞尔打来电话的几个月后,那时亨利开始思考,如果说从极度的失落感中能得到什么满足的话,那就是至少尚未有人发现他偷情——刚刚萌芽的、让他变得虚弱的抑郁情绪终于开始缓解,被一种愧疚情绪取代,他意识到与玛丽亚的婚外情暴露出了这样一个痛苦的事实:他既没有低劣到完全屈从于自己的情欲,也没有高尚到超越这些情欲。

亨利在克利夫兰的正齿技术学术会议结束后,卡罗尔开车去纽瓦克机场接他。在机场的停车场,他坐上车子的驾驶位。天色已晚,又是隆冬时节,一路上寒风凛冽。卡罗尔解开自己的驼毛衬里的风雪衣,打开车灯,突然哭了起来。除了黑色胸罩、内裤、长筒袜、吊袜带,她里面什么也没穿。一瞬间,他竟然兴奋起来,但随后他发现了挂在吊袜带上的价签,这才明白卡罗尔惊人的自我展示中包含了多少绝望。他所看到的,并不是一个激情奔放的卡罗尔,一个他从未见过、转瞬间可能想去琢磨了解的卡罗尔,而是那个老套乏味、在性生活上保守无趣、他又不得不与之共度余生的妻子,是早些时候这位人妻去购置这些内衣物时的凄楚伤怀。她表露出的绝望让他没了兴致,反倒愤怒起来:他从来没有像现在这样如此渴望玛丽亚!他怎么能放那女人走呢!"干我!"卡罗尔叫喊着,用的不是那种难懂的瑞士德语,那种曾让他兴奋不已的语言,而是通俗易懂的英语。"在我死之前,干我一次!这么多年来你从来没有像干女人那样干我!"

二 犹地亚[①]

我在报社找到舒基时,他一开始没意识到是谁找上门来,认出是我后,他假装愣了一下:"像你这么好心的犹太小伙来这种地方做什么?"

"我每隔二十年来一次,看看一切是否安好。"

"好得不能再好了,"舒基回答说,"变糟的方式花样百出,糟到不能拿它开玩笑。"

我们十八年前见过面,那是一九六〇年,是我第一次也是之前唯一一次到以色列的时候。机缘是我那本公认"有争议"的处女作《高等教育》——一方面在以色列获了奖,另一方面激怒了许多拉比——我受邀到特拉维夫参加一场公开对话:美国犹太裔作家和以色列作家共同探讨"文学作品中的犹太人"这一主题。

舒基虽说只长我几岁,但到一九六〇年,他已经干了十年的陆军上校,还刚被任命为本-古里安[②]的新闻专员。有一天,他把我带到总理办公室,去同那位"老头子"握手。这件事尽管有些特别,却远没有我们事先在议会餐厅和他父亲共进午餐那么有启发性。"你可能会从一个普通的以色列工人身上学到些东西。"舒基说,"至于

[①] Judea,古巴勒斯坦的南部地区,包括今巴勒斯坦的南部地区和约旦的西南部地区。同时有"犹太王国"之意。
[②] David Ben-Gurion(1886—1973),以色列首任总理。

他,他喜欢来这儿和大人物们一起吃饭。"当然,他之所以特别喜欢来议会餐厅吃饭,是因为他儿子在这儿替他的政治偶像干活。

埃尔哈南先生当时六十多岁,还在海法做焊工。一九二〇年,他从敖德萨移居英属巴勒斯坦托管地,当时苏联革命者对犹太人的敌意超出了支持革命的俄裔犹太人的预见。"到了这儿,"他告诉我说,操着在英属托管地学的英语,虽然口音重但很流畅,"我发现,虽然我才二十五岁,但对于犹太复国主义运动来说,我已经是个老人了。"他并不强壮,但他的双手强而有力,是他的中心,是他整个外表中真正突出的地方。除了一双和蔼的、异常温柔的棕色眼睛之外,一张和气的圆脸无甚特色,并不给人以特别的印象。他不像舒基那般高,是个矮个子,下巴不但不明显突出,反而是微微向内收。由于干了一辈子焊接接头和连接件的体力活,所以有点驼背。他的头发已经灰白。如果在公共汽车上他坐在你对面,你很可能连看都不看他一眼。这个貌不惊人的焊工,他是有多聪明!我想,他可聪明得很,养活了这么好的一家子,还培养了两个优秀的儿子,舒基的弟弟在特拉维夫当建筑师。当然,能在一九二〇年就明白,如果坚持做一个社会主义者和犹太人,那么最好离开俄罗斯,真是够明智的。他在谈话中展示出机智与魄力,甚至在考验我的能力时,还展现出一种幽默的、富有诗意的想象力。我本人很难只当他是个"普通"工人,但我又不是他儿子。事实上,不难看出,身处以色列的他和我父亲的相似之处,我父亲当时还在新泽西州给人治脚病。除了职业不同外,我想他们会谈得来的。甚至这也许就是我和舒基能够交好的原因。

我们刚开始喝汤,埃尔哈南先生突然对我说:"所以你要留下来。"

"我吗?谁说的?"

"好吧,你不会再回去了,是吗?"

舒基不停地用勺子舀汤，显然对听到这个问题并不吃惊。

一开始我以为埃尔哈南先生在跟我开玩笑，便笑着说："回美国？下周就回。"

"别傻了。你会留下来的。"说到这里，他放下勺子，走到餐桌我这一边。他用那不寻常的手一把抓住我的胳膊，把我领到餐厅的一扇窗户前，从那里可以俯瞰现代化的耶路撒冷，再往远处是城墙围绕的古城。"看到那棵树了吗？"他说，"那是棵犹太树。看到那只鸟了吗？那是只犹太鸟。看，那边，一片犹太云彩。只有这里才是犹太人的国度。"接着他拉我坐下，让我继续进餐。

老人家刚回到餐桌上，舒基就对他说："我认为内森的经历会让他有不同的想法。"

"什么经历？"他的声音显得唐突，跟我讲话时可不是这样。"其实，比起我们需要他，"埃尔哈南先生向他儿子指出，"他更需要我们。"

"是吗？"舒基轻声说，继续用餐。

不论我二十七岁时有多顶真，也不论我有多尽职尽责、执拗真诚，我真的不想告诉我朋友那位好心的驼背老父亲，他错得有多离谱。对于他们之间的对话，我只是耸耸肩。

"他住在一座博物馆里！"埃尔哈南先生生气地说道。舒基微微点头——这句话他似乎以前也听说过——接着埃尔哈南先生转过身直接对我说："没错。我们住在犹太剧院，而你住在犹太博物馆里！"

"内森，跟他讲讲你博物馆的事，"舒基说，"别担心，从我五岁起他就一直跟我争论——他承受得住。"

于是我照做了。趁午餐还没结束，我和他聊起来，热情洋溢，滔滔不绝——我二十来岁时就是这样的讲话风格（尤其是跟父亲们）。我并不是心血来潮，这些结论是我自己经过过去好几天的思考才得出来的，是我过去三周在犹太人家园旅行的结果，这个家园对我来说似乎再遥远不过了。

我告诉舒基的父亲，作为一个犹太人，现在的我就是我所希望成为的那种犹太人，不多也不少。我不需要生活在一个犹太人的国度，就像他并不感到一定要每天到犹太会堂祈祷三次，我是这么理解的。我所面对的景观，不是内盖夫的荒野、加利利的丘陵或古非利士的滨海平原，而是一个工业化的移民国家——美国。我在纽瓦克长大，在芝加哥接受教育，曾经住在纽约下东区街道一间地下公寓里，和贫穷的乌克兰人、波多黎各人为邻。我信奉的圣典不是《圣经》，而是从俄语、德语和法语译成的英语小说，也开始用英语写作、出版自己的小说——令我兴奋的不是古典希伯来语的语义范畴，而是美式英语那种跳跃的节奏。我不是从纳粹死亡集中营逃出来的犹太幸存者，要寻求安全友好的避难所，也不是将资本之恶视为不公正之主要根源的犹太社会主义者，更不是认为凝聚力就是犹太政治需要的民族主义者。我不是笃信宗教的犹太人或犹太学者，也不是无法容忍异教徒接近的犹太仇外者。我出生在美国，是一个普通的加利西亚商人家庭的孩子，这些生意人在上世纪末就得出和西奥多·赫茨尔①一样的预言性结论——他们在信奉基督教的欧洲没有前途，他们在手无寸铁的情况下不可能面对凶恶的暴力煽动而继续生存下去。但他们并没有在奥斯曼帝国偏远的角落，那个《圣经》中被称作巴勒斯坦的地方建立家园，使犹太民族免遭毁灭，他们想保全自己的身家性命。既然犹太复国主义意味着承担起自己作为犹太人的生存责任，而不是把责任留给别人，这就是他们自成一格的犹太复国主义，而且行之有效。我与他们不同，我并没有生长在令人不安的天主教农民的包围之中，他们受到乡村牧师或当地地主的打压而陷入对犹太人的狂热憎恨；更重要的是，我的祖父母并非是

---

① Theodor Herzl（1860—1904），犹太复国主义创始人。

在一个异族的原住民群体——既不承诺《圣经》赋予犹太人的权利，也不同情一本犹太书里的犹太神所说的什么属于犹太人的永恒领地——之中确立他们对合法政治权利的主张的。从长远来看，作为犹太人，我在自己的国家甚至可能比埃尔哈南先生、舒基及其后代在他们的祖国更有安全感。

我坚持认为，不能把美国简单地归结为犹太人和非犹太人，反犹也并非美国犹太人面临的最大问题。"让我们面对现实吧，对犹太人来说，问题始终在于非犹太人"，这样的说法短时间内看可能会有几分道理。本世纪的人怎能不理会这种说法呢？如果结果证明美国是个偏狭肤浅、下流野蛮的地方，所有美国价值观都分崩离析，那么它可能就不仅仅是有几分道理了——它可能确实如此。但是，我接着说，事实上，我想不出历史上有哪个社会达到了美国制度化的宽容程度，或者把多元主义置于自己公开宣扬的梦想的中心。我的祖父母于世纪之交移民美国，一个并不以排外为其思想核心的国家，他们奉行的"家庭犹太复国主义"无关政治，也无关意识形态，我只希望雅各布·埃尔哈南解决犹太人生存和独立问题的方法，能与我祖父母的方法一样成功。

"可我在纽约时不承认这一点，"我说，"我对美国有点理想化——也许就像舒基对以色列有点理想化一样。"

我见他笑了一下，也许是我的话打动了他，但我也不能确定。我想应该是的——他从其他焊工那儿肯定听不到这样的言论。后来我甚至有点懊恼，我竟然说了这么多，恐怕这个年迈的犹太复国主义者会因为我的话而彻底崩溃，他对问题的简单化处理也会因此土崩瓦解。

但他只是一笑置之，即使他起身绕过桌子，再次拉起我的胳膊时，也仍旧微笑着，接着又把我带到能俯瞰他的犹太树、犹太街、犹太鸟和犹太云的地方。"说了这么多，"最后，他对我说，带着一丝犹太人的嘲讽意味，比那云彩更富犹太味道，"解释得那么精彩，思考得如此深刻。内森，我这辈子从没听过比你的言论更能证明我们永不离开耶路撒冷的理由了。"

他的话成了我们最后的对话，因为我们还没来得及吃甜点，舒基就催促我上楼与另一位矮壮的先生赴约。他身着短袖衬衫，看起来很不起眼，就像我在他桌上一堆文件和家庭合照中发现的那个坦克模型不过是他在自己的小工作间为孙子制作的玩具那样。

舒基告诉总理，我们刚和他父亲一起用过午餐。

本-古里安一听来了兴致。"这么说你要留下来，"他对我说，"太好了。我们给你腾出地方。"

已经有个摄影师守在那里，准备拍下以色列国父与内森·祖克曼握手的照片。照片中的我正在哈哈大笑，因为就在摄影师按下快门的时候，本-古里安悄悄对我说："记住，这不是为了你——而是为了你父母，让他们有理由为你骄傲。"

他说得没错——我父亲肯定高兴极了，不亚于看到我穿着童子军制服扶摩西从西奈山下来的照片。那张照片不仅拍得漂亮，而且也是一个证据，用来向他自己证明，那些领头拉比在讲坛上对会众说我仇恨自己犹太身份的言论是一派胡言。

一直到去世前，我父母都将这张裱好的照片放在客厅的电视桌上，和我弟弟拿到牙科文凭的照片摆放在一起。对我父亲来说，这些照片是我们最大的成就，也是他的最大成就。

洗了个澡，吃了点东西后，我走出酒店后门，来到一张海滨长椅上，我和舒基约好在这儿见面。海滨大道很宽阔，俯瞰着大海。我们伦敦果蔬店外的人行道上已堆满圣诞树，几天前的一晚，我和玛丽亚带着她的小女儿菲比去牛津街看灯，但特拉维夫的这一天却是蓝天、晴朗、无风，下面的海滩上，女人们晒着太阳，几个游泳的人在海浪中嬉戏。我记得开车带菲比去伦敦西区时,玛丽亚和我谈起我即将在英国度过的第一个圣诞节以及所有的庆典活动。"我不是那种把圣诞节当成可怕考验的犹太人,"我说,"但我必须告诉你,我并没有真正地参与进去,我只是从人类学的角度远远地旁观。""我觉得没问题,"她说,"能写下大额的支票,已经是再好不过的了。这才是完全必要的参与。"

我坐在那儿,把外套搁在腿上,卷起袖子,看着旁边长椅上的老头老太在看报纸、吃冰淇淋,有些在闭目养神,只为了愉快地暖暖身子骨。这让我想起父亲退休后我去佛罗里达的那些旅行,那时他已经放弃了纽瓦克的业务,把全部精力放在每日的《纽约时报》和沃尔特·克朗凯特①身上。六日战争②胜利之后,聚集在公寓泳池周围躺椅上的以色列人,相比在海法造船厂里焊接的以色列爱国志士,爱国热情也不遑多让。我父亲说:"这下子他们要来寻衅滋事,恐怕就要三思了!"对他的犹太老友圈子来说,好战又得胜了的以色列为他们几个世纪以来所受的耻辱和压迫复了仇;犹太人在大屠杀后建国,对他们来说,已经成为对大屠杀迟来的回应,不仅是无畏的犹太力量的体现,而且是正当愤怒和迅速报复的手段。如果一九六七年五月担任以色列国防部长的是维克托·祖克曼医生,而不是摩西·达扬将军——如果是我父亲而不是摩西·达扬将军指挥着迈阿密海滩的军团,那么印着白色大卫之星的坦克会径直穿过停火线开进开罗、安曼和大马士革,那里的阿拉伯人会像一九四五年的德国人那样无条件投降,好像他们就是一九四五年的德国人一样。

一九六七年战争胜利后的第三年,我父亲去世了,因此他错过

---

① Walter Cronkite(1916—2009),美国知名电视新闻节目主持人。
② Six-Day War,即第三次中东战争。

了梅纳赫姆·贝京①。真是太可惜了，因为即使本-古里安的刚毅、果尔达②的骄傲和达扬的英勇加在一起，也不足以证明，他这位以色列总理并不具备他那一代人眼中的市中心服装店老板的气质。甚至连贝京的英语都很对味，听起来更像他穷困潦倒的移民父母，而不是那种被选派的老奸巨猾的犹太发言人——比如阿巴·埃班③——对非犹太世界发声。毕竟还有谁能比那个被一代代无情的敌人所嘲讽的犹太人更好的呢？那个因为口音滑稽、相貌丑陋、乖僻古怪而被嘲笑鄙视的犹太人，他会让所有人都明白，现在重要的不是外邦人怎么想，而是犹太人怎么做。唯一会让我父亲更高兴的可能是，那个曾经留长胡子的小贩如今却是以色列陆军空军总司令的人，他警告公众，犹太人在暴力面前束手无策已成为过去式。

我弟弟亨利在搭桥手术八个月后曾去以色列旅行。在此之前，他从未对这个国家的存在以及这个国家作为犹太家园对他可能的意义表现出任何兴趣，甚至那次旅行也不是出于犹太意识的觉醒或是对犹太历史遗迹的好奇，而是纯粹作为一种治疗手段。尽管那时他的身体已完全康复，但下班回家后，他仍会陷入可怕的绝望。很多个夜晚，他都会在家人晚饭用到一半时拖着身子离席，在书房的沙发上沉沉睡去。

在此之前，医生已经警告过病人和他妻子会出现这些抑郁症状，卡罗尔也让孩子们做好准备。像亨利这样年轻健壮的病人，即使身体能从搭桥手术中迅速恢复，情绪上的持续影响有时也可长达一年。就他的情况而言，事情从一开始就已明了，他注定会饱受后遗症之苦。术后一周内，因胸痛和心律不齐，他不得不两次从私人病

---

① Menachem Begin（1913—1992），以色列政治家，1977年至1983年任以色列总理。
② Golda Meir（1898—1978），又称梅厄夫人，以色列建国元老。
③ Abba Eban（1915—2002），以色列外交家。

房转到重症监护室。十九天后他才出院回家,体重减了二十磅,几乎没有力气站在镜子前刮胡子。他不读书,不看电视,几乎什么也不吃。他最爱的孩子露丝放学回家,提出要用小提琴为他演奏他喜欢的曲子时,他也把她打发走了。他甚至拒绝去心脏康复诊所上康复课,而是躺在后院的躺椅上,盖上毯子,盯着卡罗尔的花圃哭哭啼啼。医生明确告诉过每个病人,大手术后流泪是常见反应,但亨利一直掉泪,有一段时间大家都不明白他在哭什么。如果有人问起,他又有心回复的话,他也只会一脸茫然地说:"它就在我眼前。""什么?"卡罗尔问,"告诉我,亲爱的,我们好好谈谈。什么就在你眼前?""那几个字,"他怒气冲冲地告诉她,"'它就在你眼前'那几个字!"

有一天吃晚饭时,卡罗尔还是努力表现出活力四射的样子,建议他既然现在身体已经康复,他也许会愿意参加巴里·休斯金安排的两周浮潜之旅。他回答说,她心里清楚得很,他受不了休斯金,接着就朝沙发床走去。也就是在那时,她打通了我的电话。她认为我们俩之间的裂痕几乎已经弥合,这基本没错,但她以为我们的和解是因为在他进出重症监护室期间我多次去医院探望,这就大错特错了;她对亨利手术前几次到纽约拜访我的事毫不知情,他当时不敢向除了我之外的任何人倾诉自己无法忍受那种治疗方法的真正原因。

卡罗尔打来电话后的第二天早上,我到他的诊所找他。

"阳光、大海、珊瑚礁——在经历了这么多之后,"我说,"你值得拥有。让浮潜把所有过去的生活残渣都冲洗干净。"

"好,那然后呢?"

"你会回来。开始新的生活。"

"有什么是新的呢?"

"会过去的,亨利,抑郁症会消失的。宜早不宜迟,给自己加把劲吧。"

当他告诉我"我没有勇气做出改变"时，他的声音听起来异常空洞。

我以为他又要谈起女人。"你想要什么样的改变？"

"就在我眼前的那个。"

"哪个？"

"我怎么知道？我不仅没胆量去做，而且愚蠢到不知道要做什么。"

"你有胆量动手术，有胆量拒绝药物治疗，冒着巨大的风险让自己碰碰运气。"

"可又有什么用呢？"

"用处就是你不用再服药，性能力随之恢复，重新做回自己。"

"那又怎样？"

当晚他回到书房后又陷入了沉思，也就是在那时，卡罗尔打来电话，说和我聊天对亨利意义重大，并求我和他保持联系。尽管在我看来，我们之间的通话并没有什么意义，但几天后我还是给他打了通电话。事实上，接下来几周我和他之间的对话，比我上大学以来加起来的还要多，且每次对话都像前一次一样，循环往复，毫无希望。然后突然有一次，他做出让步，答应去旅行。某个周日，他带着面罩和脚蹼，与休斯金还有其他两个朋友一起搭上了环球航空公司的航班。尽管卡罗尔很是感激，告诉我是我的关心让他回心转意，可我依然怀疑亨利不会那么简单就屈服，他对我让步的方式就像当年他在康奈尔念书时在电话里对父亲服软一样。

他们的行程中有一站是内盖夫最南端的港口小城埃拉特。结束了为期三天的珊瑚洞浮潜之后，其他人按计划继续飞克里特岛，亨利却选择留在以色列，部分原因是他受不了休斯金那自以为是的自说自话。耶路撒冷一日游那天，他在用完午餐后跟同游的四人分开，独自漫步回到正统派的梅阿谢阿里姆区,他们上午和导游一起来过此地。他独自站在一所宗教学校的教室窗外,正是在那儿,他有了一次将改变一切的经历。

"我坐在那所破破烂烂的老宗教学校的石窗台上晒太阳。里面是间教室,教室里全是八到十岁的孩子,戴着无檐小圆帽,两侧留着发辫,给老师背诵着课文,所有人都扯着嗓子大声诵读。我听到他们的声音,内心涌动起来,意识到——在我生命的根源处,最最根源的地方,我就是他们,一直都是他们。孩子们不停地用希伯来语吟诵着,我一个字也听不懂,一个音也辨认不出,但我还是一直听着,好像有什么我一直在苦苦追寻却不自知的东西突然向我伸出手来。我在耶路撒冷住了整整一周。每天上午十一点左右,我都会去那所学校,坐在窗台上聆听。你要明白,那地方完全称不上风景如画。四周丑陋不堪。楼与楼间堆着碎石瓦砾,门廊上、院子里堆放着破旧电器——一切都还算干净,但破败不堪,摇摇欲坠,锈迹斑斑,满目断壁残垣。没有色彩、没有红花绿叶、没有草木,也不见新刷的油彩,无一处明亮或吸引人的地方,也无一物试图以任何方式取悦你。所有表面的东西都被清除了,烧掉了,无关紧要,微不足道。院子里的晾衣绳上挂着内衣,又宽大又难看,分不出男女的老掉牙的款式。而女人们呢,结了婚的女人——裹着头巾,剃光了头发,无论多么年轻都毫无魅力可言。我想找个漂亮的,可一个也找不着。孩子们也一样——迟钝、笨拙、面色苍白、毫无光彩。很多老人看起来像侏儒,个头矮小,穿着黑色长外套,长着反犹漫画里人物的鼻子。我想不出别的方式来形容。不过,一切看起来越是丑陋、越是荒芜,我就越受吸引——事物也变得越发清晰。周五那天,我一整天都待在那儿,看着他们为安息日做准备。我看见男人们腋下夹着毛巾向浴室走去,那毛巾看起来就像祈祷时戴的长方形披巾。我看见脸上没有血色的小孩子们从浴室出来,一边拧着两侧湿漉漉的发辫,一边匆匆赶回家过安息日。在一家理发店对面,我看见戴圆帽穿长衣的正统派犹太教徒进门理发。店里拥挤不堪,每个人的鞋子周围都堆满头发,谁都懒得去清扫——我挪不开脚步。只是一家理发店,可我却挪不开脚步。我在一家小小的地下室面包店里买了个犹太教徒在安息日吃的白面包——站在熙熙攘攘的人群中,买个白面包,装进袋子里,夹在腋下,带了一整天。后来我回到旅馆,把它从袋中取出,放在五斗橱上。我没有吃。我把它放了整整一周——就放在五斗橱上看着,就好像它是一件雕塑,是我从博物馆里偷来的宝贝一样。一切都像这样,内森。我没法停止观看,一遍又一遍跑回去盯着同一些地方看。就在那时我开始意识到,我一无所是,一无所有,我就只是这样一个犹太人。我以前不知道,一点也不知道,我的一生都与之背道而驰——然后在那所犹太学校的窗外坐着听孩子们吟诵时,我顿悟了。其他一切都是表面的,其他一切都已烧毁。你能理解吗?我可能表达得不对,但我其实不在乎你或其他人怎么看。我不仅是个犹太人,我也不单是个犹太人——我是一个和那些犹太人一样深沉的犹太人。其他一切都是虚无。就是那几个月,那几个月的日子摆在我眼前!事实就在我眼前:那才是我生命的根源所在!"

回来后头一晚,他就在电话里告诉了我这一切。他讲得极快,几乎令人无法理解,好像不这样就不足以讲述所发生的一切,而这一切使他的生活重获意义、突然变得意义非凡。他回来后快一周,再向别人重复这个故事时,他在学校那些孩子身上找到认同这件事似乎已经无人问津,对他那种周围环境越不堪他就越感到心灵净化的言论大家也是一笑置之,他的这些转变纯属固执任性,而正是这固执任性成了触发转变的力量,但所有人似乎都不能理解这一点,因此,他的狂热兴奋变成了痛苦和失望,他开始觉得比离开前更忧郁了。

卡罗尔已然精疲力竭，自己也变得相当沮丧。她打电话给心脏病专家，告诉他这次旅行失败了，亨利的情况变得更糟。他反过来告诉她，她忘了他一开始的警告——对一些病人来说，术后的情绪波动可能比手术更难对付。"他又恢复了上班的日常，"他提醒她，"尽管发生了些不同寻常的小插曲，但他还能做好本职工作，这就说明迟早他会完全复原，变得和没病时一样。"

也许这就是三周后发生的事。那天中午，他告诉温蒂，取消下午的预约病人门诊，随即脱下白大褂，走出诊所。他雇了辆出租车，从新泽西一路坐到肯尼迪机场。在机场，他打电话给卡罗尔，把自己的决定告诉了她，并且同孩子们道别。除了几天都随身携带的护照外，他就只有身上这套正装和几张信用卡，便搭乘以色列航空公司夜间航班飞往以色列了。

五个月过去了，他依然没有回来。

舒基现在在大学里讲授当代欧洲史，每周还为一份左翼报纸撰写专栏，不过与他在政府任职时相比，他见的人相对少了，大多数时候都独来独往，一有机会就出国讲学。他说自己厌倦了政治，就像厌倦了以前所有的消遣方式一样。"我甚至不再是大罪人了。"他坦白道。赎罪日战争①期间，他是预备役军官，在西奈作战。埃及军队引爆一枚炸弹，把他掀出战壕十五英尺远，结果他一只耳朵失聪，一只眼睛几乎全瞎。他弟弟是预备役伞兵军官，打仗前是建筑师，敌军占领戈兰高地时被俘。叙利亚人撤退后，人们才发现他和一个排的其他被俘士兵一道，都被反绑双手，捆在一块空地的木桩上；他们被阉割、斩首，阴茎塞进嘴巴里，耳朵被割下来串成一串，随意丢在废弃的战场上。舒基的父亲，那个老焊工，在收到这则消

---

① Yom Kippur War，即第四次中东战争。

息的一个月后，突发中风身亡。

舒基是驾车穿过繁忙的车流，绕到侧街，在寻找步行即可到达市中心咖啡馆的某个地方时，才把这一切原原本本告诉我。最后，他成功地把自己的大众车以一定角度挤在两辆汽车中间停好，就在一栋公寓楼前的人行道上。"我们本可以像两个要好的老伙计那样坐在宁静的海边，可我记得上次你更喜欢坐在迪岑哥夫街。我还记得你贪婪地盯着那些女孩子，就好像你把她们都当成了外邦人。"

"真的吗？我可能一直不太擅长区分犹太人和外邦人。"

"我自己对这种事可不再感兴趣了。"舒基说，"不是说女孩们对我没兴趣——我现在是大人物了，她们甚至都见不着我。"

多年前，舒基曾带我去雅法游览特拉维夫各景点。一天晚上，他在他的记者朋友常光顾的一家咖啡馆款待我。店里乱糟糟的，结果我们在那儿下了几小时象棋，接着去了红灯区。我在哈亚康街找了个罗马尼亚妓女，算是某种社会学意义上的特别优待了。可现在他领我走进一个荒凉沉闷的小地方，后面放着几台弹子机，临街的一排桌子边上坐着两个军人和他们要来的两个妓女。我们一坐下来，他就对我说："坐到这边来，这样我可以听到你讲话。"

尽管他还没变成他自嘲的那个大人物，但和十八年前带我去哈亚康街的那个黝黑、修长、狡黠的享乐主义者相比，他已经模样大变——前额那层原本浓密的黑发已经变得稀疏，只剩一层薄薄的灰发整齐地贴在头皮上。因为整张脸已经相当肿胀，这使得他的五官看起来更大，也不那么精致了。但变化最大的还是他的笑容，笑起来一点也不使人感到愉悦，尽管很明显他仍然喜欢娱乐消遣，也知道如何娱乐别人。联系到他弟弟的死——还有他父亲死于中风——我发现自己情不自禁地把他的笑容当成伤口的敷料。

"纽约怎么样？"他问道。

"我已经不住纽约了。我娶了个英国太太，要搬到伦敦去。"

"搬去英国？你这个满嘴脏话、写的书让犹太人咬牙切齿的泽西男孩——你在那儿怎么活下去？你受得了那种沉静的生活吗？几年前，我受邀去牛津大学做演讲，在那儿待了六个月。餐桌上无论我讲什么，坐在我旁边的人总是回答说：'哦，真的吗？'"

"你不喜欢这样的闲聊。"

"讲真话吗？我倒不介意。我得离开这儿度个假。犹太人曾经面临的每一个困境都被封存在这儿。在以色列，活着就够了——即使什么事都不干，上床睡觉时你还是感到精疲力竭。你注意到犹太人会大喊大叫吗？用一只耳朵听都绰绰有余。这里一切都是非黑即白，人人大喊大叫，所有人都自以为是。这样一个小小的国家，却万事都很偏激极端。到了牛津我松了口气。'埃尔哈南先生，你的狗还好吧？''我没养狗啊。''哦，是吗？'我一回国，问题就来了。我老婆家的人每周五晚上都会上我们家聚会，讨论政治问题，我却插不上话。我在牛津待了六个月，学会了如何礼貌客气地交谈。而在以色列，这么交谈绝对行不通。"

"好吧，"我说，"这点没变——你在迪岑哥夫街的咖啡馆里还是能听到最精彩的反犹笑话。"

"这是我留在这儿的唯一理由，"舒基说，"给我讲讲你的英国太太吧。"

我告诉他我是一年多前在纽约认识玛丽亚的，当时她和她丈夫已经感情破裂，无可挽回，他们搬进我楼上的复式公寓。"他们四个月前离的婚，我们便结了婚，之后搬到英国。那里的生活很美好。要不是因为以色列，伦敦的一切都会是美好的。"

"是吗？伦敦生活是好是坏还要怪罪到以色列头上？我倒不觉得意外。"

"昨晚的晚宴桌上，玛丽亚提了一嘴，说我今天要来以色列，大家就不怎么理睬我了。你以为英国人去瑞士滑雪度假、去托斯卡纳的别墅避暑、车库里停着宝马车,你以为他们温文尔雅、崇尚自由、享有特权,就会对革命社会主义心存疑虑,那你就大错特错了。他们谈起以色列,无一例外想到的都是阿拉法特主席的语录。"

"当然。在巴黎也一样。以色列是那种你去之前就已经了如指掌的地方。"

"他们都是玛丽亚的朋友,比我年轻,三十来岁,在电视台或出版界工作,还有几个记者——都是聪明人,成功人士。我很快成了众矢之的:以色列人从北非进口廉价犹太劳动力替他们干脏活,他们还能这样做多久?东方犹太人被带到以色列作为工业无产阶级受剥削这事,在伦敦富人区已是共识。帝国主义殖民、资本主义剥削全都掩藏在以色列民主和犹太民族团结的假象背后。而这仅仅是个开始。"

"你为我们的恶行辩护了吗?"

"我没有必要,玛丽亚这样做了。"

他警觉地看着我。"你娶的可不是犹太女人吧,内森。"

"当然不是,我的履历可是完好的。她只是看不惯那些时髦左派在道德上故作姿态。不过最令她不快的是,在所有人看来,为以色列辩护的责任自然而然地落在了她新婚丈夫的身上。玛丽亚不是好斗之人,因此她的激烈辩争让我大吃一惊,对方针锋相对的态度也让我深感意外。回家途中,我问她,英国对以色列的仇恨有多强烈。她说,媒体认为很强烈,且理应如此,可用她自己的话来说:'根本就不是那么回事。'"

"我不确定她说得对不对,"舒基说,"可在英国,我自己也感受到某种,可以说是,对犹太人的厌恶——在任何情况下,人们都不愿意把我们当成好人看待。有一天上午,我接受了BBC电台的采访。节目播出两分钟后,采访者对我说:'你们犹太人从奥斯威辛学到了很多。''学到了什么?'我问。'学会怎么对阿拉伯人搞纳粹那一套。'

他说。"

"你是怎么回应的?"

"我无言以对。在欧洲大陆我只能咬紧牙关——那里的反犹主义普遍而深入,复杂神秘且难以改变。但在文明的英国,人们说话那么得体,那么有教养,连我都放松了警惕。周围的人可不会把我当成这个国家的公关领袖。但如果我有枪,我早就把这位公关领袖给毙了。"

前一天吃晚饭时,玛丽亚看上去也是磨刀霍霍。我从未见她如此好斗、如此愤怒,即使在离婚谈判时也没有过。当时她丈夫似乎要破坏我们尚未开始的婚姻,逼迫她签署一份法律文件,确保菲比以后定居伦敦,而不是纽约。如果玛丽亚拒绝,他威胁要把她告上法庭,要求把孩子判给自己,因为她和我私通,她必定是个不称职的母亲。玛丽亚以为我考虑到他的探视权,可能到本世纪末都不愿意离开美国,于是她立马开始想象自己孤身一人回到伦敦、独自带菲比生活、在那受尽前夫凌辱的图景。"没有人会认真到想要反诉他。如果我自己生活,而他又来干涉我,那比独自艰难度日更糟糕。"她也害怕我在接受他的条件并同意搬到英国后,如果我发现没法获得熟悉的素材,我的写作难以为继,我会因此怨恨她。她活在恐惧中,害怕自己怀孕后无可挽回,而新一任丈夫又突然变得疏远。

如今一想起前夫在她生下菲比后对她的冷淡态度,她仍然百思不得其解。"无论如何到那时为止,"她解释说,"他都可以理直气壮地说,我不想要孩子。如果他那么说,我绝对会回答,听你的,不管有多痛苦,就这样吧,人这一辈子还有许多其他事可做。可为什么他非得等到我生下孩子才明白过来呢?我的意思是,我已经接受了我们关系中的一切局限,否则我就不要孩子了。我确实接受了这些局限。我都预料到了。大家都说我逆来顺受,只是因为我碰巧认识到，有些事不可避免会带来失望，这时候抱怨简直太荒谬了。女人都想把错怪在男人头上。我可不这么干。对我来说，我们的婚姻存在缺陷，我一点也不感到惊讶。我的意思是，他有一些糟糕的品质，但也有很多优秀的品质。不，在孩子出生后，让我大吃一惊的是，他一点情面也不留，公然胡作非为——他虐待我，孩子一出生就开始了，之前从未有过。我遭遇过很多很多不如意的事，可那些事总可以从不同的角度去看待，没有什么不正当的地方。就是这样——事情就是这样。如果再遇到这种事，我真不知道该怎么办才好。"

我向她保证不会再发生这种事，还让她在协议上签字。我不会让他靠胡说八道得逞。我当然不会放弃她，我想和她一起生活。我已经四十四岁，经历了三段婚姻，却没有一个孩子。我要有所房子，虽不说子孙满堂，但至少要有一个自己的孩子和一个年轻的妻子。尽管她不止一次对我说自己"思想懒散""脑子不开窍""性方面相当保守"，但在经过数百个下午密会后我依然兴致不减。我苦等数月，才求她跟他一刀两断，即便第一次我们约在我的公寓见面时我就已经这么想了。她很固执，拒绝了我的求婚，我不知道是因为她把我当成了另一个恃强凌弱的男人，只想为所欲为，还是她真的相信我在冒自欺欺人的风险。

"我爱上你了。"我告诉她。"你太自我，不会'爱上'。你要知道，"她隔着我的床看着我说，"如果你真的对你擅长展现的生活荒诞可笑的那一面信以为真，你就不会把这一切都当回事了。你为什么就不能把这一切完全当成一次商务会谈呢？"我说我想要个孩子，她回答说："你真的想花大量时间对付闹剧般的家庭生活？"我说我对她欲罢不能，她回答说："不，不，我读过你的书——你需要一个像狮子一样的女人来引诱你，好好刺激你的性欲。你需要这样一个女人，无论何时坐下，她都会摆出高度程式化的性爱姿势，我可绝对不是那号人。你要的是全新体验，而我只会老调重弹。那可一点戏剧性都没有。那会是一个英国式的漫长无趣的夜晚，坐在壁炉前，面对着一个非常理智、负责、可敬的女人。早晚你会需要各种变态行为来保持你的兴趣，可你知道，对我来说，简单的插入就已足够。我知道现在的人都不满足于此，但我对舔手肘那一套没兴趣，真的没兴趣。仅仅因为我下午得空做了些不道德的事，你可能就产生错觉了。虽然听起来有些过时，但我可不想和六个男人同时上床。以前我还年轻时，也有过这类幻想，但说到真实的男人，可没那么好，我连和一个上床的欲望都没有。我不想穿成女仆的样子，也不想纵容任何人的恋围裙癖。我没有被捆绑被鞭打的欲望，至于鸡奸，从来没带给我多少乐趣。这种想法尽管令人兴奋，但我只怕它会伤人，因此我们的婚姻可不能以此为基础。说实话，我真的只想摆弄摆弄花草，偶尔坐下来写点东西——就这么着。""那为什么我会对你有性幻想呢？""真的吗？什么样的幻想呢？跟我说说。""我整个早上脑子里都是。""那时候我们在干什么？""你在拼命给我口交。""哦，我还以为会有什么更不寻常的事呢。那我肯定就不干了。""玛丽亚，如果像你说的，你就是个普普通通的女人，我怎么会被你吸引呢？""我估计是因为我没有那些女人身上常见的恶习，你才喜欢我。我认为，大部分看起来很聪明的女人看起来也很残忍。你所喜欢的是，我看起来聪明却不残忍，就是一个普普通通的人，不会利用你、伤害你。不过何必发展到下一步呢——为何要和我结婚生子，像其他人那样安定下来过一种自欺欺人的生活呢？""因为我已经决心放弃成为人为虚构的自己，我要成为别人，即使那是假冒的，却也是真实的、令人满意的。嫁给我吧。""我的天，当你想得到什么的时候，你看着我的目光让人毛骨悚然。""因为我正策划同你一起逃走。我爱你！我想和你一起生活！我想要个孩子！""求你了，"她回答说，"千万别在我面前异想天开。我真没想到你会这么不谙世故。"

我继续信马由缰,因为我感觉,用不了多久,她就会信以为真或因为我的坚持而败下阵来,或者两种情况都有。在那之后,我知道下一件事就是劝她在文件上签字,让我彻底摆脱美国的生活,直到小菲比到了可以参加投票选举的年纪。当然,我心里期待的并非如此,我确实担心移居国外会影响写作,但在法庭上争夺抚养权无论如何都太可怕了。我也相信,两三年后,等大家从离婚的错乱中清醒过来,那时菲比长大了,开始上学,玛丽亚的前夫也再婚,说不定又当上父亲,到时再重新协商抚养权的相关条款也是可能的。"如果没那个可能呢?""有可能的。"我告诉她。"我们在伦敦住上两三年,等他冷静下来,一切都会迎刃而解。""是吗?可能吗?能成吗?假如在英国的家庭生活不是你所幻想的那样,到时会是什么情景,我想都不敢想。"

玛丽亚开始在晚宴上为以色列辩护,反驳同桌的客人,她一直争辩着,似乎他们口中"可怕的犹太复国主义"的所谓罪行在某种程度上是我的责任。当时我想,她之所以这么做,也许是因为她一直担心我们在英国会遇到问题,而不是为了这个犹太国家的声誉。否则很难理解,为什么一个对正面冲突深恶痛绝、对任何要提高嗓门说话的场合不屑一顾的人,会把自己置于争论的中心,而这些争论她以前似乎从未关心过?她在犹太人以及犹太人与外邦人之间的问题上纠缠得这么深,我之前还只是在我曼哈顿公寓的卧室里见识过,相比之下那个场合要安静隐蔽得多。当时她和我聊起她在这个"犹太城市"生活的经历。

"其实我挺喜欢的。"她说,"这儿的生活挺热闹,不是吗?看起来周围有趣的人还挺多的。我喜欢他们说话的方式。外邦人也有充满活力的时候,但相较之下短暂、逊色得多,绝不像他们那样。犹太人的方式就好像边喝酒边谈话,就像维吉尔。每次他要开始那史诗一类的东西时,你就知道你得一头钻进那二十五行艰深的拉丁文中去了,而且它们与主题完全无关。'然后善良的安泰俄斯求他儿子把他放下,他说:"我的儿,首先想想我们的家庭,因为当……"'就像这种狂躁的题外话——好吧,这就是纽约和纽约的犹太人。一些令人兴奋的东西。我唯一不喜欢的,就是他们在外邦人对犹太人的态度问题上太爱找茬了。你也有那么一点点——觉得其他人都是极端或温和的反犹主义者,其实未必如此。我知道犹太人在这个问题上过分敏感不无道理,尽管如此,这还是令人不快。哎呀,"她说,"我不该跟你讲这些的。""没事,"我说,"接着讲——把你知道本不该讲的讲给我听,这是你讨人喜欢的策略之一。""那我再跟你讲一件恼人的事。有关犹太男人的事。""说吧。""他们对非犹太女性想入非非。我不喜欢那样,一点也不喜欢。我感觉你不是那样的人。也许我是自欺欺人,你才是头一个想入非非的。我的意思是,我知道这有点奇怪,不过我认为这一切都不太重要。""所以其他犹太男人也对你想入非非——你是这个意思吗?""因为我不是犹太人,他们才被我吸引?在纽约?绝对的。是的。我和我丈夫外出时,这种事经常发生。""可你恼火什么呢?""因为虽然与种族政治无关,但这里面牵扯了太多性别政治。"我纠正她说:"我们不是一个种族。""这是一个种族问题。"她坚持说。"不,我们是一个种族。你在想的是因纽特人。""我们不是一个种族。人类学家或任何这方面的专家都是这个结论。有高加索人,闪米特人——大约有五个不同的族群。别那样看着我。""我情不自禁。人们说起犹太'种族'时,总会突然出现一些乌七八糟的迷信言论。""你瞧,一个外邦人说错了一些关于犹太人的话,你就要对她生气了——证明我说的没错。我只能告诉你,你属于不同的种族。事实上,比起犹太人,我们离印度人更近。我是说我们高加索人。""可我就是高加索人啊,宝贝。在美国的人口普查中,我无论如何都算是高加索人。""是吗?难道是我弄错了?唉,以后你不会愿意跟我讲话了。心直口快总是容易说错话。""你这么心直口快，我喜欢你还来不及呢。""那不会长久的。""没有什么能够长久，但此刻我对你的喜欢是真实的。""那好吧，我现在谈论的不是你或种族的问题，我说的是纽约那些要跟我搭讪的男人，我对他们没什么好感。另外，这只是我个人的想法，他们觉得我有意思，碰巧我又不是犹太人。相反，他们以前从没见过这类女人，他们很喜欢同她一起吃午餐，也许还一起做点其他事，就因为她是这种类型。"

结果，宴会上那个心急火燎、在外邦人对犹太人的态度问题上吹毛求疵的，正是玛丽亚本人。驱车回家的路上，她对那些人在中东问题上的虚伪立场仍耿耿于怀，我又开始怀疑，她之所以愤慨，是不是因为她担心我们未来在英国的生活。我甚至可能看到了那种自毁式的迁就倾向的迹象，她那位冷酷无情的前夫对她失去兴趣后就利用了这一倾向。

车门在她身后一关上，她就对我说："我向你保证，在这个国家，任何有理智的人，任何有鉴别能力的人，都不会反对以色列。我的意思是，这些人反感以色列，只是口头说说而已，可那个统治利比亚的人却以为他可以为所欲为。他们这种有选择性的反对太脱离现实了，不是吗？这些人有选择地、最强烈地反对的是最不该受到谴责的各方。""这些事真把你给惹恼了。""嗯，就是受过良好教育的女性也有失去自制力的时候。没错，我很难对人大喊大叫，也不必每次都直言不讳，可是当人们变得不尊重别人而又愚蠢的时候，即便是我也会发脾气的。"

我把前一晚在伦敦饭桌上争论的要点复述给舒基听后，他问道："你那位捍卫我们这个无可救药国家的莽撞的基督徒，她一定也很漂亮吧？"

"她认为自己是外邦人，不是基督徒。"我在皮夹里发现几周前菲比两岁生日派对上拍的一张拍立得照片。照片中，玛丽亚正俯身在餐桌上帮孩子切蛋糕，娘儿俩有着同样的黑色鬈发、瓜子脸和猫样的眼睛。

舒基仔细看了看照片，问道："她有工作吗？"

"她以前在一家杂志社工作，现在写小说。"

"这么说，她还有天赋。很迷人啊。只有英国女孩的脸上才有那种表情。观察一切，却不露声色。玛丽亚·祖克曼，这个女人心若止水，这种不费吹灰之力的宁静平和可不是我们的特点。我们最大的贡献就是容易焦虑。"他把照片翻过来，大声念着我在上面写的字。"'玛丽亚，怀孕五个月。'"

"四十五岁终于做了爸爸。"我说。

"我明白了。娶了这个女人，有了孩子，你终于融入了日常生活。"

"这可能是一部分原因。"

"唯一的问题是，日常生活中的女孩并不像她这样。如果是个男孩，"舒基问道，"你那位英伦玫瑰会同意割礼吗？"

"谁规定一定要行割礼的？"

"《创世记》第十七章里规定的。"

"舒基，我从来没有全盘接受《圣经》里的戒律。"

"谁不是呢？不过，这么长时间以来，割礼可一直都是犹太人遵守的习俗啊。你想要儿子不割包皮，我估计这很难。一个女人如果坚持不给儿子行割礼，我想你会恨她的。"

"我们等着瞧吧。"

他笑着把照片还给我。"你为什么要假装对你身为犹太人的那部分感情无动于衷呢？你在书里最关切的问题似乎就是犹太人到底是什么，而在生活中你却假装满足于成为犹太存在链条的最后一环。"

"要怪就怪离散犹太人的异常心理吧。"

"是吗？你觉得离散的犹太人不正常吗？来这儿定居吧。这儿是犹太异类的家园。更糟的是：我们这些犹太人现在都靠你们活着，靠你们的钱，靠你们的政治游说，靠山姆大叔给我们的大笔津贴。而你们这些犹太人过着舒适而有趣的生活，你们不用道歉，不用感到羞耻，独立自主。至于伦敦西十一区对以色列的谴责，那可能会让你可爱的妻子感到不安，但说实话，你应该不会感到困扰。左派标榜美德已经不是什么新鲜事。他们自觉在道德上比伊拉克人和叙利亚人优越，这真是无聊透顶，既然如此，就让他们去感觉比犹太人优越吧，如果这么做能让生活变得美好的话。坦白说，我认为英国人对犹太人的厌恶，十有八九是某种势利眼。实际情况是，像你这样离散的犹太人生活都很安稳，不用担心遭受迫害或暴力，而我们却生活在犹太人生存受到威胁的环境中，所以我们才跑到这里来寻找另一种生活。你们这些美籍犹太裔知识分子，带着你们那非犹太夫人，以及你们那善于思考的犹太头脑，良好的教养，端庄的言谈举止，受过的教育，知道如何在高档餐厅点餐，品尝名酒，彬彬有礼地倾听不同观点。每次遇到你们，我心里都在想：我们是犹太人中的小人物，散居在各地的犹太区，容易激动，而你们却是另一种犹太人，充满自信，高度教养，随遇而安。"

"只有在以色列人看来，"我说，"美籍犹太裔知识分子才像富有魅力的法国人。"

"那你来这种鬼地方干什么？"舒基问道。

"我来见我弟弟。他搬到以色列了。"

"你有个移民到以色列的弟弟？他是什么人，宗教狂吗？"

"不，他是个成功的牙医。或者说他以前是。他住在约旦河西岸一个小小的边境定居点，正在那儿学习希伯来语。"

"你瞎编的吧。胡扯什么卡诺夫斯基的弟弟住在约旦河西岸？这是你的又一个滑稽想法。"

"我弟媳倒希望这是我瞎编的，事实上，这都是亨利一手造成的。他似乎已经抛下妻儿和情妇，跑到以色列来当个真正的犹太人。"

"他为什么想当个真正的犹太人？"

"我来这儿就是要找出原因。"

"哪个定居点？"

"离希伯伦不远，在犹地亚山区，一个叫阿戈的定居点。他妻子说他在那找到了自己崇拜的对象，一个叫末底改·李普曼的人。"

"哦，是吗？"

"你认识李普曼？"

"内森，我不能谈论这些事。这对我来说太痛苦了。我说真的。你弟弟是李普曼的追随者吗？"

"据卡罗尔说，亨利每次给孩子们打电话，聊的都是李普曼。"

"是吗？他就那么印象深刻？那好，等你见到亨利，你就告诉他，他只要进了监狱，就能见到很多跟李普曼一样让人印象深刻的小混混。"

"他打算留下来，等学完希伯来语后就定居阿戈，就是因为李普曼。"

"哦，不错。李普曼带着手枪开车来希伯伦，告诉市场上的阿拉伯人，只要犹太人当老大，犹太人和阿拉伯人就可以幸福地生活在一起。他恨不得有人扔个燃烧弹，这样他手下那群暴徒就能大干一场了。"

"卡罗尔提过李普曼带手枪的事。亨利把这一切都告诉孩子们了。"

"当然。亨利一定觉得这种事很浪漫，"舒基说，"美籍犹太人一见到枪就兴奋不已。他们看到犹太人拿着枪走来走去，还以为自己进了天堂呢。他们本来是文明理性的人，厌恶血腥暴力，可从美国来这儿旅游，见到枪和大胡子就失去了理智。大胡子让他们想起神圣的犹太人的软弱，而枪支则让他们放下心来，因为希伯来军英勇无畏。那些对历史、希伯来语、《圣经》、伊斯兰教和中东一无所知的犹太人，他们见到枪，见到大胡子，心潮澎湃，觉得愿望终于可以实现。这种情绪很常见，很容易产生。他们对这块地方的幻想让我恶心。那么大胡子呢？你弟弟对宗教和对枪弹是否一样兴奋？那些定居者，你知道的，都是我们中间笃信宗教、以救世主自居的犹太人。对他们来说，《圣经》就是他们的《圣经》——这些白痴都以为它是真的。我跟你讲，人类的一切疯狂都在于把那本书奉为神明。这个国家所有的问题都在《旧约》前五卷里。杀死仇敌、献祭儿子、幼发拉底河一带的沙漠归于你们而非他人，等等。每一页都记录了非利士人的死亡人数——这就是他们精彩的《旧约》前五卷的智慧。如果你要过去，我建议你明天去，这样你就可以参加他们周五晚的礼拜仪式，看他们闲坐着拍上帝的马屁，告诉他他是多么伟大，多么了不起——告诉我们其他人他们是多么了不起，他们作为《圣经》中犹地亚的勇敢先驱，正无畏地为上帝做工。先驱！他们白天在耶路撒冷的政府部门工作，晚上开车回《圣经》中犹地亚的家中吃饭睡觉。只有在《圣经》的发源地吃鸡肝碎，只有在《圣经》中提到的地方睡觉，犹太人才能找到真正的犹太教。好吧，如果他们这么想睡在《圣经》的发源地，就因为那是亚伯拉罕系过鞋带的地方，那么他们尽可以睡在那里，同时接受阿拉伯人的统治！请不要跟我说这些人在干什么，那会使我发疯。我需要在牛津待上一年。"

"再给我讲讲我弟弟心中那位英雄的事吧。"

"李普曼？我在李普曼这类人身上嗅到了法西斯主义的气味。"

"它在这儿是怎样的一种气味呢？"

"跟在其他地方的法西斯主义的气味完全一样。情况变得太过复杂，以至于似乎需要一个简单的解决方案，这就是李普曼的切入点。他的伎俩就是利用犹太人的不安全感——他对犹太人说：'我有办法解决你们的恐惧问题。'当然，这类人的存在由来已久。末底改·李普曼不是从天而降。每一个犹太社区里都有这样的人。对于族人的恐惧，拉比能做些什么呢？拉比和你长得很像，内森——又高又瘦，内向拘谨，是个禁欲主义者，总是埋头读书，而且还经常生病。他对付不了异教徒。所以，每个社区都得有屠夫、卡车司机、搬运工这样魁梧健壮的人——你和一个、两个甚至三个女人上床，他可以同时和二十七个女人上床。他可以对付恐惧。晚上他和另一个屠夫扬长而去，回来时即使有一百个异教徒你也不用担心了。他甚至还有个名字：施莱格。挥鞭者。我们祖国的'施莱格'和末底改·李普曼的唯一区别是，表面看来，李普曼先生更有深谋远虑。他不仅有把犹太人的枪，还有张犹太人的嘴，甚至还有少许犹太人的聪明智慧。现在阿拉伯人和犹太人之间的敌对情绪如此强烈，连孩子都明白最好的办法就是把他们分开，所以李普曼先生带着手枪开车进入阿拉伯人治下的希伯伦。希伯伦！这个国家的建立，不是为了让犹太人统辖纳布卢斯和希伯伦，不是为了犹太复国主义！听着，我对阿拉伯人不抱幻想，对犹太人也不抱幻想。我只是不想生活在一个彻底疯狂的国家。听我这么说，你很兴奋，这我看得出来。你羡慕我——你心想：'疯狂，危险——听起来真有趣！'不过，相信我，如果你这么多年来经历了这么多，甚至连疯狂和危险都会变得乏味无趣，到时就真的危险了。这里的人恐惧了三十五年——下一场战争何时到来？阿拉伯人可以输一次、两次、三次，而我们只能输一次。我说的都是实话。那结果又如何呢？梅纳赫姆·贝京登上舞台，贝京之后理所当然就出现了像末底改·李普曼那样的暴徒。他告诉他们：'我有办法解决犹太人的恐惧问题。'李普曼人越坏，结果越好。他们说，他说得对，这就是我们生活的世界。如果人道的方法不奏效，那就试试野蛮的方式。"

"然而我弟弟喜欢他。"

"那就问问你弟弟,'这个讨人喜欢的家伙所造成的后果是什么?'毁了这个国家!现在谁会来这个国家定居?犹太知识分子?讲人道的犹太人?漂亮的犹太人?都不是,不是从布宜诺斯艾利斯,也不是从里约热内卢或曼哈顿来的犹太人。从美国来的不是笃信宗教,就是发了疯,或者两者兼有。这个地方已经变成了美籍犹太人的澳大利亚。现在来我们这儿的,要么是东方的犹太人,要么是俄国的犹太人,还有像你弟弟那样与社会格格不入的人,戴着圆顶小帽从布鲁克林来的小混混。"

"我弟弟是从新泽西郊区来的,你很难把他描述成一个与社会格格不入的人。导致他来这儿的原因可能正相反:他太适应自己舒适的生活了。"

"那他是为何而来?为了压力、紧张、问题、危险?那他真是疯了。你是唯一的聪明人——在所有犹太人中,你是唯一正常的,住在伦敦,娶了一个非犹太英国太太,甚至懒得给儿子行割礼。你曾经说过,我活在这个时代、这个世界,这一切形成了我的生活。你明白的,在这个地方,目标就是成为正常的犹太人。可我们反而沉迷于成为犹太人无法自拔,我们成了最好的监狱!这地方反而成了培育犹太天才所能想出的各种疯狂行为的温床!"

等我们出发回到车上时,已是黄昏时分。带着妻儿等在那边的是个肤色黝黑、体格健壮的男人,三十出头,穿着一身清爽的淡色休闲裤和白色短袖衬衫。看来舒基把大众车一半车身以一定角度停到人行道上时,无意中导致另一位司机没法把他的车从前头倒出去。看到我们走近大众车,他开始挥舞着拳头大吼大叫,我怀疑他是不是以色列的阿拉伯人。他暴跳如雷的样子令人惊叹。舒基提高嗓门回应他,可他没有生气。当这个恼羞成怒的男人不停吼叫,握紧拳头走上前威胁他时,舒基把车门打开,让我钻了进去。

等我们的车开走后,我问舒基,那家伙用什么话骂他,阿拉伯语还是希伯来语。

"希伯来语。"舒基笑了笑,"内森,那家伙跟你一样,是犹太人,当然讲希伯来语。他对我说的是:'我简直不能相信——又一头德系犹太蠢驴!我遇到的德系犹太人都是蠢驴!'"

"他是从哪儿来的?"

"我不知道——突尼斯,阿尔及尔,卡萨布兰卡。你听说过现在谁要移民到以色列来吗?埃塞俄比亚的犹太人。像贝京这样的混蛋,他们不顾一切想要延续古老的神话,甚至开始把犹太黑人硬拽过来。那些人为人和善又重感情,大多数是农民,说埃塞俄比亚语。他们中有的抵达时病得很重,不得不用担架抬到医院。大部分人都不会读写,连开关水龙头、上厕所、上下楼都得有人教。从技术上来讲,他们还生活在十三世纪。不过我向你保证,不出一年,他们就会成为以色列人,高呼自己的权利,参与静坐罢工,因为我停车停得不像样而叫我德系犹太蠢驴。"

到了我入住的酒店,舒基向我致歉,表示不能和我共进晚餐,因为他不想把妻子独留家中,况且她也不爱社交。这段时间她过得很艰难。他们十八岁的儿子在比赛中脱颖而出,已经成为国内杰出的青年音乐家,却被征召入伍服役三年,这样一来,即使有机会练琴,也无法定期练习。丹尼尔·巴伦博伊姆听过马蒂的演奏,提出可以帮忙安排他到美国深造,但马蒂决定,他不能在朋友们都在服兵役时单独离开这个国家去追求个人抱负。按理说,一旦他完成基本训练,他一周可以多练几次琴,可舒基怀疑是否真如此。"也许他不再需要我们的认可,但他仍需要他们的认可。出了家门马蒂就不那么固执了。如果他们让他在练琴的时间去冲洗坦克,他也不会从口袋里掏出纸条,说'丹尼尔·巴伦博伊姆要我这个时候去练琴'。"

"你妻子想让他去美国。"

"她告诉他,他的职责是音乐,而不是愚蠢的步兵团。他则用漂亮的大嗓门回答：'以色列给了我很多！我在这儿生活得很愉快！我必须尽我的职责！'她简直气疯了。我试着插几句嘴，可不顶用，我就像你书里写的父亲一样。他们俩起争执时我甚至想到了你。我想实在没有必要在犹太人可以定居的地方花这么大代价来建立一个国家。让我像祖克曼小说里父亲那样束手无策，一个真正老派的犹太父亲，要么亲吻孩子，要么冲孩子大吼大叫。又一个无能的犹太父亲，他可怜的犹太儿子只好向他发起可笑的叛乱。"

"再见，舒基。"我握着他的手说。

"再见，内森。别忘了过了二十年再来。我敢肯定如果贝京仍然当权，我一定会有更多的好消息。"

舒基离开后，我决定当晚就离开特拉维夫，于是让前台帮忙提前打电话到耶路撒冷，安排一个房间过夜。到了耶路撒冷我就联系亨利，尽量找他一起吃晚饭。如果舒基没有夸大其词，李普曼真如他口中的"施莱格"一样，那么亨利很可能成了他的俘虏，而不是门徒。事实上，这和卡罗尔的想法如出一辙。她曾指出，与一个作为犹太人重生的郊区丈夫打交道，无异于把孩子变成统一教①信徒。她问道，如果这个男人真的疯了，她该怎么办才好，怎样才能诉请分居，最后成功离婚呢？她之所以打电话到伦敦找我，是因为她觉得自己好像要疯了，也因为她不知道还能向谁求助。

"我不想和他一样丧失理智，也不想贸然行动。不过如果当初他死在手术台上，反而不会离我那么远了。如果他打算永远抛下我，抛下诊所，还有其他一切，我就必须有所行动，我可不能像个白痴一样等着他恢复理智。可我已经麻木了——我无法理解——我根本不明白发生了什么事。你呢？打他一出生你就认识他了。在某种程

---

① Moonie，文鲜明于1954年在韩国创立的新兴宗教。

度上,比起其他人,兄弟之间可能更了解彼此。"

"据我的经验来看,兄弟之间的相互了解,是他们自身的一种变形。"

"内森,他不可能像敷衍我那样敷衍你。在我采取行动导致一切完蛋之前,我得先弄明白他是不是完全疯了。"

我想我也应该弄明白。亨利是我仅剩下的最近的血亲了,无论这么多年来我们如何疏远对方,表面看来我们的关系如何棘手,卡罗尔的呼唤在我内心唤起一种责任感,不是对那个叛逆的、和我大打出手的弟弟负责,而是对那个穿着法兰绒睡衣、一激动就会梦游的小男孩负责。

激发我行动的不仅仅是手足之情,还有我对这种迅速而单纯的转变怀有极大的好奇心。对一个作家来说,除非他想犯不调查研究的职业性错误,否则就不会相信这种变化。亨利的生活不再以最平凡的方式实现,我得问清楚,这一切是否都如卡罗尔说他"疯了"时所想的那样,是盲目之举。亨利的这次出走,或许包含了更多的天赋而不是疯狂?无论这在令人窒息的家庭生活史上多么前所未有,这次出走难道不是无可争辩的吗?如果他和一个迷人的病人私奔,绝不会是以这样的方式。可以肯定,他十年前的叛逆之举,其独创性比起这件事根本不算什么。

不到半小时,我结好账,乘上出租车,旅行袋放在身旁,从海边出发了。特拉维夫郊区林立的工厂已渐渐隐入冬日苍茫的暮色中,车子转上快速路,向东穿过柑橘林,来到耶路撒冷山。我一到酒店房间就给阿戈那边打了电话。接电话的是个女人,起初似乎很自信,认定没有一个叫亨利·祖克曼的人住在阿戈。"那个美国人,"我大声说,"那个美国人——新泽西来的牙医!"话音刚落她就走开了,我不知道是怎么回事。

在等人来听电话时,我想起前一晚在伦敦吃饭时,亨利十三岁的女儿露丝叫我带的口信的详细内容。那是一个由受话人付费的秘密通话，是她放学后从新泽西一个朋友家打来的。她母亲告诉她，说我要来看她父亲，不过她甚至不确定打电话给我对不对——她一天拖一天，拖了整整一周——她想知道我能不能替她给他捎几句"悄悄话"，那些她自己在周日没法说出口的话，因为她哥哥莱斯利和她妹妹艾伦，有时甚至是她母亲，常在电话机旁走来走去。但首先她想让我知道，她碰巧不同意她母亲的看法，认为她父亲的行为并不"幼稚"。"她一直跟我说，"露丝告诉我，"他靠不住，她怀疑他动机不良，如果他想要见我们，必须在这儿见。"我们本想在学校放假时跟他一起周游以色列，不过现在我真的不敢肯定她会让我们去。她现在对他很不满——非常不满。她被他伤得很深，我很同情她。但我想让您替我转告爸爸，我觉得比起莱斯利和艾伦，我更能理解他的所作所为。别提莱斯利和艾伦，就告诉他我能理解他。""理解他什么呢？""他是去学点东西的——他想要发现什么。我并不是说我什么都能理解，但我确实认为他还没老到不能学习的地步——我认为他有这个权利。""我会告诉他的。"我说。"您难道不这么想吗？"她问，"内森伯伯，您对这一切怎么看？您介意我问问吗？""嗯，"我说，"我不知道这跟我去的地方有没有关系，但我估计自己也做过类似的事。""真的吗？""那些在别人看来幼稚的事我也做过。也许就像你说的，想要发现什么。""在某种程度上，"露丝说，"我甚至很佩服他。能走这么远真是太勇敢了——不是吗？我的意思是，他放弃了很多。""看来是这样。你怕他不要你吗？""不怕，艾伦才怕，我不怕。艾伦情况很不好，他现在一团糟，不过别告诉他——他也不该为此担心。""那你哥哥呢？""他比以前更霸道了——你瞧，现在这里他说了算。""听起来你情况不错，露丝。""嗯，坦白说，我也好不到哪儿去。我想他。没有父亲，我不知怎样才好。""你想让我也告诉他，说他不在你不知怎样才好吗？""如果您觉得可以，那就说吧。"

亨利一定在定居点的另一头——我想也许正在参加晚祷——因为过了整整十分钟他们才找到他来接电话。不知道他是不是还披着祷告巾。我真的不知道谈话会怎样进行。

"是我,"我说,"你的哥哥,亚伯的该隐,雅各的以扫,正在迦南美地。我是从大卫王酒店给你打的电话。我刚从伦敦过来。"

"天哪,天哪。"这是在嘲讽我,只有两个词,接下来是长时间的沉默。"来这儿过光明节吗?"他终于开口了。

"首先是为了光明节,其次是为了见你。"

更长时间的沉默。"卡罗尔在哪儿?"

"我一个人来的。"

"你想干什么?"

"我想你兴许能来耶路撒冷和我一起吃晚饭。他们也许可以在酒店给你找个床位,要是你想过夜的话。"

他现在回话时间隔得更长了,我以为他要挂断电话。"我今晚有课。"最后他说。

"那么明天可以吗?我开车去找你。"

"你得承认这有点怪怪的,你是代表卡罗尔飞来提醒我对家庭尽义务的。"

"我来这儿可不是为了捉你回去的。"

"即使你想带我回去,"他怒气冲冲地说,"你也没那个能耐。我清楚自己在做什么,没什么可说的——这一决定不可更改。"

"我又能对你使什么坏心眼呢?我想看看阿戈。"

"真是难能可贵,"他说,"你在耶路撒冷这件事。"

"毕竟你我在新泽西都不是以笃信宗教著称。"

"你到底想干什么,内森?"

"来看看你,看你过得怎么样。"

"卡罗尔没和你一起过来?"

79

"我可不要那些把戏。卡罗尔没来,警察也没来。我自己从伦敦飞过来的。"

"就凭一时的冲动?"

"为什么不呢?"

"如果我也凭一时的冲动叫你返回伦敦,那又怎样呢?"

"你为什么要那样做?"

"因为我不需要别人来这告诉我,我是不是疯了。因为我已经做了合理的解释。因为——"

一旦亨利这么说,我就知道他得来见我了。

我一九六〇年到访以色列时,耶路撒冷旧城还在边界另一边。我住的这间酒店后面是座狭窄的山谷,穿过山谷能看到守卫在城墙顶上约旦士兵的岗哨。当然,我从没去参观过人们称作"西墙"或"哭墙"的犹太圣堂遗迹。我现在很好奇,想看看如果我站在这里,这个所有犹太场所中最神圣的地方,是否也会产生跟我弟弟在梅阿谢阿里姆区时同样的感受,是否也会大受震撼,无力抗拒。我去前台咨询时,酒店工作人员向我保证,说那儿任何时候都不会只有我一个人。"到了晚上,每一个犹太人都会过去,"他告诉我,"你会终生难忘。"第二天上午,趁着去阿戈之前还有些闲暇时间,我叫了辆出租车送我过去。

它比我预想的更令人印象深刻,也许是因为泛光灯戏剧性地突出了那古老石头的沉重,看上去似乎同时照亮了那最深刻的历史主题:无常、忍耐、破坏、希望。哭墙四周是两座从紧挨着的阿拉伯圣殿耸起的宣礼塔和两个清真寺穹顶,显得不太对称。穹顶中一个是宏伟的金顶,另一个是较小的银顶,这样的排列似乎是为了制造出一种微妙的不平衡感,打破如画一般的构图。就连那一轮满月,似乎也为了避免多余的媚俗暗示而只悬在一个不起眼的高度,是那些勾勒天空的穹顶旁边一个毫不起眼的精巧装饰罢了。绚丽的东方夜色中,以哭墙广场为背景,形成了一个巨大的露天剧场,用来演出各种场面盛大的史诗、歌剧。人们可以看到临时演员信步走动,有几个已经穿上宗教服饰,剩余的没蓄胡子,仍穿着便服。

从老犹太区来到哭墙,必须穿过一长段楼梯顶上的安全哨卡。一个中年西班牙犹太士兵,穿着邋里邋遢的军装,在游客的购物袋和钱包里乱摸一通后才给放行。楼梯口还有四名年轻的以色列士兵,都懒洋洋地靠在胳膊肘上,好像和周围转悠的人群一样对圣迹无动于衷。我想,他们中任何一个都可能是舒基的儿子,出来执勤而不是练琴。和哨卡的警卫一样,他们身上的制服似乎也是从军需用品商店的一堆旧衣服中临时改成的。他们让我想起越战期间在中央公园贝塞斯达喷泉附近看到的那些嬉皮士,不同的是这些破破烂烂的以色列卡其布军服上斜挂着自动步枪。

一道石头屏障隔开了前来哭墙虔诚祈祷的人们与广场上往来的人群。哨卡两端各有一张小桌子,上面放着一盒卡纸做的圆顶小帽,是为没戴帽子的男访客准备的。女访客则在哭墙的女性祷告区那边自己祈祷。两个正统派犹太教徒紧靠小桌待着,或者说他们下决心待在那儿。年长的那位身材瘦小,驼背,留着故事书里的那种白胡子,拄着拐杖,坐在那张靠墙的长石凳上;另一个可能岁数比我还小,身材魁梧,穿着黑色长外套,面色凝重,留着硬挺的煤斗或铲子样大胡子。他站着,高出拄拐杖的那位许多,正激昂地说着什么。不过,我刚把圆顶小帽戴上,他就突然注意到我。"您好。愿您平安。"

"您好。"我回答道。

"我是来筹钱的。慈善募捐。"

"我也是。"老人插话道。

"是吗?给谁募捐呢?"

"给穷苦人家。"留着黑铲子样胡子的那个人回答说。

我把手伸进口袋,掏出所有零钱,有以色列币,也有英国币。在我看来,鉴于他说起自己代表的慈善事业时含糊其词,这已经是一笔足够慷慨的捐赠了。可他回敬了我一眼,那是一种隐约可见的眼神,既有怀疑,又带着轻蔑,意味深长,我不得不佩服。"您没有纸币吗?"他问道,"就几美元?"

因为过于在意他的"慈善资质",听他这么问,我突然觉得很滑稽。又因为这种老式的骗钱把戏比那种正规、体面而又人道主义的"筹款"行为更具人情味,更有感染力,所以我大笑起来。"先生们,"我说,"伙计们——"可那个铲子样大胡子已经转过身来,他那宽大的黑外套背对着我,就像演出结束时幕落一样,再次对那个坐着的老头用意第绪语骂骂咧咧个不停。他可是当机立断,不在像我这样小气的犹太人身上浪费时间。

散立在哭墙前的是全世界一千二百万犹太人中的十七个,这会儿正在跟宇宙之王交流:有的在念祷文时急速、有节奏地摇摆;有的一动不动,只有嘴巴飞快地一张一翕。在我看来,他们好像只是在跟石头交流。在他们头顶二十英尺的高处,几只鸽子正栖息在石缝里。我想(就如我一直以来所想的那样):"要是有个上帝在我们这世间发挥作用,我就把自己的头给砍了。"——尽管如此,我还是忍不住被这种石头崇拜的景象所吸引,对我来说,这显然证明了人类思想中最弱智的一面。我心想,石头很贴切:究竟还有什么比石头反应更迟钝的呢?即使是飘过我们头顶的那片云,舒基已故父亲的"犹太云",对于我们无处不在和很难确定的存在,也没有显得那么漠不关心。如果这十七个公开承认是同石头交流,而不是想象自己直接同造物主对话,那我反而觉得同他们亲近些。如果我能确定他们知道自己说话的对象只不过是石头,我甚至可能会加入他们。舒基之前管这个叫拍上帝的马屁,他对此的反感尤甚于我。至于我,它只是让我想到，自己一辈子都不会喜欢这种仪式。

为了看得更清楚些，我慢慢走到哭墙边上。在离我仅几英尺远的地方，我看见一个穿着普通商务套装的中年男子，脚边放着一个手提包，上面印有姓名首字母。他在石头上轻吻两下，以结束他的祈祷，就像我小时候因发烧在家卧床，母亲亲吻我的前额那样。甚至在他的最后一吻结束后，嘴唇刚离开石头，他一只手的指尖还轻轻抚摸着哭墙。

当然，对一块石头这么温存，就像母亲对自己生病的孩子一样，这件事没有什么实际意义。你可以吻尽全世界所有的墙、所有的十字架、所有被异教徒杀害的神圣的殉道者的股骨和胫骨，可是回到办公室对自己的下属一样颐指气使，回到家对家里人也一样无赖。地方历史很少争辩说，在耶路撒冷所作的虔诚朝拜，有可能促进人们克服人性中的弱点，更不用说那些真正邪恶的倾向了。尽管如此，在那一刻，甚至连我都有点忘乎所以，而且愿意承认，刚才呈现在我眼前的那一幕是如此甜蜜动人，可能并非毫无意义。那么我可能又一次弄错了。

附近有一条拱道通向一座洞穴式的地窖，透过泛灯光照着的石地板上的格栅，可以看到地下的哭墙比上面的还要多——很久以前就在那里了。从入口到室内大约有一百平方英尺的地方，被隔成一个临时的房间，使得整个地方除了被熏黑的粗糙拱形天花板，以及第二圣殿护墙的石头外，倒很像我十岁时下午晚些时候读的希伯来文班所在的犹太会堂，那种毫不起眼、邻家类型的会堂。这里的大藏经柜，可能是职业学校工艺班一年级学生的木工作品——看起来再平庸不过。柜子对面，沿墙摆着一排排储物架，上面胡乱堆放着上百本破破烂烂的祈祷书。另有十几把破损的塑料椅，随意地散落各处。可最能触发我对以前那所犹太律法学校记忆的，并非相似的装饰风格，而是类似的会众。一个领唱站在角落里，两侧是两个身着哈西德派服饰的瘦弱少年,他们以极大的热情断断续续地唱着,领唱则以粗哑的男中音唱起来,还带着哭腔——除此之外,参加礼拜仪式的信徒似乎都心不在焉。这让我回忆起在纽瓦克施利街时的情景:有些人老是转来转去看其他地方有没有什么更有趣的东西;另一些人则四处张望,好像在看一直等候的朋友到了没有;剩下几个似乎在散漫地清点到场人数。

我在书架旁悠闲地站着——以便从边上旁观,这样显得不唐突——这时,一个年轻的哈西德派教徒走上前来。他身穿一件优雅合身的缎子长外套,头戴一顶崭新的天鹅绒帽,低顶宽边,一尘不染,闪闪发亮,因此在人群里十分惹眼。不过,他的面色是骇人的苍白,肤色比死尸的好不了多少。他用细长的手指拍拍我的肩膀,那手指一方面让人觉得有种令人毛骨悚然的色情感,另一方面又纤弱得令人心痛,既像无助的少女的手,又像可怕的食尸鬼的爪子。他无声地邀请我拿本祈祷书加入祈祷班。当我悄悄地说不去时,他用一种沉重的、带有外国口音的英语回答道:"来吧,我们需要你,先生。"

我再次摇摇头,就在这时,领唱发出一声凄厉的哀号,听起来就像某种可怕的谴责,他喊着"Adonai[①]",那是上帝的名字。

年轻的哈西德派教徒并不灰心,又重复道:"来吧。"他指了指隔墙后面一处地方,看起来像间空仓库,而不是祈祷室。精明的纽约企业家会直接将其改造成桑拿房、网球场、蒸汽房和游泳池:哭墙健身和网球俱乐部。

里面还有许多虔诚的朝拜者,正拿着祈祷书坐在离哭墙仅几英寸的地方。他们身体前倾,手肘支在膝盖上,让我想起那些在福利机关或失业队伍中等了一整天的可怜虫。菱形泛光灯从低处照来,

---

① 希伯来语,主、上帝。

但并没有使这个地方显得更舒适或更宜人些。没有比这再简朴的宗教装饰了。这些犹太人需要的只有那堵墙。

他们一齐口中念念有词，微弱的声音听起来像工蜂在采蜜——一群工蜂世世代代被强征来为蜂房祈祷。

风度翩翩的年轻教徒仍在我身边耐心等待着。

"我帮不了你。"我低声说。

"一分钟就够了，先生。"

他也不是很坚持的样子。在某种程度上，他甚至表现得不是很在乎。如果换个场合，从他毫无变化的眼神和平淡无力的嗓音，我甚至可以断定，他智力上有点缺陷。不过，我还是努力在这儿做一个宽容大度的相对主义者——比他努力得多。

"抱歉，"我说，"实在爱莫能助。"

"你打哪儿来？美国吗？受过诚礼吗？"

我移开目光。

"来吧。"他说。

"求你——够了。"

"可你是受过诚礼的犹太人啊。"

来了。一个犹太人要开始向另一个犹太人解释，他是同第一个犹太人不一样的犹太人。这一情景，是无数笑话的源头，更别提那些小说创作了。"我不是严格遵守教规的教徒，"我说，"我不参与祷告。"

"那你为什么上这儿来？"又一次，他表现得好像并非因为真正关心才这么问。我开始怀疑他是否完全清楚他自己说的英语，更不用说我的了。

"来看看旧圣殿墙，"我回答，"看看参与祷告的犹太人。我是来旅游的。"

"您受过宗教教育吗？"

85

"严格意义上来讲，没有。"

"我很同情你。"语气平淡得像在告诉我时间一样。

"是吗？你同情我？"

"世俗之人并不知道他们生活的目的。"

"我明白从你的角度看也许是这样。"

"世俗正在回归。比你还糟糕的犹太人。"

"真的吗？有多糟糕？"

"我连提都不想提。"

"到底是什么啊？吸毒？乱交？金钱？"

"比那更糟。来吧，先生。这就跟受诫礼一样，先生。"

如果我没理解错他的坚持的话，那么对他来说，我的世俗主义不过是个略显可笑的错误。甚至不值得你为它感到激动。而我之所以不虔诚，不过是因为一些误解。

就在我试图揣测他的想法时，我突然意识到，我当然不可能弄清楚他在想什么，就像他不可能弄清楚我在想什么一样。我怀疑他甚至根本没想过要弄清楚我的想法。

"让我清静清静，好吗？"

"来吧。"他说。

"请问，我祷不祷告跟你有什么关系呢？"我都懒得告诉他——因为没那个义务——老实说我觉得祷告有损我的尊严。"就让我静静地站在一旁看吧。"

"您从美国什么地方来的？布鲁克林？加利福尼亚？"

"你从哪儿来的？"

"我吗？我是犹太人啊。来吧。"

"听着，我没有批评你严守教规，也没有看不惯你的穿着或外表，我甚至不介意你含沙射影我的缺点——所以你为什么这么生气？"倒不是说他表现出一丝丝生气的样子，是我想把讨论拉到更高的层次上。

"先生,您行过割礼吗?"

"要我给你画一幅画吗?"

"您的妻子不是犹太人。"他突然说道。

"这不难猜,尽管你想让它看起来难猜。"我说。可是,在那张毫无血色的脸上,既没有愉悦,也没有同情——只有一双无动于衷的眼睛,冷漠地注视着我那可笑的抗拒。"我四个妻子都不是犹太人。"我告诉他。

"为什么呢,先生?"

"老兄,我就是那种犹太人。"

"来吧。"他用手示意是时候了,要我别再犯傻,照他说的去做。

"听着,你找别人去好吗?"

可是,他是不会放过我的。要么因为他不能完全听懂我的话,要么因为他想骚扰我,把我这个罪人从圣地赶走。或者因为他想挽回我这只迷途羔羊,也可能因为他仅仅是要找出这世上又一个虔诚的犹太人,就像口渴的人要找水喝一样。他只是站在那儿说着"来吧",而我仍固执地待在原地。我没有违反任何宗教法规,并且既不照他想的去做,也不像随便闯进来的人那样溜掉。事实上我在想,是不是一开始我就是对的,他是不是确实有点智力缺陷,尽管再进一步想想,事情看起来也许更像是,娶了四个非犹太老婆的人才是理智尽失的那个。

不出一分钟,我走出了洞穴,最后看了一眼广场上的宣礼塔、月亮、圆屋顶和哭墙,这时听到有人朝我喊道:"是你呀!"

站在我面前的是个年轻人,个头很高,留着稀疏杂乱的大胡子,看起来似乎尽了最大的努力才没有给我一个大大的拥抱。他喘着粗气,不知道是因为兴奋,还是因为追赶我。他大笑着,发出一阵阵兴高采烈的笑声。我心想,从来没见过有人见到我这么高兴。

"真的是你!居然在这儿碰上了!太棒了!我读过所有你写的书!你写过我的家人!西奥兰治的勒斯蒂格一家!在《高等教育》里!就是他们!我是这世上最崇拜你的人!《复杂情绪》是你最好的作品,比《卡诺夫斯基》好!你怎么戴着卡纸做的圆顶小帽?你该像我一样戴顶漂亮的刺绣无檐便帽!"

他给我看了看他那顶无檐便帽——用发夹固定在头顶——像是巴黎的女帽商为他专门设计而成。他二十五六岁,高个子,黑头发,是个带点孩子气的英俊的美国小伙子。身穿一套灰色的棉质慢跑服,脚上一双红色跑鞋,头上戴着绣花的无檐便帽。他一边说话一边原地手舞足蹈,踮起脚尖蹦蹦跳跳的,胳膊摆来摆去,就像拳击手在第一回合响铃前那样。我不清楚他想干什么。

"这么说你是西奥兰治勒斯蒂格家的人。"我说。

"我是吉米·本-约瑟夫!内森,你看上去很精神!书里那些照片拍得不够好!你长得漂亮!你刚结婚!你有了新任妻子!第四任!希望这次一切顺利!"

我自己也笑了起来。"你为什么都知道?"

"我是你最忠实的粉丝呀。我知道你的一切。我也写书。我写了本《吉米五书》!"

"没读过。"

"还没出版呢。你在这儿做什么,内森?"

"游览观光。你呢?"

"我刚才正在祈祷,希望你来。我一直在哭墙这儿祈祷你能来——结果你真的来了!"

"好吧,冷静点,吉米。"

我还是弄不明白,他究竟是半疯还是全疯,或者只是精力过剩,像个离家出走的狂躁症孩子,到处寻欢作乐。我怀疑他这三种情况都有点儿,于是便朝低矮的石头哨卡和放圆顶小帽的桌子那儿往回走。穿过广场大门,我看到几辆出租车在等着。我得乘一辆回酒店。像吉米这样的人,虽然有时候可以很有意思,但那也只是头三分钟的事。以前我也遇到过类似的情况。

我离开时他没有跟着,而是踮起脚尖,离开哭墙朝后走去,就在我跟前几步远的地方。"我在正统派犹太侨民学校念书。"他解释说。

"还有这种学校?"

"你没听说过正统派犹太侨民学校?就在那边锡安山的山顶上!在大卫王山的山顶上!你该过去看看!去暂住一阵!正统派犹太侨民学校正是为你这样的人而建的!你远离犹太人民太久了!"

"别人也是这么跟我说的。你打算待多久?"

"在以色列的土地?一辈子!"

"你来了多久了?"

"十二天!"

他的脸骨骼精致,小得出奇,新蓄的两道窄窄的络腮胡使整张脸看上去更小了。他的眼睛似乎仍处于在造的苦痛中,岌岌可危地颤动着,好像火山口那沸腾的岩浆。

"你很亢奋啊,吉米。"

"没错!献身犹太事业让我如高飞的纸鸢!"

"勒斯蒂格家的吉米,在高空飞行的犹太人。"

"你呢?你是什么,内森?你自己知道吗?"

"我?从外表上看,我是个脚踏实地的犹太人。你大学在哪儿上的,吉米?"

"拉斐特学院,位于宾夕法尼亚州的伊斯顿地区,拉里·霍姆斯[①]的家乡。我学的是表演和新闻。可现在我又回到犹太人中间来

[①] Larry Holmes(1949—),美国拳击手。

了！你不该和犹太人疏远，内森！你会成为一个出色的犹太人的！"

我又笑了——他也笑了。"告诉我，"我说，"你是只身一人，还是和女朋友一道来的？"

"不，我没有女朋友——格林斯潘拉比要给我找个老婆。我要生八个孩子。只有这里的女孩才会理解这一点。我要找个虔诚的女孩。多子多孙！"

"好吧，你有了新名字，新蓄了胡子，格林斯潘拉比要给你找个合适的姑娘——你甚至住在大卫王山的山顶上了。听起来你什么都有了。"

哨卡的桌子旁，为穷人募捐的人已经不见踪影，如果说曾经有过的话。我把我的圆顶小帽放回盒子里堆好的帽子上。当我伸出手来时，吉米拉住我的手，不是跟我握手，而是深情地把我的手合拢在他的双手之间。

"你上哪儿去？我来带路。我带你去锡安山，内森。你可以见见格林斯潘拉比。"

"我已经有老婆了——第四任。我得走了。"我说，一边挣开他的手，"再见。"

"可是，"他在我身后喊道，又恢复了那像运动员一般踮着脚尖跃动的矫健步伐，"你知道我为什么像现在这样喜爱和尊敬你吗？"

"不知道。"

"因为你描写棒球的方式！因为你对棒球的所有感受！这里刚好没有棒球。有犹太人的地方怎么能没有棒球呢？我问过格林斯潘拉比，可是他不懂。只有以色列有了棒球，弥赛亚才会降临！内森，我想给耶路撒冷巨人队打中场！"

跟他挥手告别时——同时我的心里在想，如今吉米到了以色列的土地，由格林斯潘拉比操心，西奥兰治的勒斯蒂格一家该有多欣慰——我喊道："放手干吧！"

"我会的，一定会的，既然你都这么说了，内特[1]！"在明亮的泛光灯下，他突然开始奔跑——先倒退几步，继而向右转，扬起那张俊俏的、新蓄胡子的脸，仿佛在迎击从犹太旧城区什么地方飞来的、由路易斯维尔击球手击出的一记球。他跟着又往回向哭墙边跑，根本不顾有什么人或什么东西可能挡他的路。他开始大喊起来，那尖利的嗓音一定能让他在拉斐特学院戏剧协会有一席之地。他叫道："本-约瑟夫正往回跑，接着跑——球不见了，好像不见了，耶路撒冷队这下完蛋了！"跑到离哭墙石头不到三英尺远的地方——墙边还有些朝圣的人——吉米一跃而起，不顾一切地往上扑，长长的左臂高高举过那顶绣花便帽。"本-约瑟夫抓到球了！"他尖叫起来。沿哭墙有几个朝圣的人生气地转过身来，想看看怎么回事。不过，大多数人都专注于祷告，连头也懒得抬一抬。"本-约瑟夫抓到球了！"他又叫起来，将想象中的棒球抓在想象中的棒球手套里，在他刚才表演精彩接球的地方跳上跳下。"比赛结束！"吉米大叫道，"本赛季结束！耶路撒冷巨人队赢得锦旗！耶路撒冷巨人队赢得锦旗！弥赛亚降临！"

周五早饭后，一辆出租车将我送至阿戈。那是一段四十五分钟的旅程，途经岩石满布的丘陵地带，到达耶路撒冷的东南边。司机是个从也门移居来的犹太人，几乎不懂英语，一边开车一边收听广播。出城约二十分钟后，我们路过一个军用路障，由两名荷枪的士兵看守着。说是路障，其实不过是个锯木架，出租车要想通过，只需从侧面绕过去即可。两个士兵似乎没有兴趣阻拦任何人，连有西岸车牌的阿拉伯人的车子他们也不管。有个光着脊梁的士兵躺在路边地上晒太阳，另一个也光着上身，坐在路边椅子上，一边听椅子

---

[1] Nate，内森的昵称。

下面便携式收音机里的音乐,一边不时用脚打着拍子。想到哭墙边的广场上那些懒洋洋的士兵,我说了一句(不为别的,只是单纯地想说出来):"你们这儿的士兵真悠闲啊。"

出租车司机点点头,从裤子后兜里掏出一个皮夹,又从里面翻出一张照片给我看。那是一张年轻士兵的快照,蹲在地上看着镜头,显得全神贯注的样子。他有一双大大的黑眼睛。从他那身崭新整洁的制服可以看出,他是穿得最好的以色列国防军的一员。他紧握着武器,那样子就好像他知道如何使用它一样。"我儿子。"司机说。

"真不错。"我说。

"死了。"

"哎呀,真遗憾。"

"有人丢了炸弹,他被炸得什么都不剩。连鞋子都找不着,什么也没有。"

"多大年纪?"我一边把照片还给他,一边问道,"他当时多大年纪?"

"炸死了,"他回答,"没了,我再也看不到我儿子了。"

车子继续前进,经过一段弯弯曲曲的小路,再往前开了一百码,只见一道山谷分开了两座岩石山,里面有个贝都因人的营地。从我这边看过去,那顶长长的、上面打了黑色补丁的深褐色帐篷,不像是聚居地,倒像是晾晒的衣物,像一大堆破旧衣服搭在杆子上,放在太阳底下晾晒。车子开到前头,不得不停下来,给一个留着胡子、拿着棍子、正领着羊群过马路的小个子羊倌让路。这个贝都因牧民穿着一身棕色的旧西服,一度让我想到查理·卓别林,不仅是因为他的外表,还因为他所干的这件事看起来毫无希望——他的羊在干旱的丘陵地带能找到什么吃,这对我来说是个谜。

出租车司机指向下一座山山顶上的一个居民点。那就是阿戈,亨利的家。虽然前边拦路围着高高的铁丝网,网的顶端是一圈圈带刺的铁丝,但大门敞开着,警卫亭空无一人。出租车一个急转弯开了进去,驶上一条土坡,开到一个用皱巴巴洋铁皮搭起来的矮棚前。有个人正拿着喷灯在露天的一张长桌旁工作,从棚子里传来锤子敲击的声音。

我下了车。"我找亨利·祖克曼。"

他等着我往下说。

"亨利·祖克曼。"我重复道,"那个美国牙医。"

"哈诺赫?"

"亨利,"我说,接着,"没错——哈诺赫。"

我心想:"哈诺赫·祖克曼,玛丽亚·祖克曼——这世界突然间充满了崭新的祖克曼们。"

他顺着土坡指了指更远处一排低矮的水泥建筑。那上面就是那个样子了——一座光秃秃的、干燥的、尘土飞扬的小山,寸草不生。周围能看见的就是那个拿喷灯的人,一个身材矮小、肌肉发达的家伙,戴一副金丝眼镜,一顶小小的绒线帽紧贴着他那理成平头的脑袋上。"那边,"他没好气地说,"学校在那边。"

一个壮实的年轻女人,穿着工装裤,头上戴着棕色的大贝雷帽,从棚子里连蹦带跳地跑出来。"你好,"她叫道,一边朝我微微一笑,"我是戴弗娜。你找谁?"

她说话带纽约口音,让我想起刚到芝加哥上大学时,常常在希勒尔之家见到的那些伴着希伯来民谣跳舞的爽朗女孩。最初几个星期我感到寂寞,便常去那边,想找个姑娘上床。那是我最接近犹太复国主义的时候,也是我大学阶段对犹太事业的所有投入。至于亨利,他为犹太事业所做的就是在康奈尔大学帮他的犹太兄弟打篮球。

"哈诺赫·祖克曼。"我对她说。

"哈诺赫在上希伯来语课。那边的希伯来语学校。"

"你是美国人吗?"

这个问题冒犯了她。"我是犹太人。"她回答。

"我明白。只是刚刚听你说话,以为你是在纽约出生的。"

"我生来就是犹太人。"她说。很显然,她已经受够了我,于是回到棚子里去了。我听见铁锤的敲击声再次响起。

亨利/哈诺赫是十五个学生中的一个,他们围着老师的椅子坐成一个半圆形,在光秃秃的草地上或坐或卧。老师用希伯来语讲课时,亨利和其他学生就在练习本上做笔记。亨利岁数最大,比他的同学至少年长十五岁——可能比老师还大几岁。除了亨利以外,其他人看起来就像一群暑期学校的孩子,在暖阳下尽享上课的乐趣。男孩们都穿着旧牛仔裤,其中一半留着胡子;大多数女孩也都穿着牛仔裤,只有两三个穿着棉布裙和无袖衬衫,所以皮肤晒得黝黑,看得出来,她们已经不刮腋毛了。山脚下一个阿拉伯村庄的宣礼塔清晰可见。然而十二月里阿戈的希伯来语学校,看起来就像米德尔伯里学院或耶鲁大学七月里的语言中心。

亨利工作衫最上面几粒纽扣没有扣上,可以看到心脏搭桥手术留下的伤疤整整齐齐地横在他强壮的胸膛上。在炎热的沙漠山区住了将近五个月后,他看起来和那个也门出租车司机死去的士兵儿子没什么两样——现在更像是那男孩的哥哥,而不是我弟弟。看着他那么健康,皮肤黝黑,穿着短裤凉鞋,我不禁想起我们少年时代在泽西海岸租来的小屋里度过的夏天。晚上,他总是跟着我,沿着木板路一直走到海边——无论我和朋友们去哪儿,亨利都像个可爱的吉祥物似的跟在后头。这个家中的二儿子,他那持续不断的激情从来堪比那些成年人,如今却在四十岁的年纪又回到了学校,真是奇怪。更奇怪的是,他的教室就在山顶上,从那里你可以看到死海,再远就是沙漠王国里有裂缝的山脉。

我心里想:"他女儿露丝是对的——他来这儿是为了学点东

西,而且不仅仅是希伯来语。我做过类似的事,但他没有,从来没有,这一回是他的机会。他的第一次,也可能是最后一次。不要摆出一副老大哥的样子——别挑剔他的弱点和他总是容易受伤的地方。""我羡慕他。"露丝曾说,那时我也羡慕他——部分是因为这一切确实有点奇怪,并且也许就像卡罗尔所说的那样幼稚得很。看着他穿着短裤坐在那儿,跟那些孩子一道在练习本上写着,我想我真应该掉头回家。露丝讲的都对,他放弃了很多东西,才变成这样一张白纸的状态。随他去吧。

老师走过来跟我握手:"我是罗妮特。"她和棚子里那个叫戴弗娜的女人一样,戴一顶深色贝雷帽,讲一口美式英语。她身材修长苗条,模样清秀,约莫三十来岁,有着轮廓分明的高鼻梁,脸上布满雀斑,聪慧的黑眼睛仍自信地闪烁着孩童时代早熟的光芒。这一回我吸取了教训,没再提她口音显然暴露了她是纽约城土生土长的美国人。我只是打了个招呼。

"哈诺赫昨晚告诉我们你要来。你一定得留下来庆祝安息日。我们给你准备了过夜的房间,"罗妮特说,"虽然没有大卫王酒店那么好,不过包你住得舒服。搬张椅子来跟我们坐吧——如果您能和同学们聊聊就再好不过了。"

"我只是想告诉亨利我到了。别让我打断你们上课。我四处逛逛,等你们上完课再说。"

亨利从坐成半圆形的学生中间将一只手举到空中,满面笑容,但还保留童年时代的那一丝羞涩。他说"嗨",这也让我想起了我们的童年时代,想起我在文法学校担任高年级班长时,在学校走廊上看到他和其他孩子一起去体育教室、小卖部或音乐室的情景。"嘿,"他们会低声说,"你哥哥在那儿。"亨利则会小声对我叫道"嗨",随后立马追上班里的同学,像个小动物钻进洞里一样。他在学业、体育和职业上都表现优异,不过他始终厌恶别人赤裸裸的目光,因为这不利于他实现那个永不熄灭的梦想。自他很小的时候开始，他睡觉前总幻想一些不切实际的事，他不仅梦想着出人头地，而且要成为独一无二的英雄。他欣赏我，曾对我说的每句话都很崇拜，也怨恨我，不过那种怨气在《卡诺夫斯基》发表前已渐渐消散。我们俩之间还有一种源于童年纽带的情感，那种自然而亲密的情感似乎因为某种信念而不断滋长，在他长大成人、通晓事理之后依然毫不动摇的信念，即相信我是那孤芳自赏的精英群体中的一员，生来被赋予非凡的能力，为公众所崇拜、无条件地景仰。

"得啦，"罗妮特笑着说，"我们几时能把像你这样的名人请到犹地亚的山顶呢？"她示意一个男孩从地上拿一张木制折叠椅来，为我摆好。她告诉学生们："任何疯到跑来阿戈的人，我们准会找点儿活儿给他干。"

我对她的戏谑口吻心领神会，看了眼亨利，假装无助地耸耸肩。亨利明白我的意思，于是打趣地回应道："如果你们能给我们找活儿干，我们就干。"我把"我们"换成了"我"，一样回复道。于是，经这位在此避难的弟弟允许——也许是因为他和我共同的过往，又或者是因为其他一切从他生活中涤净的东西——我面朝学生坐了下来。

有个男孩提了第一个问题。他也有美国口音，也许他们都是在美国出生的犹太人。"你懂希伯来语吗？"他问道。

"一九四三年在律法学校学的头两个词，就是我所知道的全部的希伯来语。"

"哪两个词？"罗妮特问道。

"一个是'Yeled'。"

"'男孩'。很好，"她说，"那另一个呢？"

"'Yaldaw'。"我说。

全班哄然笑起来。

"'Yaldaw'。"罗妮特也被我逗乐了,说道,"你的发音听起来就像我那位来自立陶宛的祖父。'Yalda,'"她说,"'女孩'。"

"'Yalda。'"我说。

"现在,"她对学生们说,"他能正确念出'yalda'来,也许他能在这儿过得快活。"

他们又大笑起来。

"对不起,"一个下巴上刚长出一点儿胡子的男孩说,"请问你是谁?这家伙是谁?"他问罗妮特。他对这一切完全不感兴趣——一个大男孩,年纪不过十七岁左右,一张稚气的还未定形的脸,但身材却粗壮得像个建筑工人。听口音,他也是纽约人。他戴着圆顶小帽,帽子紧紧贴在他那长着一头浓密杂乱黑发的脑袋上。

"请告诉他你是谁。"罗妮特对我说。

我指指那个他们称作哈诺赫的人。"我是他的哥哥。"

"所以呢?"男孩毫不留情地生气道,"我们为什么要停下来听他讲话?"

从后面的学生那儿传来一声夸张的抱怨。我身旁的那个趴在草地上的女孩,双手托着一张漂亮的圆脸,用滑稽的口吻说道:"他是个作家,杰瑞,这就是为什么。"那声音似乎在暗示,他们在一起待的时间久到一些人已经开始把另一些人逼疯。

"您对以色列的印象如何?"一个有英国口音的女孩问我。显然他们都会说英语,即便不全是美国口音。

虽然我在这个国家停留不到二十四小时,但当然还是形成了强烈的第一印象。从舒基开始,他那被杀害的弟弟、灰心丧气的妻子以及在部队服役的年轻爱国的钢琴家儿子,更强化了这些印象。当然,我也没忘记在街上和那个从西班牙移民过来的犹太人的争吵。在他看来,舒基·埃尔哈南不过是头德系犹太蠢驴。我也忘不了那个开车送我到阿戈的也门来的父亲,虽然我们没有任何共同语言,他没法儿向我表达他何等悲痛，但他却以萨科和万泽蒂①式的雄辩，隐晦地描述了他从军的儿子的死亡。我也没有忘记耶路撒冷巨人队那个在哭墙边上打出一记本垒打的中坚手——到底是这个来自新泽西州西奥兰治的吉米·本-约瑟夫不过是个怪胎、异类，还是如舒基所说，这地方正在变成美籍犹太人的澳大利亚？简而言之，几十个相互矛盾、残缺不全的印象似乎在揶揄着我，叫我不得其解。在我看来，最明智的做法就是把它们都藏在心里，直到我弄清楚它们拼凑起来是什么为止。我当然没有理由冒犯阿戈的人，把自己在哭墙不神圣的奇遇告诉他们。哭墙就是哭墙，我当然清楚这一点。我不会想去否认这个由沉默的石头构成的神秘现实，不过，前一晚的遭遇让我觉得自己就像个跑龙套的——在犹太街头剧院当地公演的剧目中扮演某个捧哏的流散犹太人角色。我不确定这里的人在精神上能否理解这种描述。"印象？"我说，"说真的，我刚刚到——还没什么印象。"

"你年轻的时候是个犹太复国主义者吗？"

"年轻的时候我对希伯来语、意第绪语或反犹主义都知道得不多，还不足以成为一个犹太复国主义者。"

"这是你第一次来以色列吗？"

"不是。我二十年前也来过。"

"之后你没再来过？"

几个学生听到这个问题大笑起来，这使我不禁好奇，他们自己是否也在考虑卷铺盖回家。

"没什么事需要我回来。"

"'没什么事。'"是刚刚那个怒气冲冲质问为什么全班人要听我讲话的大个子男孩，"是你不想回来。"

---

① Sacco-Vanzetti，指萨科-万泽蒂案中的意大利移民萨科和卖鱼小贩万泽蒂，二人在一起抢劫杀人案中被无辜处死。

"以色列并不处于我思想的中心,不。"

"可你一定到过其他国家,'不处于中心'的国家。"

我明白如果和他再聊下去,即便没吵起来,也会演变成一次不愉快的交流,甚至比在哭墙时我和那位哈西德派青年的交谈更令人不快。

"一个犹太人,"他问道,"怎么可能只去过一次自己的祖国,之后就再也不去呢,隔了二十年——"

他还没说完就被我打断了。"这很好理解。很多人跟我一样。"

"我只是想知道这样的人出了什么问题,不管他是不是犹太复国主义者。"

"没出什么问题。"我淡淡地说。

"那么就算全世界都眼睁睁看着这个国家毁灭,你也一点都不在乎吗?"

有几个女孩开始转过身来,有些局促不安,觉得他的提问过于咄咄逼人,罗妮特却在椅子上向前倾着身子,渴望听到我的回答。我不知道这孩子和罗妮特之间是否有什么共谋,甚至哈诺赫也可能参与其中。

"这会是世界希望的吗?"我问,心想即使他们没有共谋,如果我同意在这儿过夜,这也很可能会成为我一生中最不安宁的一个安息日。

"谁会流一滴眼泪呢?"男孩回答,"当然不会是一个二十年后不管不顾犹太民族不断面临的危难——"

"听着,"我说,"我承认我从来没有那种正统的等级观念——我接受你对我这种人的看法。对这种狂热我并不陌生。"

这使他从座位上霍地站起来,用一根手指愤怒地指着我说:"恕我冒昧!什么狂热?把利己主义置于犹太复国主义之上,这才是狂热!把个人利益和个人享乐置于犹太民族的存亡之上!究竟是谁狂热?是那些散居各地的犹太人!外邦人不断向他们证明,犹太民族的存亡对他们来说根本不重要,而散居的犹太人竟把他们当作朋友,竟然相信在他们的国家自己是安全的——是平等的!狂热的是不学无术的犹太人!他们忘了犹太人的国家、犹太人的土地,以及犹太民族的存亡!那才是狂热——狂热地无知,狂热地自欺欺人,狂热地厚颜无耻!"

我也站了起来,转身背对着杰瑞和学生们。"亨利和我要去走走,"我对罗妮特说,"说实话,我过来就是想跟他说说话。"

她的眼睛仍像之前一样明亮,充满强烈的好奇心。"可杰瑞已经发表了他的看法——现在你也有权发表自己的看法。"

如果相信她的天真是装出来的,她是在骗我,这是不是太多疑了?"我放弃我的权利。"我说。

"他还年轻。"她解释道。

"是的,但我不年轻了。"

"对学生们来说,你的想法会让他们着迷。许多孩子都来自深度同化的家庭。出人意料的是,美国犹太人,还有世界上大多数犹太人,都未能抓住机会返回锡安,这是他们所有人都要面对的问题。如果您——"

"我宁愿不去面对。"

"不过就说几句关于同化——"

我摇摇头。

"可是同化和通婚,"她说,表情变得十分严肃,"在美国,它们正在引发第二次大屠杀——是的,那里正发生着一场精神上的大屠杀,和阿拉伯人对以色列国的威胁一样致命。希特勒在奥斯威辛无法做到的事,美国犹太人在他们自己的卧室里做到了。百分之六十五的犹太裔美国大学生同非犹太人通婚——犹太民族永远失去了这百分之六十五!开始他们用硬刀子来灭绝犹太人,现在用的是软刀子。这就是为什么年轻人来阿戈学习希伯来语——为了避免犹太人的覆灭，避免犹太人即将在美国灭绝的事实，也为了逃离你们国家那些犹太人正在进行精神自杀的社区。"

"我明白了。"我只回应了这一句。

"你不和他们谈谈这个，哪怕就几分钟，聊到他们吃午餐为止？"

"我觉得自己没资格谈这个。我碰巧娶了个非犹太人。"

"那就更好了，"她热情地笑着说，"他们可以和你谈谈。"

"不了，谢谢。我来这儿只是想同亨利谈谈。我已经好几个月没见过他了。"

我走的时候罗妮特紧紧抓住我的胳膊，就像一个好友不愿见我离开似的。看起来她好像很喜欢我，虽然我并不值得信任；也许是因为我弟弟为我吹嘘过。"但一定得留下来过安息日，"罗妮特说，"我丈夫今天得去一趟伯利恒，但他期待晚上能见到您。你和哈诺赫一起来吃晚饭吧。"

"看看情况再说吧。"

"别，一定得来。亨利跟你说了吧——他们成了好朋友，你弟弟和我丈夫。他们很像，两个强壮又有献身精神的人。"

她的丈夫就是末底改·李普曼。

我们开始沿着山坡的小路往下走，向两条长长的、还没有铺柏油的街道走去，那就是阿戈的居民区。从一开始亨利就明确表示，我们决不会坐在某个树荫下，深入探讨有关他抓住机会回到锡安这件事是否做得对。他现在表现得也不像当初看到我出现在他全班同学面前时那么友好了。相反，等我们俩单独相处时，他立刻变得暴躁起来。他告诉我，他可不想受我责骂，也不会容忍任何调查或质疑他动机的企图。如果我想知道阿戈的意义，他可以谈谈阿戈，谈论定居运动，它的根源和理念，以及定居者决心实现的目标。他也可以谈谈自贝京的联合政府掌权以来这个国家发生的变化。至于我笔下的主人公们可以接连数页沉溺其中的美国式的自我剖析,不过是一种裸露癖的自我放纵和幼稚的自吹自擂,幸好属于"自恋的过去"。那种无关历史、只关心个人问题的旧生活,现在在他看来,令人既尴尬又厌恶,说不出有多微不足道。

他说起这一切时情绪很激动,我说过的任何话都不曾使他这么激动过,何况我还什么都没说呢。他这番话得是在床上失眠个把小时才能准备好发表的吧,在希伯来语班挤出的那些笑容则是给大家看的。这就是前一晚和我通话的那个多疑的家伙。

"那好,"我说,"不搞心理分析那套。"

他还在气头上,说:"别摆出一副高人一等的样子。"

"那你也别挑剔我那些沉迷的主角。再说了,摆出高人一等的姿态可不是我的强项,至少到今天为止不是。甚至连你班上的毛头小伙都瞧不上我。光天化日之下遭那小混蛋抢白。"

"在这里就是要直言不讳——要么接受,要么走人。另外,拜托别再对我的名字说三道四了。"

"放心,对我来说,谁都可以随便叫你什么。"

"你还是不明白。让我见鬼去吧,忘了我吧。我是已经被遗忘的人,我在这里已不复存在。这里没有我的时间和我的需要——这里要考虑的是犹地亚,不是我!"

他计划开车去阿拉伯人治下的希伯伦吃午餐,如果沿山里的捷径,开车只需二十分钟。我们可以开李普曼的车。那天一大早,末底改和其他四名定居者坐卡车去了伯利恒。过去几周,当地一些阿拉伯人和城外山坡上新建的一个小定居点的犹太人之间骚乱不断。两天前,一辆载着犹太定居点孩子的校车路过,挡风玻璃被飞掷来的石头打破。接着,犹地亚和撒马利亚地区定居点的成员在末底改·李普曼的组织和领导下,前往伯利恒市场散发传单。要不是我来了阿戈，亨利也翘课同他们一起发传单去了。

"传单上写了什么？"我问。

"他们说：'既然我们对你们没有恶意，你们为什么不试着与我们和平相处呢？你们中只有少数人是暴力极端分子，其余的都是和平爱好者，和我们一样相信犹太人和阿拉伯人可以和睦相处。'大概是这么个意思。"

"大意听起来倒很友善。阿拉伯人会怎么看？"

"就像传单上说的——我们对他们没有恶意。"

不是我——是我们。亨利的'我'已融入了'我们'。

"我们要开车穿过那个村子——就在那下面。你会看到愿意跟我们和平共处的阿拉伯人就在几百码之外。他们过来买我们的鸡蛋。那些老到不能下蛋的母鸡，我们以几分钱的价格卖给他们。这地方可以容纳所有人。可是如果针对犹太学生的暴力事件继续发生，那就要采取措施制止。明天就可以进驻军队，清除那些捣乱分子，扔石头这种事五分钟就能解决。可他们没停手。他们甚至向士兵扔石头。如果士兵坐视不管，你知道阿拉伯人会怎么想吗？他们会把我们当成笨蛋——那你就是笨蛋。在中东其他任何地方，如果你向士兵扔石头，他会怎么做？他会向你开枪。可他们突然发现，在伯利恒，你向以色列士兵扔石头，他们不会开枪。他们什么也不做。问题就出在这里。不是因为我们残忍，而是因为他们发现我们软弱可欺。在这里行事不可过于心慈手软。他们不尊重善良，也不尊重软弱。阿拉伯人尊重的是权力。"

不是我而是我们，不是善良而是权力。

我在那辆破旧的福特车旁等着，车就停在李普曼家门口的土路上。李普曼的房子是一排煤灰砖砌房子中的一栋，从路的入口处看起来就像一座碉堡或地下掩体。凑近一看，你很难相信屋里的生活已经远超人类发展的初始阶段。所有一切，包括堆积在干燥的石头院落角落里的浮土，都表明这里的生活刚刚起步。要是回到几年前亨利在南奥兰治用雪松木和玻璃造的大房子里，这里的两个甚至三个小定居点可以毫不费力地塞进那房子的地下室里。

他从李普曼家出来时，一手拿着车钥匙，一手拿着手枪。他把枪扔进杂物箱，然后发动了车子。

我对他说："我正努力使自己从容对待这一切，但要不发表那些惹恼你的言论，差不多需要超人的克制。无论如何，跟带着枪的你一起开车出去，有点让人难以置信。"

"我知道。毕竟我们不是在这样的环境里长大的。不过，带枪开车去希伯伦不失为一个好主意。要是你撞上了游行队伍，或是他们包围了你的车，还朝你扔石头，至少你还有点讨价还价的能力。听着，叫你难以置信的事可多着呢。我也经历过。你知道有什么比我在这里五个月所学会做的更让我吃惊的吗？我在那里四十年所学会做的。做什么样的事和成为什么样的人。我一想起过去的一切就不寒而栗。现在回想起来，我简直不敢相信。我感到厌恶。一想到自己是怎么走到这一步的，我就恨不得把头埋起来。"

"那是怎么样的情形？"

"你看到过，你也在场。你听到过。我冒生命危险的原因。我做那个手术是为了什么，为了谁。就是我诊所里那个皮包骨头的小姑娘，我愿意为她而死，也为她而活。"

"不，那只是生活的一部分。为什么不是呢？三十九岁时丧失性能力可不是件平常小事。那时的生活对你来说太过艰难了。"

"你不明白。我说的是当时我有多渺小。我说的是我为生活所作的荒唐辩解。"

我们穿过希伯伦市场的小巷，开到希伯伦犹太殉道者墓畔古老的橄榄树林里，然后又到了祖先们的埋葬地，就这样过了几个小时之后，我才成功让他就他已经放弃了的荒唐生活展开讲讲。我们在希伯伦城外主干道上一家小餐馆的露台上吃午餐。经营这家馆子的阿拉伯人特别热情好客；老板用英语招待我们点菜，他对亨利非常敬重，称他为"医生"。那时饭点已过，除了一对年轻的阿拉伯夫妇和他们年幼的孩子在隔壁的角桌旁吃饭外，餐馆里空荡荡的。

为了让自己舒服些，亨利把野战夹克搭在椅背上，手枪还放在夹克口袋里。我们去希伯伦时枪一直放在那个口袋里。他领着我穿过熙熙攘攘的市场，指给我看琳琅满目的水果、蔬菜、鸡肉和糖果，而我却一直想着他的手枪，还有契诃夫那句名言：在第一幕中墙上挂着的手枪，到了第三幕一定会开火。我不知道我们在演的是第几幕，更不用说演的是哪一出了——家庭悲剧、历史剧还是不折不扣的闹剧？我不确定是否有必要拿枪，要么他只是在尽其所能地要表现，以前美国那个无能又善良的犹太人和现在的他大相径庭，这把手枪就是他用来一雪前耻的一种惊人的象征。"这些都是阿拉伯人，"他在集市上说，"但枷锁在哪儿呢？你看到有人身上背着枷锁吗？你看到士兵有威胁谁吗？你在这儿根本看不到士兵。不，这儿只是一个繁华的东方集市。为什么会这样？因为野蛮的军事占领？"

我见到的与军队相关的唯一迹象是一处小军事设施，离市场约一百码远，亨利的车就停在那儿。在大门里边，几个以色列士兵围着一块空地在踢足球，他们的大卡车就停在那里。但正如亨利所说，市场里没有军事存在，只有阿拉伯摊贩、阿拉伯顾客、几十个阿拉伯小孩、一些看上去很不友好的阿拉伯青少年、许多尘土、几头骡子、几个乞丐，还有维克多·祖克曼医生的两个儿子，内森和哈诺赫，哈诺赫带着枪，内森则对这把枪的含义百思不得其解。万一他向我开枪呢？万一那就是骇人听闻、出其不意的第三幕呢？祖克曼家的分歧将以杀戮了结，就好像我们家是阿伽门农家一样，那该怎么办？

因为他对麦比拉洞洞壁上的古迹很感兴趣，想带我去看看，所以午餐时我讲了一番话,那些话既不算抗议,也非质疑。我问他,那堵墙对他来说有多神圣?"假定这就是你对我讲的一切,"我说,"亚伯拉罕在希伯伦搭起帐篷。他和撒拉埋在麦比拉洞里,以后又埋了以撒、雅各和他们的妻子。大卫王在进入耶路撒冷前曾统治过这里。但这些和你又有什么关系?"

"所以我们才有理由要回土地。"他说,"就是这样。你瞧,我们被称为犹太人,而这个地方又被称作犹地亚,这绝非偶然——这两者之间甚至可能有某种联系。我们是犹太人,这里是犹地亚,而犹地亚的心脏就是亚伯拉罕的城——希伯伦。"

"这还是没有解释清楚亨利·祖克曼和亚伯拉罕的城之间的认同之谜。"

"你不明白——这里是犹太人的发源地,不是特拉维夫,而是这里。如果有什么犹太人居住地自治主义或殖民主义,那是特拉维夫,是海法。这里是犹太主义,是犹太复国主义,就在这里,在我们吃午餐的地方!"

"换句话说,一切并不是从爷爷和奶奶住的亨特顿街上那一段木楼梯开始的,不是从跪在地上擦洗地板的奶奶或者散发陈年雪茄气味的爷爷开始的。总而言之,纽瓦克不是犹太人的发源地。"

"以简化繁的讽刺法,真是了不起的天赋。"

"是吗?过去这五个月,也许你也养成了夸大其词的天赋。"

"我并不认为犹太圣经在世界历史中所起的作用要归功于我和我的幻想。"

"我思考的更多的是你在部落史诗中给自己分配的角色。你也做祷告吗?"

"这个问题不在我们的谈论范围。"

"那你一定祷告的咯。"

他被我的话激怒了,于是问道:"祷告有什么错,祈祷有错吗?"

"你什么时候祷告?"

"临睡前。"

"祷告些什么?"

"就是犹太人几千年来所讲过的,我说的是'听啊,以色列'。"

"早上你佩戴经文护符匣吗?"

"也许以后会。现在没戴。"

"你还遵守安息日吧。"

"听着,我知道这完全不对你的胃口。我明白,这一切在你听来只不过是后同化时代那些赶时髦的'讲究事实的'犹太人彰显优越感的消遣方式。我发现对上帝来说你过于'开明',在你眼中这一切显然是个笑话。"

"对我来说什么才是笑话,你可别那么肯定。如果我恰好有问题,又不介意有人来回答它,那恰恰是因为,半年前我的弟弟是另一副模样。"

"在新泽西过着无忧无虑的生活。"

"得了吧,亨利——不管在新泽西还是别的什么地方,都没有什么无忧无虑的生活。美国也有人死亡,有人失败,生活同样紧张而有趣,同样有冲突、矛盾。"

"可无忧无虑的生活仍是人们的源泉所在。在美国,对你弟弟的犹太主义大屠杀可是再彻底不过了。"

"'大屠杀'? 你从哪儿学来的字眼? 你像你所认识的每一个人那样生活。你服从现有社会秩序的安排。"

"只不过现有的社会秩序根本就不正常。"

正常和不正常——只消在以色列待上二十四小时,就有了这么个界限。"我怎么会得那个病的?"他问我,"一个不到四十岁的男人有五条冠状动脉阻塞。你认为是什么样的压力造成的? '正常'生活的压力?"

"有卡罗尔这样的妻子,有牙医这个谋生职业,在南奥兰治有个家,孩子们在私立好学校表现良好——甚至身边还有个小情人。如果这都不算正常生活,那什么才算?"

"这都是外邦人眼中的正常。所有的犹太印记都隐藏在外邦人的体面之下。一切都源于他们,为了他们。"

"亨利,我走在希伯伦,我看到他们——带着报复心的他们。在你家周围,我记得看到的都是和你一样富有的犹太人,没人带枪。"

"你说得对:家境富裕、生活舒适、希腊化了的犹太人——背井离乡的犹太人,丧失了使其成为真正犹太人的大环境。"

"你认为这就是你生病的原因?'希腊化'?看来它并没有毁了亚里士多德的生活。这到底是什么意思?"

"希腊化-享乐主义-极端利己主义。我的整个存在就是病症所在。对付心脏病容易。但我的病是自我扭曲、自我歪曲、自我伪装——从头到脚都无意义。"

一开始说是无忧无虑的生活,现在又说只不过是一种病症。"这些你都感觉到了?"

"我吗?我过去太墨守成规,所以什么也感觉不到。温蒂。好极了。和牙医助理上床,在诊所里口交,这些激情势不可挡,充斥着我那流于表面的生活。在那之前更胜一筹——巴塞尔。古典范。犹太男性的偶像崇拜——对非犹太姑娘的崇拜;梦想着和心爱的非犹太姑娘一起逃去瑞士——犹太人原始的逃亡之梦。"

他说这些话时我在想,人们把生活变成那样的故事,又将故事变成那样的生活。回到新泽西,他确信自己饱受压力,最终导致了冠状动脉疾病,究其原因,则是他缺乏逃离南奥兰治前往巴塞尔的勇气,这让他羞愧不已;在犹地亚,他的诊断正好相反——在这里,他把自己的病归因于离散犹太人不正常状态下那种隐形的压力,最明显地表现在"犹太人原始的逃亡之梦……和心爱的非犹太姑娘一起逃去瑞士"。

我们赶回阿戈准备过安息日时，我试图弄清楚，那个对欧洲几乎完全陌生的亨利——几乎没有任何在维也纳成长的经历，是否真的能完全接受一种自我分析，这种分析对我来说不过从世纪之交的犹太复国主义意识形态手册中收集而来的陈词滥调，和他本人毫不相干。亨利·祖克曼在纽瓦克雄心勃勃的犹太中产阶级中长大，在康奈尔大学和其他数百名聪明的犹太孩子一起接受教育，娶了一个忠心耿耿又善解人意的女人，那女人跟他一样是个世俗的犹太人。他们定居在终生向往的富裕而漂亮的犹太城郊，从未受过反犹主义的威胁。像这样一个犹太人，他什么时候认真考虑过那些现在他蔑称为"外邦人"的人的期望呢？在他以前的生活中，如果他承担的每一个重大事件都是为了向某人证明自己，那个人强大得可怕，又难以捉摸，咄咄逼人，那么在我看来，那个人一定不是全能的外邦人。他所谓的对流亡的犹太人所遭受的精神扭曲的反抗，难道不更像是对教条的、异常传统的父亲强加在老实孝顺的孩子身上的男子气概的反抗吗？如果真是这样，那么为了推翻长期以来来自父亲的所有那些期望，他让自己屈从于一个强大的犹太权威，相形之下，即使无所不在的维克多·祖克曼也决不忍心让孩子们如此无条件地服从。

不过，也许理解那把手枪的关键比这要简单一些。午餐时他说的那番话，唯一让我觉得有说服力的只有"温蒂"这个词。我们在一起待了几个小时，这是他第二次提到他的牙科助理，用的是同样难以置信、愤愤不平的语气，正是为了她，自己才去冒生命危险的。我想也许他是在赎罪。当然，在犹地亚的荒山野岭学习希伯来语，是一种相当新颖的赦免通奸罪的方式。不过，他不是也选择接受最危险的手术，只为了让温蒂每天和他调情半小时吗？也许这只不过是他们那出荒诞不堪的戏剧的可笑结局，真是恰如其分。现在他似乎把他的小助手看作是在古代亚述首都尼尼微认识的某个女孩。

也许这一切不过是为了掩盖他抛弃家人的行为？几乎没有一个丈夫与妻子分手时会这样说："恐怕这一切都结束了，我找到了真爱。"只有我弟弟——父亲最好的儿子——才会选择以犹太主义的名义，在一九七八年解除自己的婚姻。我想："亨利，让你作为犹太人的，不是来这儿并成为一个犹太人，而是你的想法，认为为了离开卡罗尔，你唯一的借口就是来到这儿。"但我没说出口，因为他还带着枪呢。

我满脑子都是那把枪。

到了阿戈城外的山顶上，亨利把车停在路边，我们下车欣赏风景。天色渐暗，犹太定居点山脚下的那个阿拉伯小村庄，显得像几分钟之前我们驱车通过空无一人的大街时那么阴森和荒凉。沙漠的落日也给那一片不起眼的棚屋增添了几分光彩。至于远处的风貌，特别是在这落日余晖下，很容易让人获得这样的印象：周围的世界只是七天之内造成的。不像英国，英国的乡村似乎是由上帝三番五次地修改完善，不断驯化，直到它完全适合所有人和野兽居住为止。犹地亚看起来依然是初造的模样，就像月球上的一块土地，犹太人被他们最凶恶的敌人残忍地流放至此，不像他们自古以来就满怀热情坚持属于自己而不属于任何人的地方。我想，他在这片景观中所发现的，与他现在选择塑造的自我形象息息相关，一个口袋里揣着枪的粗犷的拓荒者形象。

当然，很可能他对我也是一样的看法。因为我现在住的地方一切都井井有条，周围的土地早已开垦，人口稠密，无论是土地还是人民，自然都不会对其进行改造。对于一个寻求安居乐业的人来说，这是理想的环境，让他可以在人生坦途的中点开始新的生活。可是在这块未开垦的、似乎不像地球的土地上，夕阳西下时戏剧性地证明了永恒的意义，因而一个人对自我更新的想象，很可能会达到最恢弘的、传奇式的、神话般英雄主义的规模。

我正想说些什么使他高兴的话，说一说这片低矮的岩石山区似汪洋大海般壮美，一个初来乍到者见了心灵上会受到多大的影响，这时亨利突然开口了："他们嘲笑我们，那些阿拉伯人，因为我们在这里建立了家园。我们不分冬夏，栉风沐雨，而他们住在山脚，不用吃天气的苦头。可是，"他说，一边做了个朝南的手势，"谁控制了这座山，谁就控制了内盖夫。"接着他又指引我向西边看，那边的山丘随着太阳冉冉西沉，显现出深浅不一的蓝色。"你可以在这儿炮击耶路撒冷。"亨利告诉我，而我心里想的却是温蒂、卡罗尔、我们的父亲和孩子们。

李普曼的长相似乎证明了武力冲突的必要性。一双杏眼分得很开，微微有些突出。虽然是柔和的乳蓝色，却清楚无误地传达出"生人勿近"的信息。他的鼻梁骨有断过的痕迹，很可能是什么东西——更可能是什么人——想要阻止他却没能成功。还有那条腿，在一九六七年的战争中负过伤，当时他是伞兵连长，他的连队在攻入约旦控制下的耶路撒冷时损失了三分之二的兵士。（我们开车从希伯伦返回时，亨利向我描述了"弹药山"突击行动的后勤安排，那些战争细节令人印象深刻。）由于他的伤，李普曼走起路来，就像每走一步都要展翅从你头上飞过去一般——随后上半身慢慢下沉，落到那只坏腿上，让他整个人看起来像在融化。这让我联想到马戏团的帐篷，中间的支柱拔出后立马向里面收缩。我等着他砰的一声倒地，不料他却站住了，继续前行。他身高接近六英尺，比我和亨利都矮，但他脸上却带着一种嘲讽的神情，这是经历过残酷现实的人从高处睥睨自欺欺人的众生时才有的神情。他穿着布满尘土的军靴和肮脏的旧军装，从他组织起来的犹太定居者到伯利恒市场散发完传单的地方归来，看上去像遭了袭击一样。我想，他这是故意打扮成前线士兵的样子,不过他没戴钢盔——确切地说,保护他头部的是一顶无檐便帽,一顶小小的针织便帽就像驶在他头发上的一艘小救生艇。那头发又是一出戏,就是那种敌人把你的头砍下来后,抓起来将头颅甩来甩去的头发——一团乱糟糟羽毛集成的卷心菜,一种已然光滑的、年高德劭的灰白,尽管他本人不可能超过五十岁。我第一眼看到他,就觉得他跟威严的哈勃·马克斯①有几分相似——就是扮演汉尼拔的那个演员,而且我后来发现,他难得有不说话的时候。

安息日的桌子布置得很漂亮,上面铺着镶花边的桌布,摆放在靠厨房一头的一间小客厅里,客厅书架上的书一直堆到挨近天花板。一共有八个人参加晚宴——包括李普曼的妻子罗妮特(也是亨利的希伯来语老师),还有李普曼家的两个孩子,一个八岁的女儿和一个十五岁的儿子。男孩已经是一名出色的射击手,为了三年后参军时获得突击队训练的资格,他每天分两次做几百下俯卧撑运动。还有隔壁的一对夫妇,也是我刚到时在棚子旁边见过的,铁匠布基和他的妻子戴弗娜,那个告诉我她"生来"就是犹太人的女人。最后还有祖克曼兄弟二人。

李普曼洗完澡后,换上过安息日的衣服,就像亨利和那个铁匠一样。一件熨烫过的浅色衬衫,翻领熨得平平整整,一条深色的棉质长裤。罗妮特和戴弗娜那天早些时候都戴着贝雷帽,现在却把头发用白色头巾包起来,两人都为过安息日晚上而穿上了新衣服。男人们都戴着天鹅绒无檐便帽,我的那顶是进屋时李普曼郑重其事地递给我的。

我们在等隔壁来的客人时,亨利和李普曼的两个孩子玩得起劲,就像他们的亲叔叔。李普曼则在书架上给我找了但丁、莎士比亚和

---

① Harpo Marx(1888—1964),犹太喜剧演员,喜剧组合马克斯三兄弟之一。

塞万提斯的德语译本，这些书是三十年代中期他父母带着他从柏林逃到巴勒斯坦时带出来的。即使面对一个听众，他也毫无保留，就像一些传奇的法庭诉讼律师那样，狡猾无耻地使用各种音调——时而低沉洪亮的渐强音，时而含沙射影的渐弱音——来左右陪审团的情绪。

"我在纳粹德国上中学的时候，哪曾想到有一天会和家人坐在犹地亚自己的房子里庆祝安息日？在纳粹统治下谁能相信有这样的事呢？犹太人定居犹地亚？犹太人重返希伯伦？如今他们在特拉维夫也这么说。如果犹太人敢回犹地亚定居，那地球就会停止自转。但地球停止自转了吗？就因为犹太人回到他们《圣经》上的家园，地球就不再绕太阳转了吗？一切皆有可能。犹太人必须决定的是他想要什么——然后就可以通过行动实现它。他不能倦怠，不能疲乏，不能到处喊：'可以给阿拉伯人任何东西、所有东西，只要能避免麻烦。'因为阿拉伯人会拿走你给的东西，然后继续战争，这样一来，麻烦非但不会减少，反而会增多。哈诺赫告诉我你到过特拉维夫。你有机会和那里那些讲人道的好心人谈过吗？人道！一提到必须在丛林中存活下来，他们就感到难堪。但这就是个到处是狼的丛林！我们的人太软弱了，不够强硬，他们把自己的怯懦称为犹太人的道德。好吧，就让他们践行犹太人的道德吧，看看他们是怎么走向灭亡。那之后，我可以向你保证，全世界都会认定这是犹太人的又一次自作自受，又一次罪孽深重——像为第一次大屠杀负责那样为第二次大屠杀负责。可不会再有大屠杀了。我们来这儿不是为了自掘坟墓。我们的墓地已经够多了。我们来是为了生存，不是为了死亡。你在特拉维夫和谁聊过？"

"一个朋友。舒基·埃尔哈南。"

"哦，我们伟大的、聪明的记者先生。当然，这个御用文人写的每个字都是供西方人读的。他写的每个字都是毒药。无论他写什么，他都是一只眼睛看着巴黎，另一只盯着纽约。你知道我的希望，我梦想中的梦想是什么吗？那就是，在这个定居点，等我们有了资源，我们要建一座犹太人自我仇恨博物馆，就像杜莎夫人蜡像馆一样。我只是担心地方不够大，放不下舒基·埃尔哈南这些人的蜡像，他们只知道如何谴责以色列人，如何怜悯阿拉伯人。这些人对痛苦有切身体会，他们痛苦万分，于是就屈服了——他们不仅不想赢，还喜欢输，最重要的是他们想堂堂正正地输掉，就像犹太人那样！这些人满口什么阿拉伯事业！你知道阿拉伯人怎么看这些人吗？他们会想：'他们是疯了还是叛徒？到底怎么了？'他们认为这是背信弃义的表现——他们会想：'为什么他们要主张为了阿拉伯事业，我们可不会为犹太人考虑。'在大马士革，只有疯子才会考虑犹太人的立场。伊斯兰教不像希腊化的犹太文明，它不是一种怀疑的文明。犹太人总是为开罗发生的事自责，也为巴格达发生的事自责。但是在巴格达，相信我，他们可不会为耶路撒冷发生的事而自责。他们的文明不是怀疑的文明——他们是肯定的文明。碰到那些面面俱到的善良人士，伊斯兰国家可不会饱受困扰。伊斯兰国家只有一个目标：获胜，凯旋，将以色列毒瘤从伊斯兰世界的身体上清除。很不幸，舒基·埃尔哈南先生生活的中东实际上并不存在。舒基·埃尔哈南先生想让我们和阿拉伯人签订一纸协议，然后归还土地？绝不！历史和现实创造的是未来，而不是一纸协议！这里是中东，这些是阿拉伯人——一张纸毫无价值。不要与阿拉伯人签什么协议。今天在伯利恒，一个阿拉伯人告诉我，他梦见雅法，梦见有一天他回到雅法。叙利亚人已经向他保证，只要坚持下去，继续向犹太校车扔石头，总有一天这一切都会属于他——他可以回到雅法附近的村子里，不仅如此，他还会拥有其他一切。这就是那个人告诉我的话——他要回雅法，即使那需要他像犹太人那样花上两千年。你知道我怎么跟他说的吗？我告诉他：'我尊重想要回雅法的阿拉伯人。'我告诉他：'不要放弃梦想，重返雅法的梦想，勇往直前；有朝一日，等你有了实力，即使有一百张协议，你也会用武力从我这里夺走。'因为这个在伯利恒扔石头的阿拉伯人不像你们那位在特拉维夫专门给西方人写专栏的舒基·埃尔哈南先生那样人道。阿拉伯人会伺机而动，等他们认为你软弱可欺的时候，就会撕毁协议，来攻击你。如果让你失望了，那我很抱歉，但我不像舒基·埃尔哈南先生或特拉维夫所有那些向往欧洲的希腊化犹太人那么善良。舒基·埃尔哈南先生害怕统治，害怕做主人。为什么？因为他想要外邦人的认可。但我对外邦人的认可不感兴趣——我感兴趣的是犹太人的生存。即使我会因此声名狼藉，我也不在乎。无论如何，比起我们通常付出的额外代价，坏名声根本不值一提。"

这一切不过是安息日晚餐的开胃菜，后来他自豪地向我一件一件展示他祖父在柏林的藏品，用皮面装订，是在奥斯威辛被毒气杀害的一位著名语言学家的珍贵杰作。

用餐时，李普曼用洪亮的唱诗班男中音唱起迎接安息日女王的小曲，他的嗓音浑厚悦耳，和我们预想的一样出色，一听就知道受过专门训练。我依稀记得这段旋律，可三十五年过去了，歌词已经忘得一干二净。亨利似乎特别喜欢李普曼家的儿子耶胡达；唱歌的时候，他们相视而笑，好像两个人都觉得这歌、这场面甚或我的在场之中有什么好笑的东西。许多年前，我自己也曾和亨利这么相视而笑过。至于李普曼家八岁的女儿，她似乎全然被我没跟着唱这件事所吸引，她父亲只好摆摆手指，提醒她提高嗓门，好让大家都听到她的歌声。

当然了，我的沉默一定会让她觉得莫名其妙；可如果她好奇哈诺赫怎么会有像我这样的哥哥，那么我向你保证，现在的我比她更困惑，困惑我怎么会有一个像哈诺赫这样的弟弟。我弄不明白他这种突如其来的变化，它与我和其他所有人眼中的亨利特质竟如此相悖。他确实在自己身上发现了某种不可化约的犹太特质吗？还是说，他只是在术后对生活中的替代品产生了兴趣？他经历了一次极危险的手术来恢复性功能，结果却成了一个羽翼丰满的犹太人；曾被开膛破肚，在历时七个钟头的手术中，使用机器来代替他的呼吸和血液循环，截取下肢静脉来代替心脏里的重要血管，最后却到了以色列。我不明白。这一切就好像赋予锡盘巷①中关于肆意玩弄某人心意这一老式概念新的含义。在他所说的"犹太人"中隐藏着什么目的——还是说，现在的他是隐藏在"犹太人"的背后？他告诉我，他在这里很重要，他属于这里，他适合这里——不过是不是更有可能是，他最终找到了一种逃离生活的樊篱的方式？面对逃离的诱惑谁能把持得住，可又有多少人能如愿以偿呢？如果亨利把逃离计划命名为"巴塞尔"，那么即使是他也不会成功——要达到目的就得把它命名为"犹地亚"。这样的命名是多么鼓舞人心啊！摩西对抗埃及人，犹大·马加比对抗希腊人，巴尔·科赫巴对抗罗马人，而现在，在我们这个时代，却是犹地亚的哈诺赫对抗新泽西的亨利！

　　他到现在都没说过一句——任何一句——对卡罗尔和孩子们抱憾的话。了不起。尽管他每到周日都给孩子们打电话，希望他们在逾越节那天飞过来看他，但要说他仍受作为丈夫或父亲的那种感情的束缚，在我面前他倒从来没有表露过类似的迹象。至于我在伦敦的新生活，我的洗心革面，连舒基·埃尔哈南都很感兴趣，亨利却从不过问。他似乎完全否定了自己的生活，否定了我们所有人，否定了他所经历的一切。我想，任何这样做的人，都必须被认真对待。这些人不仅有资格作为真正的皈依者，而且至少在一段时间内——对那些被他们抛弃的人来说，甚至对他们自己来说，也许甚至对那些与他们缔结新契约的人来说——他们犯下了某种罪行。那

---

① Tin Pan Alley，纽约百老汇附近一个地名的别称，后成为20世纪初一直到摇滚乐出现之前美国主流流行音乐风格的代名词。

种真正的皈依不能轻易被否定，也不能轻易被理解。听着他导师那专业的歌声，我在心里想："不管他的动机多么自相矛盾，他一定是为某种东西所吸引。"

第二支曲子响起，旋律比第一支更抒情、更辛酸，由罗妮特主导，她用她那带有民歌风格的热情奔放的女高音领唱着。在安息日唱着歌的罗妮特看上去就像其他女人一样，对自己的处境心满意足。她的眼睛里闪烁着对生活的热爱，那种生活摆脱了犹太人的卑躬屈膝、低三下四、夸夸其谈、忧虑恐惧、疏离异化、自我怜悯、自我嘲讽、自我怀疑，也摆脱了犹太人的忧郁、扮丑、怨怼、神经质、内向性、吹毛求疵、社交焦虑和社会同化——简言之，它赦免了所有犹太人的"不正常"，即那些自我分裂的特质，它们在我认识的每一个执着于犹太人身份的犹太人身上都留下了印记。

李普曼用希伯来语祝酒，那些祝词即便对我来说也并不陌生。和其他人一起啜饮时，我在想："这一切会不会是他刻意安排的？如果这并非他一贯擅长表现的那种热情无畏的天真烂漫，而是一种精心策划的阴谋行动呢？万一亨利只是受雇于犹太事业而并不真的相信呢？但他可能变得那么有趣吗？"

"好了，"李普曼放下酒杯，用最小的带着抚慰口吻的声音说，"就这样——到此为止。"他对着我说，"就这样。简言之，这就是这个国家的意义所在。在这里，没有人需要为自己头戴一顶小圆帽，在星期五晚餐前和家人朋友一起唱两支歌而道歉。就这么简单。"

我对他的微笑报以微笑，说道："是吗？"

他骄傲地指了指自己年轻漂亮的妻子。"问她。问问罗妮特。她的父母甚至都不信犹太教。他们是犹太族，仅此而已——听哈诺赫说，可能跟你的新泽西家人差不多。她家人住在佩勒姆，但我肯定那是一回事。罗妮特甚至不知道什么是宗教。可在美国，无论住在哪儿，她都觉得不对劲。佩勒姆、安阿伯、波士顿——住哪儿都一样,她就是觉得不对劲。然后,到了一九六七年,她从广播里听说战争爆发了,于是搭上飞机,跑来支援。她在一家医院工作。她看到了一切。最糟糕的状况。战争结束后,她留下来了。她到了这儿,感觉对劲,就留了下来。这就是事情的来龙去脉。人们到了这儿,发现没必要再继续道歉,就留下了。只有那些老好人才需要外邦人的许可,只有那些老好人才需要巴黎、伦敦、纽约的人为他们说好话。对我来说,难以置信的是,即使是在这儿,在他们已经成为主人的国度,仍有犹太人为了外邦人赞许的微笑而活。萨达特[①]不久前来过这儿,你记得吧,他面带微笑,而那些犹太人在街上欢呼雀跃。我的敌人正对着我笑!我们的敌人毕竟还爱着我们啊!哦,犹太人,犹太人,他们是多么急于宽恕敌人啊!他们是多么渴望外邦人一个小小的微笑啊!拼了命都要得到!只有阿拉伯人才擅长口蜜腹剑、两面三刀那一套。他们还擅长扔石头——只要没人阻拦。但我要告诉你一件事,内森·祖克曼先生:如果没人阻拦,那我来阻拦。如果军队不希望我这么做,那就让他们向我开火吧。我读过甘地先生和亨利·戴维·梭罗先生的书,如果犹太军队想向一个在《圣经》里的犹地亚定居的犹太人开火,让阿拉伯人在一旁看热闹,那就让他看吧——让阿拉伯人见证犹太人的疯狂吧。如果政府想表现得像英国人那样,那我们就做出犹太人的样子来!我们将实行非暴力反抗,通过非法定居行动起来,就让他们的犹太军队来阻止我们吧!这个犹太政府,或者任何一个犹太政府,我谅他们也不敢用武力驱逐我们!至于阿拉伯人,我每天都去伯利恒——我要用他们自己的语言把这件事告诉他们的领袖,告诉他们所有人,这样他们就不会不明白,也不会怀疑我的意图了:我要和我的人民一同前往,一同站在这里,直到阿拉伯人停止向犹太人扔石头为止。因为你,来自

---

① Mohamed Anwar al-Sadat(1918—1981),埃及第三任总统。

伦敦或纽约纽瓦克的内森·祖克曼先生，不能再安慰自己，指着西方说'他们没有向以色列人扔石头'。他们没有向'西岸'的那些疯子扔石头。他们的石头扔向了犹太人。每一块石头都是反犹的石头。所以必须阻止他们！"

他戏剧性地停顿了一下，等我应答。我只说了句"祝你好运"，但这四个音节足以激发出更富激情的咏叹调。

"我们不需要好运气！上帝保佑我们！我们需要的是永不屈服，其余的交给上帝处理！我们是上帝的工具！我们正在建造以色列的国度！瞧见这个人了吗？"他指着那个铁匠说，"布基曾经在海法过着国王般的生活。瞧瞧他开的那辆车——一辆蓝旗亚！但他还是带着妻子来和我们住在一起。为了建造以色列！因为对以色列国的热爱！我们可不是喜欢失败的犹太输家。我们是充满希望的民族！告诉我，即使问题重重，可犹太人什么时候有过这么好的境遇？我们需要的就是不退让，如果军队想向我们开火，随他们去吧！我们不是娇嫩的玫瑰——我们要留在这里！可以肯定，在特拉维夫，在咖啡馆、大学、报社，那些讲人道的犹太人是不能容忍我们的。要我告诉你为什么吗？我想他们其实是嫉妒那些失败者。你瞧瞧，那些失败者多么悲伤，瞧瞧他们坐在那里一败涂地的样子，看起来多么可怜无助，多令人动容。让人动容的应该是我们，而不是他们，因为我们悲哀，我们绝望，我们输了——输的人是我们，不是他们——他们怎么敢偷走属于我们的动人的忧郁，以及犹太人的软弱！可如果这场游戏只有一方能赢——这是阿拉伯人制定的规则，是他们而不是我们制定的规则——那么必然有人会输。而他们输的时候场面必不好看，他们输得很惨。失败必然是悲惨的！尽管来问我们好了，我们可是这方面的专家。结果心怀仇恨的输家成了道德的一方，赢家获胜了却被视为邪恶。好吧，"他淡淡地说，像个通情达理之人，"我都认了。接下来的两千年就让我们做个邪恶的胜者，两千年以后，等到了三九七八年，我们再投票决定做败者还是胜者。犹太人会民主地决定，到底是承担胜利的不公，还是带着失败的荣耀再活一次。到了三九七八年，无论大多数人的选择是什么，我都会赞同。但在那之前，我们决不让步！"

"我去挪威，"铁匠布基对我说，"出差推销我的产品，然后在那儿的一面墙上看到：'打倒以色列。'我心想：'以色列把挪威怎么了？'我知道以色列是个可怕的国家，但毕竟还有更可怕的国家。世界上有那么多可怕的国家——为什么这个国家最让人恐惧？挪威的墙上为什么不写：'打倒俄罗斯''打倒智利''打倒利比亚'？因为希特勒没有杀害六百万利比亚人？我走在挪威的大街上，心想：'但愿他那么做了。'因为这样的话，他们就会在挪威的墙上写上'打倒利比亚'，而不去管以色列了。"他那双紧盯着我的深褐色眼睛，由于额前那道长长的锯齿状伤疤而显得歪斜。他的英语说得结结巴巴，但还是极力使自己说得流畅，就好像前一天他才一口气掌握了这门语言。"先生，为什么全世界的人都恨梅纳赫姆·贝京？"他问我，"因为政治？在玻利维亚，在斯堪的纳维亚，贝京的政治跟他们又有何干？他们恨他是因为他的鼻子！"

李普曼打断他。他告诉我："妖魔化永远不会结束。从中世纪开始，是对犹太人的妖魔化，现在到了我们这个时代，是对犹太国家的妖魔化。但不变的是，犹太人总是在犯罪。我们不接受基督，我们拒斥穆罕默德，我们杀牲祭神，我们逼良为娼，我们妄想通过性交败坏雅利安人的血脉，而如今，我们当真毁了一切，我们对清白无辜、爱好和平的阿拉伯人犯下了滔天罪行，那是全世界媒体所知道的最恶劣的罪行。犹太人才是问题所在。对每个人来说，如果没有我们，那该有多美好。"

布基对我说："在美国也一样会发生这种事。你别以为美国会有什么不同。"

"会发生什么？"我问。

"美国会有一场大规模的入侵——拉丁美洲人，波多黎各人，那些逃离贫困和革命的人。白人基督徒不会喜欢的。白人基督徒会与肮脏的外来者为敌。当白人基督徒与肮脏的外来者为敌时，外来者反过来首先敌对的就是我们犹太人。"

"我们不希望这场灾难发生，"李普曼解释道，"我们已经经历的够多了。可是，除非采取重大措施来阻止它，否则这场灾难在所难免：虔诚的美国白人基督徒举起锤子，肮脏的外国人拿起铁砧，在美国的犹太人将沦为齑粉——如果他们不是先葬送在黑人刀下的话，因为贫民区的黑人已经开始磨刀霍霍了。"

我打断了他的话。"黑人如何才能完成针对犹太人的屠杀？"我问，"有没有联邦政府的协助？"

"别担心，"李普曼说，"等时机成熟，美国的外邦人会放任他们的。外邦人最乐意看到的就是一个排犹的美国。首先，"李普曼告诉我，"他们允许心怀怨恨的黑人把所有积怨都发泄在犹太人身上，然后由他们来负责黑人。这样就没有爱管闲事的犹太人抱怨他们侵犯黑人的公民权了。一场美国种族大屠杀就会接踵而至，以恢复美国白人的纯洁性。你觉得这很可笑吗，觉得这只是一个偏执的犹太人荒谬的梦魇？但我不仅仅是一个偏执的犹太人。记住：我也是柏林人。我也逃不出平庸的机会主义——不像你们那位英勇潇洒的年轻总统，竟向所有欢呼的前纳粹党人宣布自己是他们的一员，之后却不幸屈服于自己偏执的噩梦。我就出生在那样的环境中，内森·祖克曼先生，出生并成长于一群心智健全、一丝不苟、通情达理、井井有条、从不偏执的德国犹太人中间，他们如今已经是一堆灰烬。"

布基说："我只是企盼犹太人能及时意识到，这场灾难即将来临。因为如果他们意识到了，船就会载着他们过来。美国有年轻的信徒，甚至还有像你弟弟这样的世俗人士。他们厌倦了漫无目的的生活。在犹地亚，他们能找到生活的目的和意义，所以他们来了。这里，上帝存在于我们的生活之中。但美国大多数犹太人不会来，永远不会，除非发生危机。但无论是什么危机，无论它如何开始，船将再次起航，我们的人数就不只三百万了。到那时我们会有一千万人，情况将有所改善。阿拉伯人以为能杀掉三百万人。但杀一千万人绝非易事。"

"那么，"我问他们，"你们要把那一千万人安置在哪儿呢？"

李普曼欣喜若狂，回答道："犹地亚！撒马利亚！加沙地带！安置在上帝赐予犹太人的以色列土地上！"

我问："你真以为会发生这样的事？因为拉美人对美国的入侵，数百万美籍犹太人乘船逃难？或者因为黑人受白人官员怂恿发起暴动，消灭犹太人？"

"今天不会，"布基说，"明天也不会，但恐怕总有一天会。要不是希特勒，我们已经有一千万人了。我们会有六百万后代。但希特勒成功了。我只期望犹太人在第二个希特勒成功前离开美国。"

我转向亨利，他默默吃着饭，跟李普曼家的两个孩子一样。"这就是你在美国生活时的感受吗？这场灾难即将来临？"

"哦，不，"他羞怯地说，"我不太清楚……可我又知道什么呢？又能看到什么呢？"

"你又不是出生在防空洞里，"我不耐烦地回复道，"也不是生活在地洞里。"

"不是吗？"他红着脸说，"——别那么笃定。"但随后就不再开口了。

我明白他是要我和他们争论。我心想，这就是他下决心要扮演的角色——坏犹太人身边那个好犹太人吗？如果是的话，他算是找对了助演。我对布基说："听你的描述，好像美国的犹太人都生活在水深火热中。在我看来，正是因为你的再增加数百万犹太人的诉求过于强烈,你才倾向于认为这样的大规模移民很不切实际。你上次来美国是什么时候?"

"戴弗娜在新罗谢尔①长大。"他指指自己的妻子说。

"在新罗谢尔抬头就能看到火山吗?"我问她。

与亨利不同,她更愿意发表自己的看法。他们唱安息日圣歌时我就静坐一旁,从那时起,她就盯着我,等着轮到自己讲话。她是唯一一个对我怀有敌意的人。其他人只不过是教育我这个傻瓜——她面对的却是敌人,就像那天上午希伯来语学校那位年轻的杰瑞一样对我充满了敌意。"我来问你一个问题。"戴弗娜这么回答我,"你是诺曼·梅勒的朋友吗?"

"我们都是作家。"

"我来问你一个关于你同仁梅勒的问题。为什么他对谋杀、犯罪和杀戮话题如此感兴趣?我还在巴纳德学院时,我们的英语教授让我们读那些书——写下它们的犹太人,萦绕在他心头的总是谋杀、犯罪、杀戮那些事。有时候我回想起来,不禁感叹班上的同学可真幼稚,满嘴愚蠢的废话。奇怪当时自己怎么不问问:'如果这个犹太人这么喜欢暴力,他为什么不去以色列呢?'他为什么不去呢,祖克曼先生?如果他想了解杀戮是怎么回事,为什么不来这里呢?就像我丈夫一样。我丈夫经历了四次战争,也杀了人,不是因为他认为杀人是个令人兴奋的想法。他认为那是个可怕的想法,甚至称不上是一个想法。他杀人是为了保卫一个小国,捍卫一个四面楚歌的国家——只有杀了人,他的孩子长大后才可能过上和平的生活。他不是天才,没有过人的头脑,无法在头脑中虚构恶劣的杀戮——他是个正派人,在西奈、戈兰和约旦边境真实的杀人经历让他害怕!他可不会写什么有关杀戮的畅销书来获取名声,他杀人是为了犹太民

---

① New Rochelle,纽约州东南部小城。

族不至于覆灭！"

"你想问我的是什么？"我说。

"我想问你，为什么这个天才病态的大流散愤怒在《时代》杂志里得到颂扬，而我们拒绝在自己的家园被敌人抹杀则被这同一本杂志贬斥为骇人残忍的犹太侵略者！这就是我要问的！"

"我并不是代表《时代》杂志或任何人来这儿的。我是来看亨利的。"

"但你不是无名之辈，"她讽刺道，"你好歹也是知名小说家，还是写过犹太人的小说家。"

"很难相信，一个作家在这样的定居点，坐在这样的桌子前，还能写出别的什么东西。"我说，"想象暴力和兽性的释放，想象个体参与其中，不必然代表拥护它。一个作家不走出去干他可能想过要干的每个血淋淋的恐怖的细节，这既不是退却，也不是虚伪。唯一的退却是从你所知道的事物中退却。"

"所以，"李普曼说，"你的意思是，我们不像你们美国犹太作家那么心善。"

"我根本不是这个意思。"

"但我们确实没有你们心善。"他笑着说道。

"我的意思是，戴弗娜是从一个很特定的角度去看待小说的。我的意思是，小说家并不一定要亲自展示自己的写作主题。我不是在说谁更心善——善良在作家身上比在其他人身上更致命。我只是在回应一个非常粗略的观察。"

"粗略？没错，这是事实。我们不像那些聪明的好心人，那些有人情味的大善人，他们勇气可嘉。我们不是优雅之人，不擅长礼貌地微笑。戴弗娜的意思是，我们没有你们美国犹太作家的闲情逸致，去沉溺于对暴力和武力的幻想。遇到阿拉伯人朝他的挡风玻璃扔石头的司机可不会幻想什么暴力——他面对的就是暴力，他对抗的就是暴力。我们不会幻想力量，因为我们自己就是力量。为了活下去，我们不怕去支配他人，说得再难听点，我们不怕做他人的主人。我们不是要压垮阿拉伯人——我们只是不允许他们压垮我们。我与特拉维夫的那些大好人可不同，我不怕阿拉伯人。我可以和他们毗邻而居，我也这样做了。我甚至可以用他们的母语同他们说话。但如果他往我孩子的卧室扔手榴弹，我可不会用小说和电影里人人都喜欢的那种幻想的暴力来实施报复。我不会坐在舒适的影院里，也不会假装自己是好莱坞电影中的角色。我不是一个为了自己的文学目的，后退一步，从远处盗用现实的美国犹太小说家。不！我会用自己真实的暴力对抗敌人真实的暴力，《时代》杂志认不认可我，我一点也不担心。你知道，记者们厌倦了犹太人让沙漠绽放那一套。他们觉得那无聊透顶。他们厌倦了犹太人被突袭却仍然打胜仗的消息，觉得连那也开始变得无趣。他们现在更愿意看到贪婪、越界的犹太人——高贵的阿拉伯野蛮人对抗堕落的殖民主义者、犹太资本家。现在，如果阿拉伯恐怖分子带记者去难民营，表现出阿拉伯人的亲切好客，在所有自由战士的注视下，亲切地为他倒杯咖啡，他一定会兴奋不已——他以为自己置身危险之中。事实上，他与一位和蔼的革命者一起喝咖啡，这位革命者向他眨眨黑色的眼睛，并向他保证，他那些勇敢的游击英雄会把偷渡的犹太复国主义者赶进海里。这可比和一个大鼻子犹太人一起喝罗宋汤刺激多了。"

"犹太坏蛋，"戴弗娜说，"是更好的素材。但这一点我不必告诉内森·祖克曼和诺曼·梅勒。有犹太坏蛋的新闻报纸就像有他们的书一样畅销。"

她可真难缠，我想，但我没理她，让梅勒替梅勒辩护，在这个问题上我已经在别处为自己充分辩护过了。

"你说说看，"李普曼说，"犹太人做什么事能让他的犹太身份不至于臭气熏天？有些外邦人觉得我们臭，因为他们瞧不起我们。还有一些外邦人觉得我们臭，因为他们仰视我们。然后是那些既俯视又仰视我们的外邦人——他们是真的怒不可遏。没完没了。首先是犹太人的抱团令人厌恶，然后是犹太人被同化的荒谬现象不像话，现在是犹太人的独立是不可接受和不合理的。一开始是犹太人的被动令人厌恶，温顺、随和、像绵羊一样走向屠宰场的犹太人——现在，比令人厌恶更糟糕的、彻头彻尾邪恶的是犹太人的力量和斗志。一开始是犹太人的孱弱让健壮的雅利安人憎恶，瘦弱的犹太男人拖着他们虚弱的犹太躯体，一边放债，一边埋头读书——现在令人厌恶的是强壮的犹太人，他们懂得如何使用武力并且不惧怕权力。一开始是无家可归、身为世界公民的犹太人被视为陌生的异类，不值得信任——现在被视为异类的是那些自大的犹太人，他们相信可以像其他人一样在自己的家园中决定自己的命运。听着，阿拉伯人可以留在这里，我也可以留在这里，我们可以和睦相处。他们可以随心所欲干他们想干的事，在这里过自己喜欢的生活，拥有自己想要的一切——只除了一件事，不能建立政权。如果他们想要建立政权，不能容忍没有政权，他们可以迁到阿拉伯国家，在那里建立自己的政权。有十五个阿拉伯国家可供他选择，其中大多数甚至不到一个小时的车程。阿拉伯人的家园辽阔、广袤，以色列国不过是世界地图上的一个小点，只有伊利诺伊州七分之一大，却是整个地球上犹太人能建立政权的唯一地方，这就是我们为什么不能让步！"

晚餐就此结束。

住宅区有两条长长的街道，亨利领着我穿过其中的一条，送我回住处。那是定居于此的一对夫妇的房子，他们带家人去耶路撒冷过安息日了。山下的阿拉伯村庄里还亮着几盏灯，远处山上一个导弹发射场的稳定雷达信标就像一只血红的眼睛，一眨都不眨，曾经被这儿的人视为预示上帝的愤怒，现在是一个导弹发射场的雷达站。

其中有一枚导弹，雄伟地直指夜空，处于点火状态，一点也没有伪装。"下一场战争，"亨利指着山顶的基地说，"只需五分钟。"他告诉我说，我们看到的以色列导弹瞄准的是大马士革市中心，是为了阻止叙利亚人向海法市中心发射导弹。除了那红色的预兆外，远处被一片黑暗笼罩。相比之下，阿戈只是一个极小的、聚光灯下的地球殖民地，是在外太空发展的犹太新文明的先驱，特拉维夫和那些腐朽堕落的老好人则远及那颗最暗淡的星球。

我之所以没有立马作出回应，是因为在李普曼滔滔不绝的演说之后，语言似乎真的已不再是我的所长。我对争论并不陌生，但有生以来，我从未觉得自己如此与世隔绝，这个包围我的世界如此充满争议，争议如此激烈、频繁，一切都被划分为赞成与反对，采取立场，争论立场，一切都因愤怒而被放大。

对我的口头讨伐也没有随晚餐而结束。之后的两个多小时，就在我紧挨着李普曼那些德文版欧洲名著旁边，心满意足的罗妮特殷勤地为我端上茶和糕饼的时候，李普曼继续长篇大论。我试图弄清楚，他的雄辩是否为我在犹太人中间的可疑立场所激发——就是戴弗娜之前愤然暗示过的我那种对犹太人模棱两可的立场——或者是他有意为之，故意夸大其词，好让我体验一下我弟弟的困惑，特别是如果我有任何想法，想把他绑回散居地去当那人人羡慕的牙医的话。那可是世俗化、同化的成功典范，而他和上帝对他另有安排。我时不时会想："去他的，祖克曼，为什么不把心里的想法说出来呢？这些混蛋都是有什么说什么。"可是我对付李普曼的办法一直是实际上保持沉默，如果那也算一种对付办法的话。晚餐以后，在他眼里，我可能像个沉默的贵族，坐在他的起居室。但明摆着的事实是，他要高我一等。

亨利也没什么好说的。我起初以为是因为李普曼、布基和戴弗娜在场，他觉得已经证明了自己的清白，也就用不着做和事佬了。

但我又想，因为我在场，他会不会被迫从与阿戈精神背道而驰的角度来评价他那位蛮横的导师——也许是自接受李普曼的信仰以来的第一次？这也许还解释了为什么之前我问他在美国是不是一直生活在水深火热中时，他却像个孩子一样沉默不语。也许那时他正默默地思索，为什么像拳王阿里那样勇敢的人，在和弗雷泽第三次交锋打到第十三个回合时，也会承认有这样的闪念："我究竟在这儿做什么？"

我们行走在定居点没铺路面的街道上，孤零零的就像尼尔·阿姆斯特朗和巴兹·奥尔德林往月尘里插上玩具小旗那样。我突然意识到，也许自我从耶路撒冷给他打电话的那一刻起，亨利就希望我带他回家。他已经迷失了方向，却羞于向我承认，对他而言，我的赞赏曾经与他费尽周折从父亲那儿得到的祝福几乎同样重要。相反（大概是这样），他不得不鼓起勇气顺着这样的思路想问题："那就这样吧，就继续迷失下去。生活本是迷途的冒险——现在该是觉悟的时候了！"

我不是说亨利在考虑自己的重担时过于戏剧化；当然，以写作为生也是一场难对付的冒险，你认不出自己在哪里，除非你迷失方向。"迷失方向"很可能是亨利在休养期间上下求索的。那时他流着泪提及某种不可名状的东西，某种他完全视而不见的明确选择时，这种行为既痛苦又完全不言自明，可一旦他发现"迷失方向"的重要性，他就会从令人费解的抑郁中解脱出来。如果我没说错，那么他在梅阿谢阿里姆区的宗教学校那方洒满阳光的窗台上挖掘出的就不是他的根源，他在那些正统派孩子们大声诵读课文时所听到的也并非他与传统欧洲犹太人生活牢不可破的关联——而是他被连根拔起的机会，是他逃离自出生起就贴上他姓名的那条路的机会，是他伪装成犹太人狡猾叛逃的机会。确保他再也不会像过去那样被现实束缚、窒息、自我扼杀的，是以色列而不是新泽西，是犹太复国主义而不是温蒂。

如果卡罗尔说得没错,亨利是真的疯了呢?虽不如《吉米五书》的作者本-约瑟夫疯狂,但本质上也跟他差不了多少。如果要从各个方面来看待他的决定,那么拿卡罗尔的话来说,他"疯了"的可能性也必须考虑在内。他因为服药而导致终生阳痿,也许他从来没有完全从那种歇斯底里的崩溃情绪中恢复过来。甚至可能他真正要逃避的就是性能力的恢复,因为他害怕,如果他胆敢再从像自己的勃起这样的反社会的行为中寻求救赎,就会有某种新的灾难来惩罚他,把他彻底毁灭。我想,他疯狂地逃离了对性生活的愚蠢关注,逃离了追求阳刚之气时那种令人无法忍受的混乱情绪,逃离了偷情和背叛所带来的屈辱,逃离了富有生机的混乱状态——哪怕是有节制地放纵自我去满足自己无约束的欲望的人,也无法摆脱这种状态。在这里,在亚伯拉罕的怀抱里,远离妻子和孩子,他可以再次成为模范丈夫,或者也许只是成为模范男孩。

事实是,尽管我一直在努力,但到最后我仍然无法理解我弟弟与阿戈及阿戈那群朋友的关系。在思想意识上,他们倾向于认为每个犹太人不仅仅是潜在的以色列人,而且如果犹太人试图在其他地方过上正常生活,他们注定会成为一场即将到来的可怕反犹灾难的受害者。我暂时放弃了寻找合理的动机,即使亨利的变化在我看来是那么不合情理、又那么像自我歪曲,我也不在乎了。相反,我开始记起上次我们俩独处时的情形,时间是晚上十一点,在一个像阿戈一样黑灯瞎火的地方。那是四十年代初,父亲还没买下公园边上的独栋房子,我们也还是小孩子,共用里昂大道公寓房后面的一间卧室。我们躺在黑暗中,我们的身体就跟沿着定居点街道往下走时那样靠得很近,唯一的光亮是从两张床中间小床头柜上摆着的爱默生收音机调节盘后面发出的。我还记得,每当收音机开始播放《致命诱惑》,开头门开一个小缝的声音响起时,亨利就会飞速从自己的毯子下面钻出来，求我让他过来跟我一道。在假装对他幼稚的懦弱无动于衷之后，我会掀开被子叫他进来，两个孩子还能比这更亲密、更满足吗？"李普曼，"那晚我们在他家门口握手时我本该这样说，"即便你告诉我的一切百分之百正确，事实上仍然是，我们家的集体记忆无法追溯到金牛犊和燃烧的灌木，只能到《达菲酒馆》和《你能超过这个吗？》①。犹太人的源头也许在犹地亚，但亨利的源头不会在这儿，永远不会。他的源头是WJZ和WOR电台，是周六下午罗斯福电影院的双片联映，是周日在鲁珀特体育场看纽瓦克熊队两场连赛。虽然这看起来平平无奇，但你瞧，事实就是那样。你为什么不放过我弟弟呢？"

如果他真心不想离开呢？难道我要逼他就范吗？倾向于自己有一个理性的弟弟，他因为正当理由移民到以色列、遇见了正确的人，并在看到他想的和做的都是正确的之后无功而返，这难道不是自由主义者的感情用事，难道我真的是那种最糟糕的伪善者？即便不是感情用事，那也一定不够专业。因为单从小说家的角度来看，这无疑是亨利最具煽动性的化身，虽然不那么令人信服——也就是说，亨利的遭遇是我可以充分利用的写作素材。我的动机也必须考虑在内。我不仅仅是以他哥哥的身份出现的。

"你还没问过孩子们呢。"快走近路上的最后一栋房子时我说。

他的回复既快又带有防御性："他们发生了什么事吗？"

"这么说吧，感觉你一点也不上心，这不像你的作风，倒很像我。"

"得了吧，别跟我扯这些——像你这样的人一定不会跟我谈论我的孩子。他们要来过逾越节——都安排好了。他们会看到这个地方，并爱上这个地方，然后我再从长计议。"

---

① 美国两档广播节目。

"你觉得他们也会决定在这儿定居吗？"

"我说了让你别管闲事。你自己结了三次婚，据我所知，你还把自己的孩子都扔在一边。"

"我也许这样做了，也许没有，但你不一定得是一个父亲才能提出正确的问题。什么时候开始你的孩子对你来说已经不再有意义了？"

他听了这话更是火冒三丈。"谁说他们不再有意义？"

"你在希伯伦时跟我说起你过去的生活——'忙得不可开交，却毫无意义。'我开始对你的孩子们感到好奇——一个父亲谈论人生是否有意义时，怎么能不考虑自己的三个孩子呢？我不是想让你感到内疚——我只是想知道，你是否真的把这整件事都考虑清楚了。"

"当然有——每天不下千次！我当然很想他们！但他们逾越节会来，他们会看到我在这边做什么、这一切到底是怎么回事。而且没错，谁知道呢，也许他们会看清自己真正的归属！"

"我离开伦敦前，露丝给我打过电话。"我说。

"是吗？"

"她知道我要来看你。她想让我捎几句话。"

"我每到周日都跟她通话的——怎么了？"

"你周日跟她通话时她妈妈也在场，有些事她觉得没法儿说出口。她很聪明，亨利——虽然只有十三岁，但她已经不再是孩子，是个大人了。她说：'他是去学点东西的。他想要发现什么。他还没老到不能学习的程度，我认为他有这个权利。'"

开始亨利没作声，但他一开口就哭了出来。"她是这么说的吗？"

"她说：'没有父亲，我不知怎样才好。'"

"唉，"他回答道，突然绝望起来，像个十岁的孩子，"没有他们，我也不知怎样才好。"

"我想你也许会这样，所以只不过想给你捎个口信。"

"嗯,谢谢,"他说,"谢谢了。"

亨利推开那扇没上锁的门,走进一栋由一块块方形煤渣砖筑成的小楼,打开灯。楼房的布局和李普曼家的一模一样,只是装饰得更有宗教气息。客厅里摆放的不是书,而是两幅超大的表现主义绘画,是两位上了年纪的《圣经》人物肖像,认不出具体是谁,要么是先知,要么是族长。一面墙上挂着一条针织挂毯,另一面墙边放着几排架子,架子上塞满了小陶罐和小石头。这些古老的陶器是这家男主人收集的,他是希伯来大学的考古学家,印有东方图案的挂毯则是女主人设计的,她在附近一个老定居点的一家小型纺织印刷公司工作。那两张画覆盖着厚厚的亮橙色和血红色油彩,线条粗犷,是定居点一位知名艺术家的作品。亨利还从他那儿买了一幅耶路撒冷骆驼市场的水彩画寄回家给孩子们。为了照顾亨利的情绪,我在画前站了几分钟,表现出实际上没那么多的热情。他自己可能真的很有热情,可他那番关于圆形构图的艺术鉴赏式的评论却让我觉得无比做作。突然之间,他好像要努力说服我,如果我怀疑他这次冒险的热情已经开始消退,那我一定是大错特错。

一道几英尺宽的走廊隔开客厅和卧室,卧室甚至比我们小时候共住的那间还要小。里面挤放着两张床,但不像我们的床那样"配套"。我们的床的床头板和床脚竖板都是枫木做的,上面刻痕和曲线被我们用来装作是被阿帕切人包围的骑兵要塞的防御墙——这两张床则更像是并排摆放的行军折叠床。他打开灯,给我指指厕所在哪里,然后说明早再见。他要和那些年轻的同学一道睡在山上的宿舍里。

"就一晚不过快乐的集体生活不行吗?在这儿睡吧。"

"我还是回去吧。"他回答说。

到了客厅,我说:"亨利,坐下。"

"就一会儿。"那两幅画下面是沙发,他一屁股坐下,看上去就像一个迷路的孩子——事实上,就像他自己的孩子一样——坐在警局的长椅上,等着亲人前来认领。与此同时,他又觉得自己年老了三倍,如果可能的话,他感受到的痛苦比头顶上方那位涂着厚厚油彩的圣人还要多一倍,他自己对犹太民族复兴和道德转型的希望似乎已经被像火车那样的庞然巨物粉碎了。

由于我对他并非不抱感情,且这份感情永远都会在,看到他这么忧郁,我很迫切地想跟他保证,说他没犯什么愚蠢的错误——如果一定要说的话,犯下愚蠢错误的人是我,自以为是地掺和进来,让他受到各种不确定因素的影响。我想,他最不需要的,就是把他跟一个比他更强大的人比较,使他相形见绌。他一辈子就是这么过来的。为什么不放过他,先假定他是无辜的呢?他因为忍受不了才一走了之。他明白"当务之急就是现在——现在就行动!"所以才来到这里。这就是事情的前因后果。如果他喜欢,就让他称之为崇高的道德使命吧。他突发奇想,要为更高的目标而活——那就随他去吧。俄罗斯文学中充满了这般狂热的灵魂,他们都抱着古怪而又崇高的渴望,这样的人在俄罗斯文学中可能比在现实生活中更多。好吧——就让他成为梅什金那样的人物吧。如果这一切都是徒劳,那也是他处境之悲怆,与我无关……然而,如果他迫切想离开阿戈,回到孩子们身边,甚至回到妻子身边呢?如果他就是想到阿戈来,想在这儿经历那种可怕的挑衅行为,再次把自己束缚在那些老旧的宗教信仰和习惯中呢?如果他意识到光露丝一人可能就比他在以色列找到的任何东西都更"有意义"呢?如果他看到自己是多么无可救药地过度投入到无法开始的事情上呢?即使自信满满,即使身揣手枪,即使有最好的李普曼融入他的血液,在我看来,他似乎比在新泽西时更身陷困境,已经完全陷进去、完全被征服了。

我刚来时就告诉自己:"别在他的弱点上,尤其是他总是容易受伤的地方挑刺。"可如果到处都是软肋,那我该怎么办?在这个时候要保持沉默已经太迟了。我心想,这两个亲兄弟从小就有天壤之别,一个会揣度另一个,又被别人以另一个作为标准来衡量,长此以往,很难想象他们中的任何一个甚至可以学会不去在意对方所代表的评判标准。这两个人是男孩子,他们是两兄弟——两个男孩是两兄弟又是两个男人——因此分歧不可调和:只要他们存在,就必然是对方的挑战。

"这么说,他们就是跟你打交道的一帮人。"我一边说,一边在他对面坐下来。

他严肃地回话,已然是在保护自己免受我的攻击。"是的,他们是其中一些。"

"李普曼的对手一定会觉得他这个敌人很可怕。"

"确实。"

"他哪一点吸引你?"我问道。不知道他会不会回答"因为那男人是力量的化身",可难道不正是因为这一点吗?

"他哪里不对劲吗?"他回答说。

"我没说他不对劲。问题不在于我怎么看李普曼,而在于我怎么看待你对他的迷恋。我问的是他对你的控制。"

"我为什么仰慕他?因为我相信他是正确的。"

"哪里正确了?"

"他对以色列的主张是正确的,对如何实现这一目标的评估也是正确的。"

"就我所知,也许是这样,但你告诉我,他让你想起了谁?"我问,"一个我们认识的人。"

"哦,别了,拜托,你别这样——把精神分析那一套留给了不起的美国公众。"他疲倦地说,"饶了我吧。"

"好吧,我一直放不下这事儿。离开那个咄咄逼人的恶霸,离开那个蹩脚的演员和爱强行输出的饶舌者,我们可以回到纽瓦克的餐桌旁，听爸爸给我们讲犹太人和外邦人之间的历史斗争。"

"你告诉我，至少在那些书本之外，你有没有可能把参考范围扩大，比纽瓦克的餐桌略大一点？"

"纽瓦克厨房的餐桌恰恰是你犹太记忆的源泉，亨利——它是我们的根基。你想到的那个人是爸爸——不过这一次他没有疑虑，没有对外邦人隐秘的顺从和对外邦人嘲讽的恐惧。他是爸爸，不过是梦想中的爸爸，块头超大，力量提升了千百倍。最棒的是，李普曼允许我们不再做老好人。这么多年过去了，这一定能让人松一口气——做一个好犹太儿子的同时不做好人，做一个粗暴之人的同时也做犹太人。这就意味着拥有一切。我们社区里没有这样的犹太人。我们过去在婚礼和成年礼上遇到的犹太汉子大多是工厂流水线上的肥佬，所以我明白你为什么会受到吸引，可你是不是做得有些过火，似乎所有这一切挑衅都情有可原？"

"为什么这辈子我只要做点什么，你都会嗤之以鼻？关于这一点，你的精神分析告诉了你什么？我就纳闷了，为什么你的抱负合情合理，我的就不行呢？"

"对不起，可我生来就不相信持枪的人——对枪还有使枪的空想家从来都很怀疑。"

"你真幸运，真走运。你讲究公正，讲究人道。你对一切都持怀疑态度。"

"亨利，你什么时候才能不学这些人做极端分子，重新做回牙医？"

"我真该给你鼻子来一拳。"

"不如用枪爆了我的头吧？"既然他现在身上没带枪，我便就此反问道，"应该不难办到吧，考虑到你内心已没有冲突，也没有怀疑。听着，我崇尚真实，但它跟人类的表演天赋比起来可差远了。那可能是我们经历过的唯一真实。"

"跟你聊天我总感觉自己越来越傻,越来越可笑——你知道为什么吗,内森?"

"是吗?幸好我们不用经常聊天,我们可以各走各道儿。"

"你绝不会称赞或欣赏我所做的任何事,永远不会。你知道为什么吗,内森?"

"事实并非如此。我觉得你做了件大事,很了不起。我不会无视这一点。像这样的生活交换,就像一场大战后双方交换俘虏。我没有轻视这件事,否则我就不会来了。你拼了命去隐瞒,但我也看到你为此付出的代价——当然,你付出了高昂的代价,尤其是在孩子们的问题上。毫无疑问,你无法认同自己曾经的生活方式。我没有小看这一切,自从见到你,我满脑子想的都是你的事。我只是想问你,为了改变一些事情,你是否必须改变一切。我指的是导弹工程师口中的'逃逸速度'——诀窍就是在不超出目标范围的情况下设法离开大气层。"

"你瞧——"他边说着边突然跳起身,好像要来撕咬我的喉咙,"你非常聪明,内森,你很狡猾,可你有个很大的缺点——对你来说,唯一存在的世界就是心理学的世界。那就是你的枪。瞄准射击——你一直都在向我开枪。亨利这么做是为了取悦爸妈,亨利这么做是为了取悦卡罗尔——或者伤卡罗尔的心,或者伤妈妈的心,伤爸爸的心。总是这样,一直是这样。亨利从来都不是自主的人,亨利总是游走在成为平庸之辈的边缘,也就是'我弟弟'这样一个刻板形象。也许确实如此,也许我这人一直给人有刻板印象,也许这就是我在家不开心的原因。你可能觉得连我选择'叛逆'的方式都很老套。可是抱歉,我不是那种动机单纯而愚蠢的人。你一直以来都压着我,就像篮球赛中防守我的人。哪怕是可怜的一分都不让我得。我投出的球都被你挡住了。每一次的解释总以贬低我而告终。你用你那些该死的想法全面压制着我。我所做的一切都老套乏味,我所做的一切都缺乏深度,与你所做的相比,当然如此。'亨利,你投篮只是因为你想得分。'太妙了!可是我来告诉你一件事——你不能用动机来解释我所做的事,正如我不能用动机来解释你所做的事一样。在你所有的高深思想之外,在你给每个人的生活套上的弗洛伊德枷锁之外,还有另一个世界,一个更广阔的世界,一个观念的世界、一个政治的世界、一个历史的世界——一个比厨房餐桌广阔得多的世界!你今晚就在这样的世界里,一个由行动和权力定义的世界里,如何取悦爸妈根本不重要!你就只看见逃离妈妈、逃离爸爸——你为什么不看看我逃向了什么?每个人都在逃离——我们的祖父母来到美国,他们是在逃离自己的父母吗?他们逃离的是历史!这里的人正在创造历史!在恋母情结之类的泥沼外还有另一个世界,内森,在那里重要的不是你为什么这么做,而是你做了什么——不是像你这样颓废的犹太人怎么想,而是那些忠诚的犹太人在这里做了什么!那些犹太人可不是为了搞笑,除了内心描绘的那幅令人捧腹的景观,他们还有更多事要做!在这儿他们拥有一个外部景观,一个国家,一个新的世界!这不是空洞的智力游戏!也不是什么脱离现实的脑力锻炼!这不是写小说,内森!在这里,人们不会像你笔下那些该死的小说人物一样瞎折腾,他们不会一天二十四小时都担心自己脑子里胡思乱想些什么,也不操心自己是否要去看心理医生——在这里,你战斗,抗争,担心大马士革发生了什么!重要的不是爸妈和餐桌,也不是你写的那些垃圾——而是谁管理犹地亚!"

说完他就怒气冲冲地夺门而出,没等我开口劝他回家。

三　在空中

　　安全带的指示灯亮后不久，一群虔诚的犹太人就在机身隔框旁祷告起来。引擎的噪音太大，我听不见他们在说什么，但透过逃生窗射进来的阳光，我能看到他们正在祷告的那个精彩片段。他们的语速比《帕格尼尼随想曲》还快，似乎要达到超音速祷告的目的——他们把祷告本身变成了体能耐力的技巧展示。很难想象有人会在公共交通工具上不知羞耻地上演另一场如此亲密而疯狂的人间戏剧。如果有两个乘客脱掉衣服，怀着同样毫不掩饰的热情，开始在机舱过道上做爱，在我看来，比起看他们，看着那群祷告的犹太人更显得像偷窥狂。

　　虽然普通舱里到处都是正统派犹太教徒，但我身边的乘客跟我一样是个普通的美国犹太人。他三十来岁，身材矮小，胡子刮得干干净净，戴着角质框架眼镜，时而翻阅那天早晨的《耶路撒冷邮报》——一份以色列的英文报纸，时而好奇地打量隔框旁那一方耀眼阳光里那些戴着帽子上下摆动的脑袋。飞机驶离特拉维夫约十五分钟后，他转过身来友好地问道："你来以色列游玩还是出差？"

　　"只是参观一下。"

　　"那么，"他说着，把报纸放到一边，"你对所见所闻有何感受？"

　　"什么？"

　　"你的感受。你是深受感动还是感到自豪？"

我心里仍惦记着亨利，因此没有迁就我的邻座——他想要的答案很明显，于是我说："我没听懂你说什么。"随后把手伸进手提包，拿出笔和笔记本来。我很想给我弟弟写封信。

"你是犹太人。"他笑着说。

"我是。"

"那么，你看到他们的所作所为，没有任何感觉吗？"

"没有。"

"可你看到那些柑橘农场了吗？那些犹太人，人们认为他们不会耕作，可那里却是绵延数英里的农场。你无法想象我看到那些农场时的感受。还有犹太农民！他们带我去了一个空军基地——我简直不敢相信自己的眼睛。没有一件让你感动的事吗？"

我一边听他讲，一边想，如果他的加利西亚祖父能从亡灵的世界出来，顺道造访下芝加哥、洛杉矶或纽约，很可能会表达出同样的情感，还会以同样惊讶的语气说："我们不该是美国人，可那里却有数百万美国犹太人！你无法想象我看到那些美国做派十足的族人的感受！"当面对好斗的犹太复国主义者的大胆主张，即他们拥有改变自己犹太身份的专利（如果不是大胆的专利的话），你该如何解释美国犹太人的自卑情结呢？"瞧，"我对他说，"我回答不了这类问题。"

"你知道我回答不上来什么问题吗？他们一直想让我解释，为什么美国犹太人坚持流散在外，这我没办法回答。在目睹了这一切之后，我不知道该说些什么。有人知道吗？有人能回答吗？"

可怜的家伙。听起来他一直为这件事所困扰——也许他一直在为自己的虚假身份和完全疏离的立场日夜防备。他们对他说："犹太人的生存在哪里，犹太人的安全在哪里，犹太人的历史在哪里？如果你真是个好犹太人，你就会待在以色列，成为犹太社会中的犹太人。"他们还对他说："世上唯一真正属于犹太人的地方就是以色列。"他被这种道德上的优越感吓倒了,甚至没有意识到,更不用说承认,那就是他不愿住在以色列的原因之一。

"为什么?"他问,面对这个问题时他显得很无助,相当令人动容,"为什么犹太人坚持流散在外?"

这个人明显处于严重混乱的状态,我不想用一句话就把他打发了。可我不想谈这个话题,也没有心情详细作答。那些话我要留着说给亨利听。我所能做的就是让他有所思考。"因为他们喜欢那样。"我回答道,然后起身走到后排一个靠过道的空位上坐下,为了可以集中精力,不受打扰,想想有关亨利新生活的奇妙之处他还能多说点什么。

这会儿我左边靠窗的座位上坐着一个年轻人,胡须浓密,穿着深色西服,白衬衫一直扣到了脖子,没有打领带。他一边读着希伯来文祈祷书,一边吃着一根巧克力糖。这两个动作都让我觉得很奇怪,但一个缺乏同情心的世俗之人,很难作为区分虔诚和不敬的合适的仲裁人。

我把手提包放到地板上——他的手提包开着,放在我们中间的座位上——开始给亨利写信。像写任何东西一样,不是下笔如注,更像是用眼药水滴管灭火。我用了将近两小时写写改改,有意识地克制在初稿中不断着墨的老大哥式吹毛求疵。"你只想让我看清政治现实。我看清了。但我也看清了你。你也是现实的一部分。"我把这句划掉,一遍又一遍地写,就是这样,直到最后能以最接近他的眼光来看待事物为止。我这么做不是为了与他和解,这不可能,我们也不再需要和解。我是为了分别时能不再伤害他的感情,造成比我们最后那次对峙更大的伤害。尽管就我个人而言,我觉得他不会一辈子都待在那里——逾越节期间孩子们会飞过去看他,见到他们,事情很可能就有转机,但我写的时候却像我已认定他的决定不可变更。如果他心意如此,我也就遂了他的愿得了。

在空中／以色列航空公司
一九七八年十二月十一日

亲爱的亨利：

在互相猜忌、仔细揣测了各自的动机后，在否定了在彼此眼中的价值后，你和我，我们俩该怎么办？我登上315次航班后就一直在考虑这个问题。你已经成了犹太活动家，一个有政治信仰的人，受意识形态信念驱使，学习古老的部落语言，坚决远离家人、财产，在《圣经》记载的犹地亚的石坡上修行。我则成了（如果你有兴趣知道的话）中产阶级，结了婚，在伦敦有了房子，四十五岁时当上了准爸爸，这次还娶了个在乡村长大、在牛津受教育的出身高贵的英国女人。她的成长环境与我们的完全不同——正如她自己告诉你的，近几个世纪以来，几乎没有人能与她的出身相比。你有土地，有人民、遗产、事业，有枪，有敌人，还有导师——一个强势的导师。这些东西我都没有。我只有一个怀孕的英国妻子。我们分道扬镳。人到中年，我们成功地将自己定位在与各自出发点距离相当的位置上。我从中得到的教训是，狗屁的血浓于水。周五晚上，当我愚蠢地问你为什么不朝我开枪时，我们的对话印证了这一点。我们这个小国已经四分五裂。我没想到我会活着看到这一天到来。

不可否认，出于作家特有的好奇心，也出于那种已摇摇欲坠的古老的兄弟义务，我绞尽脑汁，四十八小时不休不眠，试图理解你颠覆自己生活的原因。其实这并不难弄清楚。厌倦了别人的期待、别人的意见，厌倦了体面也厌倦了必要的掩饰。人生来到这样一个时期，旧事物已经索然无味，这时海外的这一阵愤怒，它的色彩、力量、激情，以及那些撼动世界的问题不期而至。犹太人灵魂中所有的分歧每天都在以色列议会上演。为什么该你抗拒它呢？为什么你要受约束呢？这一点我没有异议。至于李普曼，我也很难抗拒像他这样的表演家。他们确实是在内省这个领域下足了功夫。在我看来，我们几个世纪以来的怀疑、反感、压迫和痛苦，已经变成了一把斯特拉迪瓦里小提琴，而李普曼则像一位技艺精湛的犹太小提琴家，在这把琴上野蛮地拉奏。他的长篇大论中包含着一个诡异的现实，让你在即便抗拒他的同时不得不怀疑，你的抗拒是因为他说错了，还是因为他说了不可言说之事。我曾极不耐烦地问你，你的身份是否会由比你自己的现实更丰富的某种想象力的可怕力量所塑造，我自己应该知道答案。还会有别的可能吗？诡计多端的想象是每一个人的造物——我们都是彼此的发明，每个人都是他人的想象。我们都是彼此的作者。

看看你现在想称之为家的地方：整个国家都是自我的想象，它扪心自问："成为犹太人到底意味着什么？"——在回答这一问题的过程中，人们失去了子女，失去了四肢，失去了这个，失去了那个。"犹太人到底是什么？"这个问题总是需要一个答案："犹太人"一词的声音并非像世上的石头一样造就——某个人发出"犹太人"这样的声音，再指向某人，这就是事情的开端，自那以后就再也没停下来。

另一个以发明（或重塑）犹太身份而闻名的地方是希特勒治下的德国。对我们俩来说，幸运的是，我们的先辈很早就能提出异议——正如你周五晚正确提醒我的那样——他们不合群地怀疑，犹太人是否命中注定要在加利西亚家毁人亡。想想他们除了救了我们的命之外，还从我们的尾巴上取下来那钉着它的一切——而现在，伴随着对又一个希特勒和第二次犹太大屠杀的恐惧，阿戈的小提琴大师出现了，纳粹那葬送犹太性命的炉火还点燃了这样一个愿景，即扫除一切不利的道德禁忌，以恢复犹太人的卓越精神。我必须告诉你，周五那晚我多次产生这样的想法，即真正为犹太历史感到羞耻的是阿戈的犹太人，他们无法忍受犹太人的过去，又为他们的当下感到难堪,并表现出对离散侨民之"反常"的厌恶,而这种厌恶也可以在他们憎恨的那些反犹典型身上找到。你的那些朋友,如果他们不是犹太自我仇恨博物馆中的蜡像,我不知道你会怎么称呼他们,他们蔑视每一个具有和平倾向和人文主义理想、又善于内省的犹太人,把他们视为懦夫、叛徒或白痴。亨利,你真的相信在这场想象犹太人的抗争中,像李普曼那样的人会是赢家吗?

不管你怎么说,我还是难以相信,你那盛放的犹太复国主义竟是你在美国遭遇的**犹太紧急情况**的结果。对那些出于逃避危险或有害的反犹主义的强烈意识而移居以色列的犹太复国主义者,我从来不敢妄加指责。就你的情况而言,如果真正关键的问题在于反犹主义或文化孤立,甚至是对大屠杀的个人内疚感(无论多么不可理喻),都无可指摘。可我恰恰相信,如果有什么东西让你厌恶或产生变化,那一定不会是隔都[①]形势,隔都心态,也不会是外邦人和他带来的威胁。

你也明白,他们在阿戈似乎很珍视那些空泛的陈词滥调,比如美国犹太人一边在购物中心大快朵颐,一边警惕着那些非犹太暴徒——或者更糟糕的是,对即将到来的威胁视而不见——与此同时内心充斥着自我仇恨和羞耻,这些话最好不要不加批判地接受。说美国犹太人内心充满自爱、自信和成功的感觉还差不多。也许那是个世界性的历史事件,与你在以色列创造的历史同等重要。历史不一定要像机械师制造汽车那样被创造出来——个体可以在历史中扮演角色,不必显而易见,甚至他自己也可以不甚明了。你在南奥兰治文明安全的世俗环境中过着欣欣向荣的生活,也许日子一天天过去,你或多或少忘记了自己的犹太血统,可别人一样认得出你是犹太人(你也甘愿成为犹太人),这样的你也在创造犹太历史,其惊人

[①] ghetto,即犹太区。

程度不亚于他们的创造,尽管你不是时时刻刻都很明了,也无须说出口。你同样处于时间和文化之中,无论你是否碰巧意识到这一点。自我仇恨的**犹太人**?亨利,在我看来,美国到处都是自我仇恨的**外邦人**——这个国家到处都是想成为得克萨斯人的奇卡诺人①,想成为纽约人的得克萨斯人,中西部的许多美国白人,信不信由你,他们都想学犹太人那样说话、行动和思考。说美国关乎犹太人和外邦人,那是没抓住重点,因为美国根本就不是那样,除非是在阿戈的意识形态中。至于那套大快朵颐的隐喻老调,根本无法描述你在美国尽职尽责的生活,不管它是不是犹太的;它跟其他人的生活一样矛盾,一样紧张,一样有价值,对我来说,它看起来一点不像安逸生活而像**生活**,就是这样。你再想想,你愿意向他们那种教条式的犹太复国主义挑战做出多少"无谓"让步。说起来,我真的不记得你以前说起外邦人这个词时会摆出知识分子的权威架势。这让我想起自己在芝加哥大学读大一时是如何到处谈论"流氓无产阶级"的,就好像这能证明我对美国社会的了解有多深。当看到克拉克街酒馆外的那些讨厌鬼时,我会激动地暗自嘀咕:"流氓无产阶级。"我以为我什么都懂。坦白说,在我看来,你从你瑞士女友那儿学到的"外邦人"知识比你在阿戈学到的还要多。事实上,你可以教教他们。找个周五晚上试试。利用晚餐时间,告诉他们你在那段风流韵事中享受到的一切。那对每个人来说都是一种教育,同时也使"外邦人"一词更为具象。

在我看来,你对犹太身份有更深切的感受,或者发现自己受到新泽西反犹主义的威胁,继而怨怨不平或感到心理束缚,凡此种种,皆与你的犹太复国主义无甚关系——这不但不会减弱这件事的"真实性",反而会让它成为绝对的经典。据我了解,在犹太人内心深处

---

① Chicanos,指墨西哥裔美国人或在美国讲西班牙语的拉丁美洲人后裔。

有一个梦想，他们梦想逃离被孤立的危险以及残酷的社会不公与迫害，犹太复国主义即起源于此。此外，犹太复国还出于一种高度自觉的愿望，即剥离几乎一切在犹太复国主义者和欧洲基督徒看来是犹太人特有行为的东西——扭转犹太人的存在形式。构建一种反生活，其核心是针对自己的反神话。这是一种梦幻的乌托邦主义，一种极端的人类变革宣言——而且在一开始就像任何有史以来的构想一样，令人难以置信。只要犹太人愿意，他可以成为一个全新的人。在建国之初，这个想法几乎吸引了除阿拉伯人以外的所有人。世界各地的人们都全力支持犹太人勇往直前，在他们自己的小家园里解除自己的犹太身份。我想这就是为什么这个地方曾经如此大受欢迎的原因——犹太人不再犹太，棒极了！

无论如何，如果以这样的思路来理解，你竟然会被那个自称"以色列"的犹太复国自我实验室所迷惑这件事也没什么神秘的。对你来说，重塑现实的意志力量在末底改·李普曼身上得以体现。更不用说，手枪改造现实的力量也吸引着你。

我亲爱的哈诺赫（这是你决心从犹地亚山中发掘的那个反亨利的名字），希望你不会因为这种尝试而丧命。如果你在南奥兰治流亡时认为软弱是你的敌人，那么在你的祖国，敌人可能是力量过剩。不是每个人在四十岁时都有勇气从头再来，在舒适、熟悉的生活变得极其陌生时放弃它，并自愿忍受环境改变带来的艰辛。没有人像你一样走得那么远，而且从表面上看，也没有人仅凭胆量、固执或疯狂就告别得如此迅速、如此成功。自我革新的强烈冲动（或者如卡罗尔所说，是自我破坏的冲动）无法巧妙地缓和下来；这需要强有力的对抗。尽管你臣服于李普曼的魅力与活力，这很令人不安，但事实上你似乎比我想象的更为自由、独立。如果你确实一直在令人无法忍受的生活约束中煎熬，又处于与自己的痛苦对立中，那么就我所知，你已经做出了明智决断，我说的一切已经无关紧要。你走到这一步也许很合理得当；这也许就是你一生所需要的——成为职业斗士，你将无愧于心。

可谁又知道呢，一两年后，事情对你来说可能会有所改变，你在那里生活的理由也会变得对我来说更合情合理，如果你没和我绝交的话。事实上，你的理由会和我想象中大多数人住在那儿或任何地方的理由更一致，在我看来，与你现在的理由相比也一样严肃或富有意义。当然，犹太复国主义不单单是一种犹太人的大胆，它更为微妙，毕竟，那些行动大胆的犹太人不仅仅是以色列人或犹太复国主义者。正常/反常，强大/弱小，我们/我，不那么好/好——还有一种二分法你几乎没提，或者根本没提：希伯来语/英语。在阿戈时，有提到反犹主义、犹太人的自豪、犹太人的力量，唯独没提希伯来语，那晚我一直没从你或你朋友口中听到任何关于希伯来语的讨论，以及与之相关的巨大的、压倒性的文化现实。也许因为我是作家，才会考虑到这一点，不过坦白说，我没想到所有人都忽略了这一层面，因为最终是希伯来语会出现在你们生活的方方面面，而不是英雄主义，就比如你定居巴黎，你的经验和思想就会以法语来构建。我很惊讶，在阐述留居那里的原因时，你没有过多强调所获得的文化影响，而是强调从自豪感、行动和力量中释放出来的男子气概。在我看来，你是如此盲目地放弃了自己的语言和社会，或许只有当你开始感到失去这两者时，你才会意识到这一点。

说实话，如果我在特拉维夫大街上碰见你，身边还有个女孩儿挽着你，你跟我说你"喜欢这里的阳光、气味、炸丸子、希伯来语这门语言，喜欢在希伯来世界的中心做牙医"，那么我无论如何都不会质疑你的。所有这一切——符合我对正常生活的看法——都很简单，我无法理解的是，你试图把自己封锁进一段历史，却根本没法沉浸其中，你试图用来封锁自己的那个想法和信念对那些提出这一想法的人来说可能很有说服力，因为他们在毫无希望、前途未卜、一筹莫展的情况下建立起国家——毫无疑问,在其历史时期,这一想法显得巧妙高明、胆识过人、活力十足,但在我看来,这对你却没有什么说服力。更不用说,我还得在一旁提心吊胆,就像你高中练习跨栏时在一旁唠叨的妈妈那样:看在上帝的分上,小心点。我可不想下次出门是来替你收尸。

你唯一的哥哥,

内森

附言:你看了落款就知道,我没有费心改掉自己的名字,而是带着我的旧身份证件伪装成内森·祖克曼,在英国寻找我的反自我。

接着,我在笔记本上记下前一晚和卡罗尔的谈话内容;七小时前我给她打去电话,她在泽西市,正要给孩子们准备晚餐,我把我弟弟的情况一一说给她听,然后去酒店睡觉。五个月前亨利消失得无影无踪,自那以后,卡罗尔经历了一场与他极为相似的转变:她也不再做老好人了。她性格原本极其随和,一度让我觉得平平无奇却又猜不透,如今武装上了必要的愤世嫉俗,好帮她安然度过这次莫名的无妄之灾。同时,她也有了仇恨,那是疗伤的必需品。结果,我生平第一次在她身上感受到一种力量(以及一些女性魅力),我不知道如果我坚持扮演家庭和事佬的角色能有什么收获。大家愤怒的时候不是更快乐吗?毫无疑问也变得更有趣。人们对待愤怒的态度并不公正——愤怒让人保持活力,也带来很多乐趣。

"周五我和他一起在定居点度过,然后在那里过夜。第二天我没法儿打电话叫出租车,因为他们都是信教的人——安息日没人进出,也没人能开车送我,所以我周六也待在那儿。我从未见过他如此健康,卡罗尔——他看起来很不错,好了,你还想知道什么?"

"那他也在做犹太人做的那些事吗?"

"做一些。大部分时间他在学习希伯来语。他对这个很投入。他说他下定决心了，不再反悔，他不会回来了。他的想法很叛逆。我看不出他有一丝悔恨或对家庭真正的思念。坦白说，他是铁了心了。也可能他只是一时兴奋，他还处在兴奋期。"

"你管这叫兴奋？有个以色列小婊子把他从我身边抢走了——这才是事情的真相，难道不是吗？那儿肯定有个小战士，挺着她的奶头，抱着她的冲锋枪。"

"我也怀疑过。但事情不是那样，没有女人。"

"他没有和那个李普曼的老婆睡吗？"

"不会发生这种事——李普曼是亨利心目中的伟人。性是'肤浅的'，他抛却了所有肤浅的东西。在李普曼的帮助下，他发现自己身上有股进取精神。他看到了力量，发现了活力，也发现还有更高尚的考虑、更纯粹的意图。恐怕亨利才是祖克曼家那个顽固任性、背离传统的儿子。他需要一个更大的舞台来展示自己的灵魂。"

"他认为那个鸟不拉屎的定居点，那个鬼地方是更大的舞台吗？那是荒漠——是荒野。"

"但那是《圣经》里写到的荒野。"

"那你的意思是怪上帝咯？"

"我也觉得莫名其妙。我不知道是怎么回事。"

"我知道是怎么一回事。你们小时候生活在犹太区，受你们那疯狂的父亲的影响——他直接回归到疯狂的根源，不过是走向了另一个极端。"

"你之前没发现他疯？"

"我一直认为他是个疯子。说实话，你们俩都有点。但你安然无恙，在生活中从不为此烦扰——你把疯狂写进书里，还大赚一笔。你把疯狂转化为利润，但犹太人问题依然是你们家族疯狂的全部。亨利只是一个晚熟的祖克曼疯子。"

"随你怎么解释，可他看起来、听起来都不像疯子，也并没有完全跟生活脱轨。他非常期待逾越节跟孩子们相见。"

"只是我不想让我的孩子卷进去，从来不想。但凡我有这样的想法，我会嫁给拉比。可我没有，我不感兴趣，我觉得他也不感兴趣。"

"我想亨利以为孩子们逾越节会来。"

"他邀请我了吗，还是只邀请了孩子们？"

"邀请了孩子们吧。据我了解，他都安排好了。"

"我不会让孩子们自己去的。如果他疯狂到对自己做了那样的事，他也会疯狂到把他们留下来，还会试图把莱斯利变成一个满头卷发、脸色惨白的小东西，一个可怕的宗教怪物。我当然不会把我的女儿送过去，让他把她们扔进浴缸，剃光头，然后嫁给屠夫。"

"我说我周六没法儿用电话，可能你会错意了。激励他的不是正统派信仰，而是那个地方——犹地亚。有他的宗教的根子围绕身边，他似乎因此对自己有了更严肃的认识。"

"什么根子？两千年前他就离开那些根子了。据我所知，他已经在新泽西待了两千年。真是无稽之谈。"

"好吧，当然，你想怎么样都行。可是如果孩子们能来过逾越节，你们俩就有了交流的机会。现在他一门心思都在犹太事业上，不过再见到孩子们，情况也许会有所改变。目前他用犹太理想主义来隔绝你我，但等他见到孩子们，我们就有机会认清，这一切到底是一场革命性的转变，还是只是他正在经历的某个混乱阶段。青春期的最后一次大爆发，也可能是中年阶段的最后一次大爆发。原因或多或少都一样：渴望过一种更有深度的生活。这种渴望看起来足够真诚，但是实现的手段，我承认，似乎全靠代入他人的经验感受。现在的他似乎要对他认为曾经妨碍他的一切进行报复。他仍沉浸在那种同心协力的氛围中。可一旦兴奋感开始消退，和孩子们相见也许会促使他与你和解。如果你愿意的话，卡罗尔。"

"孩子们会讨厌那种地方的。他们由我和他一手带大,我们不想与任何一种宗教有任何瓜葛。如果他要去那里哭泣、哀悼、跪拜,那就随他去好了,但孩子们得留在这儿。如果他想见他们,只能在这儿见。"

"可是如果他开始放下执念,你还会接纳他吗?"

"如果他恢复理智?我当然会。孩子们一直硬撑着,毕竟这一切对他们来说不是玩闹。他们心烦意乱,又很想念他。但他们明白这是怎么一回事,他们聪明得很,心里都清楚。"

"是吗?那这到底是怎么一回事呢?"

"他们认为他这是精神崩溃造成的。只是他们害怕我也会崩溃。"

"那你会崩溃吗?"

"如果他绑架了我的孩子,我会的。如果他继续这样疯狂下去,是的,我很可能会崩溃。"

"我猜这一切都是那次可怕的手术导致的。"

"当然,我也这么想。我看他是怕死怕得要命,只好紧紧抓住上帝,或者稻草,或者其他什么东西。某种秘符,或某种形式的安慰,以确保它不再发生。忏悔。哦,太可怕了。这根本说不通。谁能想到事情会发展到这一步?"

"那么我可不可以建议,逾越节那天你自己也——"

"逾越节是什么时候?我甚至不知道逾越节是什么时候,内森。我们不过逾越节,从不过,甚至我在我父母家时也不过。即便我那开鞋店的父亲也从不在意。他不关心逾越节,只关心高尔夫。现在看来,相比他的蠢女婿,打打高尔夫球让他在进化等级上遥遥领先。宗教,引发了多少狂热和迷信,战争和死亡!都是些中世纪的胡言乱语,愚蠢至极!如果他们把所有教堂和犹太会堂都拆了,给更多的高尔夫球场腾出地方,世界将变得更美好!"

"我只是告诉你,如果你真心希望他以后能回来,就不要在逾越节的事情上跟他过不去。"

"可如果他还是像个疯子一样,我可不希望他回来。我不想和一个犹太疯子生活在一起。你母亲可以忍受,我可受不了。"

"你可以这么说:'你瞧,在埃塞克斯郡,你一样可以当犹太人。'"

"不,跟我在一起,他不可以。"

"但你确实嫁给了犹太人。他也是一样。"

"不,我嫁的是一个非常英俊、高大、健壮,又非常贴心、真诚、成功、负责任的牙医。我嫁的不是犹太人。"

"我不知道原来你是这样的感受。"

"你对我一无所知。在你看来,我只不过是亨利的愚妻。当然,我还是个敷衍的犹太人——谁会去较真儿呢?敷衍才是成为犹太人唯一体面的方式。可亨利并不是在做表面文章。我单纯不想和那些狭隘、偏执、迷信、毫无必要的狗屁玩意儿扯上关系。当然,我也不希望孩子们扯上关系。"

"所以亨利如果要回家,他必须和你一样不犹太。"

"没错。他的小鬈发啊小便帽啊都得摘下。难道因为我大学里学了法国文学,他就可以戴着圆顶小帽在这里晃来晃去吗?他现在想置我于何地,把我和其他女人一起摆在陈列室里吗?我受不了那种东西,人们越认真对待它,它就越没有吸引力。狭隘、压抑、倒人胃口,又自以为是。我不会陷入那样的困境。"

"尽管如此,如果你想合家团聚,你可以对他说:'回来吧,来这儿继续研究希伯来文化,学习希伯来语,研究《摩西五经》——'"

"他还研究《摩西五经》?"

"晚上研究。那是成为真正的犹太人的一部分。'真正的'是他的原话——在以色列,他可以成为真正的犹太人,他的一切都有意义。而在美国，他觉得自己的犹太身份都是装出来的。"

"是吗？装出来的，我还以为他挺受用。他那些女朋友也以为他挺适应的。你瞧，纽约有数百万犹太人——他们都是装出来的吗？我完全无法理解。我想过正常人的生活。我最不想扯上关系的就是成为真正的犹太人。如果那是他的愿望，那我和他就没什么可说的了。"

"就因为你丈夫想成为犹太人，你就眼睁睁看着自己的家庭分崩离析？"

"不是的，天哪，不要对'家庭'，或者身为犹太人这件事太过虔诚。因为我丈夫是美国人，我们是一代人，而我们那一代不需要背负那么多的思想负担，可他却在开历史的倒车，因此我只能眼睁睁地看着这个家解体。至于孩子们，他们在这里生活，他们的朋友在这里，他们的学校在这里，他们未来的大学也在这里。他们没有亨利的拓荒精神，他们的父亲和亨利的父亲不同，他们也不会去《圣经》中的犹太家园过逾越节，更不会去这里的犹太会堂。这个家里不许有任何犹太会堂！这所房子里不许有任何犹太厨房！我不可能过那样的生活。去他的，如果他想要真正的犹太教，就让他留在那儿，让他留在那里找一个真正的犹太人一起生活。他们俩可以用帐篷搭自己的窝，在里头办他们所有的节日宴会。但在这里，门儿都没有——没有人可以在这所房子里到处吹响犹太人救赎的号角！"

等我把谈话都记下了，旅程已经过半，我旁边那个年轻人还在看他的祈祷书。我们中间的座位上散落着三四张撕破的糖纸，汗水从他的宽檐帽下淌出。由于一路没有颠簸，飞机也通风良好，温度舒适，我怀疑，就像我母亲那样——也像他母亲一样，他吃那么多糖果会不会难受。在帽子和胡子下的那张脸看起来就像我的一位旧识，也许是在泽西市和我一同长大的朋友。然后我又想到过去那几天我见过的任何一个人：在咖啡馆里看到的迪岑哥夫街上的路人，以及后来在酒店外等出租车时看到的路人,某个长着典型犹太面孔的以色列人会让我想起美国的某个人,如果他不是同一个犹太人新的化身,那他很可能是我的一位近亲。

我把写给亨利的信又读了一遍后,才把笔记本放回手提包。我搞不懂自己为什么不放过这个可怜虫,好像他需要的就是我这洋洋千言——他们在阿戈会拿它练靶。我写这封信难道不是为了我自己,为了给自己一个交代,为了把他那些无趣的经历变得有趣一些?回顾过去的四十八小时,和亨利独处时,我感觉自己就像陪着一个肤浅的人做了一个深刻的梦。他从生活的局限中逃脱,和他在一起时,我反复尝试赋予他这一行为更深刻的意义。可最终在我看来,尽管他决心改头换面,但他还是和以前一样天真、无趣。即使在那里,在那个犹太人的温室里,不知怎地,他也保持着自己平庸的本色,而我所希望的——也许甚至是我去找他的原因——是发现他变得比原来的亨利更令人费解、更独特,在他平生第一次从家庭责任的安全壳中解放出来之后。可这就像期待隔壁女人——你怀疑她对丈夫不忠——向你透露自己是爱玛·包法利,而且还是操着一口福楼拜式的法语。人们不会把自己当作完全成熟的文学人物交给作家——一般来说,他们能留给你的线索很少,在初印象的冲击之后,几乎就帮不上什么忙了。大多数人(首先是小说家自己,他的家人,他认识的几乎每一个人)绝对谈不上独一无二,而自己的工作就是让他们显得与众不同。这并非易事。如果亨利要变得有趣,那我就必须实现它。

趁着我对过去几天的事仍记忆犹新,我还得给舒基写封回信。舒基的来信由人亲自送到酒店,在前台静等那天一大早退房的我。搭出租车去机场的路上我已经读过一遍,现在有了可以集中精神的空闲,我就把信从手提包里取出来重读了一遍,边读边回忆起过去七十二小时里与我有过交集的犹太人,他们如何向我呈现自己,如何看待我,如何呈现这个国家。尽管并未真正见识到以色列是什么,但我至少开始了解到,在少数居民心中以色列可以被塑造成什么。我来这里时态度或多或少有点事不关己,只想看看弟弟在这里干什么,舒基想让我明白的是,我离开时态度也一样——阿戈激起的那些火花,其含义也许并非如我所想的那样。对我来说,如何不让自己被误导可能比我想的更为重要。舒基提醒已经四十五岁的我的话——尽管语气很恭敬、温和——也是自我二十三岁开始发表小说、成为作家以来别人一直提醒我的话(事实上,首先是由我父亲告诉我的):犹太人的存在不是为了让我消遣,也不是为了让我的读者消遣,更不是为了让他们自我消遣。人们提醒我要看透局势的严重性,以免我让自己写的滑稽故事四处传播,也让犹太人以错误的方式暴露在众目睽睽之下。他们还提醒我,我写的关于犹太人的每个字都可能成为针对我们的武器,成为我们敌人武器库中的一枚炸弹,而且事实上多亏了我,现在人人都准备好聆听犹太人各种滑稽可笑的观点,而这些观点压根儿没有反映那个威胁我们的现实。

慢慢重读舒基这封让我吃惊不已的信时,我能想到的只是:人确实无法逃避自己的命运。我永远都不缺那些大的禁忌,我不得不将我的天资嵌入它们如老虎钳般的齿口之间。"这些责难,"我想,"会追随我直到坟墓。谁知道呢,如果哭墙那儿的人是对的话,也许是直到死后世界。"

拉马特甘市①
一九七八年十二月十日

亲爱的内森:

我在家里,担心你在阿戈出事。我担心你也会迷上末底改·李

---

① Ramat Gan,以色列西岸城市,始建于1924年,原为犹太定居点。

普曼，担心你会被他鲜明的个性误导，把他当成比他本身有趣得多的人物。毕竟个性鲜明的犹太人在你的小说中并不少见，李普曼也不会是第一个让你的想象力得到满足的过失者。只有瞎子才会看不出自夸的犹太人对你的吸引力，以及放纵的犹太人对你催眠般的诱惑力。相反，你作为小说家，对我们那些温和理性的犹太思想家、犹太人典型的温文尔雅却相对冷淡。你发现自己真正喜欢和钦佩的人最没有吸引力。你本质上是典型的犹太人，爱好讽刺，严格自律，但你性格中的审慎让你过多地为你在道德上排斥的东西所吸引，为你的对立面所吸引。你迷上那种信马由缰、放浪不羁的犹太人，他们的生活绝不是一场小心翼翼、自我隐藏的聪明伪装，他们的才能不是像你的一样向辩证法发展，而是向启示录的方向发展。我担心你会在李普曼和他的同伙身上看到一个令人无法抗拒的犹太马戏团，一场精彩的表演，担心对一个误入歧途的祖克曼男孩来说是道德上鼓舞人心的东西，对另一个却是十足的消遣，他热衷于通过喜剧可能性来探讨严肃甚至沉重的主题。让你成为一个正常犹太人的，内森，正是你对犹太人反常的痴迷。

可是，如果你觉得他很有趣，决定非要写写他不可，那请你记住：（1）李普曼并不像你第一印象认为的那样有趣——只需稍加思考他的大肆抨击，你就会发现他是个相当无趣的人，甚至可以说是个愚蠢的怪胎，空话连篇的牛皮大王，毫无创意的阴谋家；（2）只有李普曼是误导性的，他不代表社会，他处于社会的边缘；在外人看来，抨击是我们社会的标志，而正因为他是个终极抨击者，即每一次都会一次性灌输给你全部的意识形态，他甚至可能会让你误以为他就是以色列的化身。而事实上，他只是个边缘化的偏执狂，是当前形势催生的最极端、最狂热的声音。尽管比起参议员约瑟夫·麦卡锡，他可能造成更大的伤害，但这两位基本是一回事，他们都是与这个国家的常识严重脱节、完全脱离了它的日常生活的精神病患（顺便说一句，你对此也视而不见）；（3）简而言之，这个国家远不止你从阿戈李普曼那里甚至特拉维夫我（另一个边缘人物——一个边缘化的怪胎，因满腹牢骚而精疲力竭）这里了解的那些；记住，如果你把他的——或者我的——抨击当作你小说的主题，那你就是在操弄一场会让人丧命的争论。年轻人确实会因为我们争论的内容而丧命。我弟弟为此丧了命，我儿子也会为此丧命——恐怕会——更别提其他人的孩子了。他们之所以丧命，是因为他们被卷入了比李普曼那种危险的滑稽表演的影响深远得多的东西中去。

这里不是英国，一个陌生人不可能永远活着却什么都蒙在鼓里。在这样一个国家，即使只有几个小时，你也会得到这般生动的印象：每个人都到处发表自己的观点，在公开场合就公共政策激辩不休，但不要被他们误导。存亡攸关的事非同儿戏。多年来，无论我对这里发生的诸多事件的厌恶有多乏味和无情，对我父亲的犹太复国主义有多排斥，可我大发脾气时却还是因为对以色列的抗争有一种不可避免的认同；我对这个国家抱有一定的责任感，你生来不会有这种责任感，这合情合理，但我却有。幻灭也是关心国家的一种方式。但我担心的不是你会冒犯我的民族自豪感，而是如果你写下阿戈之行，内森·祖克曼的一般读者会把以色列和李普曼等同起来。无论你写什么，李普曼都将成为比其他任何人更强烈的角色，一般读者一定会记住他，并认为他就是以色列。李普曼丑陋，李普曼极端，就等于以色列丑陋，以色列极端——那个狂热的声音代表着这个国家。这可能会造成更大的伤害。

我不像阿戈人那样看待危险，但这并不意味着没有危险。尽管在我看来，阿戈的存在就是最大的危险，但来自外部的危险也同样真实，甚至可怕得多。我说这些话没有恶意——我没有指责所有外邦人，说他们视我们为敌人，这是他们在李普曼的山洞里采取的做法，但确实有一些无情的诋毁者很瞧不上我们。那晚你在伦敦和人共进晚餐，我则接受了BBC记者的采访，他们在舰队街和欧洲各地的报社工作。当你和李普曼面对面时，你自己心里可能明白，他就是个满口谎言、狂热的右翼杂种，扭曲了这个国家赖以为本的人道主义原则，但对那些读者来说，他们透过你的李普曼看到的是犹太复国主义者肮脏的内心，以及他向世人展示的犹太国家的真实面目，一个沙文主义、好战激进、追逐权力的国家。此外，他们还可以说，这该死的东西是犹太人写的，他终于说了真话。内森，这件事很严肃：我们的敌人一直在与我们交战，虽然我们比他们强大得多，但我们并非不可战胜。这些战斗关乎孩子们的性命，所以死亡的预感对我们而言无时不在。我们活着就像不断被人拿针扎，提醒我们受到威胁的是我们的理智而不是生命。我们的理智和我们的后代。

在你坐下来用李普曼的故事款待美国前，花点时间想一想——故事很生动，也许太生动了，但我在试图阐明一个观点。

时间回到一九七三年，如果阿拉伯人选择在犹太新年而不是赎罪日袭击我们，我们真的会万劫不复。赎罪日那天几乎人人都待在家里。没有人开车，没有人出远门，也没有人到处走动——我们中许多人都不喜欢这样，但我们仍待在家里，这是最简单的赎罪方式。因此，他们那天发动袭击时，尽管我们的防御力低下——因为我们过于自信和傲慢，误读了对方的意图——但警报拉响时所有人都在家中。你只需和家人说再见就行了。路上空无一人，你可以去你该去的地方，你可以把坦克开到前线，一切都很简单。如果他们一周前发动袭击，如果他们的情报人员足够聪明，告诉他们在犹太新年时发动袭击，那是个神圣的日子，但人们对待它则稍欠庄重，至少一半国民都在别的地方——成千上万的人去了西奈半岛的沙姆沙伊赫，南边的人跑去提比里亚，都是全家出动——如果他们那天发动袭击，那么所有人在加入战斗前必须先把家人送回家，这样路上就到处都是人流、车流，军队就无法把装有坦克的大拖车运到前线，我们的麻烦就大了。他们会直接冲进来，接着就会一片混乱。我不是说他们会征服我们，但我们会面临血流成河，我们的家园会被摧毁，孩子们会在避难所遭到袭击——多么可怕。我向你指出这一点，并不是要为以色列"存亡攸关"的武装派辩护，而是要证明很多事情都是虚假的。

第二点。事实上，我们目前所有的，几乎都必须从国外进口。我想，如果我们没有这些（包括钚在内），阿拉伯国家一分钟也忍不了我们。遏制他们的不是我们自己的资源，而是别人口袋里的东西；就像我前几天跟你抱怨的那样，大多数情况下，是卡特的拨款和他的国会同意给我们的东西。我们所有的东西都出自堪萨斯那家伙的口袋——每项税款的一部分都用来武装犹太人。为什么他要付钱给犹太人呢？另一方总是试图削弱我们，削弱对我们的支持，他们的争吵愈发激烈；只要贝京再助推一把，制定个愚蠢的政策，那么他们确实可以促成一种情况，即人们不再愿意继续花钱，最终美国人都会觉得，自己没有义务每年支付三十亿美元给犹太教徒购买枪支。为了继续把美元分发出去，美国人必须相信以色列人是他们的同类，都是追求体面事业的正派人，而不是末底改·李普曼之流。如果他们不想为李普曼和他的追随者这样的犹太人付钱，我不怪他们。也许他的观点足够生动，足以让一个犹太讽刺作家着迷，但哪个堪萨斯人会用自己的血汗钱来支持这种东西？

说起来，你还没见过李普曼的阿拉伯对手，也没当面领教过他的疯言疯语。我保证你在阿戈一定听过李普曼讲阿拉伯人，说我们必须如何统治他们云云，但如果你还没听过阿拉伯人谈论统治，还没见过他们的统治手段，那么作为一个讽刺作家，你大可以期待更多的收获。犹太人擅长喋喋不休和胡言乱语，无论你觉得李普曼的言辞多么有趣，阿拉伯人的喋喋不休和胡言乱语同样独具一格，口吐这些言辞的人物也一样丑陋。在叙利亚待上一周，你就可以写一辈子的讽刺小说。不要以为李普曼已经很令人作呕了——他的阿拉伯对手同样令人作呕,如果不是更糟的话。最重要的是,不要让堪萨斯的人起误会。这事太他妈复杂了。

希望你不只看到我话里高雅喜剧的部分,还能看到严肃庄重的部分。喜剧部分很明显:舒基是个爱国人士,也擅长公关——号召犹太人团结,号召犹太人承担责任,是一个把你引向哈亚康街的执迷不悟的老向导。随你的便好了——我就是个扭曲得可笑的怪胎,和我们原初历史记载的所有人一样,因所处困境而无可救药地扭曲了。但这样的角色正合你的口味。你就写写像我这样怨声载道的以色列人,政治上无能为力,道德上四分五裂,对所有人都怨怨不平,甚至到了过劳死的地步。但如果要写李普曼,你可得小心点。

舒基

附言:我不是没有意识到,你之前就很反对美国犹太人的这类论调。我自己一直认为,除非你比攻击你的那些人对自己所描述的世界更有信心,否则你不能写那样的东西。美国犹太人非常有戒心——从某种程度上说,美国的犹太教徒就是戒心的代名词。作为以色列人,在我看来,美国那种戒心已成为民众的信仰。而以色列的我突然变得比你那些最挑剔的批评者更吹毛求疵。"你怎么会想到以这种方式背叛我们呢?"又来了。一方面犹太人身陷险境,因为歪曲的事实而易于遭受最可怕的后果,另一方面,有一位危险的犹太作家极具潜在的破坏性,他已经准备好歪曲事实,毁掉一切;他年纪不大,而正因为你总是在应该表态时插科打诨,极尽嘲讽,有那种犹太人的天赋,能让事情看起来荒诞不经、引人发笑,哪怕是犹太人的弱势地位,在你的笔下也显得极尽荒唐,所以你就是他。一九六〇年这儿开的一场座谈会上,听众中有个美国出生的以色列公民大叫大嚷,指责你在小说中对可怕的希特勒大屠杀视若无睹,不可原谅。将近二十年后，你终于回到以色列，却还要我来提醒你美国那三十亿美元援助的事，如果没有这笔援助，我们将处于非常不利的地位。起初是六百万，现在是三十亿——不，还没完。警告性的规劝、政治上的盘算、对灾难性结局的潜在恐惧，所有这些犹太人的忧虑①（如果英语里有这个词的话），你那些同时代的美国外邦人从来都不会操心。好吧，那是他们活该倒霉。在你们那样的社会，一个杰出的小说家，无论积累了多少荣誉，赚了多少钱，发了多少声，都不会产生严肃的社会影响。你甚至会兴奋地发现，不管你喜欢与否，你的写作竟产生了真实的后果。

在空中 / 以色列航空公司
一九七八年十二月十一日

亲爱的舒基：

别再管我叫正常的犹太人了，没有这样的生物。为什么要有呢？那段历史怎么可能以正常状态收尾？你不正常，我也不正常。我已步入中年，正以一种更微妙的形式展现出这种不正常。由此也引出我的观点——国会那帮人之所以对那三十亿美元绞尽脑汁，到底是因为李普曼，还是因为你，这完全值得商榷。毕竟李普曼是个不折不扣的爱国者，还是虔诚的信徒，他的道德准则简单明了，言辞公正易懂。对他来说，一个国家的意识形态纲领不可能用来嘲讽、审视。像李普曼这样的人在美国会大获成功，事实上他们看起来就是正常人，甚至可能当选总统，而像你这样的人很少有机会得到国会嘉奖。至于普通纳税人，他们可能觉得一个吹毛求疵、持不同政见的记者，对历史悖论不可能会高度敏感，对这个他深感认同的国家也不会有什么严苛的判断，他和我一样，对这个国家充满同情。

---

① 原文为 fraughtness。

他们也不会觉得他比犹太裔的巴顿将军略胜一筹,巴顿将军对最狭隘的民族主义事业一意孤行、全情投入,这对堪萨斯那位来说可能并不陌生,所以与你想象的正相反。我选择写舒基·埃尔哈南而不是末底改·李普曼,这对以色列在国会或选民中没有任何好处,你那么想不现实。即使我受到启发把阿戈写进小说,以为犹太历史会因国会议员读了我的故事而改变的想法也极不现实。对于犹太历史来说,幸运(或不幸)的是,国会并不依赖小说叙事来解决利益分配的问题;无论在国会内外,百分之九十九的人的世界观很大程度上受——

这时我注意到身边的年轻人把祈祷书放到了腿上,身子有一半蜷缩着,似乎呼吸困难。他汗流浃背,比我上次见到的还严重。我估计他可能是癫痫或心脏病发作,于是我把给舒基的回信——那是我对自己尚未犯下的罪行浮皮潦草的辩护——搁一边,凑过去问他:"你还好吗?打扰了,需要帮忙吗?"

"你好吗,内森?"

"什么?"

他把帽檐抬高一英寸露出脸庞,小声说:"我不想打扰一个正在工作的天才。"

"我的天哪,"我说,"是你。"

"是的,是我。"

滴溜溜的黑眼睛和新泽西口音:是吉米。

"西奥兰治勒斯蒂格家的本-约瑟夫,"我说,"在正统派犹太侨民学校读书。"

"之前是。"

"你没事吧?"

"我现在有点儿压力。"他向我坦言。

他斜靠在手提包上。"你能保守秘密吗?"然后对着我的耳朵小声说,"我要劫机。"

"什么?就凭你一个人?"

"不,还有你。"他低声说,"你用手榴弹把他们吓个半死,我负责用枪。"

"你干吗打扮成这样,吉姆①?"

"因为打扮成犹太学校学生的样子,他们就不会查得那么仔细。"他握住我的手,把它搁到他近身的大衣口袋上。在布料下面,我摸到一个坚硬的椭圆形物体,表面凹凸不平。

这怎么可能呢?我们在特拉维夫登机时要遵守的安检措施那么周全,我以前从未见识过。首先,便衣警卫一件件打开我们所有的行李,毫不避讳地翻遍所有脏衣物。接着,一个粗鲁的年轻女人详细盘问我去过以色列哪些地方,现在又要去哪儿。如果她觉得我的回答可疑,就会把我的行李再检查一遍,随后还会叫来一个拿对讲机的男人,那男人盘问起来更不客气,问我在以色列逗留多久,去过哪些地方。对我的希伯伦之行以及我在那儿遇到什么人,他们都很好奇,我很后悔提及此事。我告诉那个女人亨利和阿戈的希伯来语学校的事,又跟那个男人重复了一遍,还重复解释了一遍我怎么从耶路撒冷到阿戈,又是怎么回来的。我在打开的行李箱前等着,里面的东西两次被翻了个底儿朝天。他们二人用希伯来语又说了几句,这才允许我合上行李箱,前去二十英尺开外的值机柜台,把箱子直接托运登机。我的手提包则接受了三次检查,那个女人查了一次,出发区入口处一个穿制服的警卫查了一次,我进以色列航空飞伦敦的航班休息室时又查了一次。我和其他乘客一样,从头到脚被搜了个遍,还得通过一个电子金属探测器。一旦进入候机厅,我们等候登机时所有门都会封闭。由于安检过于严格彻底,很是费时,

---

① Jim,吉米(Jimmy)的简称。

他们要求乘客在飞机预定起飞前两小时到达特拉维夫机场。

吉米口袋里的东西肯定是个玩具。我刚刚摸到的可能是个纪念品——一块石头，一个球，或许是件民间艺术品。什么都有可能。

"我们是一条绳上的蚂蚱，内森。"

"我们？"

"别害怕——这不会损害你的形象。如果一切顺利，我们上了头条，这将是犹太人复兴的大事件，也是扭转你在犹太人中声望的一剂强心针。人们会看到你有多在乎自己的犹太身份。这将彻底改变世界对以色列问题的看法。你看。"

他从裤子口袋里掏出一张纸摊开，又递给我一页从作文书上撕下来的破烂纸，上面是快断油的圆珠笔留下的潦草字迹。吉米示意我阅读时把那页纸放在腿上。

忘却过去！

我要求以色列政府立即关闭并拆除犹太大屠杀纪念馆。我以犹太人未来的名义要求你们这么做。犹太人的未来就在当下。我们必须把迫害永远抛在脑后，永远不再提"纳粹"，把它从我们的记忆中永远抹去。我们不再是一个有痛苦伤口和可怕伤疤的民族。我们在悲痛的荒野中游荡了近四十年。现在是时候停止用我们的纪念馆来纪念有关那个怪物的记忆了！从今往后，那个名字将永远不再与没有伤痕、不可伤害的以色列土地联系在一起！

以色列不需要希特勒才有权利成为
以色列！
犹太人不需要纳粹来成为杰出的
犹太人！
要没有奥斯威辛的犹太复国主义！

没有牺牲品的犹太主义!

过去的让它过去!

我们要生活!

"等我们一踏上德国的土地,"他说,"就把这个声明交给媒体。"

"你瞧,"我说着,把纸头还给他,"航班上的那些安检人员可没什么幽默感。你这样瞎搞会惹上麻烦的。他们随时可能出现,而且还持有武器。你为什么不收手呢?"

"我怎么样不重要,内森。我已经深入到犹太终极问题的核心,这时候怎么能关心自己呢?我们在用回忆折磨自己!我们是受虐狂!还折磨非犹太人!以色列生存的关键是拆毁犹太大屠杀纪念馆!不要再有大屠杀的纪念馆了!现在我们要忍受的是忘却我们的痛苦!否则,内森——这是我写在《吉米五书》中的预言——否则他们会为了消灭犹太人的良心而毁掉以色列国!我们已经提醒他们够多的了,也已经提醒自己够多的了——我们必须遗忘!"

他提高了嗓门,我不得不提醒他:"不要那么大声,拜托。"然后我非常明确地表示:"我真的不想和这件事扯上任何关系。"

"以色列是他们的原告,犹太人是他们的法官!每个外邦人都心知肚明——因为每个外邦人的心中都有一个小艾希曼[①]。这就是为什么在报纸上,在联合国,在任何地方,他们都急于把以色列变成恶棍。这就是他们现在在对付犹太人时使的大棒——你这个原告,你这个法官,你将受到审判,你的每一项罪行都将受到最最严厉的审判!我们通过犹太大屠杀纪念馆纪念他们的罪行,结果就是让这种仇恨继续下去。拆除犹太大屠杀纪念馆!犹太人不能再有让自己发狂的受虐倾向,也不能再有煽动外邦人仇恨的施虐倾向!只有到那

[①] Adolf Eichmann(1906—1962),纳粹德国高官,也是在犹太人大屠杀中执行"最终方案"的主要责任人,被称为"死刑执行者"。

时，到了那时，我们才能像其他人一样免受惩罚！才能像他们一样，不惮以光荣的罪人自居！"

"看在上帝的分上，冷静点。你怎么会想到穿成这样？"

"从梅纳赫姆·贝京那儿学来的！"

"是吗？你和贝京也有联系？"

"但愿如此。梅纳赫姆，梅纳赫姆，不要再铭记——要是我能把这些话装进他的脑袋就好了！不，我只是在效仿伟大的梅纳赫姆——这是他在恐怖主义时期躲避英国人的着装方法。伪装成犹太会堂的拉比！我从他那儿学会了乔装，但伟大的想法却是拜你所赐！忘却！忘却！忘却！我的每个想法，都是从你的书里读来的！"

我决定是时候再换一次座位了，这时吉米瞥了一眼窗外——仿佛要看看我们是否正驶进时代广场——抓住我的胳膊郑重地说："在德国人的土地上，让我们忘掉大屠杀！在慕尼黑着陆，把噩梦留在开始的地方！没有大屠杀的犹太人将成为没有敌人的犹太人！不当法官的犹太人将不会受到审判——犹太人终于可以独立生存！再过十分钟，我们就能改写我们的未来！再过五分钟，犹太人就得救了！"

"你自己去救他们吧——我要换个位子坐。我的朋友，我建议你在飞机着陆后找人给你看看。"

"哦，是吗？"他打开装糖果的手提包，把祈祷书扔进去。不过他没有把手抽出来。"你哪儿也去不了。内森，把手指扣在扳机上。这就是我需要的帮助。"

"够了，吉姆。你玩过头了。"

"我叫你拿手榴弹，你照做——就这样。从我的口袋里掏出来，放进你自己的口袋，别叫其他人瞧见。你到过道上，若无其事地走到头等舱最前头，我拿出手枪，你拿出手榴弹，然后我们俩开始大喊：'犹太人不再受苦！犹太人不再牺牲！'"

"从此只有犹太小丑——历史被当成玩物。"

"毁灭历史。三十秒足矣。"

我靠在椅背上一言不发，心想还是迁就他，直到演出结束再换座位为好。回想起他那篇"媒体声明"的措辞，显然他有点头脑，甚至有点思想；另一方面，在我看来，他之前把哭墙变成耶路撒冷巨人队的中场，这与他强烈要求拆毁耶路撒冷大屠杀纪念馆的请愿原则上并没有什么关联。这个男孩一心想要肃清保存犹太人伤痛最神圣的圣地，建立一个属于他自己的纪念馆，告诉人们："忘却！"最终我明白了，那种强烈的情感冲动并非由任何连贯的事物演化而来。不，这并非打破旧传统的象征行为，以挑战犹太人心中最沉重的记忆，而是一个无家可归的犹太嬉皮士对毫无意义的达达主义的一次疯狂涉猎，是一个一人乐队大麻吸嗨了（和他自己的肾上腺素飙升），有点像一个不受欧洲人信任的美国青年。他没有政府撑腰，既不代表新的政治秩序，也不代表旧的，受漫画书里那些由饥渴的孤独炮制出来的场景驱动，进而走上暗杀流行歌星和总统的道路。引发第三次世界大战的将不再是那些寻求政治独立的被压制的民族主义者，就像在萨拉热窝塞尔维亚人枪杀奥匈帝国王储后第一次世界大战爆发时那样，而是一些大字不识几个、沉迷毒品的"独行侠"，比如吉米，为了打动波姬·小丝而对着核武库发射火箭弹。

为了拖延时间，我看了看四周的人。邻座中有几个一直板着脸看着我们。在我旁边的过道上，有一个商人模样的人，衣着考究，头戴一顶宽边棕黄色软呢帽，身穿一套原色哔叽西服和一件双排纽扣马甲，鼻梁上架着浅色墨镜。他俯身向前，正同一个留着大胡子的年轻人讲话。那青年坐在一排中间的位子，一直在看祈祷书。他穿着虔诚的犹太人常穿的那种黑色长外套，里面一件厚羊毛衫，下身一条灯芯绒长裤。商人用英语对他说："倒时差真是件烦心事。我在你这么大的时候……"我隐隐期待听到一些宗教方面的争论。这两人之前都在机身隔框旁祷告来着。

又过了几分钟,吉米终于耗尽力气安静下来,我最后问他:"犹太学校出了什么问题?"

"你真有种,内森。"他从手提包里抽出手,展示给我看的是一根巧克力糖。他撕开包装给我咬了一口,然后自己大嚼起来,用来补充能量。"看来你真上当了。我真的把你逼疯了。"

"你干吗这么一身打扮上飞机?逃跑吗?你惹麻烦了?"

"不,不,不——只是跟着你罢了,如果你想知道真相的话。我想见见你妻子,还想让你帮我找个像她一样的女孩。让格林斯潘拉比见鬼去吧。我想要像玛丽亚那样的传统英国女人。"

"你怎么知道玛丽亚的名字?"

"整个文明世界都知道她的名字。我们救世主的圣母。哪个热血的犹太男孩能抵挡得住?内森,我想生活在基督王国,成为贵族。"

"拉比那边什么情况?"

"你猜对了,你有这个能力。我作为犹太人的幽默感,忍不住要开玩笑的犹太天性。笑是我信仰的核心——就像你一样。我那些冒犯人的玩笑都是跟你学的。"

"当然了,包括拆除犹太大屠杀纪念馆?"

"得了吧,你以为我会糊涂到拿大屠杀开玩笑?我只不过是好奇而已,好奇你怎么做,事态如何发展。你知道的,我内心也住着一个小说家。"

"那么以色列呢?你对以色列的爱呢?在哭墙时你告诉我你要一辈子留在以色列。"

"在遇见你之前我一直是这么想的。是你改变了一切。我想要个非犹太姑娘,就像那个嫁给亲爱的老祖克曼的姑娘一样,英伦风范。和你一样——与外邦人中的佼佼者,也就是那个白人女祭司一起,来一场消弭意第绪文化的表演。教我怎么做,好吗?你是我真正的父亲,内森。不但是我的,而且是整整一代可怜的老做错事的人的。"

因为你，我们都成了讽刺高手。你他妈的就是领路人。我想象自己是你的儿子，走遍了以色列。这就是我的生活方式。帮帮我，内森。在英国，我总是叫错别人'先生'——我把称呼搞混了。在那里，我过于紧张，因为我看起来比实际的我更可笑。我的意思是，大家的立场过于中立，我们说着同样的语言，或者我们以为如此，中立态度让我怀疑在英国我们不再引人注目。我一直以为英国是这样一个地方，那儿所有犹太人的剪影里都有个巨大的鹰钩鼻，不过我知道很多美国犹太人都把英国幻想成白人新教徒的天堂，他们可以假扮成美国佬混进去。当然，任何地方的犹太人都有他们自己的影子，但在我看来，那儿的情况总是更糟一些。不是吗？内森，我能不能让自己和英国上流社会打成一片，洗去犹太人的痕迹？"他俯下身来，低声对我说，"在怎么表现得不像犹太人方面你是内行。你摆脱了一切。你的犹太属性就跟《国家地理》杂志的差不多。"

"你为舞台而生，吉米——一个真正的蹩脚演员。"

"我当过演员。我告诉过你，在拉斐特。但是舞台，不，舞台限制了我。我没法呈现角色。没有舞台，才是我喜欢的。我在英国应该找谁？"

"除了我以外找谁都行。"

这话他爱听。巧克力糖使他镇静下来。现在他笑起来了，边笑边用手帕擦脸。"可你是我的偶像，是你激发我优秀的即兴创作。我的一切都归功于你和梅纳赫姆。你们是我这辈子遇见的最好的父亲。你们两个肆无忌惮，什么都说得出口——流散的阿博特和以色列的科斯特罗①。他们应该把你们送去波希特一带②。内森，美国那边传来一些坏消息，家里出大事了。你知道社工给我家打长途电话时发生什么事了吗？我老爸接的电话，她告诉他发生的一切，还说他必须

---

① Abbott and Costello，1940年代美国环球电影公司当红笑匠组合。
② Borscht Belt，位于纽约卡茨基尔山的度假胜地，光顾者主要为犹太人。

电汇车费到耶路撒冷，这样我才能回家。你知道我老爸怎么回复她的吗？他们也应该送他去波希特一带。他说：'詹姆斯留在以色列更好。'"

"他对你信心十足啊，到底发生了什么事？"

"我在大卫王墓内当着那些游客即兴发挥了一通，说到犹太人的洁食规范，我给它命名为'芝士汉堡和犹太人'。格林斯潘拉比不太喜欢。我在伦敦住哪儿？跟你和祖克曼夫人住在一起？"

"试试丽兹酒店。"

"丽兹怎么拼？我真把内森·祖克曼骗了，不是吗？哇。有那么一瞬间你真的以为：某个来自西奥兰治郊区的犹太瘾君子闲着没事，要去劫持一架以色列航空的波音747飞机，就好像裹着阿拉伯头巾的阿拉法特给以色列制造的麻烦还不够，现在又有了吉米和他的手榴弹。我知道你心地宽厚。你想到全世界的新闻头条时一定会为你的犹太同胞感到反胃的。"

"你口袋里装的是什么？"

"哦，这个吗？"他心不在焉地把那东西掏出来给我看，"是枚手榴弹。"

我最后一次见到真手榴弹是一九五四年八月在迪克斯堡接受基础训练时，那时候我学着扔了一枚。吉米举着的东西看起来像是真的。

"看到了吗？"吉米说，"传说中的拉扣，能把人吓得屁滚尿流。拉下这个拉扣，从特拉维夫飞往伦敦的这趟315倒霉航班上的一切就都玩完了。你果真不信我，是吗？哎呀，真叫人失望。来，笨蛋，我再给你看点让你难以置信的东西。"

是手枪，亨利第一幕里的手枪。现在到了第三幕，该开枪了。"忘却过去"就是这出剧的名字，凶手就是那个自称一切都拜我所赐的我的儿子。剧的类型是闹剧，高潮是杀戮。

还没等吉米把手枪从公文包里完全拿出来，就有人从背后一跃而上，一把按住他的头。接着，一个人从过道边一个箭步蹿到我跟前——正是那个戴浅色墨镜、穿哔叽西装的商人。他一把从吉米手中夺走手枪和手榴弹。从后方袭击吉米的人差点把他打晕，鲜血从他鼻孔里流出来。他倒在座位上，脑袋毫无生气地靠在舱壁上。突然从后面伸来一只手，我听到砰的一声，是可怕的重击声。就在吉米开始呕吐的同时，我发现自己的身体竟然被从座位上拎了起来，一副手铐铐到了我的手腕上。正当他们把我从过道拖出来时，人们都从座位上站起来，有些人尖声喊道："干掉他！"

三名头等舱乘客被赶了出来，吉米和我被两名保安拖进空机舱。他们粗暴地搜我的身，掏空我的口袋，又拿布条塞住我的嘴，一把把我推到靠过道的座位上，而吉米则被扒光衣服。他们撕开他的衣服进行搜查，还恶狠狠地扯下他的胡子，凶狠的样子就好像他们希望胡子是真的，能连根拔起似的。然后他们让他弯腰跪在座位上，那个穿哔叽西装的人啪的一声戴上塑胶手套，把一根手指捅进他的屁眼，我猜是在找炸药。等他们确信他没有携带其他武器，身上没有任何窃听器，也没有任何隐藏装置，就把他扔到我旁边的座位上，给他戴上手铐脚镣。接着他们猛地把我从座位上拉起，一想到如果他们认定这事我也有份，一定早就把我弄残了，我就不禁害怕起来。我对自己说："他们不过是谨慎起见。"但也许他们很快就会给我一顿拳打脚踢。

那个穿哔叽西装、戴浅色墨镜的人说道："你知道上个月俄国人是怎么对待两个企图劫持飞往阿留申航班的劫匪的吗？那是两个来自中东地区的阿拉伯人。俄国人根本不在乎阿拉伯人，你知道的，就像他们不在乎其他人一样。他们清空了头等舱的乘客，"他指了指机舱四周说，"把那两个人带了进去，拿毛巾系住他们的脖子，割开他们的喉咙,最后飞机载着两具尸体落地。"他说话带美国口音,我想事情可能好办点。

"我的名字叫内森·祖克曼。"等他们把塞在我嘴里的布条拿走后我说。但他无动于衷。如果真要说有什么的话,那就是他对我的蔑视又增添了几分。"我是个美国作家。你可以看我的护照。"

"敢骗我,我就宰了你。"

"这我明白。"我回答说。

他那光鲜的服饰、浅色的墨镜、一口硬汉式的美国英语,都让我想起旧时百老汇的行骗高手。不动则已,动则雷厉风行;不动口,只动手。从他那长满雀斑的皮肤和稀疏的橘黄色头发里,我似乎产生了某种错觉,仿佛他是一个戴着假发、化了浓妆的白化病患者。我有这么个感觉,这一切都是做戏,可即便如此,我还是吓得魂不附体。

他的同伙,蓄着络腮胡,身材高大,皮肤黝黑,阴沉着脸,是个异常可怕的角色。因为他一言未发,所以我说不清他是否也生在美国。就是他打断了吉米的鼻子,又对着他的身子狠揍。之前我们还在经济舱坐着时,他一直穿着黑色长外套,配一条灯芯绒裤子和一件厚羊毛衫。这会儿他已经脱去外套,直挺挺地站在我的正前方,认真翻查我的笔记本。虽然我遭受了这么多粗暴而又毫无必要的折磨,但我还是很感激他们俩,因为他们救了我们所有人——只用了大约十五秒钟,就挫败了一场劫机行动,拯救了数百条生命。

至于那个差点把我们都炸飞的家伙,似乎就没什么好感谢的了。从搁在走道上假胡子一旁的塑胶手套来看,吉米不仅脸上流血,而且因为挨了揍而内出血。不知道他们是否打算在抵达伦敦前就降落,好把他送去医院。我没想到的是,飞机已经在以色列安全部门的指示下返回特拉维夫了。

我也没能躲过肛门检查。我被迫弯下腰,双手还铐着,毫无反抗能力,那一刻好像凝固了,不过我害怕的事并没有发生。我泪眼模糊地凝视着远处,看到我们的衣服散落在机舱里,我的棕褐色西装、吉米的黑西装、他的帽子、我的鞋子——接着检查的手指抽了回去,我又被丢回座位,浑身上下只有一双袜子。

那个一言不发的同伙把我的皮夹和笔记本拿到驾驶舱,百老汇骗子则从内口袋里掏出一个像珠宝盒一样的东西。那是一个长长的黑色天鹅绒盒子。他把它放在我前面的椅背上,盒子没有打开。在我旁边的吉米虽未昏迷,不过也已经半死不活。他屁股底下的那一块沾着他的血,气味令人作呕。他的脸也因为肿胀而严重变形,半边脸又青又紫。

"我们要问问你的来历,"百老汇骗子对我说,"要我们能相信的来历。"

"我可以说。我是站在你们这边的。"

"哦,是吗?那敢情好。你们今天有多少人上了飞机?"

"我想没有别人了。他不是恐怖分子——只是精神有点问题。"

"但你同他一块儿,那么你是谁?"

"我的名字叫内森·祖克曼。我是一个美国人,一个作家。我去以色列看我弟弟。亨利·祖克曼。又名哈诺赫。他在西岸的一个希伯来语学校。"

"西什么?如果那是西岸,那东岸在哪里?你为什么要用'西岸'这个阿拉伯人用的政治术语?"

"我没有。我去看我弟弟,现在要回伦敦,我住在那儿。"

"你为什么住在伦敦?伦敦就像他妈的开罗。阿拉伯人在酒店泳池里拉屎。你为什么住在那儿?"

"我娶了个英国女人。"

"我以为你是美国人。"

"对。我是个作家。我写了本书叫《卡诺夫斯基》。我名气不小,如果这对你有任何帮助的话。"

"既然你这么有名,那你为什么同一个精神病人那么亲密?说点我们能相信的。你和他在一起做什么?"

"我以前见过他一次,在耶路撒冷的哭墙那里。碰巧他也搭了这班飞机。"

"谁帮他把装备弄上飞机的?"

"不是我。听着——绝对不是我!"

"那你为什么换到他旁边的座位?你们怎么聊了那么久?"

"他告诉我他要劫持飞机。他还给我看了媒体声明。他说他有一枚手榴弹和一把枪,要我帮他的忙。直到他拿出手榴弹前,我都以为他只是个疯子。他伪装成拉比。我以为整件事都是他在演戏。结果我错了。"

"你非常冷静,内森。"

"我向你保证,我真的吓坏了。我一点也不喜欢这样。但我确定这事与我无关。绝对什么关系都没有。"我建议他为了弄清我的身份,用无线电联系特拉维夫的人,再让特拉维夫的人联系我在阿戈的弟弟。

"什么阿戈?"

"一个定居点,"我说,"在犹地亚。"

"之前是西岸,现在又是犹地亚。你以为我是傻瓜吗?"

"求你了——联系他们。一切都会迎刃而解。"

"你来给我解决,伙计——你是谁?"

这样子过了至少一个钟头:你是谁,他是谁,你们聊了什么,他去过哪儿,你为什么去以色列,你想被人割开喉咙吗,你见过谁,你为什么同阿拉伯人一起住在伦敦,你们这帮畜生今天有多少人上了飞机?

另一名安全人员从驾驶舱返回时拿了一个公文包,他从里面取出一个皮下注射器。看到这一幕我失控了,开始大喊:"快点查明我的身份!给伦敦发无线电!给华盛顿发无线电!所有人都会告诉你们我是谁!"

"可我们知道你是谁。"骗子说。就在这时,注射器插进了吉米的大腿。"作家先生,冷静点。你是这个的作者。"他一边说,一边把那张"忘却过去!"拿给我看。

"那不是我写的!是他写的!我根本不可能写那种垃圾!它跟我写的东西一点关系也没有!"

"但这些都是你的想法。"

"绝对不是我。是他强加给我的,就像他疯子般强加给以色列一样!我写的是小说!"

这时他碰了碰吉米的肩膀。"醒醒,亲爱的,起来——"然后轻轻地摇了摇他,直到吉米睁开眼睛。

"别打我。"他呜咽着说。

"打你?"骗子说,"傻瓜,你看看四周。你坐的是头等舱。我们给你升舱了。"

当吉米的头转到我这一边的时候,他第一次意识到我也在场。"爸爸。"他虚弱地说。

"大声点,吉姆,"骗子说,"这是你爸爸吗?"

"我只是在玩笑。"吉米说。

"跟你爸爸吗?"骗子问他。

"我不是他父亲!"我抗议道,"我没有孩子!"

但此时吉米开始真心实意地哭起来。"内森说——对我说,'拿着这个',我就照做了,把它带到了飞机上。对我来说他就像父亲一样,所以我才这么做。"

我尽量保持冷静,说道:"我不是那种人。"

说到这儿,骗子从我前面的椅背上拿起那个天鹅绒盒子。"吉姆,看到了吗？这是我从反恐学校毕业时得到的。一件漂亮而古老的犹太手工艺品，是给全班第一名的奖励。"他打开盒子时满怀敬畏，完全没有嘲讽的意味。里面是一把刀，细长的琥珀色刀柄约有五英寸长，弯弯的细钢刀片呈拇指状。"产自古老的加利西亚，吉姆，一个残酷岁月幸存下来的隔都遗物。就像你、我和内森一样，当年他们正是用这把刀把我们那些初生的男婴变成了小犹太人。如今这把刀颁给了我们班最优秀的毕业生，为了表彰他果断的手腕和钢铁般的意志。我们今天最优秀的割礼执行人，都是训练有素的杀手——这样对我们来说更好。如果我们把它借给你爸爸，看看他有没有本事来成就《圣经》中说到的大献祭①？"

骗子拿刀在吉米头顶上空划来划去，吉米尖叫起来。

"用冰冷的钢刀对付疯子，"他说，"这是人类已知最古老的测谎仪。"

"我收回我的话！"

"哪一句？"

"所有的！"

"很好。"骗子平静地说。他把古董手术刀放回天鹅绒盒子，小心翼翼地搁在座位顶上，以便必要时再拿出来给吉米看。"我是个单纯的人，吉姆，只受过基础教育，移居以色列前在克利夫兰的加油站干活。我从来都不是什么上流人士。干的是擦车窗，给汽车上油，修补轮胎，把轮辋从轮胎上取下来之类的活儿。一个油猴子，修理工。我是个粗人，没什么文化，但是个不折不扣的犹太佬。你知道一个不折不扣的犹太佬是什么吗？我不像贝京，为了自我辩护而去指责别人。干就是了。我会说'这就是我想要的，我有这个权利'，然后我就开干。你不想因为他跟我扯的那堆屁话而成为鸡巴被我做

---

① 此处应是影射亚伯拉罕燔祭以撒的故事。据《圣经》记载，上帝为了考验亚伯拉罕，叫他把独生子以撒杀了作燔祭，献给上帝。

成纪念品的第一个劫机者吧。"

"不想!"他嚎叫起来。

他又从裤子口袋里掏出吉米的那份媒体声明,看了一遍,读了几句,然后说:"因为外邦人不高兴,就要关闭大屠杀纪念馆?你这是真心话,还是只想多找点乐子,吉姆?你真以为他们讨厌犹太人是因为犹太人是他们的审判官吗?这就是烦扰他们的一切吗?吉姆,这个问题不难回答——回答我。难回答的问题是,在特拉维夫登机的人怎么可能把所有这些装备都带上飞机。我们要揪住你的耳朵让你回答这个问题。但眼下我要问的不是这个。我们不仅会在你的小鸡巴上下功夫,我们还会在你的眼珠子、你的牙龈、你的膝盖上下功夫,我们会在你身体的所有私密部位上下功夫,只为得到那个问题的答案。不过现在我问你是为开开眼界,为了教育我这个克利夫兰的油猴子,这个不折不扣的犹太佬。我要问的是,你是否真的相信这些事。别不作声——好戏还在后头,在卫生间,你和我挤在里面,连同你那些隐秘的部位。我现在只是好奇,是我最客气的时候。我来告诉你我在想什么,吉姆。我认为这是你们这类犹太人搞出来的又一种自我欺骗,以为自己是外邦人的什么审判官。对不对,内森,你们这些高尚的犹太人有严重的自我欺骗?"

"我想是的。"我说。

他亲切地笑了。"我也这么觉得,内特。当然,偶尔你也会发现,一些受虐狂外邦人对道德高尚的犹太人看法比较温和,但是吉姆,我必须告诉你,他们大多数人并不这么看。他们中的大多数根本不在乎什么大屠杀。我们无需关闭犹太大屠杀纪念馆来帮他们忘却——他们已经忘了。坦白说,我认为外邦人对这件事的感受并不像你、我和内森所想的那样糟糕。坦白说,我认为他们想得最多的并不是我们是他们的审判官,而是我们得到的利益太多——我们的存在感太强,动作太多,得到的也他妈的太多。如果把自己交到犹太人手里，加上他们到处制造的阴谋，那你就完了。他们就是这么想的。犹太人的密谋不是密谋当审判官——那是贝京之流的密谋！他目中无人、丑陋不堪、毫不妥协——他讲起话来让你永远也开不了口。他是撒旦。撒旦封住你的嘴，不让人把好话讲出来。人人都是比利·巴德①。然后是贝京那家伙，一直让你闭嘴，甚至不让你讲话。因为他知道答案！你找不到比梅纳赫姆·贝京更能体现犹太人表里不一的人了。他是这方面的大师。他告诉外邦人他们有多坏，这样他就可以翻脸变成坏人！你觉得他们恨的是犹太人的超我吗？他们讨厌犹太人的本我！这些犹太人有什么权利拥有本我？大屠杀本该教会他们永远不要再有本我。这就是他们惹上麻烦的首要原因！你以为因为大屠杀他们就觉得我们变好了吗？我真的不想告诉你，吉姆，但在那件事上他们最多也就是想，也许德国人做得有点过头了。他们想的不过是，'即使他们是犹太人，他们也没那么坏'。那些对你说'我们对犹太人有更多期待'的人，别相信他们，他们期望得更少。他们真正想说的是，'好吧，我们知道你们是一群贪婪的混蛋，即使机会渺茫，你们也会吞下半个世界，更别提可怜的巴勒斯坦了。你们这些事我们了如指掌，所以我们不会放过你们的。该怎么做呢？每次你们有新动作，我们就会说："可我们对犹太人有更多期待，犹太人应该表现得更好。"'犹太人应该表现得更好吗，在发生了那么多事之后？我这个大老粗油猴子想的却是，难道不该那些非犹太人好好表现，为什么只有我们才是不道德俱乐部的成员？可事实是，你要知道，他们从来没有认为我们有那么好，即使在我们被大屠杀之前。托·斯·艾略特不就是这样的吗？我还没提希特勒呢？这不单是从希特勒的小脑袋开始的。艾略特诗里那个叼着雪茄的小个子犹太人是谁？告诉我，内森——如果你写了本

---

① Billy Bud，美国作家赫尔曼·麦尔维尔同名短篇小说中的主人公。因被指控煽动哗变而将指控者杀死，最后被船长处死。

书，如果你'名气不小'，又'真的吓坏了'的话，你应该能回答这个问题。托·斯·艾略特那首绝妙的诗里叼着雪茄的小个子犹太人是谁？"

"布莱斯坦①。"我说。

"布莱斯坦！托·斯·艾略特的诗真是精彩啊！布莱斯坦——太棒了！吉姆，托·斯·艾略特对犹太人的期待更高，对吗？不对！是更低！字里行间给人一种感觉：那个叼着雪茄的犹太人无时无刻不在践踏别人，还用他的犹太嘴巴叼着一支昂贵的雪茄！他们讨厌什么？不是犹太人的超我，傻瓜——不是'别那样，那是错的'。不，他们讨厌的是犹太人的本我，嘴里说着'我想要，我拿走'，说着'我抽大支雪茄，我跟你们一样会越轨！'啊，但你不能越轨——你是犹太人，犹太人应该表现得更好！但你知道我是怎么跟他们说的吗？我说：'已经来不及了，难道不是吗？你们把犹太婴儿扔进火炉，你们把他们的脑袋往石头上猛撞，你们把他们像屎一样丢进沟渠——还说犹太人该表现得更好？'吉姆，你明白他们想知道什么吗？这些犹太人要为大屠杀这屁大点事儿哀悼到什么时候，对这该死的苦难抱怨到什么时候？问问托·斯·艾略特吧。这没发生在一个两千年前的可怜的小圣徒身上，却发生在六百万活生生的人身上，就在不久前！叼着雪茄的布莱斯坦！哦，内森，"带着并无恶意的幽默，他说道，"要是今天托·斯·艾略特也在这班飞机上就好了。我会教教他有关雪茄的知识。你也会帮忙，对吧？像你这样一个搞文学的，难道不愿意帮我教教那位伟大的诗人什么是犹太雪茄吗？"

"如果有必要的话。"我说。

"吉姆，要学会识时务。"骗子对他说，对我的顺从感到满

---

① Bleistein，出自托·斯·艾略特的诗歌《带着旅游指南的伯班克与叼着雪茄的布莱斯坦》。

意，于是又回过头来开始了对误入歧途的"忘却过去！"的空中教育，"截至一九六七年，犹太人都偏居一隅，没怎么麻烦他们。而在此之前，都是那些奇怪的阿拉伯人想要消灭小小的以色列，人们对此却很宽宏大量。他们给犹太人的那块土地小到在地图上几乎找不到——这是良心发现，企图用一点不动产来减轻他们的负罪感——且人人都想毁灭它。人人都以为他们是可怜无助的笨蛋，必须有人支持他们，这也不错。弱小可怜的犹太人不错，开着拖拉机、穿着短裤的犹太乡巴佬，他能骗谁，又能欺负谁？但是突然之间，这些两面三刀的犹太人，这些鬼鬼祟祟的犹太混蛋，打败了他们最强劲的三个敌人，他妈的六天内就打得他们屁滚尿流，占领了这一整块和那一整块，多么令人震惊！这十八年来他们以为他们在唬弄谁？我们还担心他们，还对他们宽宏大量？天啊，他们又骗了我们一次！他们说自己弱小，所以我们他妈的给了他们一个州，而他们在那里称王称霸，把什么都踩在脚底下！与此同时，家乡那位愚蠢的犹太将军正志得意满，自言自语道：'好了，现在外邦人只好承认我们，因为他们看到我们变得和他们一样强大。'但事实恰恰相反——他妈的恰恰相反！因为全世界都在说：'犹太人还是老样子！'犹太人太过强悍！奸诈！贪婪！他们有组织、占先机，他们目中无人、什么都不尊重，到处都是这些该死的犹太人，到处都有他们的裙带关系。这是整个世界不能原谅、不能容忍的，过去不能，未来也不能——布莱斯坦！一个抽着大支雪茄、犹太本我强大无比的犹太人！真正的犹太人力量！"

可这个犹太超我的敌人现下却力量全无，看起来很可能会血流至死，尽管他们已经给他打了一针。于是，当飞机要骤降到以色列时，我一个人回到应许之地，被扒光衣服，铐在"上帝之鸟"的以航班机上，一边听着有关全世界都厌恶犹太本我，以及外邦人对野蛮、迟到的犹太正义若隐若现、无可非议的恐惧的教诲。

四　格洛斯特郡

服药治疗一年后，我仍然活着，而且感觉健康，不再为漫画式的男性勃起和射精画面所困扰，我开始克制自己的失落感，强迫自己接受性无能并非最糟糕的状况，以我的年龄和体验来说算不上最糟的，就在我开始接受唯一真正的智慧——没有这永远失去了的东西照样活——的时候，一位诱人的女子出现了，最大限度地考验着这种脆弱的"调整"。如果亨利有温蒂，那我有谁呢？既然我无需忍受他那样的婚姻，也不必苦于他最近那种性冲动，那么一个尤物不足以诱使我走向毁灭。我甘冒生命危险不是为了更多已经尝试过的东西，而是为了未知的东西，一种我从未陷入的诱惑，一种被伤口神秘点燃的渴望。如果那个宠爱妻子的丈夫、疼爱孩子的父亲为隐秘的性爱激情而死，那么我将扭转道德上的局面，为家庭生活、为当上父亲而死。

我已经过了最担心和困惑的阶段，能够重新与男男女女进行正常的社交对话，不用老苦涩地想着自己如何不胜任情欲竞争。可就在这时，一个女人搬进了我所在的褐砂石建筑的顶楼，把我整得死去活来。她二十七岁，小我十七岁，有丈夫，还有一个孩子。自从一年多前孩子出生以来，丈夫就和他漂亮的妻子日益疏远，他们过去在床上欢娱的时间现在都花在激烈的言语交锋上。"在我生下孩子的头几个月里，他真是穷凶极恶，冷若冰霜，总是一进门就问：'孩子在哪儿?'好像我不存在。真奇怪,我再也引不起他的注意,我做不到。我感到很孤独。我丈夫,当他肯屈尊开口时,告诉我人性本来如此。""我发现你时,"我对她说,"你已熟透,待人采撷。""不对,"她回答说,"我已经掉到地上,在树下腐烂。"

她说话的语调极为悦耳动听,正是这嗓音诱惑着我,像在爱抚着我,而声音的主体我却无法占有。一个高大迷人,我无法占有她的肉体的名叫玛丽亚的女人。她有一头卷曲的乌发,一张小小的鹅蛋脸,细长的黑眼睛,再配上妩媚动人的嗓音,一口富于感染力、抑扬有致的伦敦腔。一个害羞的玛丽亚,一个我认为美丽而她却自以为"顶多算接近理想"的玛丽亚。我们每见面交谈一次,我对她的爱就多几分,直到最后我注定要重蹈弟弟的覆辙。这样发展下去,是否只是一场黄粱美梦,谁会知道呢?

"你的美耀眼夺目。""打住。"她说。"让我目眩神迷。""那不可能,真的。""我说的是事实。""你知道的,已经不再有人追求我了。""这怎么可能呢?"我问。"难道你一定要相信所有属于你的女人都美丽吗?""你就是很美。""不,不是的,你只是兴奋过头了。"当我告诉她我爱她时,她表现出更多的抗拒。"别再说了。"她说。"为什么?""因为它让人恐慌,而且大概率不是真的。""你以为我故意骗你?""你骗的不是我。我觉得你很孤独、很不开心。你缺少爱情。你很绝望,希望奇迹发生。""那你呢?"我说。"别问这样的问题。""你为什么从来不叫我的名字?"我问。"因为,"她说,"我会说梦话。""你这是在跟我做什么,"我问她,"你是不是希望不要不得已才来我这儿?""不得已? 我用不着不得已才来。我想怎么着就怎么着。""但你没想到,在我上次激情示爱之后,事情会发展成这样。此时此刻,我们本应该热烈拥抱。""没有什么是应该不应该的。无论事情如何发展,我都有思想准备。往往什么可能都有。我没有那么多想法和期望。""是嘛,你才二十七岁,该有些合理的期望,而我四十四岁了,我的期望都不太现实。我想要你。"我只脱了衬衫,而她却一丝不挂地躺在床上,十分诱人。当保姆用婴儿车推孩子出门,玛丽亚乘电梯下来见我时,有时我会让她这样跟我演戏。我跟我那位美妇说她的胸很美,她回答说:"你又在恭维我。孩子出生前还不错,可现在不行了。"每次她总是问我是否真的想这么干,而我毫无例外地说不知道。的确,穿着裤子让她达到高潮,这并不能缓解我的渴求——有些下午聊胜于无,有些却更糟糕。事实上,尽管我们可能会像两个性罪犯一样在高档公寓里暗度陈仓,但大部分时间我们都待在我的书房里。我生上一炉火,我们促膝而谈,喝喝咖啡,听听音乐,聊聊天。我们从未停止交谈。需要多少个小时的谈话才能让我们适应缺失的东西?我把自己暴露在她的声音中,仿佛那是她的身体,从中汲取感官上一点一滴的满足。所有精致的快感都可以从语词中获得。我的肉欲现在成了真正的虚构,成了复仇的复仇,语言且唯有语言必须提供释放一切的手段。玛丽亚的声音,她的舌头,是唯一的情色工具。我们一边倒的偷情关系真令人痛苦。

我学着亨利那样说道:"这是我有生以来面对的最困难的事情。"她则像那个铁石心肠的心脏病专家一样回答说:"这么说,你从来没遭过难,对吗?""我的意思是,"我回答道,"这太令人难堪了。"

一个周六的下午,她带着孩子一起过来了。玛丽亚雇的年轻英国保姆周末休假,去华盛顿观光去了,而她那在联合国给英国大使当政治助理的丈夫则正在办公室写报告。"他这人有点霸道,"她说,"喜欢各种各样的人围着他转,喜欢热闹。"她刚从牛津毕业,就跟他结了婚。"为什么这么急?"我问。"我刚说了——他有点霸道。而如你所察觉到的,以你的敏锐你可能已经察觉到了,我比较顺从。""你的意思是温顺?""适应性强吧。如今温顺的女人很招人嫌弃。可以说,我有一种干脆地顺从的天赋,这是致命的。"

聪明、漂亮、迷人、年轻、极不幸福的婚姻——还有顺从的天赋。无可挑剔。她要是对我说个"不"字就能救了我的命。现在把她放一边,谈谈那个孩子。菲比的尿布外头套了件针织的小羊毛连衣裙。她生着一双黑色的大眼睛,小小的鹅蛋脸,黑色鬈发,长得跟玛丽亚一模一样。开头几分钟,她乖乖地趴在咖啡桌上,安静地用蜡笔在涂色本上画画。我把房门钥匙给她玩。"钥匙。"她边说边朝她妈妈晃了晃,接着走过来坐在我腿上,将她的故事书里的各种动物指给我看。为了防止她吵闹,影响我们说话,我给了她一块曲奇。可她在屋子里转来转去时弄丢了曲奇。每次想动什么东西,她都会先看看我是否允许。"她的保姆非常严厉,"玛丽亚解释说,"我也没办法。""保姆很严厉,"我说,"丈夫有点霸道,而你又有点温顺,适应性强。""但正如你看到的,小朋友很快活。你知道托尔斯泰写的那个故事吗?"她说,"好像叫《婚后之爱》。故事讲了一个年轻的妻子,在婚后最初几年的幸福感逐渐消失之后,就放任自己跟其他男人坠入情网——他们比她丈夫更有魅力,最后几乎毁掉一切。后来她悬崖勒马,意识到维持同丈夫的婚姻,养育好他们的孩子才是明智的。"

我起身去书房,菲比跟在后面边跑边喊:"钥匙。"我爬上取书的梯子去找我收藏的托尔斯泰短篇小说,小姑娘则溜进了我的卧室。等我从梯子上下来,我发现她还在卧室里,正躺在我的床上。我走过去抱起她,带着她和那本小说一起来到客厅。

玛丽亚记忆中的《婚后之爱》实际上叫《家庭幸福》。我们紧挨着坐在沙发里,一起读最后几段,菲比则跪在地上,一边用蜡笔在地板上涂画了一小块,一边在尿布里尿尿。看到玛丽亚的脸涨得通红,起初我以为是因为她不时起身去照顾孩子,之后我才意识到是因为我那煽动性的思想感染了她。

"你可能嗜好不断的危机,"她说,"我可不喜欢。"

我轻声回答着,就好像如果菲比无意中听到,她说不定会听明白,并为自己的未来感到害怕。"你搞错了。我想结束危机。"

"如果没有遇到我,也许你会忘记危机,平静地生活下去。"

"可我遇到了你。"

托尔斯泰的故事是这样收尾的:

"不过,喝茶的时间到了!"他说,于是我们一起走进客厅。在门口我又遇上抱着万尼亚的奶妈。我接过孩子,盖住他裸露的红红的小脚趾,把他紧贴在我胸前,然后用嘴唇轻轻地吻了吻他。他挥舞着他那手指满是褶皱的小手,仿佛还在睡梦中,随后睁开睡眼惺忪的小眼睛,似乎在寻找或回忆着什么。突然,那双小眼睛落在我身上,眼睛里闪出思想的火花,胖乎乎地噘着的小嘴开始闭拢,然后又笑着张开。"我的,我的,我的!"我这么想着,把他紧贴在胸前,我的四肢都感到一种幸福的紧张,好不容易才克制住自己不把他弄疼。

我开始吻他凉丝丝的小腿、肚子、小手和那刚长出头发来的小脑袋。我丈夫朝我走来,我赶紧盖住孩子的脸,随后又掀开。

"伊万·谢尔盖伊奇!"我丈夫一面说,一面用手指去碰碰他的小下巴颏。但很快我又给伊凡·谢尔盖伊奇盖上。除了我以外,谁也不许多瞧。我瞥了一眼我丈夫,他笑眯眯地看着我,经过很长时间以后,我也头一次轻松而且快乐地望着他的眼睛。

从那天起,我和我丈夫的恋爱关系结束了;旧的感情变成了一种宝贵的、不能复返的回忆,而爱孩子和爱孩子父亲的一种新的感情,却给另一种完全不同的幸福生活打下了基础,而且这种幸福生活一直持续到现在。

到了给孩子洗澡的时候,玛丽亚在公寓里四处走动,收拾玩具和涂色书。回到客厅后,她站在我的椅子旁,把手搭在我的肩膀上。

仅此而已。菲比似乎没注意到我偷偷吻她妈妈的手指。我说:"你可以在这里给她洗澡。"她笑了笑说:"聪明人做事不能没个分寸。""聪明人有什么特别的?"我问,"在这种情况下,聪明没有任何用处。"她们娘儿俩在门外跟我吻别——先是孩子,然后是母亲,也学着孩子的样儿——接着步入电梯,回到楼上,我的 deus ex machina[①] 重新升上去。回到公寓后,我闻到孩子留下的便溺气味,看到咖啡桌玻璃板上留下来的小手印。所有这一切都让我感觉到异常的天真。我想要得到作为一个男人从未体验过的东西,我的家庭幸福。为什么是现在呢?我期望从父亲的身份中获得什么魔力?我该不是把做父亲变成一种瑰丽的幻想?一个四十四岁的人怎么还会相信这种事情?

晚上躺在床上,真正的困难开始了,我大声喊道:"我全都知道!让我静一静!"我在枕头底下发现了菲比弄丢的曲奇,凌晨三点时,我把它吃了。

第二天,玛丽亚担当起本属于我的挑战者的角色。她主动提出了一连串问题,并且绝不允许我违抗她的坚持。如果结果是我很享受这种坚持,那都是因为她不抱幻想的坦率更加坚定了我的想法——率直、不盲从的头脑只会让我更加着迷。要是我能觉得这个女人不那么有吸引力,我可能就不会死了。

她说:"你不能为一种妄想铤而走险。我不能离开我丈夫,不能让我的孩子失去父亲,也不能让他失去女儿。有一个很重要的因素,恐怕你不会理解,那就是我的女儿。我试过不去考虑她的利益,可我常常忍不住。我本来不相信,但显然你同某些美国人一样,以为只要做出改变就可以结束灾难,一切都会好起来。但据我个人的经验,事情并非如此——也许一时会变好,但一切都有期限,最终事

---

① 拉丁语,(尤指剧本或小说中)扭转乾坤之力量。

情一般都不会有什么好结果。你自己的婚姻似乎只有六七年的保质期,娶了我也不会有什么不同,假如我真正愿意嫁给你的话。你知道这个吗?我要是怀孕了,你不会喜欢的。上一次我已经深有体会了。孕妇是一大忌讳。"

"胡说八道。"

"这是我的经验。可能不仅仅是我一个人的。无论如何,激情总会消逝。激情饱有保质期短的恶名。你并不想要孩子。你有过三次机会,都被你拒绝了。三个好端端的女人,但每次你都拒绝了。你知道,你真的不是个好人选。"

"那谁是好人选?你楼上的丈夫吗?"

"你真的神志清醒吗?我可不敢肯定。一辈子在写作中度过,这有点不可思议。"

"确实。但我再也不想一辈子光写作了。曾经有一段时间,一切似乎都从属于编故事。在我年轻些的时候,我认为对一个作家来说,关心写作之外的事情是一种耻辱。然而,打那之后,我开始更加羡慕平凡的生活,不介意被它玷污一点点。我越来越喜欢传统的生活,不介意别人一点点败坏我的名声。事实上,我觉得我几乎把自己写出了生活。"

"所以现在你是想把自己再写回去?我才不信。你有一种挑衅的才智:喜欢把阻力转化为自己的优势。反对意见决定着你的行进方向。如果不是犹太人坚决反对,你也许不会写出那么多关于犹太人的小说。你现在想要孩子,就是因为你不能要。"

"我只能向你保证,我想要孩子的理由和其他人的一样正当。"

"为什么偏偏选中我来做这种试验?"

"因为我爱你。"

"又是那个可怕的字眼。你的妻子们,在你娶她们之前,你都'爱'她们。这次又会有什么不同呢?何况你'爱'的当然不一定得是我。我很传统，我受宠若惊，但是你知道，现在跟你在一起的很可能另有其人。"

"那她会是谁呢？说说看。"

"她可能跟我很像。一样的年龄，一样结过婚，一样有孩子。"

"那她就是你了。"

"不是的，你没有理解我完美的逻辑。她会像我一样，发挥我的作用，但她不会是我。"

"但也许你就是她，因为你和她那么像。"

"我到底为什么在这里？回答我。你答不上来。学识上，我并不是你中意的类型，我也绝不是一个放荡不羁的人。对了，我试过左岸。上大学时，我经常和那些腋下夹着几期《泰凯尔》[①]的人混在一起。那里面写的全是废话，难以卒读。在左岸和绿草地之间，我选择了后者。我心想：'难道我一定要听这些法国废话吗？'结果我就一走了之。在性方面，你知道，我也很害羞——这是生长在不拥有土地的绅士阶层，接受了文雅教养的必然结果。我一辈子没做过粗野的事情。至于下流的欲望，我似乎从来没有过。我的天分不高。如果我下狠心一直等到结婚才给你看我发表过的东西，那么你会后悔当初向我求婚的。我是个不入流的记者，给几份蹩脚杂志写一些流畅的陈词滥调，还有一些花里胡哨的短命文章。我试着写的几个短篇，都是关于干过的错事。我想写自己的童年生活，那就是我的原创了——写雾、草场，写我成长过程中的那些堕落绅士。如果你真的想冒着生命危险再次步入庸俗的婚姻、再娶一任太太，如果你真的想要一个孩子在接下来的二十年里把你逼疯——在你已经习惯于孤独地写作之后，你会被逼疯的——那么你确实应该找一个更合适的人，找一个适合你这样的男人的女人。我们可以做朋友，但如

---

① *Tel Quel*，1960 年诞生于巴黎的先锋文学季刊。

果你继续这些家庭幻想,把我当成其中的一部分,那么我就不能再来见你了。这对你来说太难了,对我也一样。听到你说的那些话,我会幼稚地迷失方向。你瞧,我不合适。"

我坐在客厅的安乐椅上,她正对着我,跨坐在我膝盖上。"告诉我,"我问,"你说过'操'这个字吗?"

"说过,恐怕还常说。在谈论我们的婚姻状况时,我丈夫也常说。但在这儿我没说过。"

"为什么呢?"

"我见的人是个文化人,我会特别留意自己的言谈举止。"

"一个大错误,玛丽亚。我年纪大了,不在乎找一个合适的人。我喜欢的就是你。"

"你不会,你不可能会。一定要说的话,被迷住的是你的病,不是你。"

"我欠这个病的难道不比我欠健康的更多吗?"

"我本以为你头脑会更清醒,"她说,"在读了你书里描绘的那些人物之后,你的反应让我毫无思想准备。"

"我写书不是作为人物参考。我又不是在找工作。"

"我们俩年龄差距太大。"她说。

"那不是很好吗?"

她点头表示赞成,我们之间的亲密差不多是她所能要求的全部了。虽然你们会认为一个当过三次丈夫的人可能知道答案,但看到她那副如此可爱、知足的模样,我却无从得知对于楼上那位丈夫她怎么会一无是处。在我看来,她不可能做错任何事。我不明白的是,为什么世上每个男人都没有像我一样觉得她迷人。我就是这么毫无防备。

"昨晚我心里掀起了惊涛骇浪,"她说,"可怕极了。愤怒和失望的怒吼。"

189

"因为什么?"

"你一直在提问,我一直在回答。真的越界了。我感觉自己在可耻地背叛他。我不该把这些都告诉你,因为我知道你不值得信任。你在写书吗?"

"是的,这一切都是为了一本书,甚至包括我的病。"

"我不完全相信。不管怎么样,你都不能写到我。写在笔记里没问题,因为我知道没法儿阻止你记笔记。但你不能照搬进书里。"

"你会介意吗?"

"我会的。因为这是我们的私生活。"

"真无聊啊,这么多年来,我已经从太多人那里听到类似的话了。"

"要是你为此遭了罪,你就不会觉得那么无聊了。要是你发现自己的私生活充斥在粗制滥造的作品里,你就不会觉得那么无聊了。要对俗人讲我们的爱情,那是亵渎我们的欢乐。多恩。"

"我会换个名字的。"

"好极了。"

"除了我以外,没人会知道那就是你。"

"你不知道人们会分辨出什么。你不会写我的,对吧?"

"我并不能想写谁就写谁。即使我这样做了,结果我写的人也会变成另外一个人。"

"我对此表示怀疑。"

"是真的。这是我的局限之一。"

"我还没开始列我的局限呢。你很容易被激发想象力——你应该花时间问问自己,你是不是虚构了一个根本不存在的女人,把我变成了另一个人。就像你想把我们的事变成其他事一样。凡事不一定都要达到高潮。事情完全可以不断延续下去。你的确想从中创造出一个叙事,由展开到充分发展,再到戏剧性高潮,最后是大结局。

你似乎认为人生有一个开始,一个中间阶段,一个结尾,由承载你名字的东西串在一起。但没必要事事都给它定型。你也可以随遇而安。没有目标——听凭事物自己发展。你必须开始正视事物的本质:生活中有些问题无法解决,而这正是其中之一。至于我,不过是一个搬到楼上住的家庭主妇,区区一个小人物,不值得你去冒险。我身上还有很多匮乏。"

"你在楼上长期没有得到应有的欣赏,所以才这么看待自己。但事实上,今天你看上去很高贵。你有一张颇为高贵的脸,还有修长、高贵的身子。而且你的声音也是绝对的奢侈品。你知道吗,你看上去棒极了,比我刚认识你时好了太多。"

"那是因为我比刚认识你时更快乐了。如果没有遇见你,我永远也无法快乐起来。你帮了我很多。用英国乡下的话简单来说就是,我振作起来了。我想你也一样。你看起来好像只有十八岁。"

"十八岁?你嘴真甜。"

"像个机灵的小伙子。"

"你在发抖。"

"我害怕。更快乐,但也很害怕。我丈夫要走了。"

"是吗?什么时候?"

"明天。"

"你应该告诉我的。你们英国人总是把事情藏在心里。他要离开多久?"

"就两周。"

"你能支走保姆吗?"

"我已经安排好了。"

我们玩了两周的过家家。每晚,等孩子睡着后,我们在楼上用晚餐。她告诉我她父母离婚的事。我看到她少女时期在格洛斯特郡拍的照片。她排行中间,随母亲生活,骨瘦如柴,黑发扎成辫子,紧紧抓着两个姐妹的牛仔裤。我还看到她每天早上在丈夫离家上班几分钟后给我打电话时坐的那张桌子。桌上放了一个相框,相框里是一张他们在大学时的合影快照。一个看似严肃的年轻人,比她还高,戴一副六十年代的金属边眼镜。一想到他们不久前还是大学生,我就觉得自己与他们格格不入。"有闲阶层,"当我拿起相片询问他的背景时她回答,"难就难在,你知道,从世俗的角度看这是一桩相当门当户对的婚姻。"当他和我碰巧在电梯里遇到时,我们就像两个既无情绪又无激情的男人。他身形魁梧,面色红润,三十岁已事业有成,精力充沛,正值踌躇满志之时。然而从外露的东西,除了他高大的体型之外,看不出他是个喜欢别人围着他转,喜欢热闹,有点霸道的人——他对我所表现出的,只是他那伊顿公学式的深不可测,而我也假装与他妻子毫无关系。如果这是一出查理二世复辟时期的戏剧,那么观众一定会如坐针毡,因为说到底是那位丈夫被戴了绿帽,而且对方还是个性无能的家伙。

她在饭桌上喝多了酒后,就不那么固执己见了。不过我还是觉得,那个一发脾气就丢盘子,又一连几天不和她说话的丈夫,还是比我更合适、更称心的伴侣,因为我无法将我的爱付诸实际。生活中有些问题无法解决,这就是其中之一。

"我以前从未交过犹太男朋友。这我跟你说过吗?"

"没有。"

"上大学时,我确实和一个尼日利亚的马克思主义者交往过很长一段时间,我们接过吻,但仅限于接吻而已。他和我同年。我在最阴郁的格洛斯特郡交过的几个男友,都是乡绅背景,而且个个蠢得要命。你如果要走就告诉我——我醉了。"

"我没必要走。"但我该走了,必须走——她的每一句话都在引诱我冒生命危险。

"你知道的,在我的背景里,不完全只是压抑,而是存在着一种奇特的混合体，压抑与自由的混合。"

"是吗？自由源自哪里？"

"源自骑马。因为你可以在一天的任何时候骑上马远行，而且那样你会碰到各种各样的人。如果我的性意识觉醒得早的话——事实上并没有——我可能从十二岁开始就会一直跟人发生关系。那样做也没什么值得大惊小怪的。真正那么做的人并不多，但有相当多的人花了相当多的时间几乎做成了。"

"但你没有。"

她自嘲般地哀叹了一句："没有，我从来不是那样的人。你想看看我写的故事吗？讲的是在英国沼泽地里闲逛的人和狗的故事，充满了关于狩猎的俚语，对生于二十世纪的人来说，它毫无意义。你真的想看吗？"

"是的。不过我不指望它会很精彩。上大学时我就放弃了维多利亚时期的文学，因为我永远分不清代牧和教区牧师长的区别。"

"我不该给你看，"她说，"请记住，我并没有追求标新立异。"然后把打字稿递给我。故事这样开头：狩猎人赌起咒来像大发雷霆，说出来的话不堪入耳。在我小的时候，人们常常偏坐在鞍上狩猎……"

当我读完最后一页时，她说："我跟你说过，都是些陈词滥调。"
"但不是你说的陈词滥调。"
"如果你不喜欢，尽管直说。"
"事实上你写得比我好得多。"
"别胡说了。"
"你写得显然比我流畅。"
"这一点，"她有点生气地回答道，"跟写得好坏毫无关系。很多有文化修养的人都能写得流畅达意。不，那根本不算什么。你这么说只会让我觉得难为情。那只不过是十九世纪流传下来的风范和他们肆无忌惮的咒骂的混杂……对,就是这么回事。恐怕这就是全部了。有的小说向着空中和人群狂轰滥炸,有的小说射不出子弹,炸药没有点燃,还有的小说最终瞄准作者自己的脑袋。我的例外。我写作时内在的凝聚力不够强劲。没人能把我写的东西当棍棒使。我的小说只是展示着英国人所具有的机智、敏锐、讽刺和克制——注定是步人后尘。不幸的是,我很自然地就是这么写的。即使我胆敢'披露一切',写关于你的事,到头来肯定还是会把你写成一个颇招人待见的小伙子。我应该在这些故事后面都署上'一个返祖者作'。"

"如果你就是呢?"

"那就不太适合你了。"

她丈夫还有两天就回来了。

"我昨晚做了个梦。"她说。

"什么梦?"

"嗯,我梦见的那地方的地理情况很难解释清楚。有点像个船坞,一片开阔的大海,一个港口。我不知道那些地方叫什么,但我见过。开阔的大海在我左边,然后是所有那些突堤、码头、登陆平台之类。实际上是个港口,没错。我从一个码头游到另一个码头,有点距离。我穿得严严实实,外套下面有个包袱,是个婴儿——不是我女儿,是另一个孩子,我不知道是谁。我游向另一个码头。我在逃离什么。远处码头有许多男孩子,跳上跳下,打着手势。他们在给我鼓劲——'加油,加油!'然后他们开始指挥我向右转。当我向右边看了一眼,接着朝那边游去时,在我的右手边出现了另外一个小港,又有水。那是一个极小的船坞,上方有一个极大的——像火车站那么大的——天棚。他们的意思是,我应该找条船,乘船驶向大海。他们都在挥动手臂,冲我喊着:'犹地亚!犹地亚!'然而当我游到小船坞准备弄条船时——你知道,那里泊着好几条船,拴在一起的——我还在水里,我发现了我丈夫在那里。他负责管那些船,正等着送我回家。他穿着一套绿色粗花呢衣服。梦就这样结束了。"

"他有一套绿色粗花呢衣服吗?"

"没有。当然没有。"

"'当然没有',为什么?那种衣服不是很普通吗?"

"是的。对不起。我说'当然没有',是因为我对他有什么衣服一清二楚。不过很显然,绿色和粗花呢是英国事物的代表。整个梦是如此荒诞而又显而易见,用不着弗洛伊德来解释。任何人都能理解这个梦,不是吗?就像哄小孩一样简单。"

"简单?怎么说?"

"这么说吧,绿色,一目了然。不用说你也知道绿色意味着乡村,到处是树林和田野——绿色代表格洛斯特郡。格洛斯特郡的草再绿不过了。粗花呢的含义也差不多,但带有正式、严肃的感觉——你看,一个人穿粗花呢衣服,一个女人穿粗花呢套装,那是因为她已经成年,而且循规蹈矩。我自己不喜欢粗花呢,但关键是粗花呢源自乡村,取色于石南科植物以及各种石头的颜色,虽然很漂亮,但被塑造成了压抑和略显势利的象征。这就是粗花呢的用途——它们'非常英国',而且,"她笑着说,"我不喜欢。"

"那船坞呢?"

"船坞啊火车站啊,都是出发的地方。"

"那犹地亚呢?"我问,"英语里习惯说西岸。"

"我不是在看新闻头条。我是在睡梦里。"

"那孩子是谁的呢,玛丽亚,在你外套下面的那个?"

她害羞地说:"不知道。它没有特征。"

"那是我们将来的孩子。"

"是吗?"她无力地问道,"真是一个让人悲伤的梦,对吗?"

"而且越来越让人悲伤。"

"是的。"接着她脱口而出,"非要我变得喜怒无常,他才能欣赏就在他鼻子底下的东西。这让我愤怒极了。真的,一想到自己平白无故地受这份罪,我就特别恼火。你对人好,通情达理,为人谦和,他们却把你踩在脚下,真令人心碎。简直要把我逼疯了。你不觉得这是一件很残忍的事吗?我们从小被培养出来的所有美德,无论是在婚姻、工作中,还是在其他任何领域,都一文不值?我在伦敦那家杂志社工作的时候,情况也一样。这个世上有多少恶棍啊!我觉得这太令人发指了。"接着她又恢复到平时的样子,说,"别介意。我不该这样把事情简单化。我陷入的狂热总会散去,然后我会滑入我惯常的沮丧的深渊。我真的不知道为什么,但它消失了,我失去了前进的动力。"

"犹地亚,犹地亚。"

"是啊。很奇怪,对不对?"

"应许之地对绿色粗花呢衣服。"

在她丈夫回来的前一晚,我通宵对她进行了一次调查。这里的记述经过了大量的删节,省去了打断问话的一些亲昵的小动作,以及随之而来的绝望。正是这种绝望改变了一切。

我想象自己问得越多,就越不可能犯下可怕的错误,仿佛不幸可以通过了解来遏制。

"你为什么要像现在这样,"我开始发问,"和我保持这种关系?"

"你以为女人保持一段关系只是为了性吗?性往往是最无关紧要的。我为什么像现在这样?因为你聪明、善良,因为你好像爱着我(又出现了那个可怕的字眼),因为你告诉我我很漂亮,不管我是否真的漂亮——因为你是一条逃路。当然,我也愿意我们有另一条路,但我们没有。"

"你很沮丧吗?"

"是挺让人沮丧的……不过还不至于带来危险。"

"你这么说是什么意思？一切尽在掌握？"

"对，是的，就是这个意思。我的意思是，如果没有身体上的承诺，像我这样的女人反而会觉得自己更强大。我想大多数女人一旦觉得你们痴迷她们的肉体，就会觉得自己更为强大。但那却是我开始感觉最脆弱无力的时候。像我们这样相处，我在某种程度上仍占上风。我有控制权和选择权。或者起码自以为有。居然是我在拒绝你的求婚。这确实让人沮丧，然而却给了我一种在普通关系中永远不会拥有的力量，不然的话就是你有力量支配我。说起来莫名地让人兴奋。你希望我直言相告，我也就不拐弯抹角了。"

"他还和你上床吗，你丈夫？"

"我收回刚才说的不拐弯抹角。在这一点上我保持应有的矜持。"

"那可不行。多长时间一次？从不、很少、偶尔，还是经常。"

"经常。"

"很经常吗？"

"很经常。"

"每晚都上？"

"那倒不是，不过也差不多。"

"你们吵个没完，一连几天互不理睬，他摔碗砸碟，然而却对你还是那么如饥似渴。"

"我不懂你什么意思。"

"我的意思是，显然这一切残酷无情的举动都让他欲火焚身。我是说如果不出意外，他在性方面的热情似乎没有减弱。"

"他性欲很强，会整日整夜地和我做爱。除此之外他对我没什么特别要求。"

"你自己满足吗？"

"我如此愤怒和怨恨，一切因此变得复杂了。我们上床时得克服对彼此各种程度的敌意。总之我们都毫无情绪，好像没在做爱。他从来都不体谅我。"

"那你为什么不拒绝他呢？"

"我不想惹麻烦。这样的性张力正是我们需要的，这样我们才能够不完全生活在一起。"

"所以你还是可以和你深恶痛绝的男人上床。"

"如果你愿意，可以这么说。"

"每天下午你还来见我。你为什么要继续出现在我面前？"

"因为我不愿去别的地方。因为我受到欢迎。因为如果我见不到你，我会想你。楼上冷冰冰的，我们总是吵架，刺激彼此的神经。我们要么对彼此说些礼貌友好却又冷冰冰的话，彼此都觉得很无趣，然后偷偷想着别人或别的事；要么什么都不说，要么就在吵架。然而下楼去的话，我来到的是一个可爱的房间，里面有书，有壁炉、音乐、咖啡，还有你的钟爱。如果能得到这些，谁不会到你这儿来呢？我想你不会把这些随便给谁，但给了我。我觉得对你来说，没有另一条路可选很令你受挫，所以我但愿你能得到。但对我来说，这几乎已经足够。"

"可如果楼上的一切都好的话，你就不会下到我这儿了。"

"那还用说。我们就只会是电梯里的点头之交，仅此而已。终归是有什么不对劲的，不然谁还会愿意弄出这种种纠葛？"

"你对我有性幻想吗？"

"有，但如果我们发生性关系，我可能会有更多。事实上，我把那些幻想都推开了。因为那会让我焦躁不安。"

"我们干过的那些到底有让你兴奋过吗？"

"我告诉过你，我觉得那不同寻常，很奇怪，我是指当我赤身裸体躺在床上，当你爱抚我时——有些女人对此心满意足。"

"那你呢？"

"有时会。你瞧,你并不是一个不可救药、毫无魅力的男人。我们在相识的过程中曾有过几次非常有趣的谈话,我们谈了很多,但我相信所有这些谈话都是次要的——不管事情的结局如何,对一个人的性感受还是很重要的。即使我们永不发生关系,我们之间还是存在着必不可少的性张力。你现在能不能做爱,这不是重点。男子气概不仅仅与此有关。你和我丈夫很不一样,正是由于这一点,我才一直想避开他。"

"如果你说的这些都是真的,那你当初为何要嫁给他?"

"唉,当时我们都很年轻,他看起来很有男子气概。我个头很高,可他更高。他如此高大,我把这与男子气概等同起来。后来我有了改观,可那时我对此还一无所知。我们是三姐妹,家中没有父亲。如果从没见过成年男子的行为举止,又如何能了解男人呢?当时我以为那就是男性的力量。他就是我心中未知男性的丰碑。他有运动健将的外表,非常风趣聪明。我们俩在伦敦刚一找到工作,他就迫不及待地要结婚。我想,如果当时我意识到这世界有我自己的一番天地的话,我就不会那么早结婚了。如今这个时代结不结婚都是一回事,因为大家都在同居。但我当时怕得要命,以为结婚才是明智的选择。我已经克服了太多的恐惧,既然认识自己这么难,我反而不再那么害怕了。但十九、二十岁时,我怕得要命——自从我父亲离开后,我感觉自己的生活一落千丈。你觉得我'可爱',但说实话,这是最最糟糕的弱点。我发现交朋友并不容易。当时我有不少相熟之人、众多仰慕者,但能交心的人却少之又少。那算不上蠢,因为当时我认识的所有人都完全沉迷于一些愚蠢的时髦话。人们被一股六十年代的情绪冲昏了头脑,无法清楚地思考。如果你胆敢质疑一些虔诚或教条的观点,他们会毫不留情地反击,让你忍不住掉眼泪。我不是说我会因此流泪,但我害怕表达自己的真知灼见。现在回想起来简直太可怕了——糟透了。而我丈夫跟我有着完全一致的反应。他非常聪明,和我背景相似。我们认识的其他人,不是平庸之辈就是知识分子。那些知识分子,往往出身较低的社会阶层,绝对让你够受的。你无法想象那种困扰。他们认为我是特权人物。但凡我有胆量的话,我就会反问他们:'你有父亲吗?他有工作吗?今年暑假有人给你钱花吗?'但现在呢,尽管他们很富有,而我很穷,只因为我的口音,他们就会以最可怕的方式在我面前表现出高人一等的姿态。所以,找到一个头脑灵活,干的事有趣,又能逗乐的人对我来说真是一种难得的放松。只要他愿意开口,现在仍然有趣。加上他出身于与我相同的社会阶层,所以不必感到低三下四。那时他充满了魅力,风度翩翩,趣味高雅,而且对我的一言一行都特别欣赏。所以当时我的确觉得,与他结合是一种极富诱惑力的归宿。当然,我不该陷进去。不过,从性的角度看,我们的结合很美妙;从社会角度看,也算恰如其分,因为它让我们摆脱了六十年代那股烦人的热潮,什么有特权没特权,去掉口音之类的糟心事。他是一处避难所,一个真正的避难所——太他妈合适了。他和我同年,各方面都可以说是我的同代人,而你却属于另外一个种族,辈分不同,国籍不同——不过他现在对我来说连兄弟都算不上了。你更像一位兄长——还有爱人,真的。他不再是我的朋友。现在你是我的冒险,而他是我的已知。"

"犹地亚,犹地亚。"

"我告诉过你,那个梦显而易见。"

"然而你还是要跟他一起生活。"

"对啊。很多女人都有着和我相同的遭遇,它已经成了一个经典故事。我当时迎合了他的需要,他也满足了我的需要——但若干年后,这一切将不复存在。我们给彼此造成很多伤害,而我已经收敛起锋芒,变得怨天尤人,魅力不再。可是尽管如此,离婚还是不可取的。离婚是一场灾难。我不神经质,但我脆弱。最好就是放弃尝试，放弃争斗，回归传统生活。分房睡，道声愉快的'早安'，不惹他生气——尽可能地顺从。每个男人的梦想毫无例外都是：她有着花容月貌，青春永驻，活泼可爱又风趣，最重要的是，她不会给他制造麻烦。这方面也许我还过得去。"

"可你才二十七。你觉得我不会善待你的孩子吗？"

"你会的。但我觉得，如果你为了我，为了一个家庭和所有那些梦想做了那个手术，那么你就会对我们的关系寄予厚望，结果什么都无法达到你的期望。特别是我。"

"但一年之后手术就会被遗忘，我们就可以和其他人一样。你以为到那时我就不再想要你吗？"

"有可能，很有可能。谁知道呢？"

"凭什么说我会变心？"

"因为那只是一场梦。我说不清楚，我无法看透男人的内心，但我知道那只是一场梦。一切都会回归正轨，而那个理想的女人正等待着。不，结局绝不会像你想的那样。我不希望你为我动那个手术。"

"但我要动。"

"不行，不可以。如果你要动手术，那只能是为了你自己，为了你的男性气质，为了你的生活。可如果把一切都取决于我是否会嫁给你，取决于你能否跟我过性生活——那就是给我本人以及今后的性生活施加了压力。这样一来，我认为我们彼此都无法忍受。我从小就不会碰运气，我只愿自己能更独立一些。但我大概能明白为什么我有依赖心。我的整个成长都是依附，依附，依附。如果你够聪明，又成长在只有母亲的单亲家庭，就会有这种体会。小心，小心，小心就是唯一的信条。将这一切都推到我身上不公平。我想有史以来没有谁被要求做这么一个决定。为什么我们不能像现在这样生活下去呢？"

"因为我想和你有个孩子。"

"我想你也许该去找个精神科医生谈谈。"

"我现在讲的一切完全合情合理。"

"你毫无道理。因为除非走投无路,正常人是不会去做那种可能送命的手术的。有时我晚上醒来,看见你躺在圣坛上,牧师把这个——叫什么来着,黑曜石?阿兹特克人怎么说来着,是这个词吗?——插进你的胸膛,拽出你的心脏,为了我和家庭幸福。说你为了某人可以掏出心来是一回事,而实际上真正这么做,就是另外一回事了。"

"所以你的意思是我们继续这样下去。"

"一点没错。我很乐在其中。"

"但总有一天你会离开,玛丽亚。你丈夫会被任命为驻塞内加尔大使。到那时该怎么办?"

"如果他被派往塞内加尔,我就把孩子送到寄宿学校,告诉他我不能和他一同前往。我要留在这里。这点我向你保证,前提是你保证不动手术。"

"如果他被召回英国呢?如果他进入政界呢?这事早晚会发生。"

"那你也到英国,租套公寓,在那儿写你的书。你在哪儿有什么区别?"

"我们就永远保持这种奇怪的三角关系。"

"是的,直到医学帮我们走出困境。"

"你觉得我会喜欢这样的生活?每天你离开我,回到他身边,每晚他从下议院回家和你做爱,不是因为特别喜欢你,而是因为性欲过度。你觉得我会愿意一个人冷冷清清地待在伦敦的公寓吗?"

"我不知道。不大愿意吧。"

第二天,像所有的贤妻一样,她去机场接丈夫,而我则去心脏病医生那里,通知他我的决定。我想要达到的目标一点也不奇怪。

这一选择并非出自一个性生活大受打击而变得疯狂绝望的奸夫,而是出自一个理智健全的男人。他被一位同样理智健全的女人深深吸引,并且打算共度一种平静美满的家庭生活。然而,坐在出租车里时,我觉得自己仿佛成了一个幼童,完全听任自己的幼稚天真摆布,而且正值生命攸关的时刻。我又一次陷入一段浪漫关系。这是一种带着迷人色彩的浪漫关系,即使只有我一半年龄的人,也会明白那不过是昙花一现,可我却把它变成自己的救命稻草。我这么做难道是出于一种丧失理智的激情?然而我已经被她那种与她的小说共享的娴静美德迷得神魂颠倒,所以这不足以成为我冒这么大风险的充分理由。难道我真的被那无地乡绅式的感伤腔调征服了吗?到底是她的一切如此不可抗拒地让人着迷呢,还是那一切不过是我的病的创造?因为根据她自己的描述,她只是个搬进楼上住的、不幸福的家庭主妇,还不断提醒我,她自己有多不合适。假如她不像她自己所讲的那样,那她又会是怎样一个人呢?要是在我生病以前就与她相遇,而且有一段热恋的话,那么我完全不用谈论那么多,很可能现在我们的关系已经结束,我的又一段风流韵事因为寻常的阻碍而宣告破产,而我毫发无伤。为什么我突然那么渴望成为父亲?除了潜在的家长心理作祟,有没有可能是我身上女性化的部分,再加上我的阳痿,导致我产生了这种迟来的拥有自己孩子的渴望?我就是不明白!到底是什么在驱使我奋不顾身地成为父亲?假如说穿了,我爱上的不过是那副遣词造句的甜美嗓音呢?一个为听到一句令人心旷神怡的精准的关系从句而丧命的男人。

我告诉心脏病医生,说我想结婚生子。我知道有风险,但我想动手术。如果我能得到这个伤痕累累、超级有教养的妙女子,我就可以从痛苦中完全恢复过来。一个彻头彻尾奇迹般的追求!

玛丽亚差点失去理智。"一旦恢复,你可能就不会这样看待我了。我也不会坚持你这样看待我,也不会强迫自己。我不想这么做。"

"像这样相爱却保持童贞的情况，若放在一百年前，根本不算什么。但到目前为止，这种闹剧比我们的困顿更令人无法忍受。我不先动手术的话，我们什么问题也看不透。"

"这太莽撞了！太冒失了！你可能会送命的。"

"人们每天都在做这样的决定。如果你真的想要重获新生，那就只能承担风险。必要的时候，你只能选择忘记最可怕的东西。更何况无论我等多久，那总归是一件要做的鲁莽事。反正手术总有一天要做，一味等待，结果很可能就是失去你。我肯定会失去你。没有性作为联结，这样的事情不可能持久。"

"哦，真是糟透了。一个寻常的下午档肥皂剧，却被我们放大成《特里斯坦和伊索尔德》！这才是闹剧！就因为我们没有发生性关系，一切都变得如此脆弱，令人绝望——因为一切总在我们无法逾越的边缘跃跃欲试。这种无止境的、永远达不到高潮的谈话，已经使得两个极其理性的人产生最不理性的幻想，直到最后幻想看起来触手可及，简直荒唐。矛盾的是，我们对这个梦审视得过于细致，以至于我们忽视了它是个不可靠的幻想这一事实。你的病把一切都扭曲了！"

"等我的病好了，如果你愿意的话，可以对我们的感情进行一次彻底的调查，仔细审视下我们的感情。如果那仅仅是某种夸大其词的、嘴皮子上的海誓山盟的话——"

"哦，不要说了——不要说了！我不能再让你这么继续下去了，否则等最糟糕的过去后，一切都将分崩离析。我会的，我会接受的。我会嫁给你。"

"现在我的名字。说出来。"

最后她屈服了。我们的谈话达到了高潮——玛丽亚说出了我的名字。我一下下地命中她的顾虑、她的恐惧、她的责任感，她受丈夫、家庭背景和孩子的束缚，最终玛丽亚屈服了。剩下就看我的了。

我完全沉浸在一种纯粹是神话般的努力中，一种离经叛道的对自我解放行为的梦幻般的追求中，我被一种难以驾驭的想法所支配，那就是应该如何实现自我的存在。现在我必须超越文字，进入到手术切切实实的暴力中。

只要内森还活着，亨利就无法自在地写作，甚至连写一封信给朋友也不例外。他在小学时写起读书报告并不比别人费劲，大学时他的英语成绩一直保持"良好"，在进入牙医预备课程之前，他甚至还为学生周刊做过一段时间的体育记者。可是在内森开始发表引起外界关注的故事，随之又出书以后，亨利就好像注定要保持缄默。亨利心想，很少有做弟弟的像他一样需要忍受这种事。不过话说回来，一个善于表达的艺术家，他的血亲都会陷入一个非常奇怪的困境，这不仅在于他们发现自己成了"素材"，还在于他们自己的素材总是经由别人表达出来，而那个人在贪婪地窥探、耗尽他们生活的点滴的过程中，尽管捷足先登，但也有行差踏错的时候。

内森通常会在书即将出版时，按时给亨利寄赠一本签名样书。每当亨利坐下来读时，他脑子里立马会草拟一本"反书"，以弥补那些被歪曲的生活内容，在他看来，那些内容显然是内森写作的起点——读内森的书总是让他精疲力尽，犹如同一个纠缠不清的人进行一场很长时间的辩论。严格说来，对于一部非报导性或史实性的作品，无所谓什么扭曲或弄虚作假。你也不能指责作者，说他没有履行"实事求是"地表明素材来源的职责。这些亨利都明白。他并非针对小说的虚构性，或者小说作者编造人物及事件的自由权力，而是他哥哥那特有的想象，他那暗中为害的喜剧式的夸张。正是这种阴险的攻击，披着文学的合法外衣，中伤了他们的父母——被漫画化的卡诺夫斯基夫妇，从而导致了他们兄弟之间的长期疏远。他们的父亲去世仅一年后，母亲也死于脑瘤，当时兄弟俩都有意借此机会断绝关系，那之后他们再也没有见过面或说过话。内森甚至没有告诉亨利他有心脏问题而且准备动手术，就溘然长逝了。然而，不幸的是，给内森致悼词的人赞美的正是《卡诺夫斯基》的剥削行为，这是亨利永远不能原谅的地方，也是他在这样的场合下最不愿听到的内容。

他只身来到纽约，已经做好吊丧的准备，甚至心情迫切，后来却不得不坐在那里听那部小说被描述为"一部运用不负责任夸张技法的经典之作"。似乎不负责任在正当的文学形式中，是一种美德的成就，而那种出于个人需求，对他人隐私肆无忌惮地揭露，竟是勇敢的标志。吊丧者甚至还听到"内森还没高尚到不把家庭作为素材加以利用"这样的话。可以肯定的是，说这话的人对于受到利用的家庭也没有太多同情。"如同侠盗一般劫掠他自身的历史。"对于他那些从事严肃文学的友人来说，内森俨然成了一个英雄，尽管被他劫掠的人不这么认为。致悼词的是内森的年轻编辑，风度翩翩地念着悼词，脸上一丝悲伤的痕迹也没有，简直就像正准备给躺在棺材里的遗体献上一张巨额钞票，而不是把它送去火葬场。诚然，亨利是准备听到赞美之词的。不过也许他太天真了，想不到它会以这样的方式或者如此残酷地宣之于众。似乎有意嘲弄他们之间的隔阂，悼词自始至终集中在《卡诺夫斯基》上。亨利心想，造成我们家庭分崩离析的东西，却在这里被奉上神坛——不管他们再怎么说那是"艺术"，那东西就是旨在破坏我们的家庭。他们都坐在这里，心里想着："内森毫无顾忌地当众揭露和破坏一个犹太家庭，好不勇敢，好不果断。"可是他们中谁也不必为那种"勇敢"付一个子儿。关于言说无法言说之事物，他们可真够虔诚的！要我说，你们该去看看我那在佛罗里达的年迈双亲，看看他们如何面对他们的困惑、他们的朋友、他们的记忆——他们才真正付出了代价，他们为那不可言说之事物失去了一个儿子！我失去了一个哥哥！有人为他言说不可言说之事物付出了沉重代价，但绝不是台上那个发言做作的娘娘腔，那个人是我。我们在童年时代缔结的纽带与亲密，都因为那本该死的书和那场该死的争吵而不复存在。谁需要那本书？我们究竟为什么要争吵——那到底是为了什么？把我哥哥交给这么一个轻浮的花花公子，一个一知半解的毛头小子，他那番文学悼词把我们家付出的沉重代价轻描淡写地一笔带过，听听他说的——什么纪念存在之中的混乱！

致悼词的应该是亨利本人。按理说，他才是死者的至亲，他才是大家都要聆听的人。还有谁比他更亲吗？但前一天晚上，那位出版商在电话里询问他是否准备在葬礼上致悼词时，他知道自己做不到。他知道自己永远找不到合适的语言，重现那些逝去的快乐记忆——父子垒球比赛、哥儿俩在威夸依克公园湖上滑冰、和家人一起在海滨度过的那些暑假——这一切对他以外的任何人都毫无意义。他花了两小时坐在书桌前一边试图写点什么，一边回忆着小时候他紧紧跟随的那位令人振奋的大哥哥，一个十足的英雄人物，直到十六岁上了大学才变得遥不可及、吹毛求疵。然而他在记事本上所能写下的只不过是"一九三三——一九七八"。仿佛内森仍然活着，叫他哑口无言。

亨利没有致悼词，因为他找不到颂扬的话。而他之所以无话可说，并非由于他愚蠢或没有文采，而是如果他选择去争辩，他一定会相形见绌。对于他的病人，他的妻子，他的朋友——尤其他那几个情妇，以及在他自己心里——颇娴辞令的他，在家人之中扮演的是一个手巧的角色，擅长体育，可靠正派，性情随和。而内森则在文章修辞方面独占鳌头，并享受随之而来的威望。在每一个家庭里，总有一个成员要被迫去承担——不可能大家一致把矛头对准当父亲的，击垮他——所以当内森变成了"暗杀"家人的凶手，打着艺术的幌子谋杀双亲时，亨利就成了父亲的忠实捍卫者。

亨利听着悼词,他多希望自己能跳起来大喊:"撒谎!全是谎言!正是那一切将我们拆散!"他多么希望自己能果断地抓住时机,站稳脚跟,什么都敢说出口。然而亨利的命运是保持缄默,正是这一点使他不必去对抗一个由词汇构成、用词汇构成自身的人。

以下就是让他抓狂的悼词:

"昨天,我正躺在巴哈马一处旅游胜地的海滩上,在《卡诺夫斯基》发表之后第一次重读它。就在那时,我接到一通电话,说内森去世了。由于要等到傍晚才有班机离岛,我就回到海滩,打算看完那本书,内森也会告诉我这么做的。我对小说中诸多内容仍记忆犹新——那是一部不可多得的、能感染你记忆的书——就我个人的观点而言,虽然也有几处启示不当的败笔,但仍是妙趣横生。不过在我看来,小说的新意在于它的伤感性和对情感的消耗。它最成功的地方,在于风格化地为读者再现了卡诺夫斯基的童年,他的歇斯底里的幽闭恐惧症。也许这就是为什么人们一直在问:'这是小说吗?'有些小说家用风格来明确读者和小说素材之间的距离。在《卡诺夫斯基》中,内森用它来消除距离。与此同时,由于他'利用'了自己的生活,把它当作别人的生活来利用,像恶贼一样掠夺他自己的历史和语言记忆。

"我静静地坐在海滩上,心知他已去世并想着他和他的作品时,宗教类比——可笑的类比,他会第一个这么告诉我——不断在我脑海中浮现。《卡诺夫斯基》严谨的逼真性,让我联想到中世纪的僧侣,他们以个人的完美主义鞭笞自己,在极小块的象牙片上雕刻着精致无比的众神像。诚然,内森塑造的是渎神的形象,不过他一定为那些细部鞭挞过自己!书中的父母是怪诞的杰出代表,疯狂地体现在每一个细节上,就像卡诺夫斯基一样,永恒的儿子坚信父母对他的爱,一开始是愤怒地坚信,愤怒平息后便以柔软的回忆坚信着。

"和大多数人一样,我认为这本书是有关背叛的,但事实上它比背叛更《旧约》：其核心是一个顺从对报应的原始戏剧。真正合乎道德的生活，由于所作的种种牺牲，有着确实可靠的精神回报。卡诺夫斯基从未领略过其滋味，但他心向往之。犹太教在他无法达到的较高境界，确实给予其信徒真正的道德回报，我想这是让虔诚的犹太人，而不是纯粹的假正经感到不安的部分原因。卡诺夫斯基总是服从多于反抗，他的服从不是出于道德的动机，而是出于无可奈何以及心虚胆怯。也许就连内森也这么想。可耻的不是男人的阳具崇拜，而是并非完全无关，但更应受到谴责的对母爱的背叛。

"他花了大量笔墨进行贬低，这是我之前没有意识到的。他很清楚它的各种表现形式，也准确刻画了那些城市犹太农民的穴居人心态。我碰巧对这个群体略知一二。他们将自己的果实供奉于有报复心的上帝的圣坛，并且分享着他的万能——通过对犹太教至高无上的笃信——却不理解这种交换如何进行。从《卡诺夫斯基》来看，他本可以成为优秀的人类学家，也许他就是这样的人。他所研究的那个小部落，那些遭受苦难、与世隔绝、蒙昧却又热情的野蛮人，他们的经历从他对他们的仪式、典型事物和对话的描写中浮现出来。与此同时，作为对抗，他暴露出来了自己的'文明'，自己作为汇报人的偏见以及他的读者的偏见。

"为什么读了《卡诺夫斯基》后有那么多人一直想知道'这是小说吗'？我有一些基于直觉的想法，在这里分享给大家。

"首先，就像我说过的，因为他掩盖了自己的作家身份，这种风格准确再现了他情感的苦闷。其次，他如此露骨地描写了家庭生活中的性行为，在违禁领土上犁出了新的土壤；在他笔下，我们生来就会深陷其中的私通并没有升华到另一个层次，而是毫不掩饰地展现出来，并产生了令人震惊的忏悔效果。不仅如此，读起来似乎忏悔者也乐在其中。

"我们读《情感教育》时不觉得福楼拜乐在其中；读《致父亲的

信》时不觉得卡夫卡乐在其中；读《少年维特的烦恼》时绝对不会觉得歌德乐在其中。当然，亨利·米勒看起来很乐在其中，但在说出'阴道'之前他已经跨越了大西洋三千英里。在《卡诺夫斯基》问世以前，我能想到的所有处理过'阴道'以及它所激起的那种混乱情感的人，几乎都是以一种异族通婚的方式，即弗洛伊德派所说的，从隐喻或地理层面与家庭场景保持安全距离。内森则不然。他还没高尚到可以不利用家庭的地步，也不至于在做这件事时不能乐在其中。人们怀疑，驱使他前进的不是勇气，而是疯狂。简而言之，他们认为这本书与他有关，他一定是疯了——因为对他们来说，只有疯了才能干出这种事。

"人们羡慕小说家的东西，不是小说家认为值得羡慕的东西，而是作家对表演各种自我的沉迷，不负责任地进出于各种皮囊，不是陶醉于'我'，而是陶醉于对'我'的逃避，即使这涉及——尤其是涉及——将想象的痛苦加在自己身上。令人羡慕的是作家那戏剧性地转变自我的天赋，他们能够利用天赋的强力，来使他们与现实生活的联系变得松弛和暧昧。优秀艺术家的裸露癖与他的想象力有关。小说之于他，既是好玩的假设，又是严肃的推测，是一种富有想象力的探究形式——有着裸露癖所不具备的一切。如果有什么区别的话，那就在于他的裸露癖是不公开的，是隐藏起来的裸露欲。与普遍看法相反，作家的生活和他的小说之间的距离，难道不是他想象力中最引人入胜的方面吗？

"就像我说的，以上只是一些基于直觉的想法，是那个必须回答的问题的几条线索，因为那一问题无时无刻不纠缠着内森。他永远弄不明白，为什么人们那么急于证明他不会写小说。使他难堪的是，对这部小说的狂怒似乎不仅与'这是小说吗'有关，而且与"这是关于我的小说吗"有关。那些仍奋力摆脱母亲、父亲、双亲，或者投射在性伴侣身上的母亲、父亲形象的人会禁不住问'这是关于我的小说吗'。但是，人们越不执着于寻根溯源，小说就越发失去其可怕的魅力。这点也正是昨天我感受到的，这是一部运用不负责任夸张技法的经典之作，一部具有奇特人性尺度、不计后果的喜剧，因一个作家厚颜夸张自身的谬误，并且为自己制造最令人捧腹的不道德行为而妙趣横生。

"至此，我谈的都是《卡诺夫斯基》，没怎么谈内森，这正是我一开始的打算。如果时间充裕，我们能在这里待上一整天的话，我会轮流谈论他的所有作品，细致地谈谈其中每一部，因为内森会喜欢这样的葬礼致辞——也可能会讨厌。对于他来说，那样就可以完全避免过多的转瞬即逝歌功颂德的虚伪之词。那本书——我几乎能听到他在海滩上对我说——谈谈那本书，因为那最不可能让你我蒙羞。尽管小说中看似有很多自我暴露，但他是自己孤独的伟大捍卫者，并不是因为他特别喜欢或珍视独处，而是因为只有在独处时，情感的无政府状态和自我暴露才会涌现出来。那里是他过一种不设限生活的所在。而作为一个艺术家的内森，同时作为那部最肆无忌惮的喜剧的作者，事实上却极力过着合乎道德规范的生活，他从中获得了回报，也付出了代价。卡诺夫斯基则不然。他只是在一定程度上作为其创造者残忍与卑鄙的影子，一个他自身非理想化的、歪曲了的幽灵。而且正如内森会第一个同意的那样，是他的朋友们——尤其是当我们悲伤之时——最合适的笑料。"

追悼会结束后，吊丧的人鱼贯走到大街上去，三五成群地聚集在那里，似乎不情愿尽快返回到一个十月的礼拜二的日常中去。偶尔有人说笑，声音并不刺耳，就是葬礼后常开的那种玩笑。在葬礼上可以看到一个人生活的很多面，但亨利并没有留意。一些人注意到他和那位已故的小说家非常相像，不时地朝他这边看过来，他却不予理睬。至于那位年轻编辑讲的《卡诺夫斯基》的非凡成就，他也不想再听下去。一想到要和内森的出版商面谈他就坐立不安。他确信那位出版商就是坐在棺材旁第一排座位上那个看上去悲痛欲绝的秃头老者。他不想跟任何人说话，只想回到医生、牙医受到仰慕的现实社会中去；在那里，如果真相大白的话，没有人会理会像他哥哥那样的作家。这帮人似乎不明白，大多数人之所以想起一位作家，并不是出于那位编辑所鼓吹的那些缘故，而是出于他的书赚了多少版税。真正令人羡慕的不是所谓的"戏剧性地自我转变"的天赋，而是他得了什么奖，勾搭了哪个女人，身为"杰出艺术家"在他的小工作室里赚了多少钱。就这样。悼词结束。

但他没有离开，而是站起身来低头看手表，假装在等跟谁会面。如果他现在离开，那他期待发生的事就不会发生。关闭诊所奔赴葬礼并非所谓的"正确选择"，尽管他们有七年不曾往来，但这并非别人认为他应该有何感受的问题，而是他自己想要有何感受的问题。他是我哥哥，唯一的哥哥。不过前一天从出版商那里得知内森的死讯后，他觉得自己完全有可能挂掉诊所的电话继续工作。他感到不安，因为他发现就这样等着看第二天报纸上的讣告，同时告诉家人无人报丧，也没有人邀请他参加葬礼，更不用说询问他是否要致悼词，这一切何等容易。然而他不能那么做——也许他确实不能致悼词，感受不到那种悲伤，但出于对父母的爱以及考虑到他们的心愿，也出于他和内森在青少年时期共享的所有记忆，他至少可以在葬礼上现身，在他的遗体面前实现某种和解。

亨利早就准备好抛开仇恨原谅他，但因为那篇悼词，那些最深切的痛楚卷土重来：《卡诺夫斯基》竟被拔高到经典的地位——一部运用不负责任夸张技法的经典之作——因而他为内森的死感到欣慰，他出席葬礼就是为了确认内森真的死透了。

致悼词的人应该是我——海边小屋，阵亡将士纪念日时的野餐，童子军的郊游，驾车旅行，我应该告诉他们所有那些回忆，而丝毫不在乎他们会认为我写得多么差劲，不过是一些伤感的废话。我本该致悼词，由此达成和解。我给吓住了，被那些人吓住了，仿佛他们是他的延续。这样一来，他想，今天又变成该死的重蹈覆辙。这行不通，因为我总是被吓住。那次争吵让事态变本加厉，我更为害怕——正是因为我再也无法忍受他的恫吓，我们才吵起来！我根本就无心于此，又怎么会身陷僵局？

真是糟糕的一天，不过却是因为错误的原因！在那里，他以为他能像其他人一样哀悼他的哥哥，结果却在最厌恶的情绪中挣扎。

当他听到有人喊他的名字时，他觉得自己像个罪犯，倒不是因为犯了罪，而是因为自投罗网。就好像在一家他刚刚抢劫过的银行外面，做了一件人道的且完全不计回报的事，比如扶一位盲人过马路，从而耽误了逃跑，让警察给包围了。他觉得自己被可笑地抓住了。

朝他走过来的是内森三位前妻中最后一位，劳拉。她看上去和八年前成为他嫂子时一模一样，一点也没老，而且同从前一样和蔼可亲。劳拉一直是内森的"好"太太，一个漂亮的普通人，如果称得上漂亮的话。她诚实可靠，心地善良，待人随和。在六十年代，她是一个极力为穷人和受压迫者伸张正义的年轻律师。大约在《卡诺夫斯基》发表之后，在荣誉和名声似乎给他带来更为迷人的回报的许诺时内森离开了她。总之，第一次听到二人离婚的消息时，卡罗尔是这么推测的。亨利则不太确定事业上的成功是不是唯一的动机，他看到了劳拉身上值得欣赏的地方，不过大概也就那一处——她那种毫无色彩的正直诚实，至于它对于内森的吸引程度，亨利永远无法弄清。从青春期开始，他就一直希望内森能娶个既聪明伶俐又风情万种的女人，比如知书达理的酒吧女郎，但内森一直未能如愿。他们兄弟俩谁也没能遂愿。即使与亨利有过最为热烈的私情的两个女人，结果还是同他妻子一样节制，一样体面可靠。到头来就好像跟自己的妻子搞外遇一样,如果卡罗尔不这么看,至少他是这么认为的。

当他们拥抱时,他努力在想要说些什么,才不至于立刻让劳拉察觉到他并没有沉痛万分。"你从哪儿来?"——完全不得体的话。"你住哪里?纽约吗?"

"还是老地方。"她边说边后退了一步,不过暂时仍拉着他的手。

"还在格林威治?一个人?"

"不是一个人——不,我结婚了,有了两个孩子。哦,亨利,多么糟糕的一天。要动手术这件事他知道多久了?"

"我不知道。因为那本书,我们吵了一架。我也什么都蒙在鼓里。我和你一样震惊。"

大家都看得出来,他一点也不吃惊,她却不露声色。"可是谁和他在一起呢?"她问道,"他跟什么人在一起生活呢?"

"有女人吗?我也不清楚。"

"你对你哥哥真是一无所知啊。"

"嗯,也许我应该为此感到惭愧。"他说道,希望这么说可以减轻羞愧感。

"我不知道,"劳拉说,"但一想到他独自去做手术,我就过意不去。"

"那个致悼词的编辑——他似乎和他很亲近。"

"是的,但他昨晚才回来——之前一直在巴哈马。别忘了,内森身边从来不缺女人。我敢肯定,此刻就有某个可怜的女孩子——她甚至可能刚刚就在里头。那里头挤满了人。我希望这样,为了他起见。一想到他独自一人——唉,真叫人难过。对你也是如此。"

他做不到撒谎不眨眼,没法儿赞同她的话。

"他还有很多书要写,"劳拉说,"尽管如此,他还是完成了很多想做的事。他这一生没有虚度。但他还有更多事要做。"

"我说过,我自己也蒙在鼓里。反正我们吵了一架,闹翻了——也许我们双方都欠考虑。"他所说的一切听起来毫无意义。他们的争执很可能是命中注定,是不可调和的分歧造成的结果,就他个人而言,没有必要为此道歉。他已经说出对那本书的看法,他完全有权利这么做,而接着要发生的事也发生了。为什么只有作家才能说不可言说的东西?

"因为《卡诺夫斯基》吗?"劳拉问,"对啊,我读那本小说时,就想到你和你家人会难以接受的。这我能理解。不过当然,他不得不利用周遭的生活和最熟悉的人。"

那不是"利用",而是歪曲,别有用心的歪曲——难道这帮人就不明白这一点吗?"你家的是男孩还是女孩?"他问,声音又变得像他自己感觉的那样枯燥乏味,就好像他在说一种他自己都不懂的语言。亨利心想,显然这位前妻因为内森的死而心神错乱,却能完全控制住情绪,而他这个弟弟虽然并无痛苦,却连一句对的话都说不出来。

"一个男孩,一个女孩,"她说,"再好不过了。"

"你丈夫是谁?"听起来还是不像一个以英语为母语的人说出来的英语。他在说一种陌生的语言。也许唯一能用英语正确说出来的东西是真相。他死了,关我屁事。我但愿自己能有所触动,不过事与愿违。

"你是问他是做什么的?"劳拉说,似乎在将他的问题翻译成她自己的语言。"他也是律师。我们不在一起工作,这不好。但我们志趣相投。这次我找了一个像我一样的男人。我不懂创作,从来都不懂。读大学时我以为我懂,甚至在刚见到内森时我还残存着这种念头。把成为作家的想法置于一切之上,这一点我略知一二。我也读过那些书,有过那样的想法,甚至在二十出头的年纪上还执迷不悟,为此付出了一定的代价。但我很幸运,最后进了法学院。现在我基本上是属于讲求实际型的。恐怕我有的只是一种现实的生活。而事实证明,我也不需要别的什么生活。"

"他从来没有写过你,对吗?"

她第一次露出笑容。在亨利看来,如果要说有什么不同的话,这笑容让她变得更普通、更甜美了。她似乎对他哥哥一点成见都没有。"我不够有趣,不值得写。"劳拉说,"要么他觉得我太无趣了,所以不想写我,要么他觉得我还不够无趣,二者必居其一吧。"

"现在怎么办?"

"我吗?"她问。

虽然那不是他所指的,但他还是答道:"是的。"他本来指某种不怎么友好——某种他没有说出来的——比如"既然都完事儿了,我的诊所也关了,今天剩下的时间我该怎么打发?"之类的。冷不防地冒出这样一句来,仿佛某种貌似外在实则内在的东西在暗中陷害他。

"嗯,我很满足,"她说,"我准备就这么过下去。你呢?卡罗尔怎么样?她来了没有?"

"我想自己过来。"他本该说卡罗尔取车去了,他得去找她。他错过了在任何想要破坏他的东西到来前结束谈话的机会。

"难道她不想来吗?"

他的第一个念头就是想澄清事实——即内森一直在歪曲事实——为卡罗尔说句公道话,向她指出,是卡罗尔一直对内森抛弃她而感到困惑和愤愤不平。但劳拉自己不在乎——她已经原谅了他。"他从来没写过你,"他说,"所以你不明白那是什么滋味。"

"可他也从来没写过卡罗尔和你呀,对吗?"

"大吵一架过后,我们决心对他敬而远之,原因之一便是让他断了这方面的念想。"

她面无表情,不过他知道她心里在想什么——突然间他明白了内森瞧不上她的原因：冷漠、平淡、正统、无可指摘却令人扫兴。

"你觉得今天的葬礼怎么样？"劳拉问他，语气异常安然平和，"他那样值得吗？"

"说实话吗？"亨利说。当他即将对她说出第一句实话时，他感受到了真实。"说实话，也没什么不值得的。"

她依然无动于衷，只是转过身，平静冷淡地走开了。亨利还没来得及挪步，只见一个五十岁上下的男人走上前来。他留着络腮胡，又高又瘦，架着一副金边双光眼镜，头戴灰色帽子，衣着保守，看起来像个经纪人——或者甚至可能是位拉比。片刻后，亨利才认出他是位作家，内森在文学圈里的好友之一，他之前在报纸上见过他的照片，可忘了他的名字——一位现在要像劳拉那样，因没看到亨利带着一家子人站在人行道上痛哭流涕而感受到冒犯的先生。

他真不该关闭诊所。他本该待在新泽西，接待病人，让时间来抚平他的感情——在葬礼上是绝对找不回他和内森失去的东西的。

那个大胡子男人没有费心做自我介绍，亨利仍然想不起他究竟是谁。

"要我说，"他对亨利说，"他在死后做了活着时永远做不到的事。他没有给人添麻烦。进了手术室，然后就那么死了。这是一种我们都会感到舒服的死。不像癌症。得了癌症就没完没了了，大家的耐心都会受到考验。第一次发作、病倒后，大家带着咖啡、蛋糕和炖菜过来，病人却不会马上死去，而是拖着，通常会拖个半年甚至一年。祖克曼不是这样。没有苟延残喘，没有身体溃烂——只有一了百了。一切都考虑周到，干得漂亮。你认识他吗？"

亨利心想，他能看出他们相貌上的相似，一定心知肚明——他在演戏。他很清楚我是谁，也知道我没什么感受。还能有别的什么意思？"不，"亨利说，"不认识。"

"只是个粉丝。"

"说得对。"

"那位失去主顾的编辑，在我看来就像个过度享有特权的孩子——只不过不是金钱上的而是知识分子的特权。我还没见过能念那种东西还把它当作悼词的人，他算是第一个。那不是悼词，而是一篇书评！你知道他得到死讯时，他真正想的是什么吗？我的命运之星没了。对他来说，这是事业上的一个打击。也许算不了什么毁灭性的，但对于一个正在走向成功而又已经大有收获的年轻编辑来说，失去命运之星——是痛苦的。你最喜欢他哪本书？"

亨利听见自己说《卡诺夫斯基》。

"不是那篇书评中删改过的《卡诺夫斯基》吧。那是编辑的报复——把真正的作者编辑得无影无踪。"

亨利站在街角，仿佛这一切都是一场梦，仿佛内森只是在梦中死去，而他在梦中参加了纽约的一场葬礼。为什么悼词里赞美的恰恰是让他和他哥哥分道扬镳的东西，为什么他让自己缄口不言，为什么他哥哥的前妻露面时显得比他更悲伤，还默默谴责卡罗尔没有到场，是因为这一切只有在一场可怕的梦中才会发生。处处遭羞辱，一个人成为自己可以想象到的最孤独的生命形式，而这样的人突然现身，就像自然的力量一样无法辨认。

"彻底实现了对祖克曼的阉割。"大胡子男人告诉亨利，"他的死得到美化，悼词牵强附会，无任何仪式感可言——完全是世俗那一套，与犹太人的葬礼毫无关系。至少在墓旁好好哭一场，在放下棺材时表示些许遗憾，但是没有，甚至没有抢尸体的人。烧掉它。没有尸体。显赫一时的讽刺家——连具尸首都没有。倒行逆施、枯燥乏味、愚不可及。死于癌症令人不寒而栗，我原以为那会是他的下场。你不这样想吗？下流和肮脏何在？难堪和耻辱何在？羞耻始终在这家伙体内作祟。这样一个打破禁忌、胆大包天、大言不惭、明知故犯的作家，他们却像埋葬尼尔·西蒙①一样埋葬了他——将我们这个肮脏龌龊又自我折磨的祖克曼西蒙化！黑格尔的不幸意识在柔情蜜意的伪装下显露出来！这个贪得无厌、杯弓蛇影、好斗的小说家，这个自命不凡、不可一世的家伙，却给了大家一个喜闻乐见的死亡——然后感情警察、文法警察，他们给他一场佐以各种胡诌和杜撰的有滋有味的葬礼！举行葬礼的唯一方法，就是邀请所有认识死者的人参加，然后坐等事情发生——一个突然闯进说实话的人。除此之外都是按部就班。我想不通，他甚至埋在地里都烂不了，这家伙就应该烂在地里啊。这个暗中为害、怙恶不悛的亵渎者，这个犹太一族的眼中钉，这个让人用镜子从他自己的屁眼里看，从而使人感到极不舒服和恼火的家伙，遭到很多聪明人的蔑视，得罪了所有可能的游说团体。他们排挤他，把他当作污垢一般清除掉，虱子一般消灭掉——突然间他竟成了林肯和哈伊姆·魏茨曼②的结合体！难道这就是他想要的，恪守教规，清爽无臭？他没得癌症，这可太让我失望了。他的那些作品，灾难的盛宴，七十八磅重的死亡，竭尽全力。剧痛难忍，号叫着要打针，甚至恳求护士行行好，碰碰他的生殖器——给无辜的病人最后一次解脱。相反，那湿淋淋的勃起的阴茎却落了个干净清爽。尊严尽在。一个大人物。这些作家真是了不起——真正的冒牌货。贪得无厌，争强好胜，胡诌瞎编，含沙射影，出尽风头——而就凭这些，他们还期望获得奖牌。真无耻。你没法儿不爱他们。"

这张嘴到底想从我这里听到什么——你会读心术，而我与你意见一致？我也盼着他得癌症？亨利什么也没说。

"你是他弟弟。"大胡子男人用手捂着嘴小声说。

---

① Neil Simon（1927—2018），美国编剧、制片人、演员。
② Chaim Weizmann（1874—1952），以色列第一任总统。

"我不是。"

"你就是——你是亨利。"

"滚开,你!"亨利握紧拳头告诉他,接着从马路牙子上疾步走下,差点被一辆卡车撞倒。

接着他在通往内森高级公寓的过道里,跟一位意大利老太太解释,说他忘了带他哥哥在新泽西家的钥匙。那老太婆长着一张郁郁寡欢的脸,像是从她头皮处凸出来的一块致命的肿瘤。他按下公寓管理员的门铃时,是她开的门。"今天真是见了鬼了,"他对她说,"还好我脑袋里多了一根弦,不然我连那个也忘了。"

她的脑袋长成那个模样,他真不该提"脑袋"。但也许正因为这样他才那么说。他仍然没有完全控制住自己。别的什么东西在作怪。

"我不能放人进去。"她告诉他。

"难道我看起来不像他弟弟?"

"你当然像,你们看起来就像双胞胎。你吓了我一大跳,我还以为是祖克曼先生哩。"

"我参加了他的葬礼。"

"他们把他埋了?"

"火葬。"就在刚刚,他想。现在的内森装进一个小苏打饼干盒都绰绰有余。

"如果不用我明天再开车带着钥匙回来,"他解释道,心怦怦直跳,"事情就容易多了。"他把早在进大楼之前就卷起来攥在手心的两张二十美元钞票塞给她。

他边跟着她走到电梯前,边想怎么编好托辞,以防他在内森的公寓里被人撞见,结果他却开始不停地埋怨自己没有早点过来——要是他早点过来,就不会有今天的局面了。但事实是,自从他们吵架后,亨利对他哥哥真的没有那么挂念,他有点惊讶于自己竟怀恨在心，事态竟发展到如此地步。当然，内森的死让他措手不及，他甚至从没想过内森会死在他前面；站在殡仪馆的前厅，跟那个专横傲慢的小丑对峙时，他甚至一度想象对方就是内森——内森的灵魂附着在了他的身上，就像附在劳拉身上一样，不满他的冷酷无情。

假如他已经尾随了我，而且在这里显形呢。

等到门上的两把锁都打开后，他就独自站在室内的小过道里了，一边想着即使成年人也会像小孩一样，继续相信一个人死了不过是一种骗人的把戏。死不会是彻头彻尾的死，死人既在盒子里又不在盒子里，不知怎的也许会从门后跳出来大叫一声："骗到你了！"或者在大街上冒出来跟踪你。他踮着脚走到那扇通往客厅的宽敞的门的门口，呆立在铺着东方地毯的客厅边缘，仿佛地板下满是地雷。百叶窗都是拉下的，所有的落地窗帘也都放下了。内森很可能外出度假去了，如果他没有死的话。到下周，他想，就是从他那次万圣节晚上梦游之后过了整整三十年。他那篇未成文的悼词中的又一个回忆——那晚早些时候，他扮成海盗模样，由内森牵着手在邻里闲逛。家具看上去很结实，房间也很气派，是那种成功人士住的房子。尽管亨利自己也是成功人士，但那种成功他永远无法企及。它与金钱关系不大，而是跟被选中者所受的某种非理性护佑有关，也就是内森似乎一直拥有的某种刀枪不入的护佑。有时候，一想到内森是如何获得这种显赫成功的，他就会气得发疯。不过他明白，放任自己有哪怕一丁点儿与哥哥平起平坐的念头，也是偏狭、糟糕的——甚至是可悲的。所以最好把他忘得干干净净。

为什么，亨利自问，做一个好儿子、好丈夫，在知识精英看来就是个天大的笑话？坦坦荡荡的生活有什么不好？难道责任一定就是廉价的吗？难道正派和富有责任心的人真的就是废物，只有"不负责任的夸张"才能造就"经典"吗？那些文学贵族玩的游戏，其规则彻底倒转过来了……不过他好不容易来到这里,并不是为了茫然凝视前方,再次唤起最恶毒的情感,沉迷于某种倒退,与此同时,等待内森从盒子里跳出来,告诉他这一切不过是个笑话——他来这里是因为有件棘手的事情要处理。

在将公寓后部——内森的书房和卧室——与前部的客厅、厨房以及门厅隔开的过道上,有一个靠墙的深壁柜,里面有放着他文件的四个文件柜。一眼就看到了那些手记——四卷,按时间顺序,摆放在文件柜的顶部:二十个黑色三环活页夹,每个里面都塞满了活页纸,用一根结实的红色皮筋扎着。即使脑细胞可能已烧成灰烬,还有这么个伤脑筋的记忆库。

多亏内森的井井有条,亨利不费吹灰之力就找到了在侧面标有与他第一次私通相同年份的那一卷——果然,留意到自己偏执的一面却不为此自责,是完全正确的,因为那里面记载着会被子孙后代看到的每一个私密细节。不仅内容丰富,这是从内森死讯传来以后他一直想象的,而且比他所能想见的更有损名誉。

回想起来,就在十年前,他还拼命想得到内森的赞赏!为了引起他的关注,我费了多大的劲!年近三十,又是三个孩子的父亲,可我对他的需求堪比一个不知保守秘密的青春期男孩!他翻阅着笔记,心想他对那个混血女郎的需求也一样幼稚。从这上面的记录来看,没有什么比一个丈夫或父亲不顾自己的家庭更令人唾弃——没有人比那些笔记里展现出来的他更可悲、更肤浅、更荒唐可笑。他惊讶地发现,他是多么轻而易举地几乎毁掉了一切。根据内森的说法,为了和一个金发瑞士-德国混血女郎做一次爱——而且还指望他来掩盖事实——他已经准备好放弃卡罗尔、莱斯利、露丝、艾伦、诊所、房子……亨利,人家都以为我是如此善良和富有责任心。谁想得到呀!

可是要是他没能进到内森的公寓并找到这些手记,要是他真的相信有人跟踪了他，要是他像一个梦中人害怕被人看穿一般逃回了新泽西，那么所有的人就都会知道了。因为作家去世后，他的手记会付梓出版——传记作家为写传记会不择手段加以劫掠，结果就是所有人都会知道这一切。

他倚着狭窄过道的墙壁，把那些重要月份的手记读了两遍。等确定把写有他或她姓名的条目清清楚楚地找出来后，便猛地把那几页扯下来，接着小心翼翼地按时间顺序将笔记本放回文件柜顶部。从标明内森自军队退伍，后来搬到曼哈顿从事写作的时候开始记下的整卷整卷手记中，他不过扯去了二十二页。他是靠贿赂别人才进的公寓，这是非法侵入，但从那密密麻麻写满内森笔迹的五六千页中拿掉不到两打儿，在他看来根本算不上对他哥哥私人财产的公然侵犯；他显然丝毫未曾损害内森的声誉或降低其手稿的价值。亨利的干预只是为了防止他自己的隐私受到危险的侵犯——因为一旦被公开，谁也说不准它们会给他的事业和家庭带来什么麻烦。

何况拿掉它们还能帮上他的老相好，何乐而不为呢？尽管是一时纵情，但令人难以忘怀：一段短暂的、倒回去的、青春期式的插曲，他在没有铸成什么大错的情况下全身而退，尽管当时他确实为她而疯狂。他记得在汽车旅馆，看着她穿着那件黑绸吊带衫跪在地板上捡起钞票的情形。他记得那次在卧室里厮混了整整一下午后，两个人像小孩一样在昏暗的房间伴着梅尔·托尔梅的歌声翩翩起舞。他记得打她巴掌，揪她头发，一遍又一遍问她高潮是什么感觉时，她回答："天堂一般。"他记得当他要她用瑞士德语对他说脏话时，她羞得满脸通红的神态是如何令他激动不已。他记得他舍不得扔掉那件黑绸吊带衫，便把它锁进了诊所的保险柜。即便是现在，一想到她穿着那件内衣的样子，他仍欲火难耐。不过，在死去兄长的公寓里搜寻手稿已经够违法了——要是因为内森的手记唤起十年前的回忆而在过道上打飞机，那实在是过于猥琐了。

他看了看表——最好现在给卡罗尔打个电话。电话机在公寓后部的卧室里。坐在内森的床缘上,拨着家里的电话号码,他做好了看见他哥哥从盒子里跳出来的心理准备。内森咧嘴笑着,或从衣橱里活生生地蹦出来,对他喊道:"骗到你了,亨利,你被耍了——把手稿放回去,小家伙,你又不是我的编辑。"

但我就是。致悼词的可能另有其人,但现在可以随意删减的人是我。

电话铃响起时,他惊奇地闻到一股从公寓楼后院飘来的奇怪的气味。过了一会儿,他才意识到那股气味来自他本人。像是在一场噩梦中一般,他的衬衣被某种不仅仅是汗水的东西浸透了。"你在哪儿?"卡罗尔在电话里问道,"没事吧?"

"没事。我在咖啡店里。没有安葬仪式——是火化。他们在殡仪馆里只致了悼词。棺材就放在那里。就这些。我碰到劳拉了。她再婚了,看起来很伤心。"

"你感觉怎么样?"

他撒了谎,或者也许他说的是大实话。"我觉得我哥哥好像走了。"

"谁致的悼词?"

"一个狂妄自大的蠢货。他的编辑。也许我本该说点什么。但愿我说了。"

"你昨天就说过了,你全对我说了。亨利,不要在纽约徘徊不定,感到内疚。他生病的那阵子,完全可以打电话告诉你。除非一个人愿意孤独,否则没有必要那样。他死的时候身边没人,是因为他就是那么生活的。那是他自己选择的生活。"

"可能有女人陪着他。"亨利学着劳拉说道。

"是吗?她也在场吗?"

"我没看见,但他身边不缺女人。他从来不会一个人太久。"

"你已经尽了全力,该做的都做了。亨利,回家吧——你听起来状态很糟。"

但还有要做的事,三个小时后他才动身回泽西市。在书房里,在内森本来整洁的书桌上,放着一个标有"二号草稿"的纸板文件盒,盒里装着几百页打字稿,看起来像是某部尚未命名的作品的第二稿。没有标明章节,而是在每一章的第一页开头,都以一个地名作为标题。他在书桌旁坐下,读了起来。第一章叫"巴塞尔",主要写的是有关他的事。

尽管他自以为深知哥哥的为人,但他还是不敢相信自己所读的东西竟然出自内森之手。一整天他一直在怀疑自己的憎恨,为那种憎恨而自责,为自己的无动于衷而感到痛苦,而且还为自己的不肯宽恕而自责。然而这些打字稿里面对他的描写不仅极尽嘲讽,而且竟然用了他的真名。所有的人都是以真名出现的,卡罗尔,孩子们,甚至温蒂·卡斯尔曼,那个在结婚前曾给他做过一小段时间助理的可爱的金发女郎,甚至连从来没有将自己写成自己的内森,也作为内森,作为祖克曼出现了。不过小说中几乎每一件事,不是彻头彻尾的谎言,就是荒谬的颠倒黑白。在所有"运用不负责任夸张技法的经典之作"中,这是最令人作呕、最鲁莽不负责任的。"巴塞尔"写了他的,亨利的,因为一次心脏搭桥手术的死;写了他的,亨利的,私通恋情;写了他的,亨利的,心脏病——是他的而不是内森的。内森一直病着,他的消遣,他的娱乐,他的开心,他的快乐,他的艺术,都成了对我的无情贬损。写的是对我的悼词!这甚至比《卡诺夫斯基》还要恶毒。那本书里至少他还算体面,如果体面一词恰当的话,只是把现实生活和周遭事物稍作变动(给家里人用上所有伪装),但这超出了一切,是对"艺术"自由最恶劣的滥用。

这里面充斥了对事实纯属施虐狂般的、惩罚性的、恶毒的篡改。纯粹的施虐狂的巫术。其中有一半原封不动照搬亨利已经撕下来的手记内容。他是一个丝毫不考虑后果的人。忘却了道德、忘却了伦理、忘却了情感——难道他不知道法律吗？他不知道我可以起诉他诽谤和侵犯个人隐私吗？或许那正中他下怀，和他的资产阶级兄弟就"审查制度"打一场官司？最令人嫌恶的，亨利心想，最严重的侵权和违法的地方在于，这不是我，绝对不是。我不是一位引诱助手的牙医——我有不能逾越的界线。我的工作不是跟自己的助手们鬼混，而是让我的病人们信任我，消除他们的不适，尽可能减轻他们的痛苦，为他们提供物美价廉的服务。我在诊所里干的就是这些。他笔下的亨利，不会是别人，而是他本人——是内森，借用我来掩盖他自己，同时将真实的自己伪装成尽职尽责、通情达理的样子，而我则被写成一个十足的蠢驴。那个狗娘养的似乎只有在撒谎的时候才丢弃他的伪装！那里的内森是精明睿智的，那里的亨利却过着卑鄙的生活；一个急于让人接受却不想因其风流韵事而遭受惩罚的亨利，这个傻瓜以死换取他的男性功能，又以同样的方式挣脱做一个忠诚丈夫的义务，这就是我。文学家内森，一眼就看透了他！亨利心想，即使心脏感到不适而且面临重大手术，他也自始至终保持着对我的掌控，将我强行牵扯进他的恋情、家庭纠葛，操控我的自由，试图用冷嘲热讽压倒我，将每个人都变成内森可以随心所欲制服的对手。然而，正是他一直在凭空幻想那些有关这个挡箭牌兄弟贻笑大方的事情，让大家以为这个兄弟就是我！我的判断没错：他杜撰的驱动力是报复。内森永远是赢家。他滴血不见地杀害了自己的兄弟，好不得意。

他一定是被心脏药物搞得阳痿了，所以才像"亨利"那样选择手术，结果却一命呜呼。他不像我，永远不会认命——和我不同，他才是可以为做爱而死的傻瓜。不是迟钝的牙医，而是精明的文学家，才是那个为了跟人上床而付出生命的荒唐的祖克曼，像一个十五岁的少年那样幼稚可笑，为了跟人上床而死。这是他的悼词，蠢货:《卡诺夫斯基》不是虚构,从来都不是——小说和作者原来同属一体!说它虚构才是最不着边际的虚构!

第二章被他命名为"犹地亚"。又是我的故事:死而复生,再挨一顿痛打。对内森来说,一次打击远远不够。他恨不得我永遭不幸。

他——从未去过也无兴趣造访以色列的他,一个对以色列或犹太身份未多作考虑的犹太人,一个视自己、自己的妻子和孩子犹太身份为当然、做好自己分内事的人——读到自己竟在以色列,在某一犹太人聚居区,在某位政坛风云人物的监护下,苦学希伯来语,当然这是他对过去平庸日常的无脑逃避……又一个忧心忡忡的、反复无常的"亨利",再次需要被人拯救,再次像孩子一般行事——和他本人相去甚远——而且又一个高人一等的"内森",超然睿智,一眼看穿了"亨利"身上属于中产阶级的不满情绪。要我说,我一眼就看穿了他那套有关家庭幽闭恐惧症的陈词滥调!又一个支配我、将他本人永远无法挣脱的纠葛强行捆在我身上的幻梦。那个可怜的混蛋,满脑子都是犹太问题。为什么有犹太问题的犹太人,就不能像有着人类问题的人类呢?为什么总是犹太人追着非犹太女人,或者犹太儿子和他们的犹太父亲呢?为什么就不能只是儿子和父亲、男人和女人呢?他武断地说我是那个为父亲各种清规戒律所窒息的儿子,无奈地屈从于父亲的喜好。然而他永远不会明白,我之所以那样并非出于我们父亲的逼迫,而是心甘情愿的选择。并不是每个人都在与他的父亲作对,与他的生活抗争——被我们的父亲搞得不自在、火大的人正是他。书稿里一字一句都在证明、呐喊,那个长不大的、无论跑了多远、上了多少明星、赚了多少钱都逃不出纽瓦克的房子、纽瓦克的家和纽瓦克社区,临死时满脑子都是犹太犹太犹太的父亲的儿子,恰恰是他,那个杰出的艺术家!除非是瞎子才看不到这一点。

最后一章叫"基督世界",显然是他企图逃避一切的梦想,一次纯属奇迹的梦想——逃离父亲、祖国以及病魔，从他那不可逃避的角色荒芜的感情世界中销声匿迹。除了亨利撕掉的两页以外，别处并未提及一个孩子般的弟弟。内森在虚构的只是他自己——另一个自我——一旦亨利意识到这一点，他就没有花时间检查每一段文字了。他已经花了太多时间，从书房的窗外望去，他发现院子正渐渐暗下来。

"基督世界"中的"内森"，与一个年轻漂亮、怀有身孕的非犹太妻子住在伦敦。他竟然管她叫玛丽亚！不过，等亨利从头至尾快速地翻阅一遍后，他发现这个女人和他的瑞士情妇毫无关联。内森把所有非犹太女性都称为玛丽亚——这个解释似乎简单得可笑。亨利就像一个争分夺秒的考生一样翻阅着。在他看来，这一章是一个像他哥哥那样的隐士绝不可能实现的梦想，一个由远远超出故事本身的匮乏所推动的梦想。但它首先是一个成为父亲的故事。多么美妙——做这样一个父亲：有足够的钱，足以供他消遣的社会关系，可爱的住处，以及一个和他一起生活的才貌双全的妻子，而且一切迹象又显得他们不受孩子干扰。他的父亲身份貌似富有意义和思想，其实完全不是那么回事！他丝毫不明白，孩子并非一种思想上的便利，而是当你年轻无知的时候，当你为获取某种身份以及开创一番事业的时候所拥有的——生养孩子与那一切息息相关！然而，内森绝对做不到任何与他自己的创作毫无关系的事情。内森顶多只能在这些出自他手的作品中，感到生活真正的错综复杂——否则他就是一具行尸走肉，生与死无异。他终日在这间空荡荡的书房里，独自一人幻想着有关所爱之人和所恨之人的故事，幻想着各种矛盾及混乱的来龙去脉，不断寻求着以单纯的文学方式来征服现实生活中他由于恐惧而不敢面对的东西。也就是：过去，现在，以及未来。

亨利本来只打算拿走必要的部分，然而他又担心，如果留下盒子半空着，而手稿页数从二百二十五页开始的话，可能会引起别人的怀疑,尤其怕在司法人员来接收内森的财产时那位公寓管理人员提起他的来访。不过,要是全部拿走,又似乎像是行窃,如果不是某种更严重地损害了他的自尊的行为的话。他干的事已经够不体面的了,虽然完全是出于必要,于他大有裨益,却是情非得已。纵然"巴塞尔"一章有残忍施虐的成分,亨利还是不肯因此怀有报复心理——除了两页之外,"基督世界"并未过多涉及他或他的家庭,所以他没有动那一章。他只从手稿中拿走了可能造成危害的"巴塞尔"和"犹地亚"两章的全部,以及一次劫机未遂事件的开头部分。在那次事件中,内森是无辜受牵连的人,而且亨利在粗读一遍之后发现,事件纯属虚构,跟现实世界毫无关系。其中包括一封内森写给亨利的谈犹太人的信,以及接下来内森和一个跟亨利的妻子毫不相干但也叫"卡罗尔"的女人之间关于犹太人的一次电话交谈——十五页充斥着犹太问题的文字,旨在反映亨利的痴迷。在翻阅这些手稿时,亨利意识到内森作为一个作家最大的满足,无疑在于对真相进行扭曲,似乎他写作就是为了扭曲,这才是乐趣所在,中伤只是附带的结果。世界上再没有比这本书向他揭示的思想更陌生的思想了。

他从生活的局限中逃脱,和他在一起时,我反复尝试赋予他这一行为更深刻的意义。可最终在我看来,尽管他决心改头换面,但他还是和以前一样天真、无趣。

他总是高高在上,不可遏止地要比别人优越。而我呢,亨利心想,永远低人一等,被他借来磨练他的优越感,家中的附属品,自出生那天起便顺理成章地成了他碾压的对象。他为什么还要在书里贬低我,令我难堪呢?仅仅是因为无端的敌意吗?一个反社会分子随机选了一个人,恶作剧般把他推到地铁车厢跟前?还是说家里只剩下我没有被攻击过、背叛过?他到死都要胜过我!仿佛世人尚不清楚谁是那个无与伦比的祖克曼!

如果你要亨利变得有趣,那我就必须有趣。

谢谢你,内森,真是谢谢了。感谢你把我从病态的平庸中拯救出来,帮我逃离生活狭隘的界限。他到底是怎么了,为什么他一定要继续这样,为什么,甚至在他的生命即将结束的时候还要揪着每件事、每个人不放!

虽然急于离开,但他还是又花了一个小时去搜寻"二号草稿"的副本,并搜寻放"一号草稿"的地方。最后他在一个文件柜的抽屉里找到一本日记,那是两年前内森在耶路撒冷做演讲期间记下的,以及一袋从一份名叫《犹太报》的小报中收集来的剪报。那些日记看上去文笔异常粗糙,上面记了对一些人及地方的粗略印象、一些谈话片段、街道名以及一系列人名。亨利所能看出来的,即所记下来的全部是真人真事,却独独不见内森本人的任何踪迹。在那只抽屉下面的另外一只抽屉里,有一个文件夹,在里面他发现一本黄色便笺簿,前面几页写有好几句听起来非常熟悉的话。比《旧约》还"旧约":顺从对报复,对母爱的背叛,不受控制的臆测。全都是那天上午他听到的那篇悼词里的话。便笺簿上写着连续修改过三版的悼词,每一版都在边缘备注了修改和插入的内容,有一些句子划掉了,也有一些重写过,所有的一切,都是内森一手操控。

他为自己写了悼词。一旦他在手术中丧命就让人拿去念。将自我赞颂伪装成他人对他的赞颂!

尽管小说中看似有很多自我暴露,但他是自己孤独的伟大捍卫者,并不是因为他特别喜欢或珍视独处,而是因为只有在独处时,情感的无政府状态和自我暴露才会涌现出来——

涌现出来,说得好——他的措辞,他的解释,用他的形象来驳斥其他人的形象,而且还要涌现出来!那么他的权威何在?在哪儿?假如我在他四周无法呼吸的话,那一点也不奇怪——他从一座由小说堆砌而成的堡垒后面发起猛攻,到死都在用意念控制着每一个威胁到自己的挑战！甚至连他本人的悼词都不肯委托他人写，不肯信任一个忠实的朋友，却诡秘地为自己精心炮制了纪念碑，暗中操控着那些情绪，连他人的评判也尽在掌握！每个人复述着那个混蛋的话，都是卑躬屈膝的学舌的笨蛋！我毕生致力于修复别人的嘴巴，他的一生却忙于封住别人的嘴巴——硬把那些话塞进所有人的喉咙！他的话决定了我们的命运——从我们嘴里说出来的都是他的话！所有人都被像木乃伊般埋葬在语言的岩浆里，最终连他本人也不例外——一切都是含沙射影、文过饰非、背离事实。在他心里，事实究竟如何，某人到底是怎样的一个人，于他而言都无关紧要——相反，所有重要的东西都被歪曲了，掩饰了，被荒谬地曲解得面目全非。这都是他在那种可怕的独居状态下别有用心地炮制出来的假象。一切都是他的自我策划，蓄意欺骗，不可饶恕的颠倒黑白……

头天晚上亨利写不出来的悼词，那些说不出来的话，终于从他那麻木的存在中打捞出来了。他完全可以对着这些文件柜、文件夹、手稿本，以及那一沓三环活页夹大声宣泄了。虽然没有听众，但亨利终于可以流畅地、毫无保留地陈述他对他的评价，说他一生都在躲避汹涌澎湃的生活洪流，回避它的磨炼，它的审判，它的冲击，他的一生都在由精心准备的话语——巧妙选择、自我保护的词汇——构成的防护盾牌后面度过。

"谢谢你让我进去，"他敲开大楼管理员的房门跟她告别时这么说道，"多亏你，否则我明天还要跑一趟。"

她那套临街公寓的门上拴了条小铁链，只开出四分之一，所以只能见到她小半张脸。

"帮你自己一个忙，"他说，"别告诉任何人我来过这里。否则他们可能会找你麻烦。"

"是吗？"

"那些律师。对他们来说,芝麻大点的事都会搞大的。你知道的,律师都那样。"他打开钱包,又抽出两张二十块的钞票递给她。这次非常平静,没有心悸。

"我自己的麻烦已经够多了的。"她答道,一边用两个指头从他手中取走了钱。

"那就当你没见过我吧。"不过她已经关上房门,而且正在上锁,好像她早已忘掉他了。他也许没必要多此一举。在大街上,他忍不住想,恐怕第二次给的四十块会引起她的怀疑。可她不可能知道他做了什么坏事。走出公寓之前,他在门厅的壁柜里找到一件内森的旧雨衣,他就把那只他取走的大号马尼拉信封巧妙地藏在雨衣下面。打开壁柜时,他的内心再次被绝对可笑的恐惧所占据,他害怕内森可能躲在那一堆大衣里。但他不在里面。在电梯里,亨利很随意地将那件旧雨衣搭在手臂上——盖在装满内森手稿的大信封上——仿佛雨衣是他本人的。那完全有可能。兄弟二人的内心可能迥异,但身材相差无几。

麦迪逊大道沿路都是市内垃圾箱,丢只信封轻而易举,但他又想,如果把这些稿子扔进曼哈顿的垃圾桶,结局就是在《纽约邮报》上读到它们的连载。不过,他不打算把这些东西带回家给卡罗尔看,或是让她无意中发现它们。卡罗尔会像他自己一样受不了的。十年,甚至是五年前,他做了已婚男人做的事,试图从他的生活中操出一条出路。年轻男子靠操那些后来成了他们妻子的女孩进入生活,婚后又出现别的女人,他们再试图从生活中操出来。接着,像亨利一样,如果一切还没搞砸的话,他们就会发现,只要明智、谨慎,就可以做到同时操进操出。他曾经期望通过与别的女人私通来填补空虚,而现在他不再为生活的空虚而感到恐慌;他发现,只要你既不害怕空虚,也不为它感到恼火,而且不高估它,那么空虚就会自然消失。假如静观其变——即使是和一个你应该爱的人共处一室,而她让你感到极度空虚——空虚就会消失；假如不反抗，不急着去操别人，而且你们双方都有别的要事要处理的话，空虚就会消失。你可以重新体会到某种以前有过的意义和真实，甚至会在一段时间内获得生机。诚然，那种活力与实感之后也会消退，但假如你静观其变，它还会回来……就这么来了又去，去了又来，这或多或少就是他和卡罗尔在一起时的情形：保持一种婚姻关系，保证了孩子们的幸福，维持了一个稳定家庭所带来的秩序满足感，而不至于陷入惨不忍睹的家庭战争或者无可忍受的沮丧。毫无疑问，他仍然会动那种念头，甚至时不时地会满足一下自己的需求。谁能容忍一桩一心一意投入其中的婚姻呢？凭着他的阅历和年龄，他明白不管外遇还是私通，随便你怎么说，可以减轻婚姻内部的压力，教会哪怕最没想象力的人，一夫一妻制并非上帝赐予的，而是一种社会产物。在这一点上，只有那些太过可悲、不敢挑战的人才严格遵守它。他不再梦想拥有"妻子以外的妻子"。他似乎终于明白了一条人生法则，那就是：你最渴望和她上床的女人，不一定是你愿意厮守一辈子的女人。性交没问题，但不能作为一条逃离生活的出路，也不能作为回避事实的逃路。与内森的人生不同，亨利的人生代表了与事实共存——与其拼命改变事实，不如接受事实，沉浸于事实。他不允许自己一不留神再次卷入性爱的漩涡——更不允许这种事发生在诊所里。那是他把精力完全集中在技术上、实践最完美的医术的地方。在他的诊所里，一旦他认为"我应该可以做得更好些……那颗牙本来可以镶得更漂亮……镶上去的牙颜色不太协调……"，那他就绝不会让病人离开诊所。不，他必须履行的职责是完美——不仅只是达到就诊病人应付生活所需的完美程度，甚至不仅是你实际上所希望达到的完美程度，而是也许从人道上以及技术上可能达到的完美程度。对于结果，用肉眼看是一回事，而用放大镜看就是另一回事了。亨利就是用最高倍数的显微镜的标准来衡量成功的。在他所认识的人当中，他的回诊率最高——一旦他认为做得不满意，他就会告诉病人："这样吧，我先把它安上去，下次给你重做。"他这么做绝不是为了多收一次诊费，而是为了缓和那种严苛的、持续的、完美主义的指令，正是在这样的指令下，他抽干了幻想，成功地巩固了生活。幻想是你特有的臆测，是梦想着超越自我的你，是永远与你的获奖愿望、你的宠物恐惧绑定的你，是被一种幼稚想法扭曲的你（你天真地以为已经在自己的思考过程中消灭了幼稚）。任何人都可以逃脱，并且获得幸免，但解决问题的上策是稳住阵脚，生存下来。亨利就是这么做的。他没有追求肉欲的白日梦，没有逃之夭夭或者铤而走险，而是孜孜以求业务上的完美精进。内森把一切都搞反了，高估了——正是拜他的幻想所赐——毫无节制的生活的吸引力以及取消生活限制的好处。与玛丽亚断绝关系标志着他人生的开始，即使称不上"经典"，也可以在他的葬礼上被讴歌为对理性生活的一次绝妙尝试。对亨利来说，有理性就已经足够，不过对他已故的哥哥，也就是那位放纵行为的仿效者与鉴赏家来说，这远谈不上对人类伟大的不负责任的夸张事业的无私贡献。

夸大事实。夸张，歪曲，恣意讽刺——亨利心想，我的职业，一种绝对要求精确及操作上万无一失的职业，在他的笔下被大刀阔斧地、添油加醋地魔改一通。我和温蒂的关系竟被歪曲到如此令人愤慨的程度！不用说，当病人躺在椅子里，接受一位保健师或助手的治疗时，对方纤手的触碰、整个身体俯在他眼前，这无疑会在病人身上激起某种性幻想。然而当我在做移植手术，病人的口腔被掰得很开，软组织从硬骨部分分离，牙齿、牙龈全都暴露无遗，助手的、我的加起来四双甚至六双手在病人口腔之上时，我是怎么也不会想到性的。一旦你注意力不集中，心生杂念，你就搞砸了——我不是那种会搞砸的医生。我是一个成功的医生，内森。我并不是整天想入非非地活着——我每天与唾液、鲜血、牙床、牙齿打交道。

我的双手在鲜红真切得像肉铺玻璃柜里陈列的肉一般的口腔里找生活!家,那是他带着内森的雨衣以及那只大信封,穿过晚高峰的车流,最终奔赴的目的地。他把那些东西一股脑儿扔进了后备厢的备用工具箱,以便暂时忘却处理手稿的烦恼。现在一旦驶上归途,没有他人耳目,他反而感到自责内疚,仿佛他刚刚仔细搜查过的不是他哥哥的手稿,而是他的坟墓;同时他又担心自己搜得不够彻底,要是他一直待到凌晨三点,确信没有忽略任何有损他名誉的部分就好了。那正是他应该做的。然而外面天色一旦转黑,他就无法继续下去了——他会再次开始感觉到内森的存在,如置身梦中般感到眩晕,迫切渴望回到家里和孩子们一起,立马结束这紧张与卑鄙的行径。要是他有勇气倒空所有文稿,然后划着一根火柴就好了——说服自己,当人们看到壁炉里的灰烬时,会不假思索地以为内森在入院前就烧毁了一切,处理了所有的私人文稿……驶到林肯隧道外面时,车被堵在一长串排着难闻废气的通勤车和重型卡车后面。突然之间,他为自己做了但又做得不彻底的事感到懊悔不迭。尤其对"巴塞尔"部分感到怒火中烧——对内森写得正确的部分和弄虚作假的部分同样感到恼火,正是这种虚实相交最让人恼火,在虚实界限最薄弱的地方,一切都被最大限度地扭曲了。汽车开进新泽西后,他下了高速,准备在路旁一家豪生大酒店挂电话给卡罗尔。这时候,他思量着眼下也许应该把这些文稿锁进保险柜。回家前先拐到诊所,把大信封封好、锁起来,然后在遗嘱里写明,将大信封遗赠给某个图书馆,在他死后五十年才可公之于世,如果那时还有人对那些文稿感兴趣的话。如果把文稿放进保险柜,那么他至少可以在半年之内重新将一切考虑一遍。到那时,他就不太可能做错事了——内森如果在等着看手稿的下落的话,就会希望亨利做错事。这周他已经假装自己死了一次——在写那篇悼词的时候……假设他再装一次死,等着看我证实他的想象。这么想是很荒谬,但他控制不住这么想——他的哥哥在向他挑衅,让他去扮演指派给他的角色,一个庸人,仿佛"庸人"一词恰如其分地形容了他的本质。

很久以前,在父母卖掉纽瓦克的房子搬去佛罗里达以前,在《卡诺夫斯基》出现以前,大家的生活与现在大不相同。亨利和卡罗尔曾开车带父母去普林斯顿听内森的公开讲座。在从酒店给家里打电话时,亨利记起了那次讲座后的提问环节,有一位学生问内森是否"为追求不朽"而写作,他可以听到内森笑着回答这个问题——这是一整天里他离死去的哥哥最近的时候。"假如你是新泽西人,"内森说,"写了三十本书,得过诺贝尔文学奖,活到九十五岁,白发苍苍,那么,尽管不大可能但并非绝无希望的是,在你死后,新泽西高速公路某处休息站会以你的名字命名。这么一来,在你离开很久之后,确实有人记得你,不过大多数是小孩子。他们会在汽车后座对着前面的父母喊道:'求求了,在祖克曼站停停——我要撒尿。'对于一个新泽西小说家来说,这就是他所希望且可以实现的不朽。"

露丝接的电话,她就是内森想象中在亨利的棺材旁边拉小提琴的那个孩子。他安排她在她父亲的坟墓旁眼泪汪汪,勇敢地宣布:"他是最棒的,最棒的……"

露丝问道:"你还好吗?妈妈很担心,说要是我们之中有一个陪你一同去就好了。我也担心。你到底在哪儿啊?"听到这番话,亨利顿时觉得他这个二女儿从来没有像现在这么可爱。

她是最棒的,最最棒的。只要听到那个温柔体贴的小大人的声音,他就知道他已经做了自己唯一可以做的事情。我的哥哥是个祖鲁人,或者那类鼻子里头插着骨头的人;他是我们家族的祖鲁人,而我们成了他风干后插在柱子上让人目瞪口呆的人头。那家伙是个吃人的人。

"你怎么不早点打电话——"卡罗尔一开口,他就觉得自己像是刚刚经受一场折磨人的严峻考验，一切过后才开始觉得心力交瘁，意识到那一切是多么危险可怕。他感觉仿佛幸免了一次靠他本人夺去凶器才未遂的谋杀。然后，在被他视为苦思的产物的背后，他分明看到其中隐藏着的丑陋：他决意以谋害我们双亲的同样的方式，来谋害我全家，带着对我们本来面貌的蔑视杀死我们。他该对我的成功多恨之入骨，多憎恨我们的幸福以及我们的生活方式。又是多厌恶自己的生活方式，以至于以看到我们痛苦不堪为向往。

几分钟之后，亨利站在酒店附近的停车场边上，四周一片黑暗，看得见高速上往家方向飞驰的一辆辆汽车的车灯。他推开一个高高的棕色垃圾桶顶部的金属盖，把那些文稿一股脑儿倒了进去。等大信封里的纸倒空以后，他把信封也扔了进去，然后把内森的雨衣塞进去盖在上面。他想，他是个祖鲁人，一个地地道道吃人的人，杀人，吃人，却从未为此付出过什么代价。然后，某种腐臭味刺激着亨利的鼻腔，他禁不住前倾着身子，开始剧烈地干呕起来。亨利不住地感到恶心，仿佛犯了原禁，吃了人肉的是他——亨利，一个吃人的人，出于对受害者的尊重，为了获得他所有的历史和权力，吃起了人脑，因而得知这玩意儿生食起来犹如服毒药。这种情感既不同于前一天他所希望能挤出泪水时的悲痛，也不同于他在殡仪馆时所期望得到的宽恕，或者他第一眼看到自己的名字赫然出现在"巴塞尔"一章时内心所涌起的愤怒——不同于以往他所体验过的任何一种情感。他终于遂了毕生心愿，对他哥哥那无法无天、冷嘲热讽的大脑犯下如此暴行，他战栗不已。

你是怎么知道他死了的？

大概中午时分，医生打来电话告诉我的。"手术失败了，我不知道说什么才好。成功的几率本来挺高的，可这次失败了。"他身强体壮，又年轻，所以医生也想不通手术竟会失败。只能怪当初做错了决定。何况那次手术根本就没有必要。医生在电话里一个劲地说："我不知道该怎么跟你说，我不知道说什么才好……"

你想过要去参加葬礼吗？

没有。不，没有任何意义。一切都结束了。我不想去参加葬礼。那样做不对。

你觉得自己对他的死负有责任吗？

我有责任，因为如果他没有遇到我，这事就不会发生。遇到我之后，他突然感到一种可怕的冲动，想要放弃自己的生活，成为另一个人。不过他劲头十足，如果不是我，遇到别人也许结果也一样。我试着劝他别动手术，我觉得自己有责任事先警告他，但我也认为他不该那样活着——他太痛苦了，无法忍受那样的生活。如果我拒绝他，那就意味着他还得继续那样活下去。我可能只是催化剂，不过也深深地介入其中了。我当然有责任。要是我当时坚持反对就好了！我知道那是个大手术，有风险。但是，你经常听说人们动这种手术，七十岁的老翁术后都安然无恙。他那么健康，我从没想过会发生这种事。不过，无论如何，我深深地卷进去了——如果你没能解救一个人，而那人又死了的话，你会感到愧疚。你总觉得，某人死了，而你没有做自己本该做的事。就拿他来说，我本该阻止他去送死的。

你难道不认为自己本该主动离开他，不再见他吗？

我想自己是应该那么做。是的，当我看清事态的发展时，所有的直觉都告诉我，要中止那一切。可我不过是个普通女人；我想这一切对我来说过于强烈，像某出我适应不了的肥皂剧。这之前，我还从来没经历过类似的磨炼。即使他活下来，我也不知道自己能否跟上这种强度。他很快就会厌倦——已经厌倦了。我坚信，如果手术成功，他又变得生龙活虎，那么不出三四年，他肯定会厌倦我，然后去找别的女人。那时候，我已经离开了我的丈夫，带着孩子一起也许过了几年所谓的幸福生活，可之后却比以前更惨，只好孤零零地一个人回英国，跟我家里人一起生活。

不过你和他在一起时并不无聊。

啊，是的——我们沉迷其中。不过也许他已经觉得没意思了。到了一定的年龄，人们会形成自己的一套模式，而且很难再改变了。本来也说不上无聊，但事实上可能就是无聊。

他们举行葬礼时你在做什么？

我带孩子去公园散步。我不想一个人待着。没有人可以聊聊天。好在葬礼是早上举行，我那宝贝丈夫一直要到傍晚才回家，所以我有时间镇定一下自己。我无法与人分享，就算我去参加了葬礼，也不会告诉任何人。在那里的人全是他的家人、朋友、前女友们。那会是一次犹太式的葬礼，我觉得他不会喜欢，我知道他不想要这样的葬礼。

不是犹太式的。

我当时以为是的。而我早就知道他最痛恨那种葬礼。当然没有人告诉我葬礼的安排。他只跟外科医生说过我的事。

其实，只是他的编辑念了一篇悼词。就那么简单。

好吧，那正是他喜欢的。希望是篇恭维他的悼词。

充满溢美之词。然后，傍晚时你下楼去了他的公寓？

是的。

为什么？

当时我丈夫在开会，和大使一起。我还不知道他会不会按时回家。我的意思并不是说我想让他陪着我。要保持神情自若真是件苦差事。我一个人坐在楼上，不知如何是好。我去那里并不是要找他写的东西，就是去看看他的家。既然我不能去医院，也不能参加葬礼，那么他的家就是我能够跟他告别的最合适的地方。所以我下楼去看看他的家。当我走进书房时，看见书桌上摆了一个盒子——上面写着"二号草稿"。那就是他跟我来往期间一直在写的东西。想不到那竟成了他最后的思想记录。我总对他说"不要写我",但我知道他总是写别人,所以没有理由不写我。我想看看——嗯,我想里面可能会有什么留言。

你下楼去"告别",那是什么意思?

我只想一个人在他的公寓里坐坐。谁也不知道我有他的房门钥匙。我只是想在那儿坐一会儿。

有什么感受?

一片漆黑。

你害怕吗?

怕,也不怕。私下里我一直相信有鬼,还很怕鬼。是的,我吓坏了。但我坐在那里,心想:"如果他在这里的话……那么他就会来。"我大笑起来,还和他对话——单方面的。"当然,你不会的;你完全不信这类荒唐的事,怎么可能回来呢?"我开始像《瑞典女王》里的嘉宝那样四处走动,把所有家具摸了一遍。那个写着"二号草稿"的盒子上面还有他的住院日期。我以前进他书房时常跟他说:"你小心点啊,别乱放东西。不管什么乱七八糟的东西,只要放在台面上的,我都会看。我倒不是要窥探什么,只不过是放在外面的东西我都会忍不住想看。"我们拿这件事开过玩笑。他会说:"人嘛,分为两类,一类人会读别人的信件,另一类则不会。而你我呢,玛丽亚,恰恰同属于坏的一类。我们是那种会打开药柜看别人处方药的人。"如他们所说,那个盒子像吸铁石一样把我吸引过去,我暗想着:"里面可能会有什么留言。"

有吗?

当然有。叫什么"基督世界"。是一部小说的一节、一章,还是一个中篇呢——我无法确定。我就想:"这有点吓人。'基督世界'是他的敌人吗?会是指我吗?"然后我就拿起来读。读的时候,我感到自己以前对他的爱慕消失了许多。嗯，不能说许多，只是一些，在读第一遍的时候是这样。再读的时候，我感触最深的是他对摆脱一切、开始另外一种生活的渴望，对成为父亲和丈夫的强烈渴望，那个可怜的人从来没体验过的东西。我想他意识到自己已经失去了的那一切。不管一个人有多么憎恨那份伤感，反正没孩子总是一生中重大的失落。而他是那么疼爱菲比。在"基督世界"里，他将每个人都改头换面了，只有菲比一个人除外。在他看来，她就是她，一个孩子，一个小女孩。

那么初读的时候怎么样呢？

我见到了他的另一面，无理性的、暴力的一面。我不是指身体暴力，我是指他会把所有他不了解的、不熟悉的东西强加于外人——他曾经那样对待我，我家人也曾被这样恶意中伤过。当然，正像所有的英国家庭，他们认为外人就是外人，不过那并不等于像他说的那样，他们鄙视和厌恶外人——或者说有种族歧视。就拿我姐姐来说，虽然也许算不上世界上最好的人，不过一个可怜人，处处碰壁，一事无成，但他却把她描绘成一个自视甚高、对犹太人恨之入骨的人。假如你认识萨拉的话，你就知道这纯属无稽之谈。其实，我姐来我这里玩的时候，他见过她一次——是我把他当成我的邻居介绍给她的。但他眼里的萨拉和现实中的萨拉差距如此之大，以至于我认为在他身上，有某种他自己无法摆脱的、遭到严重扭曲的东西。因为他的成长一直伴随着犹太人特有的偏执，导致他身上有某种东西总会扭曲一切。在我看来，他才是我姐姐——他才是那个赋予"他人"贬义的人。实际上，他把他本人的感受全部转嫁——把他自己作为一个犹太人对女基督徒的看法感受，改头换面成一个女基督徒对一个犹太男人的看法感受。我想，那种语言暴力，即他归于萨拉的"仇恨赞美诗"，正是他的一部分。

那么，如何解释在"基督世界"里他对你的爱呢？

哦，本质上应该说是他对"我"的爱。但从结尾处可以看出，当他们吵了那么一架后，那种爱情的前景如何。你知道即便他回到她身边，两人重归于好，他们的生活也将异常艰难。你一定明白。因为他对女基督徒怀着极度矛盾的心理。而我恰好是一个女基督徒。

但你说的是"基督世界"，而不是内森本人。这种事在你们之间从来没有发生过，对吗？

从来没有发生过的原因是，我们从来没有共同生活过。我们有过一段浪漫的恋情。在那以前，我从来没有对任何人那么浪漫地投入过。除了他的手术之外，没有别的东西妨碍我们。我们就像在时间胶囊里幽会，因为我害怕被人发现，整个情形就像一部十九世纪小说，有一种完全虚构的感觉。我可以相信这一切都是我的臆想。并不是因为那已经成为过去，我才这么说——当时处于高潮的时候，也是这么回事。我想象不出假如真生活在一起的话，我们的生活会是什么样子。我看不出有什么激情——因为药物的作用，他甚至没有机会发起那种美妙的、老派的生殖器进攻。我看到的只是柔情。也是因为药物的作用，药物让他变柔软。而这正是他暗自无法忍受的。他想恢复他的攻击性。

可他想象中的生活也许离你的现实生活相去甚远。在他看来，你的姐姐就是你的姐姐，而不是他想象中的那个姐姐。

你知道，我从来没有跟任何小说家生活过。读第一遍时，我只是从字面意义去理解，就像一个蹩脚的评论家一样——把它当作《人物》杂志来看。毕竟他用了我们的名字，里面的人物貌似现实中人，然而却完全不是一回事。我想可能他以后会把名字都改了。一定会的。当然，我能看出他对圣母崇拜很感兴趣；在他所创造的境况里，玛丽亚是一个最为理想的名字。但他肯定会换掉萨拉这个名字。

那他自己的名字呢，他会换掉吗？

我不敢肯定,也许在之后的稿子里会换掉。但如果他想用自己的名字,早就用了。我不是作家,所以不知道这些人为达到预期效果会做到何种程度。

但你是作家呀。

啊,这个身份在我这儿无足轻重,却是他的一切。反正我看过这个短篇,或者说一个章节、片段,不管那是什么,看过这篇手稿之后,我竟不知如何是好。我一贯瞧不起拜伦夫人,还有伯顿夫人,所有那些毁掉自己丈夫的备忘录、信件以及色情写作的夫人。在我看来,这是弥天大罪,我们永远都无法知道拜伦那些信里写了什么。我极为刻意地、有意地想起这些夫人——我是这么想的:"看来我也要学学她们,做一件我这辈子最瞧不起的事了。"那是我有生以来第一次理解她们为什么要那么做。

但你并没有那么做。

那是他唯一在乎、唯一留下来的东西,我不能把它毁了。他没有孩子、妻子和家庭,剩下的唯有这些手稿。在这里面他倾注了自己作为一个男人没有发泄出来的阳刚之力。这种想象中的生活是我们的结晶。这就是他想要的孩子。事情很简单,我不能杀了孩子。我知道,一旦手稿被草率地发表出来,那么里面所有人物立马就会被认出来。不过我已经想好了怎么同我丈夫解释这件事。唯一的办法就是编造一个故事来蒙混过关。我想我就这么说:"没错,写的是我——他见过我姐姐,他利用了所有人,利用了我们。我只是略微知道这么个人。我对他的了解程度,并不像你想象的那样深。我们一起喝过咖啡,一起去公园散过步,但我知道你嫉妒心强,所以没和你提起过。"我会说他一直阳痿,我们之间没什么不可告人的,不过好朋友而已,书里写的那些纯属虚构。事实也的确如此。我这样既是蒙混过关,也是在说实话。我想过把它撕成碎片,扔进焚化炉,但最终没能做到。不能仅仅因为作者不在场保护他的文字,我就可以心安理得地毁掉它。我把它放回桌子上，放回我进来时看见它的地方。

你的处境很艰难，不是吗？

怎么说呢？如果我的婚姻因此破裂，那么可以这么说。我想手稿至少要等一年才会发表，那我就有一年的时间重新振作，编些巧妙的故事，说不准还会离开我的丈夫。但我不会为了一段不幸的婚姻而毁掉内森最后留下的文字。

也许这样一来，你就能从那场婚姻中解脱出来了。

也许吧。的确，我从来没有勇气说出口"我想离婚"——这当然比说"我有个情人，我想离婚"要容易得多。如果他愿意，就让他自己去发现好了。顺便提一下，他不再像从前那样喜欢看书了。

我想，别人会告诉他的。

如果我想掩饰自己的话，唯一的机会就是去找他的编辑，告诉他："你瞧，我都知道，因为他给我看过他写的东西。我知道他书里的角色与我和我家人很接近。他用了我们的名字。但他对我说过这只是草稿，如果书要出版的话就会换掉名字。"我会对他的编辑说："一旦书出版，我们的名字必须换掉。我不是威胁他——我只是说，否则它会毁了我的生活。"我想他不会换，他也没有那个能力，但那也许是我应该做的。

可书的出版了并不会毁了你的生活。

不，不会的——是解脱。

所以你才没有毁掉手稿。

是吗？

如果你婚姻美满，你一定会毁掉手稿的。

如果我婚姻美满，我压根儿就不会到他那里去。

你们一起度过了一段有趣的时光，对不对？

是有趣，但我去他那儿……不是要为他的死负责。要做到全身而退很难，不是吗？我想他这么做不仅是为了我。就像我说的，无论如何他都会这么做——就算是为了别人，为了自己。作为男人，他不知道对我这样的女人来说，阳痿是次要的。他无法理解。他曾对我说过："总有一天，你必须忘记你最害怕的东西。"但我认为他最怕的不是死亡，而是余生都得面对阳痿。这很可怕，他无法忘怀，只要一见到我就会记起来。当然，当时他见的人就是我——当时他很爱我。如果不是我，以后也会是别人。

这你就无从得知了。也许他爱恋你的程度，比你眼下肯相信的更深——在生活中，他对你的爱就像"基督世界"里描写的一样。

啊，没错，那是指的梦中生活，发生在我们共同生活的那个虚构的未来之家里。可能就是这么模糊不清。他不知道奇斯威克有个叫斯特兰德绿镇的地方。是我告诉他的。我刚结婚时就梦想住在那里，在那里建一栋房子。我想是我给了他灵感。我曾经给他看过一张那个地方的明信片，一条纤道将岸边的房屋和泰晤士河隔开来，沿着河岸是一排杨柳，低垂在河面之上。

餐馆发生的那件事是你告诉他的吗？

不，不是的。六十年代时，他和他的某任妻子在伦敦度过一次暑假，他告诉我他们在当地一家餐馆的遭遇，而在小说里却变成是我和他了。在餐馆大吵大闹当然不是他的做派。不过这也很难说——我们从没一起下过馆子。对于一个像他那样的作家，谁知道是真是假？那些人不是幻想家，他们是想象家——就像暴露狂和脱衣舞演员之间的区别。他想让你信什么，就会叫你信什么，也许这就是他存在的唯一理由。他把事件或我随口提及的人变成现实——他的那种现实——的方式让我着迷。这种对重塑现实的迷恋从未停止过，"可能是"总是凌驾于"确实是"之上。比如说，我母亲就不像"基督世界"里描写的那样发表过什么大作，她只是个非常普通的英国妇人，住在乡下，一辈子没成就过什么，也从未动笔写过什么。不过，我只对他提起过关于她的一件事，而且只提过一次。我说我母亲和属于她那个阶层的大多数英国乡下妇女一样，对犹太人稍微有点反感。当然后来他抓住这一点添油加醋，极尽丑化。再看看我。一口气把"基督世界"看了两遍之后，我就上楼去了。等我丈夫回到家，我开始怀疑哪个才是真实的我，书里的女人还是在楼上冒充"我"的女人。这两个都不完全是"我"。我在楼上时也一样在演戏；我不是我自己，就像书里的玛丽亚也不是我一样。也许她是我。我开始分不清哪个是真，哪个是假，就像一个作家开始相信他所想象的他并不具有的东西一样。见到我姐姐时，我想起她在教堂里——书里的教堂——对内森说过的话，内心感到十分厌恶。我很困惑，困惑极了。显然，那篇手稿给我的冲击很大。它开始不断深入到我的生活之中，比我的日常生活对我的影响还要大。

那么你现在怎么办？

我要静观其变。关于我他在故事里只写对了一点，也就是我的真实性格，我这人非常被动。但在我内心深处有一个装置，不停地滴答作响，告诉我该做什么，不该做什么。我好像总会找到某种方法来保全自己。但路径十分迂回。我想我会被拯救的。

被他所写的东西？

事情已经开始朝那个方向发展了，不是吗？我想我丈夫会读到，然后来问我，我则会撒谎，他自然不相信。我丈夫迫不得已要想个法子，解决这个已经在我们生活中存在了一段时间的问题。他还不至于虚伪到觉得这件事不可思议。我确信他也有另外一种生活。我估计他有个情妇；我敢肯定。估计他和我一样苦恼。我们俩陷入某种可怕的、神经质的共生关系，且都为此感到羞愧。不过，至于看过"基督世界"以后他会采取什么行动，我就不知道了。他嘛，一方面遵守规则，想在外交部门扶摇直上，想竞选国会议员，想这想那——他在性方面也争强好胜，如果这事在他看来有损他的男性尊严,那他确实会干出什么可怕的事情来。我不知道具体会是什么,但他干起坏事来很有一套,可以不露声色地制造出能成为"丑闻"的花样儿来。除了让我生活不称心,他没有真正的动机来大闹一场。不过人总会那么干的,尤其是自认为可以让你感到委屈的时候。你知道的:人心隔肚皮啊。我真不知道他会怎么做,但我心里最渴望的就是终于可以回家了。读了内森的故事,我非常想家。我不想在纽约住下去了。可我害怕回家。他们不像内森描述的那样难以相处,但无论如何也都算不上聪明人。他拔高了他们的智商,同时降低了他们的良知和道德水准。他们只不过是一帮只会坐下来看电视的人,这对他来说太没劲了——我是说要是写进一本书里的话。我想,时间一长我也会受不了的。但要我一个人自立门户,经济上可能会有困难,而我又不想向我丈夫伸手。我必须找一份工作。反正我会好几门语言,而且才二十八岁,只有一个孩子,我就不信我不能重新开创自己的生活。一个素有教养的女孩,即便身无分文也能找到打扫房子的工作。我只需振作起来,像别人那样出去推销自己。

你觉得你身上有什么东西使他如此迷恋?

去掉"如此",然后我再来回答。因为我年轻,漂亮,有才华,还需要关爱。又很容易弄到手——我就在那儿,就在楼上,唾手可得。楼上楼下的。他把楼里的电梯叫做我们的 deus ex machina。我给他的感觉是陌生的,但又不至于是那种忌讳性的或怪异的陌生。我属于可接触性陌生,比他所偏爱的类似的美国女人更有趣些。我出身的阶层和他的前几任妻子没有太大差别,就背景和兴趣而言,我们可以说是一类女人,颇为文雅,有才华,通情达理,受过良好教育,又像他本人一样条理清晰。但我是英国人,所以又有一点不一样。他喜欢我的措辞,入院前曾对我说:"我算是坠入关系从句的情网了。"他喜欢听我说话,喜欢我讲话时夹杂着古英语和我学生时代用过的俚语。奇怪的是,事实上那些美国女人是真正的"外邦人",

而正因为我是英国人，我想我和她们在那方面也有区别。我真想不到在"基督世界"里他对我的看法如此浪漫。也许这就是人们读到有关自己的内容时一贯的感受——如果书里写到你，如果你成了书中一个人物，除非确实被贬损得一无是处，否则的话，像他那么专心致志地爱你，总会让你觉得出奇地浪漫。他确实夸大了我的美。

不过没有夸大你的年龄。他不介意你二十八岁。他喜欢这个岁数。

所有男人都喜欢二十八岁的女人。二十二岁的男人喜欢，四十五岁的男人喜欢，甚至二十八岁的男人似乎也不太介意。是的，这是个好岁数。也许最好永远二十八。

这么说，在书里，不就是"永远二十八"吗？

是的，我还会永远穿着那条长裙，就是我们在餐馆里吃饭时我穿的那条。本来我这条长裙极为普通，却被他写得那么性感，那么美不胜收。他笔下我们度过的那个夜晚充满了五十年代那种老派风情，挑一家昂贵的餐馆，和一个怀着你孩子、脸上泛着荷尔蒙光泽的女人共度一晚。我生日时他送我的那只手镯，多么浪漫奢华，多么纯真无邪。让人好不惊喜。那份如愿以偿着实令人动容。现在我才说很感动，太晚了，不过毫不夸张地说，我确实受到了感动。在奇斯威克的新居，我们可能会有的浪漫生活……我告诉你，我想这些都不是他真正想要的。我甚至不能确定他是不是需要我。他很可能只是把我当成一个摹本。然而我能肯定，无论他如何将我描绘得值得想望，他看待我的方式依然极其冷酷和明晰。因为即使那般爱她，他还是看清了她的——也就是我的——被动。我的确只说不做。而且，没错，我确实爱钱，确实喜欢好东西。我猜，跟他比，我确实更喜欢过一种可以乱花钱、可以尽情享受的生活。就拿书中的那次圣歌仪式来说吧。其实我根本不像书上写的那样，和他一起在教堂里——事实上那次圣歌仪式是在纽约，当时陪在他身边的是一个真正的基督徒妻子——但重点是，人们参加圣歌仪式，是为了寻开心，不是因为信奉基督或圣母什么的，只是为了玩得开心。我想他一直没有理解我的那一面。我喜欢被动地享受生活。我从没想过要出人头地。很多人不像他以为的那样，干什么事都出于深刻的宗教或身份原因，而是就那么做了——没有什么好追究的。他问了那么多问题，都很有趣，不过从另一个人的视角来看，也许就不那么有趣了。书中有关我的其他方面倒是差不离，只是他把它们升华和强化了。那场手术无疑也非做不可，因为他同样强化、突出了他的病，就像小说里的情节一样。作者拒绝接受事物的本来面目——一切的一切，甚至连他自己，都经过了再创造。说不定那场手术在他眼中也是一个摹本，他想看看它有什么样的戏剧性。也不是不可能。他总是，怎么说呢，对，他总是加大赌注——"基督世界"就是个例子。结果，他一次性加过头了，把命给送了。他把小说里那套完全照搬到生活中，最终为此付出了代价。他终究还是混淆了小说和生活——这正是他一直谆谆告诫所有人的东西。我想，我那时也是一时犯迷糊——配合着他演一出比我在楼上经历着的有趣得多的戏。楼上那出是传统的家庭闹剧，所以每天下午，我就乘 deus ex machina 下到世上最古老的浪漫剧的片场。"来吧，救救我，哪怕冒着生命危险，救救我——我也会拯救你的。"共同的生命力。不惜一切代价的生命力，正是所有英雄主义的本质。生活就是一场表演——还有什么比这更英国的呢？因此，我顺了他的意。只是，我幸存下来了，他却没有。

是吗？如果你丈夫利用这一点，把菲比从你身边夺走呢？

不，不会的。在法庭上，你不可能利用一本小说来达到什么目的，哪怕是揭露一个像我这样背叛丈夫、脚踏两只船的女人。不会的，我相信他做不到，不管他有多心狠手辣。由我来照顾菲比，负责她的饮食起居，他只是偶尔过来探望，我敢肯定就是这么个结局。

当然,我妈肯定会感到不安。至于萨拉,她压根儿就不会那么说,也不会那么做。我想她不会把那当回事的。她还会认为,假如他活着,就会在脱稿前换掉所有的名字,就是这样。

那你呢,至少在他的读者看来,你会是"基督世界"里的玛丽亚。

我会的,为什么不会呢?我才不怕呢。我认为成为某种文物是件很吸引人的事情。记得上大学时,有人指着一个女人跟我说那是赫·乔·威尔斯的情妇,众多情妇中的一个。我深受吸引。她已是耄耋老人。这似乎并没有对她造成任何伤害。即便是像我这样的女人也会想入非非。

所以这一切你都很受用,对吧?这样你才能摆脱你霸道的丈夫。这是圆满的结局。你解脱了,可以自由地养育你的孩子,自由地开拓作为一个女人的自我意识,而且不必承担私奔之类的愚蠢的风险。不必承担任何责任。

只可惜,别忘了,我准备跟他私奔的那个可怜的男人死了。死亡从天而降。生活在继续,而他却不在人世了。生活中某些经常发生的意外,只要你咬咬牙就能扛过去——深吸一口气,就过去了,影响不会太大。但这次不同。长久以来,他一直是我的精神支柱,如今他再也不在那里了。不过我还是挺过来了。我竟然如此不畏艰难,连我自己都觉得不可思议。

对你来说,那一切意味着什么呢?

啊,我想,那是我人生的一段重要经历。是的,毫无疑问。一位美国作家人生的一个注脚。谁能想到会发生这种事呢?

谁能想到你就是死亡天使?

不,我更像个注脚。不过也对,我知道有人会那么想。就像布努埃尔的电影——里面那些阴暗神秘的年轻女子,我也是其中之一,完全置身事外,却不得不扮演死亡天使的角色。她们比我在"基督世界"中扮演的角色更具破坏性。我并非肇事者,但事情却透过我的软弱发生了。我想,要是换了一个比我坚强的女人,她肯定不会像我那么较真,不会像我陷得那么深,她会知道如何更好地处理这种情况。但是正如我之前提到的,换了另一个女人他也会这么做的。就像梅耶林惨案中的鲁道夫大公和玛丽·维塞拉。她不是头一个他提出一起自杀的女人,可她却是第一个答应他的。他和很多女人提过。人们事后才知道他早就想自杀了。

你是在暗示内森试图自杀吗?

我想他已经成功了。不过不是的,他不想自杀。在我看来这就是个笑话,一种令人蒙羞的讽刺,即他所钦佩的那种自我折磨的残酷的生活—事实:一个想要恢复自己男性生活的男人反而送了命。其实他并不想要这样的结果。他想要的是健康、强壮和自由。他想要重新获得男性的生殖力,以及驱动这种生殖力的力量。我只是他可以利用的工具,谁又不是呢?那就是爱情。

那么,你有什么问题要问我吗?

我可以回答问题,但是不会问,还是你问吧。

学会不问聪明问题的聪明女人。你知道我是谁,对不对?

不知道。哦,是的,没错,我知道你是谁。或者说,我知道你为什么回来。

为什么?

你想知道发生了什么,现在情况如何,我又做了些什么。你还有剩下的故事要编,需要明确的证据、细节和线索。你想要一个结局。是的,我知道你是谁——一个同样躁动不安的灵魂。

你看上去很疲惫。

没有,只是脸色有点苍白,头发有些散乱。我会没事的。我昨晚没睡好。我的婚姻处于低谷,烦心事接踵而至。逆来顺受并不容易做到,不是吗?尤其是当你无法确定那样做对不对的时候。总之,我在床上躺着，然后突然醒了，发现它就出现在那儿。你的阴茎。独独有它，身体的其他部分呢，除它以外的其他部分在哪儿？仿佛我可以触摸到它。然后它好像退到了一个影子里，隔了一会儿，你身体的其他部分在它四周组合起来。我知道那不过是一个想象。不过它就在那儿保持了一阵子。昨天晚上。

那么现在情况如何？就讲眼下。

在我不再对他抱任何希望，重新开始写作，继而又结识了你之后，我获得了新生——发生了各种事，真的很美妙。我感觉好多了。但如果现在再让我那么冷冰冰地活着，我不会再惶惶不安，只会痛不欲生。有时这种感觉如此强烈，甚至令我坐立不安。星期六，像所有人一样，他也毫不例外地干那种没道理可讲的事，足以让我气不打一处来。我对他说，我再也无法忍受当一个不合时宜、无足轻重的妻子。不幸的是，我以前已经这么说过一次，结果当然是不了了之。这种话说多了也就越来越不济事。坚持什么也不干才是最累人的。另一方面，有时候一件事说多了也确实会发生。不过既然你问了，坦白说，眼下很无聊。我很无聊，因为你不在我身边。现在我的想法是："暂且不管别的什么，我总不能一辈子这么无聊下去。"你给我带来如此隐秘的兴奋。还有我们的交谈，如此热切，如此迷人。大多数人只有性没有爱，也许我们的情况正相反，我们是有爱无性。我也不清楚。那种没完没了、海阔天空的亲密谈话，也许偶尔会让你觉得像两个蹲在监狱里的人的对话。但对我来说，它是最纯粹的情爱形式。对一个毕生都想迅速获得性慰藉、迫切达到性高潮的男人来说，这种形式显然是不同的，难以令人满足。但对我来说，它有它的力量。对我来说，那段时光意义非凡。

当然，你很健谈，玛丽亚。

是吗？毕竟没人跟你说话可不行。我当然可以跟你聊聊。你会聆听。和迈克尔我就聊不起来。我试过，但我看到他的眼睛里一片漠然，于是我就拿出书来读。

那就继续跟我说话好了。

我会的，我会的。我现在知道鬼是怎么一回事了。鬼就是你跟他讲话的人。那就是鬼。一个还是那么鲜活的存在，于是你就跟他讲话，不停地讲。鬼就是一个鬼的鬼。现在轮到我创造你了。

你的小女孩还好吗？

很好。她现在能说会道。"我要一张纸。""我要一支铅笔。""我要到外面去。"

她多大了？

还不到两岁。

五　基督世界

晚上六点，我已经在伦敦西区的教堂里安坐下来。仅仅几小时前，我在阿戈跟亨利道别，带着收集的笔记登上从特拉维夫飞往伦敦的航班，一路太平，但我满脑子都是那些不可调和、不同政见、势不两立的声音，以及让他们恐惧和下定决心的种种焦虑——不到五小时我就离开了那个充满纷争的国家，一个从天气到论战，似乎没有什么是模糊不清或拖泥带水的地方。我和玛丽亚、菲比一起去的教堂，里面有三四百人，其中不少是刚刚下班后匆忙赶来唱圣歌的。离圣诞节仅有两周了。斯特兰德大街上交通停滞不前，从西区出来的所有街道都挤满了车和购物的人。下午的温和到傍晚已经变成冷峭，薄雾将汽车的前灯光扩散开去。看着过往的车辆、红绿灯、圣诞彩灯和拥挤的人群，菲比兴奋不已，玛丽亚不得不把她带去地下室的洗手间，而我则找到了定好的座位，和玛丽亚的两个姐妹乔治娜和萨拉同坐一排。玛丽亚的母亲弗雷西菲尔德太太要诵读一篇日课。她是教堂慈善会的一名常务委员。慈善会还将进行募捐活动。

玛丽亚领着菲比去见了外祖母，她和其他诵读者坐在第一排，接着又去见了两个姨妈。等她们回到我身边时，唱诗班刚好鱼贯而入。走在前面的是大一点的男孩子，一律身穿蓝色运动衫校服和灰色裤子，系着条纹领带。接着出场的是穿短裤的年龄较小的男孩。唱诗班的指挥是个年轻人，穿戴整齐，头发过早灰白，鼻梁上架着一副角质眼镜，看起来像和善的教书匠和马戏团的驯狮人的结合体。他只略微歪了歪头，就指挥孩子们就座了，即使那个年龄最小的男孩也乖乖地作出了反应，好像身旁有条鞭子狠命抽了他一下。玛丽亚将听众席一侧的那棵圣诞树指给菲比看。尽管那树高大醒目，然而装饰却相当简单，只是稀疏地缠了一些红、白、蓝色的箔丝，树冠上系了一只歪向一边的银箔五角星，看起来像某个主日学校班的手工课作品。我们面前的讲坛正下方，围了一大圈常青树和冬青枝，中间摆放着白菊花和康乃馨。"看到那些花了吗？"玛丽亚问。菲比一副茫茫然却又像完全被迷住了的样子，回答道："外婆讲故事。""快了。"玛丽亚低声说道，一边抚平孩子格子裙上的褶皱。管风琴独奏开始了，而我内心也随之涌起了汨汨反感的潜流。

总是如此。每当身处教堂，耳旁响起管风琴曲时，我才强烈意识到自己的犹太人身份。面对哭墙，我可能作为一个非陌生人而感到陌生——我只是选择站在外面，却没有被拒之门外。即使最可笑或最绝望的相遇，也能衡量而不是切断我跟与我相像之人的联系。然而在我和这种宗教虔诚之间隔着一道无法逾越的鸿沟。我感到一种出自本能的、彻底的不相容——我就像一个置身敌营的间谍，正在远远地旁观一场仪式，那种仪式体现着导致对犹太民族的迫害和虐待的思想意识。我并非嫌恶做祈祷的基督教徒，只是认为这种宗教是外来之物，极端的深不可测——令人费解、惑乱人心、不合时宜。当众人被召集起来观看最高规格的膜拜典礼，当教士、牧师们动人心弦地阐述爱的信条时，尤其如此。可尽管这样，我却身在其中，像所有训练有素的间谍一样沉浸其中，看起来轻松自在、讨人喜欢，而紧紧依偎着我的是我那怀有身孕的英国妻子，一个基督教徒。她的母亲一会儿还要诵读圣路加的教诲。

由于出身背景迥异，年龄悬殊也大，按照世俗的标准来衡量，玛丽亚和我无疑是极不相称的一对。每当连我自己也觉得我们不大合适时，我就会想，也许恰恰由于彼此都欣赏这个不相称，都希望巩固一桩不稳固的婚约，都倾心于对方的不相似，而这种不相似又不至于荒谬——同时也印证了我们之间潜在的融洽。更值得玩味的是，我们的生长环境天差地别，但我们却能发现彼此之间存在着那么惊人的相似——当然，种种不同之处也不断地令人感到兴奋。例如，玛丽亚热衷于把我职业上的"严肃性"与我的阶级出身联系起来。"你知不知道，你这种对艺术的献身精神有么点乡下人的偏狭。要是你的生活观添点无政府主义的话，那就会更具大都会气派了。你的生活只是表面上看起来混乱，其实并不是那么回事。你对待标准的态度就像个乡下佬，总以为事事至关重要。""好像正是那些乡下佬，才是真正能干出点名堂的人。""是的，比如写书，"她说，"你说得对。这就是为什么很少有出身于上层阶级的艺术家和作家——他们不具备你这种严肃性，你这种标准，你的愤怒，你的火气。""是不是还没有我的价值？""嗯，"她回答，"我们当然没有什么价值可言。那对我们要求可太高了。人们曾经寄希望于上层阶级，认为他们至少会为此付出所有代价，但他们再也不会那么干了。在这一点上我是个叛逆者，至少在小时候是这样。现在我已经放下了，但小时候我非常希望因有所成就而流芳后世。""我想要人们记得我，"我说道，"在我死之前。""嗯，那也同样重要，"玛丽亚说，"——事实上更为重要。有点偏狭、不懂世故、像个乡下佬。但我应该承认，这些在你身上很有魅力。你那众所周知的犹太式一本正经。""不正好被你那有名的英国式漫不经心抵消了吗？""你这么说呀，"她接着说，"只是对我恐惧失败的委婉表达。"

管风琴独奏结束后，我们起身，除了我和像菲比这么大的孩子（他们太小了，不认识歌词，也没法直接念节目单上的）之外，其他人都开始唱第一首圣歌。众人如痴如醉地唱着。那如此分明的激昂的情感的发泄，叫我委实想象不出会发自那位惯于行使惩罚权的唱诗班指挥，或是那位即将给信徒们祝福的儒雅庄严的牧师。腋下夹着公文包的男士们，手里拎着大包小包的购物者们，那些扶老携幼在晚高峰期间从大老远赶来的人——此时此刻，再也不是与旁人无关、独来独往的了。只消动动嘴巴唱起歌，这群互不相干的伦敦市民立刻变成了一支基督徒大军。他们怀着极大的虔诚和热情，唱出一句句对基督的颂词。整个教堂洋溢着热烈的圣诞节气氛。随着这大合唱，我仿佛听出他们一直如饥似渴地等了好几个星期，才终于盼来了那份欢乐——印证一种永恒却又隐蔽的大联合的欢乐。他们既不能说是欢天喜地，也不是欢欣若狂——用一个古朴的词来贴切地表达应该是，他们看起来"振奋不已"。我可能真有点乡下佬的气质，竟然觉得这种基督教的慰藉很不可思议。无论如何，我仍然感到震惊。从他们的歌声中，我听出他们竟会因为作为某种巨大的存在最微小的组成部分而感到那么欢欣——拿犹太复国主义者的话来说，那再正常不过了。千百年来，这种巨大的存在可谓无时不在无所不在，已经超越了西方社会的严峻挑战。此情此景就像他们正在象征性地享用、共同大嚼一块硕大的神圣的烤土豆。然而，作为犹太人我仍有这样的想法，他们要这些东西有何用？他们为什么还需要东方三博士和那些合唱的天使？难道一个孩子的诞生还不够奇妙、不够神秘吗？尽管坦率地说，我一直觉得复活节才体现了基督教对神迹那种危险而庸俗的迷恋，在赤裸裸地满足最幼稚的需求方面，在我看来耶稣诞生比不上耶稣复活。虔诚的牧羊人、浩瀚的星空、享受天国之福的天使、贞女的子宫，在尘世显形而又不食人间烟火，没有气味和排泄，没有性爱的极致满足——对性的摒弃是多么崇高，多么荒唐，多么拙劣！诚然，对于圣母马利亚处女受孕的精巧故事，我从来没有像在阿戈度过安息日的那天晚上那么强烈地感到幼稚可笑。当我听到他们唱道"在奇妙之境伯利恒，幽暗的街道深处闪烁着永恒的光"时，我想起了李普曼在伯利恒的集市上散发传单的事。

他从实力政策的角度安抚不甘失败的阿拉伯敌人:"切不可放弃你们的梦想,雅法的梦想,去梦想吧;总有一天,一旦你们拥有了实力,纵使有一百张传单,你们也将用武力从我这里夺走它。"

轮到玛丽亚的母亲时,她登上讲坛,颇为迷人地诵读着《路加福音》第五章:"天使加百列向圣母马利亚致敬。"她那朴素的语调,先是引人入胜,后来就像讲着一个哄孩子睡觉的故事一般,令人昏昏欲睡。其实她自己写的文章,反而显露出语言文字上的谦恭,也更为有血有肉,她的三部作品为《乔治时期庄园的内景》《乔治时期的乡村别墅》和《乔治时期的家庭生活》,以及多年来发表在《乡村生活》上的文章,在她研究乔治时期室内设计及家居的学生中赢得很高的声望。她还经常受邀到英国各地的乔治研究中心讲学。一位对待工作"一丝不苟"的妇人,被玛丽亚称为"非常可靠的信息源"——然而在这种场合下,她却不像一位在伦敦逗留期间,每个白天都泡在主教档案室及大不列颠图书馆的学者,而更像一位无可挑剔的女主人,一位个头矮小、大我十五岁的漂亮妇人。一张温柔的圆脸,让我联想起瓷盘,细软的发丝,逐渐由浅黄变为雪白,发型是三十年来一直由同一位出色的旧式发型师做的。弗雷西菲尔德太太给人的感觉是,她从不犯错,玛丽亚也证实说她几乎不犯错:她最大的错误是她丈夫,但她只犯过一次这样的错误。自从嫁给玛丽亚的父亲后,她再也没有被任何有魅力的男人迷住过,而是一心扑在乔治时期内景的研究上。

"她是中学校花,"玛丽亚向我解释说,"曲棍球皇后——赢了所有奖项。他在学术上非常迟钝,然而却异常健美,很有魅力。一个黝黑的凯尔特人。他颇有名气,举止优雅,甚至在进入大学前就对自己的魅力相当自信。谁也不明白到底什么使他那么出名。其他的男生都想当法官,或进内阁,或当兵,只有他这个傻瓜到处拈花惹草。我母亲之前对他没有兴趣,以后也不想有。确实如此——从所有证据来看,她再也没有对他动过心。她所做的一切都是为了给我们一个坚实的世界,让我们受到良好的、扎实的英国传统教育——那成了她活着的全部意义。他一向待我们很好,没有能比他更喜欢三个女儿的父亲了。我们也很喜欢他。他对其他人都好,除了对她。但如果你确信你妻子对你感兴趣的东西,即你的性欲,毫无兴趣,加上以往两人相处时常话不投机,直到最后只剩下怨恨,那么不管她多优秀,她还是没有尽到做妻子的义务,而他精力旺盛,性欲强烈,就像你们所有男人一样,对性求而不得的强烈渴望让他饱受折磨,因此他别无选择,不是吗?开始不遗余力地羞辱他的妻子,先是跟她最好的朋友,接着是热心的邻居,直到穷尽了附近方圆一百英里之内所有背叛的可能性,然后玩失踪、闹离婚,最后总是缺钱花,而你的小女儿们自此便对举止优雅的黝黑男人产生了心理阴影。"

在她外祖母上讲台之前,菲比的注意力基本只在那些穿短裤的小男孩身上。还没过半小时,他们中的一些看起来已经睡眼惺忪。不过当外祖母登上讲坛时,这孩子突然兴致大发,一边扯着玛丽亚的手,一边咯咯直笑。最后爬到妈妈怀里才安静下来。玛丽亚轻轻地摇哄她,不一会儿她就迷迷糊糊地睡过去了。

接下来是独唱。演唱者是一个约莫十一岁的纤瘦的男孩。他那洁白无瑕的气质让我觉得他像一位待病人异常和蔼的医生。当他唱完自己的部分,整个唱诗班都像天使一样加入进来后,他得意地望向指挥,卖弄似的微微一笑,那位指挥也报以一丝克制的微笑,以示承认这位漂亮的独唱歌手是多么非凡卓越。我还是没有被周围虔诚的基督教气氛所感染,一想到自己刚刚嗅到了一丝同性恋恋童癖的气息,我竟宽心了许多。我不知道实际上自己的宗教怀疑主义会不会激怒教区长,导致他把我作为一个私下发表不合时宜意见的人给赶出去。然而另一方面,既然我们坐在留给日课诵读者家属的专区,那么很有可能他仅仅把玛丽亚看作弗雷西菲尔德太太的女儿,这足以解释他对坐在她女儿旁边的、置身于圣歌仪式却坚决不开口唱圣歌的那位先生审视的眼光了。

唱圣歌的时候我们全都站着,听日课的时候坐下来。当唱诗班唱《圣母七乐》和《平安夜》时,我们也一直坐着。募捐活动结束后,仪式进行到"全体跪下"接受祝福时,我仍固执地端坐着。我敢肯定,在整个教堂里,我是唯一一个没有摆出虔诚及顺从姿态的人。玛丽亚身子前倾,避免与牧师或她母亲正视,就好像她母亲后脑勺上长了眼睛一样。我心想,如果当年我祖父母在利物浦上岸,而不是坐三等舱继续前往纽约,如果家庭命运决定我在这里接受教育,而不是进入新泽西纽瓦克的市政教育系统,当别人低头祈祷时,我的头仍会高高昂着。或者,我会尽量保守自己的身世秘密,为避免让自己看起来像个莫名其妙地执意让自己显得奇怪的小男孩,我也会同样下跪。尽管我心里很清楚,耶稣既非对我,也非对我家人的馈赠。

教区长赐福之后,所有人都站起来唱最后一支圣歌:"听,传令天使在歌唱。"玛丽亚朝我歪过头来,鬼鬼祟祟地低声说道:"你是个宽容大度的人类学家。"她抱着菲比,不让她疲倦得栽倒下去,同时跟着其他人一起放声唱道:"基督诸天同颂扬,基督千古永生王!"我却回忆起我们抵达英国后不久,她的前夫在给她的电话里提到我时用了"那个老朽的犹太作家"。当我问她如何作答时,她搂着我说:"我告诉他我对'老朽的''犹太'和'作家'三点都很欣赏。"

在管风琴演奏结束曲声中,我们从教堂大门内侧的楼道下去,到了一间宽敞的地下室。室内粉刷一新,天花板比较低。那里正在供应热葡萄酒和肉馅饼。我们费了好长时间才领着菲比从下楼吃点心的人群中走出来。这孩子要在外祖母家过夜,两全其美的安排,而我则带着玛丽亚出去过生日。所有人都在议论着刚才的圣歌多么动听，纷纷向弗雷西菲尔德太太表示祝贺，说她诵读得多么精彩。一位上了年纪的先生，名字我没听清，是玛丽亚家的世交，刚刚也诵读过。他对我解释起慈善募捐的目的——"已经有整整一百年的历史了，"他说，"有多少贫苦孤独的人啊。"

幸好有我们的新居可谈，还有些快照可以分享，那是玛丽亚前一天驱车前去察看新居施工时拍下的。房子将在半年之内翻新好，在这期间，我们暂时住在肯辛顿租来的马厩式联排住宅里。新房子实际上是相连的两套小砖房，位于奇斯威克一个船坞旧址上。我们要把两套房改造成一所足够我们三口之家以及孩子保姆住的新居，另加玛丽亚和我的工作室各一间。

我们俩谈论起新居时认为，尽管实际上奇斯威克并非真正意义上的远郊，但一旦关上临街的石墙大门，就会有一种在偏僻乡村里与世隔绝的感觉——正是爱清静的内森工作的好地方，玛丽亚逢人便这么说。住所背街的那面有围墙，还辟了一处花园，里头种了水仙、鸢尾和一株小苹果树。房子前头有一个筑得较高的平台，我们可以坐在上面度过暖洋洋的傍晚；从平台再过去便是一条宽阔的纤路，旁边是泰晤士河。玛丽亚说，在那条路上走的大多数人，不是散步的情侣，就是手里牵着孩子的妇女——"无论如何，"她说，"大家心情都好得很。"现在河水已清理干净，有人钓鳟鱼了。一大清早，当你打开我们将用作卧室的那间屋子的百叶窗时，就可以看到一条条正在训练的八人赛艇。每当夏季来临，河面上就会有许多载着度假的人的小船，还有蒸汽轮渡满载从查令十字车站到邱园的观光客。深秋时节，浓雾弥漫。到了冬天，一条条驳船载着盖得严严实实的货物驶过河面，早晨常有薄雾。而且总是有河鸥，还有鸭子，踏上平台台阶来觅食。如果你喂它们的话，它们就来。偶尔还会有天鹅。每天两次涨潮时，河水会漫过纤道，拍打着平台的台壁。那位老先生说，听着那拍打声，也许玛丽亚会觉得又住回了格洛斯特郡，虽然坐地铁到莱斯特广场只需十五分钟。她回答说，不，不，我的感觉不是乡下或伦敦，而且也不像郊区，是生活在水上……长久地，温馨地，和谐地，无目的地。

没有人问起以色列。要么玛丽亚没跟别人提到我去过那儿，要么他们不感兴趣。也许这样更好：因为我也没有把握自己能不能跟弗雷西菲尔德太太解释清楚阿戈的意识形态。

不过跟玛丽亚我倒是谈了一下午有关那次旅行的前前后后。她听了李普曼的事又读了我写给亨利的信后这么说："这是你通往犹太人黑暗之心的旅程。"那是对我东行的恰如其分的概括。我在自己的手记中对它做了进一步的描述——离开特拉维夫的咖啡馆和愁容满面、灰心丧气的舒基，来到内陆，到了耶路撒冷的哭墙，身处虔诚的犹太人中间，继而爬到那荒芜的山顶，一头扎入不是黑暗的至少也是着了魔般狂热的犹太之心。亨利所在的定居点的军事狂热，在我看来，并没有使他们顽固执拗的首领成为犹地亚的库尔兹①。定居点的居民对上帝承诺的救赎如此狂热的追求，就像一部犹太人的《白鲸》，李普曼就是犹太复国主义的亚哈。我弟弟在懵懂无知中很可能已经登上一艘驶向毁灭的船，而这一切是无法挽回的，当然也由不得我。我还没有把信寄出去，而且也不准备寄了——我敢肯定，亨利只会把那当成对他的进一步干涉，认为我只是企图用更多的文字淹没他。我唯有把信的内容抄在我的手记里，那是我库存量与日俱增的叙述工厂。在那里，实际发生了的事情托付给了想象，而想象的却被处理成了实际发生的事情，现实与想象之间没有清晰的界线——记忆和大脑一样，也被想象所缠绕。

比玛丽亚小一岁的乔治娜和比她大三岁的萨拉，两人都不像排行第二的玛丽亚那样继承了她们父亲的高个子和黑头发，而是更像

---

① Kurtz，康拉德代表作《黑暗之心》中的主人公。

母亲,轻盈小巧,未经精心梳理的金发,一样温柔的脸庞,圆圆的,显得很亲切。这样的长相大概在她们还是十五岁的少女、住在格洛斯特郡时,才显得更加漂亮可爱。乔治娜在伦敦一家公共关系事务所工作。萨拉最近才在一家专门出版医学著作的出版社当编辑,多年来她已经换了四家出版社,她的心思根本不在工作上。然而,萨拉是她们姐妹三人中公认的天才。她的童年和少年时期是在拼命学习各种本领中度过的,练舞蹈、习马术等,似乎如果不这样,可怕的悲剧和混乱就会接踵而至。不过,如今的她一再调换工作、一再情场失意,拿玛丽亚的话来说,"把每次送到她面前的机会一脚踢开,踢得远远的"。萨拉一开口讲话,语速就让人招架不住。交谈中她会突然发难,接着又戛然而止,但不会露出神秘的微笑,那种谜一般的微笑是她母亲的第一道防线。即使看上去沉着稳重的玛丽亚,刚走进满是陌生人的房间而感到不自在时,也会用那种微笑来维持一种矜持,直到最初的社交紧张感消除为止。不像乔治娜,她那可怕的害羞就像一张弹床,过分急切地将她弹到每一次琐碎又毫无意义的交流之中。萨拉则对所有礼节性的寒暄都敬而远之,这使我不禁想,一旦有机会的话,我们俩也许能谈上几句。

我一直没能成功突破弗雷西菲尔德太太这一关。几周前,我和玛丽亚带菲比开车去了格洛斯特郡,我和她母亲见了第一面,那次见面远没有我们想象的那么糟。为了让会面更轻松,我们准备了礼物——玛丽亚送了一件瓷器供她母亲收藏,那是我们离开纽约前她在第三大道的一家古董店淘到的,而我带去的则是一块干酪。在离开伦敦的前一天,玛丽亚打电话问要带点什么过去,她母亲告诉她:"我最想要的莫过于一块像样的斯提尔顿干酪。我们这儿再也买不到地道的斯提尔顿了。"玛丽亚立马跑到哈罗德买了一块斯提尔顿,以便我一进门就能给她送上。

"送完干酪我该说些什么呢?"车从高速公路转到查德利的乡村

公路时,我问道。

"谈谈简·奥斯汀总归不错的。"玛丽亚说。

"谈完简·奥斯汀呢?"

"她拥有一套非常漂亮的家具,她管它们叫'真材实料的家具',质朴无华,十八世纪英式家具的上品。你可以问问她这个。"

"然后呢?"

"你以为会尴尬冷场吧。"

"不会吗?"

"当然不会。"玛丽亚说。

"你紧张吗?"她看起来一点也不紧张,甚至过于镇定。

"我有点忐忑。要知道,你可是第三者插足。她很赏识我前夫——他在待人接物方面很有一手。反正她不太擅长和男人打交道。我敢肯定她至今还认为美国人是一帮暴发户,傲慢无礼。"

"可能发生的最坏情况是什么?"

"最坏的?最坏的情况是,她会很不自在,你讲一句她顶你一句。最坏的情况是,无论我们中任何一方如何殷勤,她只消说一句没趣的话,接着就是一阵可怕的沉默;然后我们又试着挑起另一个话题,而她又同样顶回来。不过这些是不可能发生的,一是因为菲比,她很喜欢她,菲比可以分散我们的注意力;二是因为你,一个擅长应付这类事情的老手,饱经世故的智者,对不对?"

"那你就等着瞧吧。"

在驱车穿过崎岖不平的乡村窄道,到达她母亲在查德利的住所之前,我们特意绕道去看了玛丽亚以前读书的中学。当我们路过附近的草场时,玛丽亚抱起菲比让她看马——"这附近都是马,"她对我说:"一望无际全是马。"

学校离居民区很远,坐落在一个保存完好的巨大的老鹿场里,隐藏在高大的雪松之间。我们到的时候,操场和网球场上空无一人——姑娘们都在上课,那栋宏伟的伊丽莎白时代风格的石头建筑外也空空荡荡,玛丽亚去牛津之前一直住在那里。"我看那宿舍楼就像一座宫殿。"我一边说着,一边摇下车窗看个真切。"滑稽的是,从前到了晚上常常可以从洗衣篓里揪出男孩子来。"她说。"真的吗?"我问。"当然不是。根本不存在任何性行为。女孩们会去迷恋那个曲棍球女教练,诸如此类。我们会用各种颜色的墨水,在喷了香水的粉色信纸上,给男友写长达几页情书。但除此之外,如你所见,这地方纯洁朴实得很。"

从学校再往前开三十分钟便到了查德利,查德利坐落在格洛斯特郡一个异常陡峭、荒凉的山谷中。那里不像学校那样壮观,但看上去更为质朴纯洁。许多年以前,当地的羊毛业还未发展起来,是个贫穷的村子,村民多是织工。当我们驶上那条狭窄的干道时,玛丽亚说道:"过去这里曾是一片棚舍,肺结核病流行——只有十三个小孩,连电视都看不上。"眼前的查德利却是一幅风光旖旎的景象,一条条大街小巷戏剧般地分布于山谷中,高耸的山毛榉成林,拥抱着整个山谷。一幢幢清一色的石砌房子,在天空朵朵白云的映衬下显得灰白质朴;在一处狭长的呈三角形的公共草地上,几只狗正在起劲地嬉戏。离那些房舍和附近的菜园不远的地方,有一片隆起的小山坡,那是农作区,像新英格兰地区的田野一样,有着用干燥的石块砌成的围墙。那用形如瓦片的石块精心砌成的围墙,把田野分割成一块块的。玛丽亚说一看到那一堵堵石墙和那些形状不规则的田地,她总是激动不已,似乎见到了阔别多年的老朋友一样。圣树庄从车道上看上去倒是一座相当宽敞的房子,但玛丽亚告诉我,同她父亲出走前她家住过的巴顿庄相比,圣树庄简直是大巫见小巫。她父亲出身富家,可他是次子,除继承了家族姓氏之外别无其他。大学毕业后,他曾在伦敦一家银行任职,仅在周末与家人团聚。但他对自己的工作感到不称心,最后与一个五十年代很出名的赛马场女骑手私奔到莱斯特郡。那女人常戴一顶垂着面纱的大礼帽,骑在侧鞍上,因为某种英式幽默和晦涩(在我看来)而被恶意地谑称为"吓跑死神的人"。为了逃避法院判离婚时应负的经济责任,时隔几年,他又不知怎地到了加拿大,娶了温哥华一个富家小姐,基本上在厄勒海峡远航及打高尔夫球中打发日子。打那以后,巴顿庄显得过于空敞,而且自从抚养费中止后,仅靠弗雷西菲尔德太太一个人的收入已难以为继。她只有她母亲留下的一笔并不丰厚的资金,然而多亏了她的股票经纪人的帮助以及她自己的精打细算,那笔钱正好足够供三个女儿完成学业。但那意味着要卖掉地处一片开阔地带的巴顿庄,在查德利村郊租下圣树庄。

我们进屋时,客厅里已生起火。礼物都打开了,被赞美欣赏了一番。菲比获准在园子里撒了一阵欢,然后喝了杯牛奶,我们则坐下来趁午餐前小酌一杯。客厅舒适宜人,深色木地板上铺着东方地毯,已经磨旧了;墙上挂了许多家庭成员的肖像,还有几幅马的画。所有的陈设虽旧但趣味高雅——棉布窗帘上印着花鸟图案,大部分木头家具都抛了光。

根据一路上玛丽亚给的建议,我说:"这张书桌真不错。"

"哦,那不过是谢拉顿①的仿制品。"弗雷西菲尔德太太回答说。

"书柜也很美。"

"哦,嗯,查理·里斯-米尔前两天来过,"她一边说,一边看向某处,既没有看我也没有看玛丽亚,"他说他认为书柜很可能是齐彭代尔②的设计,但我敢肯定这只是件乡下人的家具。你看那,"她说,暂时意识到我的存在,"你可以看看那锁的安装方式,典型的乡下人的装法。估计是学了图册上的设计,但不可能是齐彭代尔。"

---

① Sheraton,一种家具式样,其特点是线条平直、式样简朴雅致。
② Thomas Chippendale(1718—1779),18世纪英国最杰出的家具设计师和制作师,被誉为"欧洲家具之父"。

我当即决定,如果她继续对我赞美的每件东西贬损一番的话,那我最好还是就此打住。

我不再说话,只顾着呷杯中的杜松子酒,直到最后弗雷西菲尔德太太终于感到她自己应该做些努力让我自在些了。

"祖克曼先生,您老家具体在哪儿?"

"纽瓦克。在新泽西州。"

"我不是很熟悉美国地理。"

"从纽约过了河就是。"

"我原不知道纽约还临着一条河。"

"是的,两条。"

"您父亲是做什么的?"

"他是个足科医生。"

一阵长时间的沉默。我喝着酒,玛丽亚也喝着,菲比在用蜡笔画画;我们可以清楚地听见菲比着笔的声音。

"您有兄弟姐妹吗?"

"我有个弟弟。"我说。

"他是做什么的?"

"他是个牙医。"

要么我答非所问,要么那时候她已经知道了该知道的一切,因为关于我出身背景的这段谈话只持续了半分钟。父亲是足科医生,弟弟是牙医,这些似乎一下子就把我给概括了。我怀疑大概是这两种职业实在太能说明问题了。

午饭是她自己做的——典型的英式菜,色香味俱全,同时相当清淡。"羊肉里没放大蒜。"她说这话的时候,露出一个我认为含意最为模糊费解的微笑。

"好的。"我友好地答道,但仍然不确定她是否话里有话,暗藏着某种可怕的种族暗示。也许这几乎等于她马上就要问到我那奇怪的宗教信仰了。相对于我是美国人，我想这对她来说同样难以接受。显然，该来的总要来的。

午饭的蔬菜都是从园子里摘的，有球芽甘蓝、土豆和胡萝卜。玛丽亚问起布莱克特先生，一个曾经靠每周给她家做一天工，修整草坪、拉柴火以及打理菜园来贴补自己微薄的退休金的人。他还健在吗？在，但埃塞尔最近去世了，所以他一个人住在廉租公寓里，弗雷西菲尔德太太说，她担心低温症会要了他的命。

玛丽亚对我说："埃塞尔是布莱克特的太太，我们的清洁工。干活极其认真，总是跪着清洗门阶。我们在家做姑娘的时候，每次给埃塞尔买圣诞礼物总要大伤脑筋。母亲会送布莱克特一瓶威士忌，而我们送来送去总离不开手帕之类的东西。布莱克特先生说的一种方言，我们简直听不懂，但愿你能听听。他就像一个生活在十九世纪的人物，令人称奇，是不是，母亲？"

"他的乡下口音没那么重了。"弗雷西菲尔德太太说道。就这样，玛丽亚想借布莱克特夫妇引起谈兴的计划泡汤了。我们好一阵子只是埋头切着、嚼着食物。我担心，恐怕这种尴尬局面会一直持续到我们动身返回伦敦。

"玛丽亚说您是简·奥斯汀的忠实读者。"我说。

"嗯，她的书我读了一辈子。从十三岁开始读《傲慢与偏见》，之后我一直在读她的作品。"

"为什么如此热衷于她呢？"

她发出一声冷笑。"祖克曼先生，您上次读简·奥斯汀是什么时候？"

"大学后就不读了。"

"再读读你就会明白为什么了。"

"我会读的。但我想知道您读简·奥斯汀的体会。"

"她完全真实地记录生活，而且她对生活的见解极其深刻。她带给我如此多的欢乐。书中的人物个个生动。我很喜欢《爱玛》里的伍德豪斯先生,《傲慢与偏见》里的班纳特先生我也很喜欢。还有《曼斯菲尔德庄园》里的范妮·普莱斯。在伯特伦家过了一阵子高雅奢华的生活后,她回到朴茨茅斯,找到自己的家人,被家里的贫困杂乱震惊得目瞪口呆——人们对此颇有评议,说她是势利小人。也许因为我本人也像她一样——我想自己也有点势利眼——总之,我很理解她的行为。我认为,无论是谁,一旦重新回到那种差别如此悬殊的生活环境,就没法儿不表现出势利的一面。"

"您最喜欢她的哪本书?"我问。

"这么说吧,我想无论我读哪本,手头的那本就是我的最爱。每年我都把奥斯汀的小说拿出来读读,不过读来读去,还是《傲慢与偏见》最精彩。达西先生魅力十足,我还喜欢莉迪亚。我觉得莉迪亚有够笨的,但书里对她的描写很棒。你瞧,我认识很多像她这样的人。当然,我也很能理解班纳特先生和太太的心情,因为我自己也有几个待嫁的女儿。"

我无法判断最后那句话是否意味着某种蓄意的攻击——这个女人是心存恶意,还是完全无害的。

"对不起,我没读过你的书,"她对着我说道,"我很少接触美国文学。我发现美国文学里的人物难以理解,在我看来,恐怕他们既无魅力,亦无同情心。我并不欣赏暴力,但美国作品里太多暴力了。当然,亨利·詹姆斯除外,我很喜欢他的书。不过我认为他几乎不能算是美国人。他是一个真正的英国社会的观察者,真的写得很不错。不过现在我更喜欢根据他的小说改编的电视剧。他的小说一般情节相当曲折,而一旦搬上电视屏幕,能更快切入要点。最近《波因顿的战利品》又改编成电视剧了。当然,鉴于我对家具的兴趣,毫无疑问我特别推崇这部片子。我认为改编得特别成功。《金钵记》也被搬上电视了,我也非常喜欢。小说相当长。你的书在英国出版了,对不对?"

"对的。"

"好吧,不知道为什么玛丽亚从来没有寄过你的书给我。"

"哦,我想您不会喜欢读他的书的,母亲。"玛丽亚说。

这时大家不约而同地朝菲比看去,她正摆弄着盘子里的蔬菜,一副人畜无害的乖乖样。"玛丽亚,她在流口水,哎呀,"弗雷西菲尔德太太喊道,"——把她弄弄干净,好吗?"在接下来的整个用餐时间里,每个人的话题都围绕着菲比。

在客厅喝咖啡时,我问是否可以看看其他房间。正如我赞美她的家具时她贬低家具一样,现在她又开始贬低自己的房子。"没什么特别的,"她说,"你知道,不过是一个庄园管家住过的宅子。当然,那时候有这样一个宅子已经不错了。"从她的弦外之音里,我听得出她本人习惯于比现状高级得多的生活,所以我不再提房子的事。可喝完咖啡后,我发现终究还是要参观一番——弗雷西菲尔德太太站起身,我们紧跟着她也起身。这对我来说是个好兆头,因为我找到了新的提问方向,也许终于能有合适的话题了。

"玛丽亚告诉我,你们家族在这附近住了很长时间了。"

她的回答就像一颗坚硬的子弹一样向我飞来。那子弹完全可以射入我的胸脯,再从我的两个肩胛之间穿过去。

"三百年了。"

"他们那时在这儿是做什么的?"

"牧羊。"又是一颗,"那时候所有的人都牧羊。"

她推开一扇门,里面是一间宽敞的卧室,从那排窗户望去是一片草场,可以看见几头奶牛正在吃草。"原来这里是育儿室,玛丽亚和她的姐妹都是在这里长大的。萨拉是老大,所以她最先搬到自己单独的一间卧室去了,而玛丽亚不得不和乔治娜继续睡在这里。这是她痛苦的一大根源。另一个则是穿萨拉穿剩下的衣服。萨拉长大后穿不下的衣服都给了玛丽亚,她不得不接受,等到她自己穿不下了,那些衣服已经没法儿再给乔治娜穿了。这样一来,老大有新衣服穿,老三也有,唯独中间的玛丽亚从来没有穿过新衣服。这是她痛苦的另一个根源。要知道,我们有段时间非常艰难。我想玛丽亚对当时的处境一直不太理解。"

"我当然理解。"玛丽亚说。

"但我想你曾经有过不满。这是很自然的事,非常自然。我们买不起小马,而你朋友都有,所以你似乎觉得是我的错。但事实上并不是我不肯买。"

她如此这般地重提玛丽亚的怨恨,是为了暗示她选择我这件事吗?就弗雷西菲尔德太太的语气来说,我实在难以分辨。也许那是一种带着母爱的逗趣,尽管在我听来并非如此。也许只是对事实的平铺直叙——忠于事实,没有弦外之音或微妙的意味深长。也许这只是这些人讲话的方式。

到了门厅,我决定最后再努力一把。我指着楼梯口处的一张梳妆台轻声说了一句,好像没有对着任何人而是自言自语似的:"真可爱。"

"那是从我丈夫家带过来的,我婆婆买的,她一天偶然在伍斯特发现后就买下来了。是的,这是件好家具,把手也很相衬。"

成功了。见好就收。

菲比睡午觉的时候,玛丽亚和我沿着大路走到那座她小时候做礼拜的小教堂。

"好吧,"我们走出家门后她说,"还不算太糟,对吗?"

"我不知道。算糟吗,还是不算?"

"她真的已经尽力了。她一般不做糖蜜挞的,除非是一些特殊日子。又因为你是男人,午餐时她还喝了酒。显然她以为你要待上一个星期的。"

"这我可没看出来。"

"她到肉铺蒂姆斯先生那儿,要他关照一块上好的腿肉。蒂姆斯先生也忙乎了一番——全村人都努了把力。"

"是吗?我也尽了最大的努力。我觉得自己好像在穿越雷区。谈那些家具时,我可是碰了一鼻子灰啊。"

"你赞美过头了。"玛丽亚笑着说,"我应该教给你,千万不可当着主人的面那样恭维。但不管怎么说,我母亲就是那个样子。如果你夸了她的东西,她就会反过来贬低它。你送的那块斯提尔顿干酪,博得了她的欢心。只有我们俩在厨房时,她高兴得直嚷嚷。"

"我想象不出她兴奋的样子。"

"为了一块斯提尔顿,没错,她会的。"

小教堂藏身在一片黑漆漆的古杉林里,是一座年代久远的漂亮建筑,周围墓碑林立。"你一定知道那种树的名字。"她对我说。"是的,"我说,"从托马斯·格雷的诗里知道的。""你在纽瓦克受过很好的教育。""那是必须的,为了准备好和你相遇。"玛丽亚一边推开教堂的大门,一边告诉我,教堂里最久远的石墙还是诺曼人砌的。"这里的气味,"当我们走进去时她说道,听起来她有点不知所措,就像人们在面对如潮往事时的反应一样,"——这种地方特有的潮湿气味。"我们看了看那些已故贵族的雕像,以及长条凳两头的木雕,直到她再也顶不住教堂内的寒冷。"从前冬天的时候,星期天总会有六个人在这里做晚祷。湿气还是直往我的膝盖里钻。来吧,我带你看看属于我的僻静之地。"

我们再度穿过村子,步行到小山顶上——玛丽亚跟我解释每栋房子里都住着谁——然后坐进我们的车,开往她以前的藏身处,那些"僻静之地"。每次她从学校回家度假时,必定会重访那些地方,以确定它们还在。其中一个是一片山毛榉林,过去她经常在那里散步——"魂牵梦萦",她是这么形容那片林子的——另一个在远离村子的山谷边,是一座废弃的磨坊,在一条窄得可以单脚跳过去的小溪畔。最初她是骑着马来这里的。后来她母亲决定不再养小座骑了,原因是既要抚养三个女儿,又要缴付她们的学费,经济上周转不过来。所以她就改骑自行车过去了。"在这儿,我常常幻想天地合一,感受到自然界的融洽,就像华兹华斯诗中描绘的——真正的自然玄妙,让人感到短暂的绝对的满足。试想一下,你看着夕阳西下,突然间宇宙万物似乎都说得通了。对于一个少女来说,没有任何地方比一座潺潺小溪畔的废磨坊更能引起她的遐想了。"

我们从那儿驱车前往巴顿庄。那里位置偏僻,在查德利村外几英里的一条土路上,掩蔽在爬满常春藤的高高的围墙内。天色渐暗,因为有狗,我们在大门边犹豫不前,望着房子里灯火通明的地方。和圣树庄以及我们见过的大多数房子一样,房子也是用灰黄色石头砌成的,尽管从它的规模及那几堵气派的山墙来看,不可能被认为是当地某位贫穷的纺织工家,甚至某位庄园管家的住所。墙那边有一个长条形的花圃通向楼下的落地窗。玛丽亚说,她小时候房子里还没有中央供暖,因此所有房间都靠生柴火取暖,从九月一直烧到来年五月。以前她家用一台旧柴油发动机发电,柴油机几乎每时每刻都在工作。她告诉我说,后院是马厩、谷仓,还有一个用矮墙围成的菜园,园子里种了几片玫瑰花田;再过去是鸭塘,她们曾在那儿垂钓、学滑冰。再过去是一片坚果林,另一个让她魂牵梦萦的地方,到处都是空地、鸟儿、野花和蕨菜,她和两个姐妹过去常在树林小道上互相追逐,把彼此吓得半死。她最早的记忆都是那么富有诗意,而且与那片林子分不开。"有用人吗?"

"只有两个,"她说,"照顾孩子的保姆和一个年迈的客厅女用人,战前就在家里帮佣,专门伺候我祖母。她姓伯顿,负责做饭,一直待在我们家,直到最后领了退休金。"

"这么说搬到这个村子来,"我说,"是一种败落了。"

"当时我们还是小孩子,倒也没觉得怎么样。但我母亲一直没有振作起来。她家自十七世纪以来,就从来没有在格洛斯特郡放弃过一寸土地。可她哥哥有三千英亩的地产,她却一无所有,只有从她母亲那儿继承来的少数股票和股份,你欣赏的那些家具,以及没受到你夸奖的几幅马的画——像次一点的斯塔布斯①。"

"这一切对我来说都非常陌生,玛丽亚。"

"这个嘛,我想在吃午饭的时候我已经觉察到了。"

菲比吃了肉馅饼很快活,正跟乔治娜玩得起劲,玛丽亚继续和她母亲谈论奇斯威克房子的事,我则躲进教堂地下室的一个角落,远离那些饥饿的唱圣歌的人群。他们这会儿正喝着葡萄酒,嚼着糕点。就在我挤出人群的时候,迎面碰上了玛丽亚的姐姐萨拉。

"我看你喜欢扮演道德小白鼠吧?"萨拉以她特有的机关枪扫射方式说道。

"怎么个扮法呢?"

"就是拿自己做实验。如果他是一个犹太人的话,他就在圣诞节期间置身于一座基督教堂,来看看感觉如何,效果怎样。"

"哦,人人都是这样,"我友好地说,为了让她明白我完全听懂了她的意思,又慢悠悠地补充了一句,"不只是犹太人。"

"像你这样的成功人士会容易得多。"

"什么东西容易得多?"我问。

"一切都容易得多,毫无疑问。不过我特指道德小白鼠这部分。你已经可以随意到处闲逛,从一个庄园到另一个庄园,看看到底是怎么回事。告诉我,成功是什么滋味。你喜欢吗,那种趾高气扬?"

---

① George Stubbs(1724—1806),英国画家,以画马闻名。

"还不至于——我还称不上是恬不知耻的好出风头的人。"

"那是另一回事。"

"我只有在伪装之下才能表露自我。我所有的胆量都源于各种假面具。"

"我看我们的谈话变得有点费脑子了。所以今晚你的伪装是什么?"

"今晚吗?玛丽亚的丈夫。"

"当然,成功人士炫耀一下倒也无妨——可以激励他人。我们家就属乔治娜外向——这也说明了我们家的问题。她还在努力做妈妈的乖女儿。至于我,你一定听说了,我不是很稳定,玛丽亚则毫不设防,有点娇生惯养,人生目标就是无所事事,而且已经大获成功。"

"这点我倒没注意。"

"哎哟,这世上没有什么能比一张大额支票更能让玛丽亚高兴的了。"

"这么说事情就简单了。我可以每天都给她一张。"

"你在挑衣服方面在行吗?玛丽亚喜欢男人帮她挑选衣服,什么事都依赖男人。希望你已经做好准备。你喜欢坐在店里的椅子上,让女人在你身边转来转去,还一个劲儿地问'你觉得这个怎么样'吗?"

"那要看是什么商店了。"

"是吗?你喜欢哪家商店?塞尔福里奇百货公司?乔治娜在格洛斯特郡还养了一匹马。她完全是另外一回事,完全英国式的愚蠢做派。昨天她参加了单日赛。你知道什么是单日赛吗?你当然不会知道。对身体的恐怖折磨,还有那些巨大的栅栏,真正体现了英国人的疯狂本色。马随时可能栽倒,让你脑袋开花。"

"确实如此。"

"对啊,太疯狂了,"萨拉说,"但是乔治娜喜欢那样。"

"那你喜欢什么?"

"我最喜欢做什么?说起来,我最想做的事很难做到,所以短期内我也不期待能做成,那就是你以及我母亲做的事。你们过着我所能想象的最艰难的生活。"

"还有比那更艰难的。"

"别谦虚了。你认为正是这种苦难,才使得这种生活令人钦佩。有人说,如果你一旦结识了一位作家,有时候要憎恨他的书就难了,可不像拿起他的书翻一下,然后扔到一边去那么容易。"

"并非人人如此。有些人在结识你之后,反而更容易憎恨你。"

"我小时候一旦要表现自己或发表意见时就吐得到处都是。因为那时候我还在争当妈妈的乖女儿,所以我得一直表现自己或发表意见。如今我干什么工作都觉得苦不堪言。真的,我从来都不能正常工作。玛丽亚也不行——她根本干不了工作。这么多年来,除了修修补补那几篇从学生年代就开始写的短篇小说之外,我不知道她都干了些什么。不过后来她长漂亮了,又受人宠爱,总有很多男人要娶她。我可不准备待在家里,一味过寄生生活,百无聊赖。"

"真是'寄生'吗?真的会'百无聊赖'吗?"

"一个聪明女人把大量精力和热情都投入家务杂事上,而到头来呢?由于诸多极为名正言顺的理由,她的丈夫消失了,或者直接离家出走,或者像我们亲爱的父亲那样,身边藏着六十二个女人。到那时候,女人该怎么办?我认为这种选择消失的一个很好的原因是,聪明的女人没有做好依赖别人的准备。"

"玛丽亚是个聪明女人。"

"所以她的第一次婚姻并不怎么好过,不是吗?"

"他是个混蛋。"我说。

"他不像你说的那样。你接触过他吗?事实上,他有不少优点。

我非常喜欢他。有时他魅力无穷。"

"的确。然而如果一个人一旦在感情上与某人分离了的话，就像他与玛丽亚那样，那么，他们之间的关联感就会被侵蚀。"

"如果你完全依赖于对方的话。"

"不，如果你想从与你有婚姻关系的人身上获得一种情感联结的话。"

"我认为你在过着类似冒名顶替者的生活。"萨拉说。

"是吗？"

"是的，和玛丽亚在一起的生活。事实上可以用一个词来形容。"

"请说。"

"高攀婚配。你知道这个词吗？"

"没听说过。"

"和上流社会的女人上床，基于跻身上流社会的渴望。"

"所以，委婉地说，我是个高攀婚配者，而玛丽亚为了报复抛弃她的父亲，选择下嫁，成了无助地依赖他人的人，一个娇生惯养、过寄生生活的上流社会女人，除了床头的糖果还喜欢大额支票，以无所事事为人生目标。那你呢，萨拉，除了嫉妒、刻薄和软弱之外，你又是怎么样的一个人呢？"

"我不喜欢玛丽亚。"

"那又怎么样？谁在乎呢？"

"她娇生惯养、好逸恶劳、软弱无能、'善解人意'、爱慕虚荣——但你也一样，也爱慕虚荣。干你这行的肯定需要相当虚荣，否则你怎么能认真对待自己内心的想法呢？你还必须热衷于自己生活中的戏剧性事件。"

"没错。所以我才娶了一个像你妹妹那样的美人，每天给她那些大额支票。"

"你要知道，我们的母亲是个极端的反犹主义者。"

"是吗？没人告诉过我。"

"我来告诉你。我想你可能会发现，你拿玛丽亚做的实验有点过头了。"

"我就喜欢做过头。"

"没错，你确实如此。我读过你那本有名的犹太贫民窟喜剧，颇具詹姆斯一世时期的风格。叫什么来着？"

"《我心爱的自画像》。"

"好吧，如果你像你的作品所表露的那样，着迷于越轨行为可能招致的结果，那么你来对家庭了。我们的母亲对越轨行为深恶痛绝，她心肠硬起来就像矿石一般——一块盎格鲁-撒克逊矿石。我想她并不情愿她那个无精打采、懦弱无能的玛丽亚屈从于一个犹太人。我猜想她会以为你跟最暴烈的施虐狂一个样子。"

"告诉她，我跟她猜想的差不多。"

"我们的母亲对此可一点也不喜欢。"

"我想所有母亲都不会喜欢。对我来说，这很典型啊。"

"我认为你内心充满愤怒、怨恨和虚荣，只是你把这一切都隐藏在你温文尔雅又举止得体的外表之下。"

"这听起来也很典型，尽管有些人甚至连这表面的文明都不在乎。"

"你明白我在说什么吗？"她问道。

"当然，你说的我都听清了。"

突然，她把手里那半块肉馅饼伸到我面前，我一度以为她要把饼贴到我脸上。

"闻闻这个。"她说。

"我为什么要闻？"

"因为闻起来很香。不要因为你在教堂里就这么戒备。闻一闻，有圣诞节的味道。我敢打赌你们没有与光明节相关的味道。"

"钞票味。"我说。

"我敢打赌你们一定想废除圣诞节。"

"萨拉,好好学学马克思主义。辩证法告诉我们,犹太人永远不会废除圣诞节——他们从中赚得盆满钵满。"

"我注意到你笑得很小声。你不想暴露太多,是因为你身在英国,而不是纽约吗?因为你不想把自己和你小说中描绘的那些有趣的犹太人混为一谈?你为什么不直接露出你的獠牙呢?就像你书里那样,满是獠牙。相反,你很好地隐藏了犹太人偏执的一面,正是这种偏执导致他们制造谩骂、到处攻击别人——当然,是用那些所谓的犹太"笑话"。为什么在英国你显得如此优雅,而在《卡诺夫斯基》里却那么粗俗?英国人很少大声喧哗——玛丽亚的声音特别轻柔,就像风吹过矮灌木林那般,不是吗?——你一定很担心自己会突然忘乎所以,担心露出你的獠牙,释放你的犹太式聒噪。用不着担心英国人怎么看你,英国人太文雅了,干不出大屠杀这种事——你有一口漂亮的美国牙齿,笑的时候露出来吧。毫无疑问,你一看就知道是犹太人,不露牙齿也掩盖不了这个事实。"

"我无需表现得像个犹太人,我就是犹太人。"

"真聪明。"

"比不上你。你是既太聪明,又太愚蠢。"

"连我本人都不太喜欢我自己。"她说,"尽管如此,我确实认为玛丽亚应该告诉你,如果你了解英国社会的话,你早就应该对这里的反犹情绪有所准备。你读过英国小说吗?"

我不愿再搭理她,但也没有走开。我等着看看我这位大姨子究竟打的是什么主意。

"我建议你从特罗洛普的小说开始学习,"她说,"读完之后你可能就会部分打消对英国文明的那种可悲的向往。你会明白像我们这种人的一切。就读《如今世道》,它会有助于打破犹太亲英的种种神话，打破玛丽亚还在极力兑现的可悲行为。它颇像一部肥皂剧，但从你的角度看，其主要内容不过是无足轻重的次要情节。小说讲的是一位来自英国上流社会的年轻女士朗杰斯塔夫小姐的故事。她的家族算是乡绅阶层，但已经开始没落。因为一直没人娶她，所以她很恼火，恼火没能在婚姻市场把自己推销出去。然而她又决心在伦敦过上富裕的生活，所以她忍辱下嫁了一个中年犹太人。书中最有趣的要数对她个人心理、她家人对她下嫁的反应，以及对那个犹太人行为举止的描写了。我不再详细讲了，否则你再去读就没意思了。你会从中受益匪浅，而且我想你会迫不及待地读下去。啊，我敢肯定，这故事你读了会欲罢不能。你瞧，可怜的朗杰斯塔夫小姐还认为自己嫁给那个犹太人是对他的一大恩赐，哪怕她的唯一动机是得到他的钱，并且尽可能地避开他。她根本没有考虑过他的利益。事实上，她觉得自己这么做是在造福社会。"

"看来你对故事记忆犹新呀。"

"因为今天要跟你见面，所以就拿出来翻了翻。你感兴趣吗？"

"说下去。她家人怎么看待那个犹太人？"

"哦对，她家里人才是重点，不是吗？他们大吃一惊。'犹太人，'每个人都禁不住叫出声来，'一个又老又肥的犹太人？'他们的反应让她很不安，结果她的反抗变成了怀疑，于是她就给他写了封信——他叫布雷格特先生。事实上，尽管个性有点闷，但他是个非常正派、责任心很强的人，也是一个颇有成就的商人。然而书里对他以及其他犹太人的描写，那些措辞会叫你气得咬牙切齿。对你尤其有启发意义的是他们之间的信件，它们揭示了近百年来多数人对犹太人的态度。"

"就这些吗？"我问，"完了？"

"当然不止这些。你知道约翰·巴肯吗？他在第一次世界大战前后声名鹊起。哦，你也会喜欢上他的。你会学到很多。仅凭他那几句惊人的旁白就值得推荐。他在英国特别有名,可以说家喻户晓,以写给男孩读的冒险惊悚小说著称。他的故事写的都是金发雅利安绅士如何对抗邪恶势力,而那些势力与犹太金融家不无关系,他们聚集在欧洲大陆,诡计多端,给世界带来邪恶与恐怖。当然,最终金发雅利安人总是大获全胜,然后回到他们自己的庄园。每一本小说大致都是这样。犹太人总是暗藏不露,鬼鬼祟祟。我建议你不要亲自读他的书——那样太累了,让一个朋友读给你听。就找玛丽亚——她有的是时间。她可以挑出一些对你有教益的好章节读。每隔五十页,你就可以找到一些公然的反犹言论。那不仅仅是一段作者的旁白,而是所有读者和作者的共同意识,一个成熟的思想,跟特罗洛普的书不一样。实际上,特罗洛普对这种困境很感兴趣——这就表明那是一种共同意识。而且书的创作时间并非一八七〇年——这种神秘的氛围依然存在,即使玛丽亚没能告诉你。玛丽亚在很多方面都像个孩子。你也知道孩子是如何避开某些话题的。当然,玛丽亚的绝活之一就是把男人迷得七荤八素,我并不是说她不能那么做。我敢肯定,借助她那天生的英国式羞涩腼腆,她会巧妙地使自己在床上表现得像个处女——跟玛丽亚睡一觉能让你重返华兹华斯。我敢肯定,她甚至可以把通奸也变得纯洁无瑕。和玛丽亚的狂欢尽在谈话中。她跟男人搞脑子,搞得他们死去活来,对吧,内森?要是你看到在牛津读书时的她,不知你会怎么想。她的那几位导师简直拿她没辙。但你也知道,她才不会毫无保留。有些事情是不能让男人知道的。看得出来,她对你就有所隐瞒。玛丽亚清楚什么该说,什么不该说——这样才会风平浪静。不过,你不该因为她的谎言和对记忆的抹煞而被严重误导——也不该毫无准备。"

"准备什么?我已经听够了你讲的英国小说的辉煌,也听够了你讲的玛丽亚的故事。你说的毫无准备,针对的是何人、何事?"

"针对的是我母亲。等你们的孩子出世,如果你以为能阻止给孩子施洗的话,那你就大错特错了。"

在出租车上,我没有问玛丽亚是否知道她姐姐对她的感情如此淡薄,或者萨拉对我深恶痛绝,也没试图打听萨拉说她母亲要给我们的孩子施洗一事是否属实。我全然被萨拉一席话震惊了,加上我们正驱车前往玛丽亚最喜欢的餐馆,庆祝她的二十八岁生日。一旦我提到她姐姐对我那连珠炮般的污辱,那种用了极为可爱的措辞表现出来的憎恨,那么她的生日庆祝酒会就彻底给毁了。令我费解的是,在这以前我只是听玛丽亚说过,说她和萨拉的关系不再像学生时代那么亲密而已,而那算不了什么严重问题。她曾提到萨拉有些心理问题,只不过顺便提了下。她跟我说,萨拉和一位爱尔兰贵族的婚姻不到三个月就告吹了,这场婚姻悲剧给她留下了一些后遗症。但她从未提及她姐姐对她个人的感情及看法,或者对我这类人的态度。尽管玛丽亚口中的母亲从来都不是"极端的反犹主义者",但我对此存疑,我在圣树庄时多次感受到她的势利态度和排外情绪,说明她的反犹意识并不少见。我不知道她所谓的施洗是否只是萨拉忍不住编造的无稽之谈、一个恶作剧的收尾;还是一连串击中要害的妙语,萨拉料定会激怒她妹妹那年过半百的富有的犹太丈夫。又或者,给祖克曼家孩子施洗一事尽管让人忍俊不禁,但实际上玛丽亚和我将会为此与她母亲作一番抗争。假如在抵抗那位从不踏错一步的母亲的过程中,那个意志薄弱的女儿顺从地败下阵来怎么办?如果玛丽亚甚至无法投入抗争呢?我现在愈发觉得,那不仅仅是象征性地企图绑架我们尚未出世的孩子,而是一种更严重的企图,旨在终止她和犹太佬的婚姻。

那时我才开始意识到自己之前有多天真,既没预料到事态的发展,也没想到幼稚地"避开某些话题"的竟是我自己,而不是玛丽亚。我似乎有意回避她的乡绅背景,也未能意识到,玛丽亚之所以敢于表现出前所未有的反抗精神,明显是受到了家里人的影响,所以她才敢于抛下英国驻联合国使团的年轻首席秘书,嫁给我后再返回英国。在他们看来,这场婚姻无异于苔丝狄蒙娜嫁给那个摩尔人。比跟萨拉那次谈话更令人懊恼的是,我很有可能在自欺欺人,满以为迄今为止,我只是在一场梦境中充当了一个无心的合谋者。而现在,撇开那非现实的表层,那些"迷人的"不同,最终以其顽固有力的(即便是僵化了的)社会偏见,在我们之间爆发了。我们的确是生活在水上。天鹅、迷雾,潮水温柔地拍打着院墙——这种田园牧歌般的生活怎么可能真实存在呢?这种冲突会带来多大的危害和痛苦啊?突然之间,似乎这几个月以来,我们这两个理性固执的现实主义者,一直在稀里糊涂地、浪漫味十足地企图突破一个非常真实棘手的困境。

然而在纽约的时候,我如此渴望自己能够重新振作起来,以至于根本没有仔细考虑过这些。身为一个作家,我耗尽了我的过去,我的私人文化和个人记忆,甚至不再有兴致与他人争论自己的作品,因为已经对那些恶意中伤、蓄意污蔑我的人腻烦透顶,就像不再爱恋某人一样。我厌倦了旧危机、旧问题,渴望把自己从长期伏案写作的习惯,从被我牵扯进来过隐居生活的前后三位妻室,以及多年来一直过的那种自观式的生活中解脱出来。我希望听到一个新的声音,缔结一种新的关系,与一个全新的伴侣共同生活——冲破过去的一切束缚,承担起一种新的责任,这种责任与写作,可能迥异于作为一个作家对自己的事业那种永无止境的自我要求。我需要玛丽亚,也想有个孩子。对于这些,我不仅没有深思熟虑过,更准确地说,我是故意不这么做,因为凡事瞻前顾后是我的另一个旧习惯,我并不想再留恋它。还有哪个女人比一个断言自己如何不配的女人更适合我呢?因为这一次连我都不配我自己,所以说,我们俩是天生一对。

玛丽亚已经有五个月的身孕了，体内荷尔蒙的大量分泌一定是反应在皮肤上了，因为玛丽亚明显地容光焕发起来。对她来说，这是段美好的时光。胎动尚未出现，早期的妊娠反应已经过去，而且怀孕后期的笨重及累赘感还没有开始。她说自己感受到的全是宠爱、呵护和与众不同。她在裙子外面披了件黑色羊毛兜帽披肩，兜帽顶端有流苏，手感柔软舒适。当她的手臂从披肩敞开处露出来的时候，我就可以挽着她。她穿着墨绿色丝质长裙，宽松飘逸，大圆领，长袖在手腕处收紧。在我看来，那条裙子完全符合要求，朴素、性感、完美无瑕。

我们俩在一张长毛绒沙发一端并排坐下，正对着四周镶有嵌板的餐厅。时钟已过八点，大多数桌子都坐有人。在我吩咐侍者上香槟的时候，玛丽亚从她的手袋里找出那几张我们新居的快照——我还没机会仔细看过，而她又有许多地方想要指给我看。与此同时，我从口袋里掏出一个长条形的黑丝绒盒子，里面装着一周前我买给她的手镯，是在邦德街附近一家专售她喜欢佩戴的维多利亚及乔治时代式样首饰的店里买的。"虽然轻，但绝对结实，"店员向我保证，"对手腕细的女士来说足够精致。"听起来像在买手铐，尽管价格高得离谱，但我还是买下了。买十个都不在话下。说实话，当时我们俩开心极了。至于那是否可以算得上"真正的生活"，则有待观察。

"哦，太漂亮了，"她一边扣上手镯，一边称赞道，然后又伸直手臂欣赏着，"蛋白石。钻石。水上之家。香槟。还有你，你。"她重复着，然后又换了沉思般的语气继续说道，"——这片苔藓要攀附的石头竟会如此之多。"她吻了下我的脸颊，在那一刻，她就是女性魅力的化身。"我发现和你结婚是极快乐的体验，难道还有什么比这更让人满足的吗？"

"你这身真好看。"

"其实都穿很久了。"

"我记得在纽约时你就穿过。"

"是的。"

"我那时真想你,玛丽亚。"

"真的?"

"你知道的,我很感激你。"

"你知道这句话是你的杀手锏。"

"没错,但我说的是事实。"

"那时我也想你。我总是极力不让自己想你。什么时候我也会开始惹你心烦?"她突然问道。

"我认为今晚你不必为此担心。"

"这镯子太完美了,完美到我简直难以相信这是你自己想到要买的。如果一个男人做了件非常得体的事,通常那都不是他自己的主意。镯子是漂亮,但你知道我还想要什么吗,我们搬家时我最想要什么?我希望房子里有鲜花。是不是太中产了?你可别忘了,我的物质需求可多着呢,不过买花只是今天我在那里看到那些建筑工人时才想到的。"

在那之后,我实在有些按捺不住内心的冲动,只想毫不掩饰地一股脑儿地对她说:"听着,你母亲是个极端的反犹分子,她还想要给我们的孩子施洗——有没有这回事?如果真有这回事,那你为什么假装若无其事?这样更让我心烦。"可结果呢,我表现得好像并不急于了解她是否知道,不希望听到任何让自己沮丧的事情,根本就不感到烦躁,用像她一样轻柔文雅的声音说道:"恐怕我还是无法打动你母亲。当她不笑的时候,我简直不知道往哪儿看才好。她今晚表现得无可指摘,但她到底是怎么看我们的结合的?你能猜得出吗?"

"嗯，跟其他人的看法差不离，也就是觉得我们'跨越了巨大的差异'。"

"'跨越'吗？她是这么跟你说的？"

"对。"

"那你对她怎么说的？"

"我说：'有什么巨大的差异呢？当然，我知道从某种意义上说，我们简直有天壤之别。可是想想我们有那么多共同的阅历，想想我们俩对世界共同的了解，我们说的是同一种语言——我对他的了解，比你想象的要深得多。'我还告诉她，我读过的美国小说不计其数，看过的美国电影多到数不清——"

"但她关注的不是我的美国性。"

"确实，压根就不关注。她考虑的是我们的'交往'。她说，她觉得奇怪的是我们约会的方式——我们在纽约幽会。说从来不在有朋友在场的时候见面，也从来不在公共场所见面，也不为做点儿正经事见面，所以我们绝不会因为任何明显的分歧而惹恼对方。她的意思是，我们没有接受真正的考验就在那边结了婚。她很关心我们在英国的生活。她告诉我，一个人所在的群体如何看待他，这个很重要。"

"那他们是如何看待我们的？"

"我觉得人们对此并不太感兴趣，真的。嗯，我想即使他们真有兴趣的话，那么当他们听到这类事情的时候，最先想到的，是你找了个年轻女人，是为了重振旗鼓，或者也许你对英国文化感兴趣，这也不是不可能。当然，还有非犹太女性综合征——这些对他们来说是显而易见的。我这边的动机也同样明显，他们会说：'瞧，他可能比她大一轮儿，而且可能是个犹太人，但我的天哪，他可是文学界的明星，有的是钱。'他们会认为我追求的纯粹是你的金钱和地位。"

"哪怕我是个犹太人?"

"我想没有多少人会在意这个。有教养的人肯定不会。在我母亲住的那一带,也许会有那么一两个人嘀咕几句。确实,不少人会表现出明显的不屑,但这即使在纽约也一样。"

"乔治娜有什么看法?"

"乔治娜传统得很。她也许会认为我有点儿放弃了自己真正的生活追求,而你完全可以说得上是仅次于最佳选择的选择,对你推崇备至。"

"你放弃的是什么?"

"那些表面的东西,像我这样的人所追求的东西。"

"那是什么?"

"嗯,我想是……哦,我说不清楚。"

"我的年纪大了些。"

"没错,我想找个年龄相仿的。普通人对年龄的差异很敏感。你看,谈这些有什么意义呢?"

"当然有。这样聊聊会让我在一个陌生的地方找到立足点。"

"你为什么觉得有这个必要?有什么不对劲的吗?"

"跟我说说萨拉吧。她有什么看法?"

"你们俩之间发生什么事了吗?"

"会发生什么事呢?"

"萨拉有时有点啰嗦,讲话快得像机关枪一样,劈里啪啦的,比较冲。你知道今晚她怎么评价我的珍珠首饰吗?她说:'珍珠是享有特权、没受过教育、没有思想、自鸣得意、毫无审美、传统过时的中产阶级女性的典型标志。珍珠是时尚的末路,除非是那种特别大的珍珠串成一串,或者以别的与众不同的方式呈现。'她还说:'怎么连你也戴起珍珠来了?'"

"你是跟她怎么说的?"

"我说：'嗯，因为我喜欢珍珠。'对萨拉这号人只能这样。只要你不大惊小怪，最终她就会闭嘴离开。她认识的人很多都很奇怪，她自己也很奇怪。她一讲到性就来劲。"

"大家都一样，不是吗？"

"她跟你说了什么，内森？"

"她能说什么呢？"

"果然又是性。她读过你的小说，认为你追求的是放荡的性生活。"

"'所以我该卷铺盖走人。'"

"就是这个意思。她认为男人没一个好东西，尤其是先情夫后丈夫的男人。"

"这是不是她从许多经历中得出的结论？"

"我可不这么认为。我想，任何神志清醒的男人都绝不会和她发生性关系。长期以来，她都从根本上讨厌男人，那甚至算不上女权主义的愤怒，而是她独有的、她长期以来的矛盾心理造成的结果。我看她之所以对男人下这么一个结论，是由于她那段痛苦的经历。我自己不久前也有过相同的经历。你知道，我前夫有整整一年没跟我说话。我当时非常气愤。只要我跟他说话，他必定会打断我。无论我试图说什么，他总是顶撞得我够呛，总是这样。你不在我身边时，我就老想着那种痛苦。"

"其实我很喜欢听你说话。"

"真的吗？"

"现在我就在听你说话。"

"但是为什么呢？没人能理解。像我这种背景的年轻女孩，一般不会嫁给爱书的男人。他们对我说：'你们没有思想交流，对吧？'"

"对我来说我们的思想交流已经够多了。"

"你的意思是我的话还是有思想性的？真的吗，就像克尔恺郭尔那样?"

"比他还好呢。"

"他们都以为我会成为一个出色的家庭主妇——一个现在难能可贵的家庭主妇。坦白说,我常想那也许是我的专长。见到我两个姐妹出去工作,我心想,我现在二十八岁,差不多三十了,自从大学毕业以来,除了生下菲比,我毫无建树。然后我又想,这有什么不好的?我有了一个讨人喜欢的女儿,现在又有了一个温柔的丈夫,他不会在我开口说话时一直顶撞我,而且很快我就会有第二个孩子,还有河边一栋漂亮的房子。我还要写一些没人会关注的关于草地、迷雾和英国泥土的小故事。对我来说,有没有人看这些故事无关紧要。在我的家人中还有这么一种思想,认为我之所以嫁给你,是因为自从父亲出走后,我就一直在寻找他。"

"根据这种看法,我就是你父亲咯。"

"可惜你不是。虽然你在某些方面的确有父亲般的品质,但你绝对不是我的父亲。萨拉把我们三个看作是没有父亲的女人,这是她的先入之见。她说,一个父亲的身躯就像格列佛——你可以把双脚架在上面,可以紧紧地依偎着,可以在上面走来走去,一边想着'这是我的',在上面歇歇脚,然后从那上面走下来。"

"她说得对吗?"

"某种程度上。萨拉她很聪明。自从爸爸离家以后,我们就很难见到他了——圣诞节那天,暑假的某个周末,差不多就这样。近几年甚至根本见不到他。所以,没错,也许有一种世界边缘非常薄弱的感觉。做母亲的可以像我妈妈那样能干、尽责,但在我们的世界里,价值的定义完全取决于父亲的行为举止。所以不知怎的,我们总会脱离正常生活的轨道。年龄大些后,我意识到有些工作女人可以做。但我现在还是没有工作。"

"你后悔吗?"

"我告诉过你,我从来没有像现在这样开心,做一个旧时代的、与世无争的女人。萨拉一直在努力,拼命地要主张自我,每次一有机会出现在面前,我指的是真正的良机,而不只是乔治娜或我的那种,她却又陷入可怕的忧郁或恐慌之中。"

"这是因为她是一个消失的父亲的女儿。"

"我们还在家里的时候,每年的三月十一号,她就像《三姐妹》开头一幕出场的角色一样四处游荡。'到今天为止,父亲已经走了一年了。'她总是觉得我们身后没有人支撑着她。加上妈妈对我们寄予厚望,那的确使我们感到压力很大。她想要我们接受良好的教育,供我们读完大学,希望我们找到好工作——这一切在一个母亲的职责范围内是异乎寻常的,就像是代人尽职,弥补不足,至少对萨拉来说,显得有些孤注一掷。"

我们在用甜点时,我听到一个女人用夸张的英腔嚷嚷道:"那不是很令人作呕吗?"我转过身看是谁在说话,发现是一位老妇人,坐在离我们不到十英尺远的另一端。那女人块头挺大,满头白发,身边还坐着一位骨瘦如柴的老先生。他似乎没有觉得有什么令人作呕,看起来也不像正在和那女人共进晚餐,只是静静地坐在那儿,端详着杯中的红酒。我一眼就看出他们很有钱。

虽然是冲着整个餐厅,但她现在却直勾勾地看着玛丽亚和我:"那不是很令人作呕吗?"而她丈夫,那位心不在焉的绅士,却没有任何表示,似乎她的话与他所知道或关心的任何事情都无关。

在这之前,玛丽亚以她一贯的坦诚说服了我,使我相信试图欺骗或误导我的人不是她,而是那个"啰嗦的"萨拉。玛丽亚一再让我放心,我们俩之间的事绝不会像我设想的那么严重,于是我伸出手去抚摸她,用两根手指的背面在她的脸颊上轻轻地抚弄着。这算不了什么大胆的举动,也绝不是什么令人瞠目结舌的淫荡表现。然而当我转过身看到众人的目光仍聚焦在我们身上的时候，我明白了是什么招致了这种赤裸裸的谴责：并不是因为一个男人在餐馆里给了他妻子一次温柔的爱抚，而是因为那个年轻女人竟做了这个男人的妻子。

似乎餐桌底下有一股低压电击了她一下，或者是咬到了什么恶心的东西，那个白发妇人的脸开始有节奏地抽搐起来，显得十分诡异。她缩起脸颊，噘起嘴，拉长嘴巴，仿佛在向某个同谋发出暗号——直到她显然再也无法忍受，尖声呼叫着领班侍者。侍者几乎是一路小跑过来，看看出了什么事。

"打开窗户，"她对他说，声音还是那么大，整个餐馆里的人都能听见，"马上把窗户打开——这里头有股难闻的气味。"

"是吗，夫人？"他礼貌地回答。

"一点没错。这里臭气熏天。"

"非常抱歉，夫人。可我什么也没闻到。"

"我不想多说——请照我吩咐的去做！"

我转向玛丽亚，平静地告诉她："我就是那股臭气。"

她一副大感不解的样子，甚至起初还觉得挺逗的。"你觉得这和你有关？"

"因为我和你在一起。"

"那个女人要么疯了，要么醉了，"她低声说，"要么是你醉了。"

"如果是因为第一种或第二种原因，或者两种都有，那么这可能与我有关，也可能与我无关。然而，因为她死盯着我看，或者我们俩看，我不得不假设臭气就是我了。"

"亲爱的，她疯了。她只是一个荒唐的女人，觉得谁香水喷多了而已。"

"这是种族侮辱，她是故意的。如果她再继续下去，我也不会保持沉默，也请你做好准备。"

"她怎么侮辱你了？"玛丽亚问道。

"犹太人的气味。她对犹太人过敏。别装傻了。"

"啊，这也太荒谬了。你这是在胡说八道。"

顺着长凳那头传来的声音。我听到那个女人说："他们有一股怪味，不是吗？"于是我向领班招手示意。

"先生。"领班是个表情严肃、头发灰白、语气温和的法国人，像个老派心理分析师那样仔细客观地权衡着客人对他的吩咐。早些时候，他记下我们点的菜后，我对玛丽亚说，他的作风像弗洛伊德般严谨，只是简单地描述了下即日供应的几道特别菜式，并没有试图左右我们的任何选择。

我对他说道："我和我太太享用了一顿非常可口的晚餐，现在我们想喝点咖啡。不过因为餐厅里有人搅得大家不得安宁，这让人非常不快。"

"我明白，先生。"

"窗户！"她专横地喊道，高高举起手打了个响指，"开窗，我们要受不了了！"

这时我站起身来，顾不得多考虑，甚至不顾玛丽亚的苦苦哀求——"拜托，她疯了。"我绕过餐桌，一直走到那女人和她丈夫面前。他们并排坐着，他没怎么理睬我，就像不理睬她一样——只顾着继续盯着杯中的红酒。

"我是否可以帮忙解决你的问题？"我问。

"你说什么？"她回答道，然而连看都没看我一眼，就好像我根本不存在一样，"请别打扰我们。"

"您觉得犹太人很讨厌，是吗？"

"犹太人？"她重复了一遍，就好像她以前从来没听到过这个词，"犹太人？你听到了吗？"她问她丈夫。

"夫人，你非常令人反感，反感至极。要是你继续乱嚷嚷什么难闻的气味的话,我会要求经理把你赶出去的。"

"把我什么?"

"把——你——扔——出——去。"

她那张抽搐不断的脸突然失去了表情,至少在那一瞬间似乎安定下来,所以我也就不再站在那儿继续威胁她,而是觉得自己首战告捷,收兵回营。我的脸热得发烫,显然涨红了。

"我不擅长对付这类事情。"我一边缓缓落座,一边说道,"显然比不上《君子协定》里的格里高利·派克。"

玛丽亚没吭声。

这一次我招手时,一个男侍和那位领班匆匆赶来。"两杯咖啡,"我说,"你还想要点别的吗?"我问玛丽亚。

她假装没听见我说话。

我们已经喝完了那瓶香槟,只剩下一点葡萄酒。尽管我不想再喝,但我还是点了杯白兰地,以此向周围的人、向那妇人——更为了向玛丽亚——表示我们绝不打算因扫兴而敷衍这顿晚餐,庆生活动照常进行。

我一直等到咖啡和白兰地都端上来后才说:"你为什么不说话,玛丽亚?我们聊聊吧。不要弄得好像是我犯了错似的。我向你保证,如果我什么也不做,那会比我叫她闭嘴更让你无法忍受。"

"你疯了。"

"是吗?因为我没有遵循英国人的优雅风范?可是,对我们犹太人来说,她那么做是难以容忍的,甚至比圣诞节更叫人无法忍受。"

"现在你不必跟我争辩。我想说的只是,假如她指桑骂槐地用开窗来侮辱你的话,那么很显然她是个疯子。我相信任何精神正常的英国人,即使喝醉了,也不至于如此。"

"但他们可能会那么认为。"我说。

"不会,我觉得不会。"

"他们不会把臭味和犹太人划等号。"

"是的,肯定不会。大家对此不感兴趣。"玛丽亚坚定地说,"我认为你不能——如果你想这么做的话——如此推断英国人,你不能这么做。更何况你还不能肯定,尽管你似乎很想肯定,你是犹太人这一事实与开窗大有关系。"

"你错了——你要么是天真,要么就是瞎了眼。她往我们这边看,看到了什么呢?活生生的异族通婚啊。一个犹太人正在玷污一朵英伦玫瑰。一个犹太人耀武扬威地摆弄着刀叉,点着法国菜。一个有损她的国家、她的阶级以及健康感的犹太人。在她看来,我根本就不应该出现在这家餐馆。在她看来,这种场所不是为犹太人服务的地方,更不用说那个犹太人还在玷污上流社会的女孩。"

"你怎么会这么想?这里到处都有犹太人。每个来伦敦的纽约出版商都住这家酒店,也在这家餐馆吃饭。"

"确实,可这个老家伙也许跟不上潮流。过去可不是这样的,显然还有人反感犹太人到这种地方来。她就是这个意思,那个女人。她就表示反感。告诉我,他们怎么会这么敏感?他们到底从犹太人身上嗅到了什么异味?我们要坐下来好好谈谈这些人以及他们的嫌恶,这样下次我们出来吃饭时,我不至于毫无防备。我的意思是,这里不是约旦河西岸——不是枪林弹雨的地方,而是唱圣诞颂歌的地方。在以色列,我发现每个人每时每刻都会爆发出一切,所以那一切的含义跟你想的大致差不多。然而至少因为表面上这里的人不像那样,他们这种只言片语就相当令人吃惊——也许也是一针见血的。你有同感吗?"

"那个女人是个疯子。你为什么突然控诉起我来了?"

"我不是故意的——我太生气了,而且感到惊诧不已。你瞧,还在教堂的时候,萨拉就想要让我明白另外一件我不知道的事——你母亲,用她的话来说,是一个'极端的反犹分子'。令人不解的是,这么严重的问题,为什么早没人告诉我,让我蒙在鼓里。不是极端的反美,而是极端的反犹。这是真的吗?"

"萨拉这么跟你说的?"

"是真的吗?"

"那不一定跟我们有什么关系。"

"但那是事实。萨拉也不是英国最爱犹太人的人——这你也不知道吗?"

"那与我们也无关。都无关。"

"可你为什么不早告诉我?我不明白。你本来什么都告诉我的,为什么要隐瞒那个呢?我们坦诚相待,彼此都很诚实。为什么要隐瞒呢?"

她站起身来。"请你不要逼人太甚。"

结完账后,我们从我的敌人用餐的那张桌子旁边经过,离开餐馆。现在她看上去和她丈夫一样安静——我们正面交锋之后,她再没敢提什么臭不臭的。然而,就在我和玛丽亚踏进连接餐厅与酒店大堂的走廊时,我听到她那种爱德华时代的舞台腔又高高响起,盖过了餐馆里的喃喃低语。"真是令人作呕的一对!"她归纳式地宣布道。

事实证明,玛丽亚从青春期时起就因弗雷西菲尔德太太的反犹态度而感到难堪,不过她从未意识到那除了让她心烦意乱之外还会有其他什么影响,所以就一直将此事当作一个其他方面都堪称模范的人的一个严重缺陷容忍了下来。在玛丽亚口中,她母亲家那边的人"都是疯子——整日酗酒,无聊度日,虽然举止文雅,却蠢话连篇,充满偏见",反犹只是他们种种愚昧表现之一,她母亲很难不受影响。这与她所处的时代、阶级以及她那不可思议的家庭有关,与她的性格无关——如果这些在我看来似是而非的话,那么玛丽亚也不屑于为之辩护,因为她自己知道反对它的理由。

她说,重要的,或者或多或少能解释这一切的是,只要我们看起来像生活在美国,带着菲比和那个即将出世的婴孩一起,住在乡下的房子里,那么就没有必要理会这些。玛丽亚钦佩她母亲的精明能干,她的不折不挠,因她在孤立无援的情况下为了她们姐妹三个的前途毕生奋斗而更加爱戴她。她无法容忍我因为一些无伤大雅的事情或者以我的背景无法理解的事情轻视她母亲。如果我们能在美国安家,那她母亲就只会在每年夏天来住上两三个星期,看看我们的孩子,那我们见面的时间就少了。即使她想干涉,她也不会那么不明智地在这场输定了的斗争中,贸然逞露她的威望。

然而,一旦我们在伦敦合法定居以后,这个问题就大了,大到玛丽亚无法面对。她觉得因为她前夫未尽的种种急需的监护责任,我已经比预想的承担了更多。她鼓不起勇气宣称,她在英国还有一位反犹的母亲,正挥舞着一个燃烧的十字架,等着向我猛扑过来。更重要的是,她希望如果我没有过早地产生敌对情绪,也许我可以做回自己,以此来打消她母亲的偏见。这有那么不切实际吗?事实证明她错了吗?尽管我眼中的弗雷西菲尔德太太可能会莫名地疏远冷漠,但到目前为止,她并没有对玛丽亚嫁给犹太人表示过轻蔑,也没有暗示过她希望我们的孩子受洗为基督徒。那可能会让她高兴,玛丽亚对此毫不怀疑,但她还没自欺欺人到满怀期待的地步,也没狂热到孩子不受洗就活不下去的地步。萨拉则让玛丽亚心寒,她至今不敢相信萨拉会做得那么过分。不过值得庆幸的是,那一切都是萨拉干出来的,她是大家公认的怪胎——从小就以"动辄闹脾气""蛮横而又自私自利"出了名,用玛丽亚的话来说,一个并非"招人喜欢的人"——而不是她母亲。无论这位母亲因为女儿在纽约定下的这门荒唐亲事多么不快,她还是义无反顾地遏制住了心中的不快。这不仅是我们所能期盼的最好的结果,而且是个不同寻常的开端。事实上，如果不是那个女人那么一闹的话，我们会度过一个相当美妙的夜晚，萨拉在地下室的无礼举动也会随之变得无关痛痒，玛丽亚的反犹母亲和她的犹太丈夫之间尽管疏远，但也能保持对彼此的尊重，就像我们到英国以来一直保持的那样。

"那女人真可怕，"玛丽亚说，"还有她丈夫。"

菲比留宿在弗雷西菲尔德太太的姐姐家——伦敦市内的一所公寓。保姆要放假到第二天中午才会来，所以租居的寓所的客厅里就只剩我们俩。这使我想起一年前在纽约时，玛丽亚躺在我公寓沙发上的情景。那时她试图说服我，说她跟我不合适。不合适——还有谁比她更合适像我这样的男人呢？

"是的，"我说，"那个老家伙也真是太放任她了。"

"在老家时，我见过许多类似的情形，"玛丽亚说道，"那种阶级出身和那种性情的女人，举止恶劣，说话大声，而人们竟然放任她们去说个痛快。"

"因为他们没有异议。"

"可能吧，但也不一定。那一代人都是那样——永远不反驳女士，女士不会犯错，等等。反正那些男人个个厌恶女人，他们对待女人的方式就像那女人的丈夫一样。对她客客气气，任她胡言乱语，甚至充耳不闻。"

"这么说，我没猜错她的意图。"

"是的。"看起来餐馆事件已经完全平息，玛丽亚却开始哭起来。

"怎么了？"我问。

"我不该告诉你的。"

"今晚的教训就是，你对我应该知无不言，言无不尽。"

"不，我不应该。"她擦干眼泪，极力挤出一丝笑容，"刚才真是煎熬，真的。真高兴我们回到家里了，也很高兴你送我的这条手链，你叫那女人住嘴时涨红的脸也让我高兴。好了，现在我得上床睡觉了,因为我再也装不下更多的快乐了。"

"你不应该告诉我什么?"

"别——别追问了。你知道为什么我从没跟你解释过我母亲的事吗?不是因为怕引起你的反感,而是因为我怕会让你大感兴趣,我不想让我母亲出现在你的书里。我已经够命苦的,但我不希望我母亲出现在书里,尽管她做的事很不体面,但没有给任何人造成任何伤害。当然,除了她自己——让她和你这样的人产生了隔阂,她本来完全没有理由不欣赏、不喜欢你这样的人。"

"那你为什么哭啊?"

她闭上眼睛,一副筋疲力尽、无力抵抗的样子。"因为——好吧,那女人的胡言乱语勾起了我最可怕的回忆。"

"什么回忆?"

"太可怕了,"她说,"真可耻,真的。那时我还在杂志社工作——还没生菲比,我们办公室有个女孩,一个我很喜欢的女孩,是同事,和我同龄,人很好,尽管算不上密友,但她是一个非常招人喜欢的朋友。有一次我们在格洛斯特郡给一个故事找配图,我对她说:'乔安娜,来我们家住吧。'因为查德利离我们拍摄的村庄不远。就这样,我们在家里住了几晚。我母亲说我应该跟她摆明乔安娜是犹太人这一点——我想乔安娜当时可能还在家里,尽管她肯定听不见。"

"就像我一样,有着明显的生理标志。"

"我母亲一定看出来了,我想是的。总之,她对我说的话和餐馆里那个女人说的一模一样,一字不差。我本来早就淡忘了那回事,整件事从心底清除出去了,直到我听到那女人说'他们身上有一股怪味,对不对'。因为我想我妈妈当时,我也不知道,刚进过乔安娜的卧室——或者通过某种再正常不过的方式——啊,我也不知道到底是怎么回事。谈论这件事实在太难堪了,我只希望自己压根儿不记得，那样它也就自然而然地消失了。"

"所以你在餐馆里跟我说，除非疯子才会那么说，这话并不完全准确。因为你母亲显然没疯。"

她轻声说："我错了……尽管我知道真相……我告诉过你，我为此感到羞愧。她就是那么想的，她指的就是你心里想的——是不是疯子才会那么说？我不知道。我们还有必要继续讨论下去吗？我太累了。"

"所以你才在我离开的前一晚，当所有那些受过良好教育的英国自由派人士抨击犹太复国主义、攻击以色列的时候突然插话反驳？"

"不，当然不是——我当时说的是心里话。"

"但是背了这么重的精神包袱，当初你跟我结婚的时候，想过会发生什么吗？"

"那么，你背着你的精神包袱跟我结婚时又是怎么想的呢？求你了，我们不能再继续这种讨论了。这不仅有失身份，也无关紧要。你不能把一切都置于犹太背景下。还是说这一切都是你在犹地亚待了一个周末的结果？"

"更可能是因为我以前从未在基督世界生活过的结果。"

"那美国又算什么呢？一个严格意义上的犹太保护区吗？"

"我在美国没遇到过这种事——从来没有。"

"看来你在生活中被保护得很好。在纽约时，我可听过不少类似的事情。"

"是吗？什么样的？"

"嗯，什么'扼杀文化生活、扼杀经济'之类的——应有尽有。实际上，美国这种事更多，因为美国的犹太人更多，而且他们不像英国犹太人那样缺乏自信。英国犹太人被重重包围，他们人数太少了。总的来说，他们觉得作为犹太人相当难堪。然而在美国，犹太人畅所欲言，毫无顾忌，什么都有份——结果呢，我可以向你保证，就招来一些人的厌恶,他们会在犹太人不在场时狂说他们的坏话。"

"但是这里怎么样?我们现在住的地方。你们这里的人到底是怎么看待我们的?"

"你是故意气我的吗?"她问,"在今晚我们遭遇了那样的事后,故意惹我生气吗?"

"我只是想弄明白一些事。"

"但这一切都是小题大做。不,我不会告诉你的,因为无论我说什么你都会怀恨在心,而且只会冲着我。就像之前一样。"

"这里的人是怎么看的,玛丽亚?"

"他们认为,"她厉声说道,"'为什么犹太人要在身为犹太人这件事上大做文章?'这就是他们的看法。"

"哦?你也这样认为吗?"

"是的,有时候我也这么觉得。"

"我都没察觉到。"

"这样的感受和看法很普遍。"

"'大做文章'具体指什么呢?"

"那取决于你的出发点是什么。如果事实上你一点也不喜欢犹太人的话,那么一个犹太人的一举一动,你都会认为是犹太作风。他们该摒弃这种过于重视自己犹太身份的作风,因为这让人觉得无聊。"

"比如说?"

"这是个坏主意,"她说,"难道你不这么认为吗?"

"说吧。"

"不,我不说。别人这么针对我时,我没法保护好自己。"

"犹太人把自己看作犹太人,这有什么好让人觉得无聊的?"

"要么深信不疑,要么全盘否决,对吗?我们的谈话似乎没有任何中间路线。就拿今晚来说,不是甜言蜜语就是大发雷霆。"

"我没有大发雷霆——我只是很沮丧,原因我已经告诉你了,我以前从来没遇到过这种事。"

"我可不是内森·祖克曼第一任非犹太妻子。我已经是第四任了。"

"一点不错。可我从来没听过什么'异族通婚'的屁话。你是第四任,但却是第一个英国人,在与个人福祉相关的事情上,我对英国这个国家似乎一无所知。无聊?我想这更多是加在你们英国上层阶级身上的耻辱吧。犹太人无聊?你得给我解释一下。以我的经验来看,通常没有犹太人时才无聊。告诉我,对于英国人来说,犹太人把自己看作犹太人,这有什么好无聊的?"

"我可以告诉你,不过条件是,我只当这是一次讨论。你不能无视我的话,总想挑起一场毫无意义又伤感情的冲突。"

"犹太人以犹太人自居到底有什么好无聊的?"

"这么说吧,我反对人们——这只是一种感觉,不是经过深思熟虑的立场;喝了那么多葡萄酒和香槟之后,如果你坚持不让我们上床休息的话,那我肯定不会言无不尽的——就是说,我反对人们由于具有某种身份而固守那种身份。我不认为这种做法有什么值得羡慕的。说什么这种'身份',那种'身份',你的'身份'就是你应该决心不要去多想的东西。我是这么看的。我认为所有那些种族群体——不管他们是犹太人还是印第安人——要是总以为必须保持某种群分意识的话,那只能使社会群体生活更加艰难。就像在伦敦,人口构成已经相当多元,但我们都在努力友好地生活。"

"你看,尽管听起来你的话似乎有点道理,但其中的'我们感'让我感到沮丧。这些人梦想着成为完美的、纯净的、未经污染的、没有臭味的'我们'。还说什么犹太人的种族意识。这种同类性的固守,难道不正是一种非常微妙的英国白种意识吗?允许差异的存在就那么不能容忍?你固守你的'身份','正是由于具有这种身份'——听起来并不比你母亲强到哪儿去!"

"求你了,你这么大喊大叫,叫我怎么说下去。我没说不能容忍,我不是那么说的。如果差异真实存在,我当然会接受。要是人们因为差异而反犹或反对黑人或反对别的什么,那么我蔑视这样的行为,这点你很清楚。我一直试图说明的是,我并不认为这些差异总是完全真实的。"

"所以你产生了反感。"

"好吧,既然你非要逼我说出口,那我就来告诉你我反感什么——我讨厌去伦敦北部,比如汉普斯特德或海格特,我觉得就像置身外国,那里给我的感觉真的就像外国。"

"现在我们开始接近要害了。"

"没有什么要害不要害的。我说的是你想要的真相——如果真相让你变得不可理喻,那不是我的错。如果你因此想离开我,那也不是我的错。如果我恶毒的姐姐要破坏我们的婚姻并最终得逞,那将是她第一次大获成功。但我们一败涂地!"

"很高兴听到你提高嗓门来表达观点,就像我们这些有气味的人一样。"

"哦,这不公平,太不公平了。"

"汉普斯特德和海格特怎么就成了外国了?因为那里的犹太作风盛行?难道英国人中就不能有犹太英国人吗,就像人类中有英国人一样,明明这样的分类我们可以成功忍受?"

"让我把话说完——那里住着许多犹太人,没错。那里我的同辈人,我的同龄人,他们有着种种相同的反应,上过相似的学校,接受过相似的教育,不包括宗教教育,但他们的风格与我的大相径庭。我并不是说讨厌这点——"

"只是觉得无聊而已。"

"也不是无聊。只是在他们中间,我确实感到自己是局外人——身处其中我有被拒之门外的感觉,这让我觉得我还是待在让我感觉更正常的地方更好。"

"英国现存权力结构的网收得更紧了。风格怎么就大相径庭了?"

我们谈话时,她本来一直躺在沙发里,头枕在一只枕头上,眼睛看向我所处的壁炉旁的椅子上。突然,她坐直了身子,把枕头扔到地上。手链的搭扣一定是松脱了,手链随之掉在地上。她弯腰捡起手链,顺势把它放在我们之间的玻璃茶几上。"你真是什么也没听懂!什么都没明白!连你也理解不了!你为什么不消停消停,把你这种迎难而上的精神留给你的写作?"

"你为什么不干脆点,把那些你不该告诉我的事都告诉我呢?因为显然隐瞒对我毫无帮助。"

"好吧,好吧。既然我们什么都添枝加叶,而且我确信,无论我说什么你都会当作把柄反咬一口——我要告诉你的,不过是人类学方面的小课题。人们会说'哦,犹太人就是这样那样的,真可怕',只是一句口头禅,并不一定就是反犹。"

"我本以为这里的人表达这种情感时会采用更微妙的形式。英国人难道就这么直白吗?真的吗?"

"千真万确。一点不错。"

"请举例说明。"

"为什么不呢,内森?为什么保持缄默呢?举个例子。在汉普斯特德,你走进一家店里想点些喝的,而那里殷勤的女店主,她几乎是不可抵挡地端上一大堆五花八门的小吃,还会进攻式地端上你根本没点的饮品,总之就是她的过度周到、过度介绍、过度殷勤让你觉得很不舒服——这时你就会脱口而出'这太犹太人了'。这句话背后并没有反犹的意思,只是一句口头禅,一种普遍的现象——所有地方所有人都这么说。我敢肯定,即使是像你这样宽容开明的世界公民,至少也会有忍不住脱口而出'这太外邦人了'的时候——也许甚至对我做过的事,你也会这么评论。唉,你瞧,"她边说边站了起来,身上裹着那件完美的绿色连衣裙,"你为什么不回美国去?那里'异族通婚'天经地义。这真是荒唐。真是大错特错,而且我相信完全是我的错。我该留你跟那些美国外邦女孩在一起的。我不该让你跟我一起回来,不该试图隐瞒家里的情况,就算你无法理解或接受——尽管这正是我这么做的原因。所有事情都不该发生,从让你邀请我去你的公寓喝那杯茶开始。也许我该容忍他叫我一辈子闭上嘴巴——谁让我闭嘴还不一样?至少那样的话,我还能维系我的小家庭。唉,一想到自己历尽千辛万苦,结果还是跟了另外一个不能忍受我说话的男人,我就忍不住火冒三丈!这真算得上一次拓展教育——而且毫无结果,无休止的准备,最后一无所获!为了我的女儿,我没有离开他,和他在一起,因为菲比觉得'家里有父亲在才会乐趣无穷'。接着我和你相遇,我竟愚蠢地想到:'可我怎么办?与其做丈夫的敌人,当另一个人的灵魂伴侣怎么样——真是痴心妄想!'为了嫁给你,我真是经历了地狱般的磨难——我做过的最大胆的事就是和你在一起。到头来你居然把我当成某个国际非犹太人阴谋组织的付费会员!现在看来,你的想法和那个末底改·李普曼的真没有太大区别!你弟弟疯了?你和你弟弟没什么两样!尽管他平时对我无礼,但你知道我该怎么做吗?按我们这派人的传统,我该咬紧牙关硬撑下去。不过你会觉得这是多么虚伪、多么懦弱——妥协,一味地妥协——但也许妥协只是代表了成熟,而寻找什么灵魂伴侣才愚蠢透顶。我显然没有找到任何灵魂伴侣,这毋庸置疑。我找了一个犹太人。这么说吧,我当然从来没有觉得你非常犹太人,但我又错了。显然,我那时还没有意识到这件事的深度。你把自己伪装成通情达理、温和稳健的模样,而事实上你却顽固不化!你就是末底改·李普曼!啊,这真是一场灾难。假如怀孕五个月还可以做人流的话,我会做的。我不知道该如何处理这件事。房子我们可以卖掉,至于我,如果我们一辈子就这样生活下去的话,我宁愿独身。我真没法儿面对这样的生活。我没有那种情感储备。你冲我发脾气,这太不公平了——又不是我把那个女人安排到我们旁边来的!至于我母亲怎么样,那又不能算我的过错。你知道,她从小就接受了那些偏见,这不能怪到我头上来。你以为我就不了解这个国家的人,不知道他们会多么卑劣、多么狠毒吗?我这么说不是为她开脱,但在她家族里,你要知道,除非你是条狗或者有根阴茎,否则没人会看重你——所以她不得不忍辱负重!而且这么多年以来,她基本上是独自一人承受这一切。我们也都不例外!我并没有选择要一个刻薄的姐姐,也没有选择要一个反犹的母亲——就像你不能选择不要一个在犹地亚持枪的弟弟,或者一个像你所说的对外邦人颇有些偏见的父亲。可你别忘了,我母亲从没说过一句冒犯你或者私下里责备我的话。当我第一次把你的照片给她看时,她只是平静地说了句:'典型的地中海一带人的长相,是不是?'我则同样平静地回答:'妈,你知道,我觉得从世界眼光来看,金发碧眼的时代也许不存在了。'她差点落泪,听到这话竟出自自己的乖女儿之口,她大为吃惊。但是,你瞧,就像我们很多人一样,她幻想的正是她所渴望的。尽管如此,她还是很平静地接受了这一切,根本没有找什么茬子——要不然的话,在我生活中任何新的男人,犹太人也好,非犹太人也罢,都会碰一鼻子灰的。可她没有再多说什么,而且表现得很友善,非常友善。要知道,平时她对犹太人可没多少好感。如果说今晚她态度冷淡,那是因为她向来如此,但她也尽量表现得和蔼可亲,大概是因为她不希望看到我们分道扬镳。你真以为她想让我再离一次婚吗?当然,讽刺的是,事实证明她才是对的——不是标榜通情达理的你我,而是我那顽固不化的母亲。因为很明显,你不可能指望出发点有着天壤之别的人在任何事情上达成相互理解。连我们都不行,即使我们看起来非常理解对方。唉,一切都很讽刺！生活总是出人意料！可我不能把这个问题当作生活的重心。而令我吃惊的是，你突然间把它当成了你生活的重心！在纽约，当我把犹太人归为一个'种族'时，你大发雷霆，而现在，你却要告诉我，你的基因是独一无二的？你真认为你的那些犹太意识使你无法与我相容？上帝啊，内森，你是一个人——我才不在乎你是不是犹太人。你自己要我告诉你，'我们英国人'怎么看待你们的。可当我试图开诚布公、如实相告时，你却对我说的话怀恨在心，正如我所预料的一样。好一个心胸狭窄的混蛋！够了，我受不了了。我也不会再忍受！我已经有一个心胸狭窄的母亲了！还有一个疯疯癫癫的姐姐！我嫁的不是北芬奇利的罗森布鲁姆先生，而是你！在我眼里，你不是什么犹太人或非犹太人，你就是你自己。你觉得我去看房子装修进展时会在心里问自己：'那个犹太人会喜欢这里吗？一个犹太人能在奇斯威克的一个家庭里找到幸福吗？'是你疯了。在这个问题上也许所有犹太人都疯了。我能理解他们的感受，也能明白犹太人为何会感觉如此愤怒、格格不入以及受排斥，说得婉转些，就是这个问题被滥用了。但如果我们要继续就这个问题一再误解彼此，整天吵个没完，甚至把它当作我们生活的重心，那么我只能跟你一刀两断，没法儿和你一起生活，至于我们的孩子——天哪，要是上帝知道就好了，现在我将有两个没有父亲的孩子。正是我所希望的！跟两个没有父亲的孩子厮守在一块。即使那样也比现在这样强，因为这样真是愚蠢透顶。请你回到美国去吧，那里人人都爱犹太人——如你所说！"

想象一下。由于我在教堂被萨拉挑衅，然后又在餐馆遭到侮辱，可以想见，我的这场婚姻就快要破裂了。玛丽亚说过，这一切愚蠢透顶。然而不幸的是，愚蠢这东西竟是客观现实，它对心灵的支配不亚于恐惧、欲望或其他任何东西。问题的症结在于并非或此／或彼——下意识地从同样难度和令人遗憾的诸多可能性中做出选择——而是在于和／和／和／以及。生活就是一个"和"：偶然的和永恒的，难以捉摸的和可以把握的，异乎寻常的和意料之中的，现实的和潜在的。所有这些纷繁错综的现实存在，相互纠缠着、重叠着、冲突着、连接着——还要加上形形色色的幻想！这个乘上这个乘上这个……除了大规模制造误解，一个聪明人还可能做其他事吗？什么也做不了，当我离开家的时候，我是这么想的。

甚至在希特勒可能被认为或多或少已经损伤了仇犹者们的骄傲的今天，在英国仍有人对犹太人深恶痛绝这一事实，并没有令人感到惊诧。连玛丽亚都竟然要像对她母亲那样，无止境地忍下去，或者天真地相信，假装周围没有那种有毒思想就能避免一场灾难，这类事实也算不上惊人。无法预料的发展是，这一切让我感到那么的怒不可遏。不过我一直毫无思想准备——平素正是犹太人，而非反犹分子，才因为我是犹太人而来攻击我。在英国，我突然亲身经历了一些在美国时从未遭受过的伤害。在我看来是礼仪之邦的英国，突然蹿起来在我的脖子咬了一口——我内心发出失去理智的尖叫："她没有站在我这边——她站在了他们那边！"我苦思冥想过，也痛切感受到犹太人必须强忍的伤害。与诬蔑我在文学创作上标新立异的种种责难正相反，我的小说几乎并没有对犹太人痛苦的历史表示过满不在乎或者天真；我写小说时，一直都清楚地认识到这一事实，我的小说也是这一认识的结果。但事实上，直到今晚，对犹太人伤痛的经历在我的个人生活中一直都是微不足道的。在我的祖父母逃离欧洲近一百年后，我回到基督教盛行的欧洲，终于切身感受到这种外部的客观现实，而在美国时，我还一直将这种现实归咎于一种渗透了犹太世界几乎任何事态的"畸形的"先入为主的主观臆断。

尽管如此，我仍怀疑自己是否正犯着自古就有记载的犹太心理病，而不是严重的临床精神病；也许我只是个多疑的犹太人，硬将假想的严重性套在一个只需人之常情就能解决的问题上；也许我只是捕风捉影，自寻烦恼；也许我只是对反犹主义的存在，而且是普遍存在，正求之不得。当玛丽亚恳求我不要追究它的存在时，我为什么置若罔闻呢？一再地谈论着这个问题，残忍地延续着那次讨论。我们不可避免地深深伤害了对方的感情。但这并不是说我无端生事，或者我完全有能力将我们与这种邪恶隔绝。诚然，是否抵制挑衅可始终是一个取舍的问题，尽管你极力使自己心平气和，假如你妻子的姐姐骂你是个讨厌的犹太混蛋，另一个人又侮辱你说你把周遭弄得臭气熏天，你爱的人却又责怪你小题大做，难道你真的还不会怒火中烧吗？事情甚至有可能是，我非但没有捕风捉影，反而偶然发现了某个根深蒂固、潜伏隐蔽又无处不在的反犹一派。不过在那些文质彬彬、素有教养、普遍自我封闭的英国人当中，只有偶尔像一个疯老太婆或者一个混账姐姐那样的人物，才会做得那么露骨。否则大体上潜在的，没人能注意到。也许那群憎恶以色列的年轻人除外，他们缺乏英国人的绅士风度，在那次晚宴上出言不逊。

如果这是在美国，那里的人承认或否认这样那样的"身份"，就像往保险杠上贴贴纸一样轻而易举——即使那里还有人坐在俱乐部里，认为这块土地是属于雅利安人的，但事实并非如此，那么她将犹太人从白种人那里区分出来，我是可以表现得像个理智的人的。但在这里，你被自己天生的东西包围着，你一辈子都困在人生的原点。在这片雅利安人的属地，你妻子的姐姐，如果她母亲可以排除的话，显得像是代表着某个纯种的社会组织，站出来宣告我为不受欢迎的人，要我别介入这个组织。这种侮辱我不能视而不见。我们俩之间的相互吸引是真挚而强烈的，然而不管我们在圣歌仪式上有什么样的共鸣，玛丽亚和我绝不是索马里兰的人类学家，也不是在一次风暴中留下的孤儿：她有她自己的出身，我也有我的。那些我们曾热烈探讨过的差异性，一旦它的魅力开始消退时，那么就会发生侵蚀作用。我们无法固守"我们的自我",让"他们"见鬼去,就像我们不能让入侵我们田园生活的二十世纪见鬼去一样。我认为,问题在于:即使她母亲是个根深蒂固、顽固不化的上流社会势利小人,玛丽亚也还是会爱着她,并为爱所困——她并不是真的希望她母亲接受一个异教徒的外孙,然而她又不想与我发生冲突。而我呢,就我个人而言,我不想失去妻子、孩子,也不想在这场争论中败北。我如何才能从这场古老意志的冲突中挽回我想要的东西?

天哪,误入不欢迎你的人群中却要强颜欢笑是多么令人愤怒,而妥协又是多么可怕,即使是为了爱。无论是外邦人还是犹太人要求我依从什么,我发现自己全部的努力似乎都是与他们对抗。

过去,不可避免的过去,已经掌握了控制权并即将破坏我们的未来,如果我不做点什么来阻止它的话。我们可以轻易地理解彼此,可一旦涉及带到我们共同生活中来的、打上部族烙印的历史则另当别论。无论多么不易察觉,她都接受了他们的反犹主义,我会在她身上听到反犹主义的回响,而她眼中的我则成了以犹太身份为重中之重的犹太人,难道我真有可能抱着这样的感觉吗?有没有可能我们谁也无法抵制这种古老陈腐的东西?假如无法将她从那个即使我在那里受欢迎我也不情愿介入的世界里分离出来,那又该怎么办?

我叫了一辆出租车,开到奇斯威克,到河边那座我们买下的房子。房子正在重新装修,用来封装我们想象中自己所拥有的东西。那座房子正在被改造成我们的房子,也代表了我个人的转变——代表了合理的解决办法,富有人情味的巢穴,庇护和捍卫的不仅仅是我的叙事热情。在那一刻,对我来说,除了世俗意义上某个具体的家和家庭之外,别的一切都有被想象的可能。

因为四周墙壁尚未刷新,地板也仍然残缺不全,所以尽管我推了一下前门,发现并未上锁,我还是没有进屋逛一下。在一个寂寥的午夜，造访有待完工的避风港，已经足以证明我的穷途；毋需过多描写我是如何在一片漆黑中跌跌撞撞，碰得鼻青脸肿。我只是从一个窗口走到另一个窗口，往屋内探视着，就好像罪犯作案前的现场踩点，然后在通往露台的落地窗台上坐下，凝视着泰晤士河。一片寂静中唯有水的动感。透过参差的树枝，可以看到对岸远处的几家灯火，看起来如此渺小、遥远。那情形就像极目远眺一个陌生的国度——从一个陌生的国度眺望另一个陌生的国度。

我坐了近一个钟头，就像是丢了钥匙的人，感到异常孤独和寒冷。不过渐渐地，我平静下来，呼吸也再次变得均匀。尽管新居尚未成为温暖舒适的家在河边熠熠生辉，但它的切实存在提醒了我，为了得到这些平凡的、暂时的满足，我辛辛苦苦压抑了多少东西。那座重修了一半的空荡荡的屋子的存在，使我异常严肃地重新思考——如果证据与我凭感觉所下的结论相符的话——是否过去发生的一切早已埋下伏笔。当我回顾过去的一年中，我们坚忍不拔、不屈不挠，成功地冲破了我们道路上的封锁和障碍时，我为自己如此轻易地被征服并感觉自己成为如此无辜的受害者而感到荒唐可笑。一个平素不幸福的已婚母亲和一个三度离婚、无儿无女的文学隐士，他们结合在一起是无法享受妻子身怀六甲、丈夫初为人父那样蒸蒸日上的家庭生活。两个无能为力的懦夫，也不可能在十四个月内一起重新彻底安排几乎所有的重要事宜。

发生了什么呢？没什么特别有新意的。我们吵了一架，这是我们的第一次，仅仅是争吵而已。导致我们言辞过激、怒火中烧的，无非是她作为一个母亲的女儿的角色，与我作为一个父亲的儿子的角色起了摩擦——这第一次甚至不能算是我们本人之间的。然而，最初动摇大多数婚姻的争斗往往就是这种——由角色代理为真正敌对的双方而战。其敌对矛盾从来就不是基于此时此地，而是有时有着悠久的历史渊源，以至于祖父母辈的价值观的残余成了一对新婚夫妇的互相谩骂。尽管他们希望保持纯真,然而过去总是在梦中啃噬着他们,抑制着一切更新。那么我回家后该怎么说呢?既然我弄明白了这一切,那现在我该怎么做呢?是跑上楼去吻她,假装一切顺利,还是叫醒她,告诉她我一直以来的想法——还是最好悄无声息地走进屋,让生活的延续这一现实的黏合剂来修复我们之间的裂痕?要是她不在家,要是她到她姨妈家跟菲比同睡沙发床,因而楼上卧室一片漆黑、屋内一片寂静怎么办?要是这始于中东时间黎明时分在耶路撒冷搭出租到机场安检的漫长一天,以玛丽亚从一个好斗的犹太丈夫身边逃到肯辛顿①而告终怎么办?从以色列到教堂地下室,到餐馆,再到离婚法庭。在这个世界里,我是恐怖分子。

要是她不在家。

坐在这里,凝视着那条黑乎乎的河,我想象自己重返那种靠将自己与玛丽亚锚定而奋力摆脱的生活。这个有着顽强自制力和勇气的女人,这个魅力在于审慎和含蓄的女人,这个感性认知卓越、思维清晰动人,虽然钟情的性爱姿势只有一种,却并非对情欲一无所知的女人,这个受过感情创伤、优雅甜美的女人,她能言善辩,聪慧伶俐,有条有理,对生活有着透彻的理解,还有侃侃而谈的天赋——要是她不在家呢?想象一下玛丽亚走了,我的生活没有了这一切;想象一下失去具有任何意义的外在生活,一个无他的自我再次被自我并吞——所有的声音重又变成腹语,内心种种矛盾重又单调沉闷地互相撞击。想象——舍弃一种非禁锢于脑子里的生活,只剩下孤立的、怪异的自我斗争。不,不——不,不,不,这也许是我最后一次机会,我已经自我变形够了。当我回到家时,让我发现在床上,在我们同盖的毛毯下,所有那些非句法上的美丽起伏,非词语的臀部,非我造物的柔软鲜活的臀部——让我看到在那里睡着

---

① Kensington,伦敦的富人区。

我为之奋斗、我所渴求的女人。她让我感到惬意满足，她孕育着我们的未来，她的肺里静静地涌动着生命的真实空气。假如她果真走了，我的枕边总该留下一封信……

但是，放弃哀叹吧（所有被拒之门外的人对此都深有体会）——那封信里到底写了些什么？既然是玛丽亚写的，大概率颇有趣味。这个女人可以教会我很多东西。我怎么能失去她——要是我失去了她——失去了与一种丰满的、真实的外在存在的接触，失去了与一种强有力的、和睦幸福生活的关联。想象一下。

我要离开了。

我走了。

我要离开你了。

我要走出这本书了。

一点没错。当然。这本书！她将自己视为我的虚构，给自己打上想象的烙印，然后聪明地销声匿迹；不仅只是离开了我，而且离开了这本书。这本是一部有关文化战的将会引起轰动的小说，如今只留下一个幸福的开端就完结了。

亲爱的内森：

我要离开了。我走了。我要离开你，也离开这本书。我要带菲比一起离开，以免有任何可怕的事情发生在她身上。我知道，书中人物背叛其作者的事并非史无前例，但就像我对第一任丈夫的选择所表明的那样（至少对我个人来说如此），我没有别出心裁的意愿，也从来没有别出心裁过。我爱过你，完全作为某人的创造而活着，确实有点儿刺激，因为，唉，反正我天性如此。但即便我生来驯顺，我的驯顺也有限度，而且带着菲比回到我们开始的地方，在楼上和他一起生活，我会感觉更好些。当然，相比被要求闭嘴，被人聆听感觉更好。不过一想到你（当初为了文学目的）把我从楼上的困境中解救出来，到头来对我的控制和剥夺却不亚于从前，我就觉得不寒而栗。这一套对我不适用，我一开始就警告过你。当我恳求你不要写我时，你一再跟我保证说，你不可能想写谁就是谁，即使你试图写某人，写出来的却不是那个人，而是另外一个人。即使如此，也不够合我的心意。我承认大起大落是人生法则，如果有一面平息下来，那另一面必然会嘈杂起来；我承认，降生、活着、死去，就是变换形式，但你做过头了。让我陪着你经受你的疾病、手术和死亡，这不公平。"醒醒，醒醒，玛丽亚——那不过是一场梦！"但一段时间之后，那也会让人厌倦。我总不能一辈子蒙在鼓里，不知道你是否在作弄我，也不可能永远被你作弄。跟我那位英国暴君在一起，至少我清楚应该站在什么立场，而且可以采取相应的行动。而跟你在一起，则永远不可能那样做。

我怎么会知道菲比会遭遇不测呢？我感到恐惧不安。你恨不得弄死你弟弟，你几乎杀了你自己，或者说，在以航的班机上，你竟以幕后操纵一次丧失理智的劫机行动而沾沾自喜——假如你认定，要是我女儿从那条纤道上失足掉进河里会更有趣，那该怎么办？一想到自己爱的人要作为试验品去接受这种文学实验，我就明白了反活体实验者无法忍受的心理。你没有权利强迫萨拉在那个地下室里说出那些话，要不是你纠结于犹太人的问题，那些话她根本不会说出口。你这么做不仅毫无必要，而且是一种残酷的挑衅。因为我向你吐露过，说我觉得犹太人对外邦人似乎特别喜欢吹毛求疵，动辄判定他人为极端的反犹分子，或者至少有反犹的嫌疑，而其实他们是无辜的，所以你想方设法给我来了一个绝对反犹的姐姐。还有餐馆的那个老东西，也是你招惹的，非要挑一切都那么完美的时候，要知道那可是多年来我度过的最美好的夜晚。为什么这些事总是发生在你准备好享受美好时光的时候？为什么我们就不能快乐呢？你就不能想象一下快乐的情形吗？试着改变一下，将你的想象锁进满足和快乐里。那应该不难——事实上大多数人都是那么做的。你现年四十五，又已经颇有成就，该是你想象生活安定顺利的时候了。为什么还要专注于这解决不了的冲突呢？难道你就不想要一种新的精神生活吗？我曾经还傻乎乎地认为那就是一切的意义和你需要我的原因，不是为了让逝去的日子重演，而是为了快乐地解脱出来，打开新的局面，斗志昂扬地起来反叛你的作者，重塑你的生活。我天真武断地以为自己正在发挥巨大的作用。为什么你要用这种不可遏制的反犹疑忌来破坏一切？你现在必定像阿戈的狂热分子一样怒不可遏。你利用那可怕的阳痿实验，固执地将《卡诺夫斯基》的故事反转，把纽约变成了一次可怕的经历。就我个人而言，我宁愿在无休止的性爱狂欢中充当那个春宫皇后奇人玛丽亚——即使窒息也比像你那样垮掉要好受些。现在到了伦敦，又是犹太人。当一切都进展得如此顺利的时候，犹太人又出场了。你就不能忘了你的犹太人吗？那怎么会是你——尤其是像你这样见多识广的人——不可化约的本质呢？你没没了地把自己和犹太族群捆绑，哪怕你只是碰巧降生在这个族群里，而且距现在已经过去很久了。这实在是无聊透顶，既倒退又不可理喻。纵然你觉得我的英国人作风令人厌恶，但我绝不像你们大多数犹太人坚持做犹太人那样跟它或者任何标签捆绑。难道那个过着你的生活的人作为一个效忠的孩子还不够久吗？

你知道和犹太人在一起时提起犹太人话题是什么感觉吗？那就好比身处一群濒临精神错乱的人之中。跟他们一起的半数时间里，他们完全正常，有时他们不停发问。但也有一些奇怪的时刻，他们处于不稳定状态，摇摇欲坠。事实上，他们的言行和五分钟前的一样理智正常，不过你心里明白，他们刚刚越过了那条微妙神奇的界线。

我想说的是，读到第六十五页时我就明白你准备把我们带向何处，所以在你的飞机降落之前我就该起身离开，更不用说冲到机场去接仍在圣地高空的你了。是这么一回事（我指的是你无所不包的心思）：正因为我姐姐已经使你深信不疑，我母亲决定借题发挥，在我们的孩子身上象征性地洒上教堂的圣水，你现在就决心反击，要给孩子，如果是男孩的话，举行割包皮仪式，以使他与耶和华订立誓约。唔，我看穿了你逆反的本质！我们大概又要争辩了——我们这两个从不争辩的人。我会说："我认为那是野蛮的残害行为。不过因为在一百万零一个手术中有一百万个对身体是无害的，所以我也就找不出任何医学依据来反驳这种行为，除了从普遍的看法来说，不到万不得已的时候最好别干预任何人的身体。但尽管如此，我还是认为，给男孩或女孩行割礼是一件可怕的事。我就是认为那不对。"而你会说："但我无法容忍一个未行割礼的儿子。"或者别的什么更微妙的威胁的话。就这样争辩下去。谁会赢呢？猜猜看。当然是以野蛮的割礼而告终。因为既然我完全是你的造物，我必然会妥协。我会说："我认为在这方面儿子应该效仿父亲。我的意思是，如果父亲没有行割礼，那么我认为孩子应该也不用行割礼。因为我想，与父亲差异会让孩子产生困惑，也会给他带来各种各样的问题。"我还会说——威逼之下吐真言——"既然这类习俗会引发如此复杂的情感，那么我觉得最好不要干涉它们。如果你因为任何人干涉你们父子的关系而愤怒，那么我可以搁置自己的感受，即那个持不可知论的知识分子竟变成了蛮不讲理的犹太人；现在的我理解了这种感情的由来，所以不打算横加阻拦。如果它为你确立了真实的父权——为你恢复了你自身父权的真实性——那就这样吧。"而你会说："那你的父亲呢——你的母亲呢，玛丽亚？"那我们就会再也没有觉可睡了，若干年都会如此，因为这个问题又会带来其他问题，而你却会为我们的跨国婚姻变得如此妙趣横生，而感到有生以来前所未有的开怀舒畅。

不，我才不会让你得逞。我不会就这样听任你将我锁进你的脑袋。我绝不会参与这种幼稚的游戏，即使是为了你的小说我也不会。哦，亲爱的，让你的小说见鬼去吧。我记得还是在纽约时，当我让你读一篇我写的故事时，你立马冲出去给我买了那本厚厚的皮面笔记本。"你可以写在这上面。"你对我说。"谢谢，"我回答，"可你真觉得我有那么多要写的吗？"你似乎没有意识到，对我来说，写作于我并非需要挣扎着捍卫的存在，而只是一些关于迷雾和格洛斯特郡草地的故事。我也没有意识到，即使是像我这样被动的女人，也必须知道什么时候该逃命。当然，假如现在我还不醒悟的话，那我就太蠢了。我承认逃向他并非重返乐园，但因为他和我确实有很多共同点，具有一种根深蒂固的阶级、世代、民族和背景的共同纽带，所以虽然我们吵架就像家常便饭，但过后一切又都恢复原状，我也就不排斥那样的争吵。而这种确有所指的交锋，实在令人高度紧张，叫苦不迭。在你我争论之间，二十世纪的历史不祥地逼近，而且是以最穷凶极恶的面目。我感觉四面楚歌，整个人被掏空——但对你来说，那是你的专长，确实如此。我们所有短暂的宁静与和谐，所有的希望与幸福，对你来说都很无趣，你就承认吧。同样无趣的是在中年一改过去的颠簸动荡、自我撕裂，而变成一个冷静超然的观察者，一个对他人的烦恼苦闷有着敏锐洞察力的密探。

你确实想让人再次反击你，不对吗？你也许已饱尝与犹太人、父辈们以及你的作品的发难者的斗争——你与那种偏狭的敌对势力斗争得越激烈，你内心的冲突就越激烈。但是，与外邦人的对抗是清晰的，没有不确定和犹疑——正义的、毫无内疚地大打出手！遭反抗、受困顿、发现自己置身于一次战斗中，这使得你的脚后跟好像装上了弹簧发条。在经历了我那样的谦让温和之后，你极其渴望一次冲突厮杀，一次碰撞交锋——任何别的什么！只要足以使故事轰轰烈烈，让一切在你所热衷的抨击谩骂中爆发出来。我这么不温不火，你却急不可耐地要去碰撞、交锋——只要有足够的敌意，让故事充满火药味，让一切都在你所钟爱的愤怒谩骂中爆发，那什么都行。在格罗辛格家做个犹太人显然有点无聊——但在英国做犹太人可难得很，在你眼里也就有趣多了。人们告诉你，凡事总得有个分寸，这可正合你意。你沉迷于限制。但事实上，对英国人来说，你只是偶尔需要为身为犹太人而感到抱歉，就是这么回事。当然我无法苟同，我觉得那粗俗浅薄、枯燥乏味，不过仍不像你想象的那么可怕。然而没有可怕的困难的生活（顺便说一句，这里的许多犹太人确实生活得顺风顺水——问问迪斯累里①或魏登菲尔德勋爵②就知道了）对你这位作家来说有害无益。你偏爱艰难度日，否则就编不了故事了。

　　至于我，我可不这样。我喜欢安逸的生活，安逸地随波逐流，迷雾，草地，不为我们无法控制的事情而互相责备，也不求凡事都有意义。我不常屈服于陌生的诱惑，现在我记起那是为什么了。当我告诉你，在圣树庄我母亲曾说过我那位犹太朋友："他们身上有一股怪味，对不对？"我看得出当时你心里确切在想的——不是"说出这种话来真可耻"，而是"她明明可以专注于此，为何却把精力放在那愚蠢的草地上？多好的一个主题！"。一点没错。不过对于我，那算不了一个主题。我绝对不想承受写那类主题的种种后果。别的暂且不提，起码如果我真写了的话，对于英国人来说，我并没有真正向他们揭示了什么，只会将我母亲和我自己暴露出来，以切身的痛苦来求取某种"有力的"东西。得了吧，最好还是写点什么无力的东西以求得安宁。我并不像你那样迷信艺术及其力量，我不主张劈开一切，而是推崇一种远远没有那么重要的、被称为安宁的存在。

　　但是内森，安宁让你不安，尤其是在写作方面——对你来说，

---

① Benjamin Disraeli（1804—1881），英国政治家、小说家，曾任首相。
② Lord Weidenfeld，（1919—2016），英国出版家。

那是糟糕的艺术，对读者，而且毫无疑问也对你本人来说，都过于舒适了。你最不想要的就是让读者感到快乐，感到一切都舒适无争，轻而易举地如愿以偿。田园牧歌不是你的风格，而"祖克曼的家庭生活"现在对你来说似乎就是这样，是一个过于简单的解决方案，是你讨厌的那种田园诗，是一个在完美河岸边的完美景色中的完美房子里的天真幻想。只要你在努力赢得我，将我从他身边夺走，只要我们在为争取监护权而斗争，只要为权利和财产的斗争仍在进行，你就能全神贯注。然而现在我开始觉察到，你害怕和睦，害怕玛丽亚和内森两个人过上幸福安定的家庭生活。对你来说，这种生活暗示着祖克曼卸下了负担，除此之外，它不是挣得的——或者更糟的，它不够有趣。对你来说，作为一个天真无邪的人而活着，跟作为一个可笑的怪物而活着没有什么区别。你所选择的命运，同你对命运的看法一样，是不惜一切代价避免天真无邪，断然不会让有着田园牧歌渊源的我，狡猾地把你变为一个田园牧歌式的犹太人。我想，你为自己竟也经不住诱惑，产生过类似他人的愚蠢而又幼稚的单纯梦想而感到羞耻。真丢人。那怎么可能呢？对祖克曼来说，没有什么，绝对没有什么，是轻而易举的。你根本不相信在你看来不费吹灰之力而获得的东西，就好像我们俩所有的获得都是毫不费力捡来的。

不过切莫以为，我因为不在你身边便不再对你怀抱感激。尽管我生性羞怯，而且你也知道我在性方面缺乏自主性，但你知道我会想念什么吗？我会想念你的臀部在我大腿之间的感觉。以今天的标准来看，这也不是很色情，也许你甚至不知道我在说什么。"我的臀部在你大腿之间？"你会问，一边默默揉搓着你的胡须。是的，姿势A。在我出现之前，你几乎从来没做过这么平凡不出奇的事情。不过对我来说，那怪可爱的，令人久久不能忘怀那种感觉。我不会忘记的还有那个下午，在我的冤家回家吃晚饭以前，我坐在楼下你的公寓里，刚好收音机里放着一首老歌，你说是上高中的时候你经常跟你的小女友琳达·曼德尔随着那首歌跳舞。就那样，第一次，也是仅有的一次，就在你的书房里，我们像四十年代的小年轻那样跳起了狐步舞，那种双方身体贴得紧紧的狐步舞。十五年以后，当我回顾这一切的时候，你知道我会怎么想吗？我会想："我真幸运！"我会想我们都将在十五年之后想的："那有什么不好的。"但对于二十八岁的年纪来说，那不是生活，特别是你想当莫泊桑，要榨取讽刺的全部价值。你要玩现实转换的游戏吗？找其他女孩去吧。我要走了。现在如果我在电梯里遇见你或在楼下门厅见到你收信，即便只有我们俩在场，我也会假装我们只是邻居而已。如果我们在公共场合相遇，比如在某个聚会或者餐馆里，我又跟我的丈夫和朋友们在一起的时候，我会羞红脸的。我确实有爱脸红的毛病，虽不如以前那么严重，但每当自己很显眼的时候，我准会脸红，最不寻常的事物也会让我脸红。不过，也许我可以克服这种羞赧，大胆地走到你面前说："我只想告诉你，我对你那些论辩式的小说中的女性角色有着深切的认同。"而尽管我红着脸，却没有人会猜到，我几乎就是她们当中的一个。

附：我觉得"玛丽亚"对其他人是一个够漂亮的名字，但对我却不是。

又附："玛丽亚"看起来最忠于自我、最奋起反抗、最有可能说出我不能过你强加给我的生活，也就是那种我们在英国为你的犹太身份争吵不休的生活（不可能过这种生活）的时候——在她最有力量的时刻，她显得最不真实，也就是说，她最不忠于自我，因为她又一次变成了你的"角色"，只是你一系列虚构命题中的一个。你真是恶毒。

再附：如果这封信读起来理性至极，我向你保证，我绝对没有类似的感受。

我的玛丽亚：

巴尔扎克临终前曾躺在床上呼唤他小说中的人物。难道我们一定要等到那个可怕的时刻吗？况且你并不仅仅是一个小说中的人物，而是我生命的真正的活组织。我理解遭暴虐般压制的可怕，但你难道不明白，这就是导致你而不是我过度想象的原因吗？我想大概可以这么说，有时候我确实渴望，甚至是要求，有人毫不含糊地充当某个他人不一定有足够兴致去扮演的角色。我只能为自己辩解说，我同样这么要求自己。充当祖克曼，就是一次长时间的表演，人们以为我只是扮演自己，其实恰恰相反。事实上，在我看来，那些似乎最为自我的人，是在扮演着他们认为自己也许喜欢的人，认为自己应该成为的人，或者希望被制定标准的人认可的人。他们是那么认真，以至于他们甚至没有意识到认真本身就是表演。然而，对于某些自我意识强烈的人来说，这是不可能做到的：想象他们自己正是他们自己，过着他们自己真实的生活，这对他们来说完全是幻觉。

我意识到，我正在描述的人的身上的这种分裂被认为有精神疾病的特征，与我们认知的情绪的完整性背道而驰。整个西方对精神健康的认知是，最为理想的状态是你的自我意识与你的自然存在相一致。但对有些人来说，他们健全的心智，正源于有意识地把这两者分开。即使真有一个自然存在，一个不可化约的自我，我想那也是相当渺小的，而且甚至可能是所有扮演的根源——所谓自然存在，其本身可能就是一种技能，一种与生俱来的扮演的能力。我想指出的是，承认一个人说穿了就是一个表演者，而不要费尽心机去披上自然的伪装，更不要假装那不是表演，而是你的真实自我。

玛丽亚，"你"不存在，就像"我"不存在一样。有的只是我们在过去几个月中共同表演而建立的这种方式，与其相一致的不是"我们自己",而是从前的种种表演——我们本质上都是过时的人,例行公事般地重复着这种古老悠久的表演。我要求你扮演的是什么角色?我描述不出来,但是我没必要描述——你是一个直觉性极强的演员,几乎不需要任何指导,就能呈现出极为克制却又富有诱惑力的表演。这个角色对你来说陌生吗?除非你假装这是个陌生角色。一切都是扮演——在自我缺席的前提下,人们扮演着各自的自我,经过一段时间之后,扮演得最好的自我便是那个最能让他们渡过难关的自我。如果你告诉我有这么一些人,比如你现在威胁要返回到他身边的楼上那个男人,如果他们的的确确有着强烈的自我感,那么我就得告诉你,他们只是强烈地扮演着具有强烈自我感的人——对此你可以正确地回应:既然无从证伪,那么这就是一个无所不包的循环论证。

我能确切奉告的是:我,就我个人而言,就是没有自我,不情愿或者不可能拿自我胡开自己的玩笑。那样肯定让我觉得是对我本人自我的戏弄。我有的却是扮演各类角色的本领,不仅扮演我自己——当需要自我时,我深入到一组角色的内心,呼唤出一整个永久演出班子的演员,组成我保留剧目中的永远处于发展变化中的各个片段和角色。但独立于我那种冒名顶替的艺术努力的自我肯定不存在。我也不想要。我是一个剧场,仅此而已。

也许我说的这些只是在某种意义上是真实的,也可能习惯性地有所夸大,用你评价犹太人的话来说,就是"言过其实""濒于精神错乱"。我也有可能大错特错。显然,关于自我是什么这一问题的哲学讨论由来已久,单从我这里的证据来看,这是一个很难把握住的论题。但试图把握住自己的主观性,是富有趣味的——有问题可思考,有东西可玩味,还有什么比这更有趣的呢?回来吧,我们可以像"游戏的人"①和妻子,在虚构不完美的将来中获得美好的时光。我们可以假装成任何我们想要的样子。所需要的只是扮演。我知道,这就像在说只需要勇气一样。我说的就是这个意思。我愿意继续扮演那个仍然爱恋着你的犹太人,只要你愿意回来扮演怀着我们将来未受洗的小宝宝的外邦女人。你不能选择一个你无法忍受的男人,而放弃那个你爱着的人,仅仅因为跟他过那种不幸的生活比跟我过这种近乎悖论的更难的幸福生活更容易。还是说,所有上了年纪的丈夫在他们的妻子半夜消失时都会这么说吗?

我就是无法相信,你居然真的想和你前夫一起生活。我恨自己不得不道出这一老套乏味的女权主义观点,即使你不准备与我共同生活,难道你真的不能考虑一下做点别的什么,而非要回到他那里去不可吗?那样看起来像你在自暴自弃,要么就是我对你的解读太字面了,你想强调的重点是什么都比我强。

现在来谈谈你说的田园牧歌化。你还记得我们在电视上看过的那部瑞典电影吗?显微摄影下的射精、受孕?真是妙不可言。首先是从女性体内的角度,展示导致受孕的整个性交过程。他们在输精管上放了个摄像机还是什么。我还是不知道他们是怎么做到的——那家伙的阴茎上有摄像机吗?不管怎样,你能看到色彩斑斓的精子游过来、做好准备、向外游到更远处,然后在别处找到归宿——相当漂亮。无与伦比的田园风光。根据一个学派的说法,正是那些饱经世故的人渴望回归到那种绝对安全、怡人的简单以及令人满足的环境(那儿是欲望的家园)之中,而这种不可抑制的渴望正是你所说的田园牧歌的风格的肇始。那些不承认矛盾和冲突的田园牧歌是多么动人又多么可悲啊!哪里是子宫,哪里是尘世,并不像人们所想象的那么容易分辨。正如我在阿戈所发现的那样,甚

---

① Homo Ludens,出自荷兰学者约翰·赫伊津哈创作的社会学著作《游戏的人》。

至连对历史有如因纽特人对雪那般了如指掌的犹太人，似乎也对此无能为力，尽管他们接受了艰苦卓绝的逆反教育，似乎也无法抵御该隐和亚伯出现之前，在兄弟反目之前的那种田园牧歌式的神话生活。现在就逃离吧，回到混沌初开之时，回到最早的未经染指过的居留地——冲破历史的铸模，甩掉长期以来存在的肮脏不堪、令人扭曲的现实：这就是犹地亚对于全人类中那一小撮好战的、不抱幻想的犹太人的全部意义……也是巴塞尔对于在新泽西萎靡不振，万念俱灰、感到窒息的亨利的全部意义……同样——让我们面对现实——也像你和格洛斯特郡曾给予我本人的意义。每种田园牧歌都有它自己的形态，但无论是《摩西五经》里那坑坑洼洼的月面景色，还是瑞士秩序井然的老城里迷人的中世纪曲径，还是康斯特布尔画作里的英国迷雾和草地，说穿了，不过是一种净化了的、单纯生活的失而复得的、赎罪的田园牧歌式的脚本。说真的，我们所有人都在创造各自想象中的世界，通常是绿色的乳房般的世界。在那里，我们也许最终成为"我们自己"，我们的又一个神话般的追求。想想那些基督徒，有足够的热情才能更好地了解，不停地宣扬圣母的童贞，乞灵于那个无聊的鹅妈妈马槽的老掉牙故事。其实直到今天晚上，我才明白我们尚未出世的孩子，对于我来说，不正意味着为我完美地设计出来的小赎罪者吗？你说对了：田园牧歌式不是我的风格（同样，你也不会认为它是末底改·李普曼的风格）。要提供一个真正的解决方案并不复杂。可我不正是被最天真（也最滑稽）的父亲形象所鼓舞，把想象中的孩子当成了治疗中年男人的田园牧歌吗？

好了，就这么多了。田园牧歌到此为止，接下来是割礼的事。在一个全新的男孩的生殖器上施行那种精细手术，在你看来就是人类非理性的奠基石，或许就是这样。甚至连我这么一个持宗教怀疑论的作家，也无法打破这种陋习。你认为这恰恰证明了我的宗教怀疑主义，根本无力对抗种族禁忌。不过为什么不从另一个角度来看待这个问题呢？我明白，那具有蛊惑性的割礼是彻头彻尾的无痛分娩法。现今人们千方百计将生育人性化，为了不让婴儿受到一点惊吓，最终实施起水中分娩。而割礼行为与这种人性化思潮背道而驰。可以这样认为，割礼让人触目惊心，尤其是它是由一个令人作呕的老头在一个稚嫩的新生肉体上施行。然而也许这正是犹太人打心眼里所推崇的，显示出了异乎寻常的犹太性，同时也是他们真实性的标志。割礼明确无误地标明了你的位置，你在这里不在那里，你在外面不在里面——以及你是我们的不是他们的。没有别的通道：你通过我的历史以及我而进入历史。割礼是田园牧歌的反面，更强调了这个世界并非一个和睦太平的整体。颇令人信服的是，割礼拆穿了动人心弦的田园牧歌式谎言。这个世界不存在那种史前天真无邪、如子宫般美妙的生活，也不存在不受世风民俗约束的"自然"生活。既然被生下来，就要失去那一切。从一开始，人类价值观念的巨手就攫住了你，在你的生殖器上打上它的烙印。鉴于一个人在扮演他的自我的同时创造了他的意义，这就是我为那种仪式提出的意义。我不是那些企望将自己与犹太民族的祖先，与现代体制直接挂钩的犹太人中的一员；我的犹太"我"与他们的犹太"我们"之间的关系，绝对不像亨利现在所希冀的他自己与他们之间的关系那样那么直接、那么自然。而我也不愿意简化那种关系，任凭我们的孩子包皮奄拉着。仅在几个小时之前，我还对舒基说过，行割礼这一风俗与我的"我"无关。不过结果是在迪岑哥夫街，而不是坐在这里的泰晤士河边，我反倒更容易坚持上述自己的观点。一个外邦人中的犹太人，犹太人中的外邦人。根据我的情感逻辑，这在这里成了头等大事。借助于你姐姐、你母亲甚至于你，我发觉自己的处境使得那种只是在纽约时曾有所削弱的强烈差异感复活了，更糟糕的是，使我以前对家庭式田园牧歌所剩无几的幻想之露干涸殆尽。割礼证实了一个我们的存在,而且是一个不仅仅是他和我的我们。在短短的八周之内,英国已经使我变成了一个犹太人。回想起来,那也许是最不痛苦的一种方式。一个没有犹太同胞、不信犹太教、不推崇犹太复国主义、不具犹太性、不进犹太会堂、不加入军队,甚至连把枪都没有的犹太人,一个显然没有家园,像一只玻璃杯或一颗苹果那样的物体的犹太人。

我想,就我们的——以及亨利的——冒险经历而言,以我的勃起收尾再合适不过了,那包皮被割除的犹太父亲的勃起,再次让你回忆起当你第一次捧起它的时候你说过的话。我懊恼的并不是你那处女般的忸怩,而是随之而来的乐在其中。我忐忑不安地问道:"难道它不合你意吗?""啊,不是的,挺好的。"你说着,还用手轻轻掂了掂,"就是觉得这个现象本身,好像变化得快了点。"我打算将这句话作为那本你竟愚蠢地告诉我你想从中逃离的书的结语。要逃到什么里面去呢,玛丽埃塔[①]?也许正如你说的,这种生活不是生活,但是用你那令人着迷的、使人兴奋不已的脑袋瓜子想一想:这种生活是你、我以及我们的孩子所能希望的最接近生活的生活。

---

① Marietta,对玛丽亚(Maria)的爱称。

Philip Roth
THE COUNTERLIFE
Copyright © 1986, Philip Roth
Simplified Chinese Edition Copyright © 2024
SHANGHAI TRANSLATION PUBLISHING HOUSE (STPH)
All Rights Reserved

图字：09-2018-727号

图书在版编目（CIP）数据

反生活/（美）菲利普·罗斯（Philip Roth）著；
胡怡君译.—上海：上海译文出版社，2024.4
（菲利普·罗斯全集）
书名原文：The Counterlife
ISBN 978-7-5327-9448-5

Ⅰ.①反… Ⅱ.①菲… ②胡… Ⅲ.①长篇小说-美国-现代 Ⅳ.①I712.45

中国国家版本馆CIP数据核字（2024）第050387号

反生活

［美］菲利普·罗斯　著　胡怡君　译
出版统筹/赵武平　责任编辑/王源　装帧设计/胡枫

上海译文出版社有限公司出版、发行
网址：www.yiwen.com.cn
201101　上海市闵行区号景路159弄B座
浙江新华数码印务有限公司印刷

开本 890×1240　1/32　印张 10.5　插页 5　字数 222,000
2024年4月第1版　2024年4月第1次印刷
印数：0,001—5,000册

ISBN 978-7-5327-9448-5/I·5908
定价：78.00元

本书中文简体字专有出版权归本社独家所有，非经本社同意不得转载、摘编或复制
如有质量问题，请与承印厂质量科联系。T：0571-85155604